万古风流

中国人的精神世界

莫砺锋 周月亮 鲍鹏山 等——著

北京联合出版公司
Beijing United Publishing Co.,Ltd.

只 为 优 质 阅 读

好
读

Goodreads

目录

清

近现代

先秦

孔子

黑暗王国的残烛

鲍鹏山

一

孔子的长相颇怪，“生而圩顶”。就是说，他天生的脑袋畸形，头顶上中间低，四周高，司马贞说，其形状恰如倒过来的屋顶。名之曰丘，固当。不知命相学家是如何解释的。这种头顶是否暗示着承受天地之甘露阳光？孔子自学而成大才，其天赋必然很高。而其身长亦不凡，“九尺有六寸”，这在那时可以说是“硕人”了，“人皆谓之长人而异之”，人人都说他是长人，感到惊异。真正的一个齐鲁大汉。不过，这个“长人”的身影也确实够长了——长到遮蔽了整个民族漫长的历史，一个民族都一直顺着他的倒影前行两千多年了，我们何时才能走出这漫漫的阴影呢？

据司马迁和《孔子家语》的记载，孔子乃是商代“三仁”之一微子的后代。那个有名的“仁义之师”的统帅宋襄公，便和他同宗同祖。难怪他也像宋襄公那样泥古不化，自讨苦吃。用古老的仁义道德去对付现世的流氓强盗，这也是他家族的祖传秘诀吧，只可惜常常不灵。到孔子的六世祖孔父嘉，“五世亲尽，别为公族”，不再属王族，姓也成了“孔”。后来孔父嘉又为人所逼而奔鲁。所以孔子确实是一位“没落贵族”。到他父亲叔梁纥，便是连人丁也很寥落了：正妻连生九女，一妾生子叫孟皮，却又是个跛子。年近七十的叔梁纥大约非常绝望。但他还要做最后的努力，于是便向颜氏求婚，颜氏少女颜徵在“从父命”而嫁给了古稀之年的叔梁纥。所以，司马迁说这是“野合”。“野”与“礼”相对，夫妻双方年龄差别太大，不合周礼，所以这婚姻不是“礼合”，而是“野合”。“野合而生孔子”，这实在太有意味了，为什么呢？孔子终其一生都为“礼坏乐崩”而头疼，而愤怒，而奔走呼号，要人们“克己复礼”，孰料他本人即是个不合礼的产儿呢。如果他的那位老父亲真的克制自己来恢复周礼，可就没有孔子了。真玄哪。要知道，这不合“礼”的产儿，竟是他们这古老家族之链上最辉煌的一环，也是我们这古老民族历史上最辉煌的人物啊！

宋人说，“天不生仲尼，万古长如夜”。好抬杠的李贽就此讽刺道，怪不得孔子出生之前，人们都点着蜡烛走路。我想，话不能这么说，也不是这么说的。我觉得，孔子确实是悬挂在那个遥远古世纪的一盏明灯，他使我们对那个遥远的时代不再觉得晦暗和神秘，他使那时代的人与后代与我们沟通了。我们由他知道，即便在那么一个洪荒时代，也是有阳光普照着而万物不择手段地生机勃勃；那时代也发生着我们今天一样的事情：暴力和弱者的呻吟；混乱和宁静的企望；束缚与挣扎；阴谋与流血；理想碰了钉子；天真遇见邪恶；友情温暖；世态炎凉。在他手订的《诗经》中，我们甚至可以体验到最个性的感受——当那些面孔不一情性各异的个人复活时，这个时代不也就复活了吗？

孔子生活的时代也真像他所说的，确实是混乱无道，他为之伤心不已：辉煌的“郁郁乎文哉”的周王朝已是日薄西山，伟大的周公早已英魂远逝，他制定的“礼”“乐”也土崩瓦解。“弑君三十六，亡国五十二”，到处都是乱臣贼子，且个个生龙活虎。西周古都废墟上的青草与野黍也一茬一茬地青了又黄，黄了又青，根深而茎壮了，掩埋在草丛中瓦裂的陶器早已流尽了最后一滴汁液。九鼎不知去向，三礼流失民间。东周呢？龟缩在洛邑弹丸之地，可怜巴巴地看着那些纵横天下的伯霸诸侯，看他们把九州版图闹得瓜分而豆剖。无可奈何花落去，还有谁来用红巾翠袖，擦去周王浑浊的老泪？连孔子本人都不曾去那里。在这种时候，要“兴灭国，继绝世，举逸民”，真无异于痴人说梦。孔子正是这样的一位痴人。痴人往往缺乏现实感。他的精神就常常脱逸出现实的背景，沉浸在过去的辉煌中，追寻着万物逝去的方向。是的，他一生都在追寻，他周游列国，颠颠簸簸，既是在找人，找一个能实施他主张的人，更是在找过去的影子，找东周昔日的文明昌盛。面对这一伟大帝国的文化废墟，孔子领悟到并承诺了自己的使命。但挽狂澜于既倒，或知其不可而为之，只不过是一种令人钦敬的悲剧精神罢了，他最终失败了。当他奔波倦极归来，在一条小河边饮他那匹汗马时，他偶然从平静的流水中惊见自己斑驳的两鬓，“甚矣，吾衰矣！”（太惨啦！我已经衰老了！）他顿时心凉如水。这衰弱的老人，他的多少雄心都失败了，多少理想都破灭了。壮志不酬，眺望茫茫无语的宇宙，他心事浩茫。人世渺小，天道无情，青山依旧，哲人其萎。于是，一句意味深长的叹息便如一丝凉风，吹彻古今：“逝者如斯夫！”

我在几千年后漆黑的夜里写这篇文章时，宛如见到他当初衰弱地站在苍茫高天之下的无情逝水边。那无限凄惶的老人的晚景使我大为感动。于是这篇文章的题目也就一闪而现了：这衰弱的，即将随着时间的流水逝去的老人，不就像黑暗旷野上快要燃尽的一支蜡烛吗？四面飙风，寒意四逼，这支蜡烛艰难地闪耀……

孔子死后，鲁哀公装模作样地悲痛一番，悼念一番，他写了一篇诔文，似乎感伤得很：“上天太不公平啦。不肯留下一位老人陪我，让我一人在鲁国孤零零的，唉，多么悲痛。”孔子的弟子子贡毫不客气地顶了回去：“生不能用，死而诔之，非礼也！”其实，对孔子“生不能用”的，岂止一位鲁哀公呢？孔子一生见过不少诸侯，像楚昭王、齐景公、卫灵公……有谁用他呢？天下人事纷纷扬扬，新生事物层出不穷，人人都在玩新花样，搞新名堂，他老先生拿着一把过时的尺子，且是万古不变的，东量量，西测测，这也不合“礼”，那也不合“乐”，到处招人惹人，别人对他敬而远之也是很自然的。同时他又像一个蹩脚的推销员，推销早已过时的产品。这产品不是按顾客的需求而设计，而是要以这产品的规格来设计顾客，正如韩非嘲笑他的，不是根据脚的大小来选鞋，而是根据鞋的大小来“削足”。他这么不合时宜，被人拒绝不是很正常的吗？子贡以他的经济实力和外交天才，到处为老师打点，鼓吹，也没有什么效果。子贡的悲痛心情是可以理解的，但过分责备鲁哀公不能用孔子，就不大合情合理啦。

二

痴人有多种，或因情深而痴，或因智浅而痴，孔子属于前者，而他的很多徒子徒孙，如宋明之际的理学家们，就属于后者了，新儒家们当是等而下之。因情而痴的孔子常常沉湎在过去的怀想之中，“郁郁乎文哉！吾从周！”“逝者如斯夫！”这时，他就是一位抒情者，抒得很动情，很感人。在一个抽象的、冷酷的、沉闷的老子之后，出现一个一往情深，感怀万端的孔子，使我们再次感受到一种温软，一种熨帖，这实在是让我们大大松了一口气，历史终于在绝望中咧口而哭出了声，一些可怕的心理能量在孔子的歌哭、幽默、感喟中被释放了。孔子使一些无序的暴力变成了有目的有方向的努力与企望，他使天下英雄入于他的彀中，并带着这些社会精英致力于建构新的理想。当混乱的历史有了理想与方向时，混乱就不再是一无是处，相反，倒往往显示出一种蓬蓬勃勃、生机无穷的魅力。春秋战国时代是一个刀光剑影的时代，一个流血漂橹的时代，一个杀人盈城、杀人盈野的时代，但不也是一个充满理想，充满激情，充满公理仁德的时代吗？谁开辟了这样的时代？是孔子。非常具有象征意义的是，当孔子和弟子们周游列国的时候，他往往自己驾车——他确实是在驾着这个时代的马车。弟子们在车上或呼呼大睡或哈欠连天，一脸凄迷与怀疑，只有他永远目光炯炯，自信目标就在前方。

有一次，在汤汤而流的小河边他们又找不到渡口了。远处的水田中有两人在耕作，子路便上前去打问。

其中的一个细长个子却不回答子路的询问，而是反问子路：

“那个执缰绳的人是谁？”

子路恭敬地回答：“是孔丘。”

“是鲁国的那个孔丘吗？”——可见孔子的知名度颇高。

子路答：“是。”

细高个冷冷地就来了一句：“既然是鲁国的那个孔丘，他应该知道渡口在哪里嘛。”

没奈何，已经由绿林好汉改邪归正到孔子门下的子路，只能按捺住火气，转过身去问另一位。这一位魁梧雄桀，是个大块头。大块头也反问子路：“你是谁？”

子路仍然恭敬地回答：“我是仲由。”

“你是孔丘的门徒吗？”

“是。”

现在又轮到大块头来教训子路了：“天下混乱，举世皆然。谁能改变这种局面？我看你身体强壮，是个好庄稼汉。与其跟随孔子这样的避人之士东奔西走，鼓唇摇舌，倒不如跟随我们这些避世之士，躬耕垄亩的好！”

这里我先解释两个词。什么叫“避人”呢？避人就是择人，就是避开那些昏庸无道的诸侯，而去寻找志同道合的有为之君，一同来重整乾坤。良禽择木而栖，贤才择主而事嘛，不择主，只要给富贵就帮他卖力，那是苏秦张仪的作为。孔子一心要的是救世，而不是个人富贵，所以他恓恓惶惶的马车在纵横阡陌间奔走扬尘，就是要避开身后的昏君而去寻找前面的明君。所以，孔子是“避人之士”。什么是“避世”？在“避人”的基础上再跨一步，彻底冷了心，闭了眼，认定天下不可能有什么诸侯还能与他一起改变这世界，于是彻底绝望，从而彻底不抱希望，回到田园中去，回到自己的内心中去，告别都市、政治与熙熙攘攘的外部世界，就叫避世。

再回头说子路被这两人教训得一愣一愣的，又要注意自己此时的身份，不能发作，只好垂头丧气地回来向孔子汇报。孔子听完，不尽地迷惘。谁说这两位隐士说得不对呢？这不也是孔子自己内心常有的感触吗？但他历尽艰辛，学而不厌，“十年磨一剑，霜刃未曾试”，难道就此卷而怀之吗？他有教无类，诲人不倦，门徒三千，贤者七十二，就是为了培养一批隐士，或者懂文化的农夫吗？于是他感慨万端：“人总不能与鸟兽一起生活在山林之中啊，我不和芸芸众生生活在一起，与他们共享欢乐共担不幸，我又能和谁生活在一起呢？他们说天下无道，但不正因为天下混乱无道，才需要我们去承担责任吗？假如天下有道，还需要我们吗？”

《论语》中的这一段，很传神，两千多年了，那条汤汤小河边发生的这场争论就好像发生在昨天似的。这几个人好像还在我们身边。我尤其为孔子感动。他恓惶而寂寞，迷惘而执拗。“志于道”的人越来越少了，不少人顺应潮流，从而成了新贵，或成为新贵的红人，其中甚至有他的门徒，比如那个顶善于察言观色的弟子冉求。又有不少人冷了心，折断宝剑为锄犁，平戎策换得种树书，如长沮、桀溺；其中也有他的弟子，如樊迟。樊迟向他问稼，问为圃，大概也是准备避世了吧。望望眼前，路漫漫其修远兮，看看身后，追随者渐渐寥落。“道不行，乘桴浮于海，从我者，其由与！”（道行不通了，我只能乘小船漂荡到大海中去了。到那时还能跟随我的，可能只有一个子路了吧！）这位可敬可叹的老人，想凭自己个人的德行与魅力来聚集一批年轻人，让他们传道义之火、文化之火；拯民于水火，匡世于既颠，但年轻人不容易经受得了各种诱惑，“吾未见好德如好色者”（我从未见过一个喜爱德行比得上喜爱美色的人），“吾未见刚者”（我未见过刚强的人），“吾未见好仁者，恶不仁者”（我未见过喜好仁厌恶不仁的人），“未闻好学者”（没听说过好学的人）。这些话不也把他的三千弟子甚至七十二贤者都包括在内了吗？要让这些弟子们“无欲而刚”“好德如好色”都不可能，更何况别人？韩非就曾刻薄尖酸地揶揄孔子，说，凭着孔子那么巨大的个人德行，不就只有七十子之徒跟随他吗？而下等君主鲁哀公却能让一国人都服从他，孔子本人也不得不向鲁哀公臣服。所以，人是多么容易向权势屈服，而向慕仁义的人是多么少啊！孔子此时的处境，真正是令人同情。

但他更让我们尊敬。这就是他的那种“知其不可而为之”的殉道精神。“三军可夺帅也，匹夫不可夺志也”（三军可以更改主帅，匹夫却不能逼他改变志向）。匹夫尚且不能夺志，更何况圣人之志，得天地浩然正气，至大至刚，岂容玷污？天下一团漆黑了，不少原先追求光明的人也练就了猫头鹰的眼睛，从适应黑暗而进于喜欢黑暗，为黑暗辩护，他们把这称为提高了觉悟和认识，并且得道似的沾沾自喜于在黑森林中占据了一根枝丫，又转过头来嘲笑别人不知变通，而孔子，这位衰弱的老人却在那里一意孤行！我很喜欢“一意孤行”这个词，很喜欢这个词所指称的那种性情与人格。敢于一意孤行的人必有大精神，大人格。一位楚地的狂生曾经警告过孔子：“往者不可谏，来者犹可追。已而已而，今之从政者殆而！”（你过去糊涂就算了，以后你可改了吧！算了吧算了吧，现在追随政治危险得很啦！）但不能因为政治危险，就置天下苍生于不顾，听任他们受暴政的煎熬，置自己的伦理责任于不顾！“政者，正也”——政治，就是对暴政的矫正！就是正义！所以孔子庄严宣告："志士仁人，无求生以害仁，有杀身以成仁。"虽然他也说过"危邦不入，乱邦不居，天下有道则见，无道则隐"之类的话；虽然他也称赞蘧伯玉："邦有道则仕，邦无道则可卷而怀之"，宁武子"邦有道则知，邦无道则愚"，并慨叹"其知可及也，其愚不可及也"（他的聪明别人能及得上，他的糊涂别人就比不上了），大有郑板桥"由糊涂入聪明难，由聪明入糊涂尤难"的意味，但他对自己，却有更高的要求，那就是如史鱼一样，"邦有道，如矢，邦无道，如矢"，永远如射出的箭一样，正道直行，永不回头。

自魏晋以后，中国的文化传统中，就有了一种极古怪的现象，那就是人格理想与伦理责任的分离。最受人敬仰的人格乃是那些在天下苦难面前卷而怀之，闭目养神的隐君子！他们的伦理关怀哪里去了？他们的道德痛苦哪里去了？作为知识分子，他们的基本人道精神哪里去了？难道我们不应该要求知识分子以起码的价值关怀吗？但我们却偏偏认为他们是涵养最高，道德最纯洁的人！鲁迅禁不住对这种人怒形于色：泰山崩，黄河溢，隐士目无见，耳无闻！这种目不关注人间苦难，耳不听弱者呻吟的人物，不就是饭桶酒囊茶壶甚至权势的尿壶么！现在不少人飘飘然地要"告别鲁迅"，却又腻歪歪地对"茶壶"周作人大为钟情。这种人是难以让人生出敬意。一个人让人尊敬是有条件的。在孔子那里，在他的学说之中，那种古典的崇高确实让我们这些聪明机灵的后来人愈显扁平而单薄。

三

孔子的哲学核心是“仁”。在《论话》中，“仁”以不同的面目，在不同的背景下出现了无数次。这些闪烁不定的面容并不是因为孔子的“仁”没有“一以贯之”的主旨，而恰恰说明了“仁”内涵的丰富。樊迟问“仁”，孔子答曰“爱人”；颜回问“仁”，孔子答曰“克己”。曾子概括说，“夫子之道，忠恕而已”。朱熹解释说，尽自己的力量去办事叫忠，推己及人叫恕。这样看来，孔子的“仁”，也就是从人我双方立论，相当于我们今天常说的“人类共存意识”吧。“仁”的内涵里，主要的两方面就是“忠”和“恕”。有了这个“忠”，就会有足够的自我约束；有了这个“恕”，就会有足够的对别人的宽容。这个顶重要了。孟子后来讲“仁”，就不大讲“恕”了，这就一步一步走向专制。孟子就没有孔子可爱。当然，孔子的“仁”，不仅仅是指一个人应当具有的人格境界，而且还应该是一个社会政治应当具有的政治理念。是公理，是正义。因而，在非常时刻应当“杀身以成仁”，而决不能“求生以害仁”。他自己一生，倡导“仁”，实践“仁”，修自身为“仁”，又要改造社会政治为“仁”。修自身成“仁”，他是做到了，改造社会政治为“仁”，他失败了。但他“造次必于是，颠沛必于是”，何曾有一丝一毫的媚俗之态！他正大光明，磊磊落落；他一意孤行，坦坦荡荡。他亦知道改造社会是不可能的，但他“知其不可而为之”，关键在于做！他可能已经意识到了他在未来的影响，所以他要用自己的行为树立一个榜样，以自己的生命之汁点亮一盏明灯，使后世一切以各种借口逃避伦理责任的行为无所遁形。——既然他已经在知其不可的情形下做了，而且做得如此艰苦，如此卓绝，如此寂寞，又如此轰轰烈烈，如此失败，又如此辉煌灿烂。因失败而辉煌，我以为这是古典悲剧的基本定律，不失败何以感人心？不辉煌何以长人志？但这失败必须是大失败，必须是必然的失败，是自由在逻辑面前的失败，是个人意志在历史规律面前的失败，而且必须是主人公已经预知的失败。他已经预先知道结局了，但高傲的心性使他无法改变自己人生的方向。在古典悲剧中，生命的投入是人格成就的最后一道工序，如干将莫邪之铸剑，最后必以自身的血肉之躯投入熔炉，用自己的血光赋予宝剑以阳刚杀气。孔子的“得其真传”的弟子曾参，有一段话：“士不可不弘毅，任重而道远。仁以为己任，不亦重乎？死而后已，不亦远乎？”我无法不为这段话而感动，虽然我已经被那些最靠近话筒，因而最有发言权的某些人的这个“后”那个“后后”，还有什么“解构”，解构得没有什么完整的心智了。曾子的这段话包含着两个推论，所以我们可以把它译成问答句：士为什么要弘大坚定？因为他们任重道远。为什么说他们任重？因为他们是把仁当作自己的人生责任的；又为什么道远？因为他们除非死掉，不然就不能卸下这副担子。这就是自讨苦吃式的崇高。我上文说，让人尊敬是有条件的，不能因为你读了不少书，甚至读了不少洋文书，知道各种主义，就能受人尊敬。你还得有所承担。孔子及其弟子们，在那么一个时代，就已经意识到担当道义是知识分子的最高使命甚至无法摆脱的宿命了，就已经知道执行文化批判而不是文化媚俗文化献媚是知识分子的基本职责了，他们怎能不伟大，又怎能不为这伟大而颠沛、造次！

那些冷了心肠的隐士讽刺孔子，还有些愤世嫉俗的道理。而下面这位“丈人”对孔子的批评就莫名其妙了：

子路跟随孔子周游列国，掉队了。遇上一位老人，用木杖挑着除草的农具。

子路问：“您看见我老师了吗？”

老人说：“四肢不勤劳，五谷分不清。谁是老师？”把木杖插在地上，开始除草。

子路拱手站在一旁。

老人留子路住宿，杀鸡、做黍米饭给子路吃，让两个孩子出来见了子路。

第二天，子路赶上孔子，把这件事告诉了孔子。

孔子说：“这是隐士啊。”让子路回去看老人。子路到了那里，老人却走开了。

子路说：“不出来做官是不义的……您想洁身自好，却乱了君臣间大的伦理关系（这是因小失大的）！君子之所以要从政做官，是为了推行义（而不是为了个人富贵）。至于我们的道不能行得通，（这是我们）早就知道的了。”

原文：子路从而后，遇丈人，以杖荷蓧。

子路问曰：“子见夫子乎？”

丈人曰：“四体不勤，五谷不分，孰为夫子？”植其杖而芸（耘）。

子路拱而立。

止子路宿，杀鸡为黍而食之，见其二子焉。

明日，子路行以告。

子曰："隐者也。"使子路反见之。至，则行矣。

子路曰："不仕无义……欲洁其身，而乱大伦！君子之仕也，行其义也。道之不行，已知之矣。"

这一段中的"四体不勤，五谷不分"，后来成为不少人批评孔子的口实（事实上，这位老人批评的是子路）。是的，在一个小农意识很浓厚的国家里，这种情形较易发生，并且较易引来阵阵喝彩。甚至人们还能这样想：你孔子四肢不勤劳，五谷分不清，你连一个农夫都比不上。这种说法会引来更多的喝彩，因为很多人一下子从孔子的缺点中找回了自己的自信心——但我要说，这种批评的荒谬性太明显了。

在春秋后期，我们缺少一位农夫吗？

减少一位卓越的思想家，增添一名普通的农夫，我们就是这样算账的吗？

我们这个民族的历史与文化会因此更加辉煌灿烂吗？

我们这个"文明古国"就会更加文明吗？另外，我们民族在那个时代连养活一位像孔子这样的大思想家的经济能力都没有，还必须他自己去耕种自存吗？或者，我们这个民族连给孔子这样的大思想家提供必要的生活条件都不愿意，而必欲使之和农夫一样刨地求食才心满意足吗？

樊迟问稼问为圃，孔子是怒不可遏的，甚至在背后骂他是"小人"。又有不少人说这是孔子轻视体力劳动，现在的某些大学教材上就有这种说法。这种批评也太师心自用了。问如何种菜种小麦，需要问孔子吗？孔子的回答：“我不如老农民，我不如老菜农”，已经说得很明白了，你樊迟要学这些，你何必到我这儿来？你去问老农就是。要学腌泡菜蒸馒头切土豆丝，需要去中科院问博士生导师吗？以上的问题还在于，培养一个老农易，至少在孔子那时，还不提倡科学种田时是这样。那时候就没有什么农业技术学校，但遍地是老农在种麦子种大头菜。培养一个知识分子就难了。孔子的时代，传播知识，提高人口素质，似乎比自己去亲自参加劳动更迫切。所以，孔子的这些言行，与轻视体力劳动如何扯得上。这一位“植其杖而芸（耘）”的“丈人”，耘来耘去，也就那一亩二分地，所养活的，不过就是他自己及家人。这又如何能与孔子比呢？他自己言行能够传留后世，还是沾的孔子的光呢。孔子所耕耘的是什么荒？是文化之荒！所培养的是什么苗？文化之苗！柳诒徵《中国文化史》云：

> 孔子者中国文化之中心也，无孔子则无中国文化。自孔子以前数千年之文化赖孔子而传，自孔子以后数千年之文化赖孔子而开。

孔子所给予我们这个民族的，甚至全世界的，又如何能估量？又如何是小农思想满脑子的人所能理喻、所能批评的？

所以，上述的那些对孔子的批评，让我联想到今天一些人对鲁迅的批评，以及他们莫名其妙地对于鲁迅的优胜感。鲁迅的某些缺点确实让某些人孱弱的心性得到一种自信的证明。但他们对于鲁迅的批评，恰像旧时代老爷家中感觉很幸福从而很温柔的小妾，对现代独身女性的批评，又好比是青铜时代贵族几案上玲珑的酒器或床底下温静的溺器，对铁器时代绿林好汉手中青锋长剑的批评。

我对古代的隐士评价不高。相应地，我对现代的周作人及其鼓吹者们也心存怀疑。我认为，一个人，比如周作人，比如这几年“告别鲁迅”而麇集到周作人羽翼下的一些人，他们在这个社会里占有了比别人好一些的地位、财富、机会，使他们能上大学读书，能明理，他们理应对这个社会有所回报，有所补偿。按我们现在的大学招生数和报考数，有一个上大学的，就必至少有一个或更多上不了大学的。这种回报与补偿就是把自己的聪明才智贡献出来，使这个社会有所进步，人们的幸福能有所增进。也就是说，他们的知识应该有益于社会，而不是把这种知识当成自己的文雅的小妾。我在一篇文章里，就认为周作人是把他的学识当小妾，只让她陪自己喝茶谈玄。而如果把知识当作取媚权力的手段，就更等而下之了。另一方面，出于某种自私的目的，掩盖自己的智慧，就是对社会的背叛；隐匿自己的发现，就是对社会的犯罪——当然，这种行为在专制社会里可能是迫不得已的。

四

因为怕孔子到楚国后说陈蔡诸侯的不是，陈蔡的小政客们便把孔子围在郊野。小政客毕竟是小政客，他们把孔子围住后，却拿不准到底要怎么样。面对一位文化巨人，他们的内心毕竟很虚怯。他们很憎恨孔子文化人格的光芒，所以，他们把他包围起来，试图挡住这光芒的四射，但他们又绝没有胆量去迫近光源——于是在陈蔡之野，便有了这样一种既滑稽又尴尬的场面：里面的人出不去，外面的人也不进来。彼此都迫切希望有一个第三者出现，来给大家一个台阶下。在第三者楚昭王派兵迎接孔子之前，孔子和他的弟子们在饥肠辘辘与满脸菜色中进行了一番有趣的对话，其主题是讨论道与势的关系。孔子的知音司马迁在记叙这一段历险时，把孔子的人格精神写得淋漓尽致。据司马迁记载，此时的孔子，有意识地利用这次挫折，来考验、考查弟子们对道的忠诚贞定。

孔子先叫来子路，问他："难道我的主张不对吗？我为什么落得这个下场？"忠厚的子路疑疑惑惑地说："是不是我们还不仁呢？人们不信任我们？是不是我们还不智呢？人们不放心我们？"

悲愤的孔子说："仲由啊，你听着，假使仁义的人一定受信任，怎么会有饿死首阳山的伯夷和叔齐？假使智慧的人一定行得通，怎么会有被纣王剖腹挖心的王子比干？"

子贡进来了，孔子用同样的问题问他。子贡说："老师，你的道太伟大了，所以这狭隘的世界容不了你。你能不能稍微降格以求呢？"

孔子说："赐啊，好的农夫只问耕耘不问收获，好的工匠只追求技巧而不追求苟顺人意，作为君子，修习大道，是不能讲苟合的啊。"

最后是颜回入见，这位比孔子小三十岁的小学生，聪慧谦让，悟性高，不爱显山露水，能过苦日子，深受孔子的喜爱。他的回答，令先生愁肠顿开："夫子之道至大，故天下莫能容。虽然，夫子推而行之，不容何病？不容然后见君子！夫道之不修也，是吾丑也。夫道既已大修而不用，是有国者之丑也。不容何病！不容然后见君子！"孔子欣然而笑，说："说得好啊，颜家小子！将来你发财时，我给你赶车吧！"

五

孔子晚年，倦于奔波。鲁迅曾在一篇颇似游戏的文字中推测孔子晚年有严重的胃病。对一个常年在坎坷的道路上颠簸的人，这个判断很容易下。总之，孔子老了，病了，不能再奔波了，况且奔波又有什么收获呢？于是，在离开鲁国十四年之后，靠弟子冉求的疏通，又回到了鲁国故乡。此时孔子已是知命了，不说心如死灰，但心如止水却是必然的。鲁君无意用他，他也懒洋洋地不求用了。回到自己多年的老屋，撩去门楣窗棂上的蛛网，拂去案几上的积尘，他坐下来，心境一片茫然。这时，外面的世界更混乱了，乱臣贼子们活得更神气了，但也令他更无奈了。宝剑折断，铩羽而归，他还能做些什么呢？他打开了竹简。这是一个有世界意义的举动。孔子现实政治活动的失败使中国少了一位晏婴、子产或管仲式的人物，但却使世界有了一个伟大文化的源头。这生力绵绵不绝的文化之源，浩浩荡荡，渐远渐无穷，使整个东方世界都浸润其中。是的，当孔子的现实政治活动失败后，他埋头于古代典籍的整理，在被自己的时代拒绝之后，他成功地通过文化符号进入了未来的世纪，在被几个诸侯国的诸侯和政客拒绝后，他的影响力却遍及全世界，名声响彻天下。

孔子本来是想通过立功来传名后世的，像他终生倾慕的周公一样。但这一点已经毫无疑问地没有可能了。“君子疾没世而名不称焉！”（君子很惧怕死后没有名声留传啊！）于是他便想通过立言来不朽。我们知道，在这一点上，他成功了，而且在立言中他还立了德。“三不朽”他完成了两项。据司马迁的记载，“六经”都是经他手订的。也正因了他的手，这些积满时光尘土的古典才成为“经”，而为后世不断的钻研，又在这不断的琢磨中发出历久弥新的光芒。那本“饥者歌其食，劳者歌其事”的三百零五首“诗”，记录着那么遥远时代的真切的痛苦，更是因为他的手订，由愚夫愚妇引车卖浆者流的歌吟一跃而成为六经之首，“诗云”与“子曰”并称。实际上，就是因了“孔子曰”，孔子的赞誉，《诗》中愚夫愚妇们的“云”，才成为中国古代文学的圣经。他对这三百首《诗》说过些什么呢？他和子夏讨论过“巧笑倩兮，美目盼兮”；他和子贡讨论过“如切如磋，如琢如磨”；他说“不学《诗》，无以言”，他还说，“《诗》可以怨”！他把《诗》当作教材，传授给弟子们，正是因为这种口耳相传式的传授，才使得《诗经》能避开暴君嬴政的焚书之火和莽汉项羽的复仇之火，斯文不灭。他还庄重地为《诗》回护，说：“《诗》三百，一言以蔽之，曰思无邪！”这就使后世很多对《诗经》暗怀不满的人，比如朱熹，只能做些鬼鬼祟祟的歪曲的勾当。孔子是文学的守护神呢。原来他不仅是一位庄严谨恪的人，还是一位情感丰富的人！因此，他不仅要求人类的道德，他对人类的情感——包括对人性的弱点，他也有那么多善意的回护与爱惜！他要人们好德，但也不反对人们好色，“国风好色而不淫”，不过分，就行了嘛。说到这里，插入一件小事。跟孔子学语言修辞的子夏，有一个毛病，那就是吝啬。知生莫如师，孔子深知子夏这一毛病，于是就刻意为他遮掩。一次孔子出门，碰上下雨，而子夏有伞，孔子却不去借，甘冒雨淋之苦。有人问孔子为何不问子夏借伞，孔子说，子夏有这个小毛病，若向他借伞，借，他心里不痛快；不借，不是把他的缺点暴露给众人了吗？如果能掩盖住别人的缺点，我淋点雨算什么呢？

文学是人学，文学就是人性的表现。不能对人性的优点有极崇高的敬意，对人性的弱点有极宽厚的怜悯，是不可能理解文学的。我们再举一个相反的例子，朱熹。对这个人我老实说没有一丝一毫的好感。且不说他的那一套“存天理，灭人欲”的理论是多么仇视人性，我只举他对《诗经》中一首诗的评论来看看。《诗经·卫风》中有一首诗叫《氓》，是一位被遗弃女子的哀歌。这个女子坚持要明媒正娶地嫁给她所爱的男人（这就是“乐而不淫”），做了妻子后又辛勤贤慧，但最后还是被抛弃了，即便这样，她也依然那么理智，节制，哀而不伤，怨而不怒。老实说，我读到这首诗的最后“亦已焉哉”（唉，算了吧），是颇失望的，我私下里希望她能报复对方一下。我知道这种想法不对，既不合法也不合理，但我觉得这才合情。美狄亚就实施了惨烈的报复吗。孔子也提倡“以直报怨”吗。但朱熹对这个不幸女子的评论，使我觉得他很卑鄙，很没有人性。他说：“此淫妇为人所弃，自叙其事以道其悔恨之意也。”（这个淫荡的女子被别人始乱终弃了，自己追叙自己的所作所为，倾吐出悔恨之意。）读到这样的议论如果不觉得朱熹卑鄙下流，就不是正派人。因为朱熹凭空污人清白（在这首诗中一点也看不出这个女子有什么淫荡的地方）；他对一位多情的恋人（婚前）和一个贤淑的妻子（婚后）毫无首肯之意，理学家之不懂欣赏女人，于此可见一斑，而理学家之仇视一切鲜活的女性，对人间痛苦毫无同情心也在此原形毕露。这些只知“以理杀人”的后儒，他们何曾及得上孔子的一分一毫啊。

由于孔子丰富的文学情怀，他把人格修养的最高境界理解为一种自由的艺术境界，而不是严谨的道德境界。在这一点上他又和后世的道德家们大相径庭。我们也一直没注意这一点。孔子在道德的熔炉里冶炼自己，而最后出炉的结果却大出我们意料：他熔炼出的不是森森剑戟，而是更加的幽默生动。真让我们喜出望外。你看他说的："志于道，据于德，依于仁，游于艺。"又说："兴于诗，立于礼，成于乐。"他最后的形象是"成于乐"而"游于艺"！他一下子变得亲近了，不再壁垒森严了。你看他："闻《韶》，三月不知肉味"，这时他能是一位皱着眉头板着面孔不苟言笑的人吗？他是一位手之舞之，足之蹈之的老顽童哩！他极爱音乐，即便在围困之中，也是每日"弦歌不衰"，只要附近没有死丧，他每日都大声地唱歌。司马迁的《孔子世家》中记载了孔子与音乐的一件逸事：他在师襄子那里学了一首曲子，一连弹了十数天还不换其他曲子，直到他从这首曲子里"听"出了那个肤色黝黑、身材颀长、眼神忧郁的文王的形象！"作《易》者，其有忧患乎？"文王可不就是一个满腹忧患的古之高人吗？孔子的精神通过飞散的音符，而与之相通了！

有这样的音乐修养与音乐情怀，"三百五篇孔子皆弦歌之"。这是多么宏伟壮丽的大乐章啊。我们今天已经不能再聆听孔子弦歌过的音乐了，"此曲只应天上有，人间能得几回闻"。但那古老而简朴的文字仍留传下来，那远古时代活生生个体的欢乐与哀伤，希望与失望，怨愤与爱慕……仍然如此鲜活。是的，那远古的神经末梢仍在向我们传来敏锐而清晰的刺痛……

《诗经》中有一百六十首都是采自民间，包括黄河流域，汉水、汝水流域。我们可以由此贴近这片辽阔土地上的风、水、丘垄与庄稼，贴近这片土地上的阳光、情感、悲欢与离合。班固与何休都提到当时有专门采诗的行人，摇着木铎顺着乡间小道去采诗。我有时痴想，没有比这更好的职业了。如果我在那时，我一定做个采诗者。不采诗还干什么呢？还有什么比这更快乐的工作呢？

> ——冬日的蛰居过去了，春光融融，芳草萋萋。我立于道口，望农夫荷锄远来，而他的歌声亦悠扬而感伤……
>
> 我在村落间徘徊，看顽童嬉闹，我亦走上田头，看麦苗油油，静观灌溉之水汩汩流淌。
>
> 那么多忧伤的故事啊。有一个人因想念远方的恋人远去了，从此杳无音信；一位多情的女子被人遗弃了，哭泣着回到娘家来；而服役归来的人，拄杖立于田头，他的家园已成一片废墟，丘垅上葬着他的亲人……
>
> 在远处飘来的歌声面前，我老泪纵横。

这是我写在《中国古代文学史》教案上的一段话。我是被《诗经》感动了。最幸福的时候就是被感动的时候。谁能说当孔子对这三百零五首诗逐一弦歌时，他不也是感怀万端呢？“四方有羡，我独居忧。民莫不逸，我独不敢休”（《十月之交》），这样的句子，如此贴切他忧患人生的情怀，如此真切地反映他奔波为天下的辛苦，他能不感慨吗？而那一位走过周朝旧都，面对废墟上的野黍而“中心摇摇”悲不自禁的诗人，不更是他的同调吗？面对伟大朝代的文化废墟，他不更是忧患满怀吗？“知我者谓我心忧，不知我者谓我何求。悠悠苍天，此何人哉？”（《黍离》）是啊，孔子，他是一个什么样的人呢？

六

《尚书》之流传具有传奇色彩，我们今天读到的本子乃是东晋豫章内史梅赜所献的《孔传古文尚书》。这个“孔”字乃是孔安国，司马迁的老师了。他也是孔子的十一代孙。而这个孔安国所传的《尚书》，乃是汉鲁共王从孔子故居的墙壁中得到的。光这一点，就可知孔子与《尚书》之关系了。如果说《诗经》是中国历史上最早的诗歌总集，那么作为“上古之书”的《尚书》，乃是中国历史上最早的散文集。同时，如果说《诗经》是民间的（风、雅都可以算作是民间的），那么《尚书》就是朝廷的；《诗》是民间的情感，《书》是朝廷的意志；《诗》是抒情的，《书》是理智的；《诗》是散漫的，《书》是约束的；《诗》唱个性感受，《书》倡国家价值；《诗》是艺术，《书》是道德；《诗》是大地，是天空，是大地上的野花，是天空中的飞鸟，《书》是庙宇，是碑石，是庙宇中的祖训，是碑石中的箴言；《诗》是音乐，《书》是建筑，谢林说，音乐是流动的建筑，建筑是凝固的音乐。没错，《诗》是意志的流动，《书》是情感的凝固……我们民族最古老最本质的东西，都积淀在《诗》《书》之中了。它们都与孔子有关。

《易》据说最初乃是“大墙文化”，乃是周文王为商纣所拘押，在狱中无聊，又担心自己就此玩完，“没世而名不称”，推演而成。但文王的《周易》，纯属卜筮之书，对一般读者来说不啻天书。“孔子晚而喜《易》，序《彖》《系》《象》《说卦》《文言》，读《易》，韦编三绝。”（《史记》）他的研究成果，经口授学生，学生整理成册，始有“十翼”，翼者，辅翼，辅助理解也。应该说，孔子是把卜筮之书改造成了哲学之书，综合天地人，探究天道人道，从“究天人之际，通古今之变”而“成一家之言”。所以，就《易》在这个意义上影响中国传统文化，我们又是在这个意义上理解《易》，毋宁说，《易》乃是孔子的著作了。孔子晚年，一边穷年兀兀以研《易》，一边却又担心时不我与，叹息道：“假我数年，若是，我于《易》则彬彬矣。”天不灭斯文，孔子而后，《易》果然彬彬而盛。“易者，易也，不易也。”这截然不同却又相辅相成的训释，恰好表明了天道人道的反复，变与不变的统一。《诗经》说“鸢飞戾天，鱼跃于渊”（《旱麓》），《易》言“天行健，君子以自强不息”“天地之大德曰生”，这是一个生机盎然蓬勃如斯的宇宙，这也是一个满腹忧患、自强不息的人生！

《礼》《乐》亦是孔子的教化工具。孔子对枯燥乏味的周代官制、礼仪的记录《仪礼》进行研究，指出其内涵、作用与本质。这一切都不过是“托古改制”而已。孔子说：“夫礼，先王以承天之道，以治人之情”，仍然是天道与人道。伟大的周公盛世初建，创建周礼，规范一个大帝国的行为与思想，开创了灿烂的周文化；伟大的孔子身当乱世，礼坏乐崩，他所做的，乃是在文化废墟上的考古、整理与保存。

帝国的庞大躯体，已然僵仆，他已不能使之复生，他能做的乃是使帝国的精神与文化长存人间。他所唱的，乃是伟大文化的挽歌，世运不可回，人事有兴替，挽歌者，挽留之歌也！

在《礼运》中，孔子根据可考历史的发展情况，预见着未来的道路。他认为，人类社会之发展经历着三个阶段：据乱世，升平世和太平世。据乱世就是他所处的时代了，而他为后人设想的“太平世”是什么样子呢？

> 天下为公。选贤与能，讲信修睦，故人不独亲其亲，不独子其子，使老有所终，壮有所用，幼有所长，矜寡孤独废疾者皆有所养。男有分，女有归。

谁说孔子只是向后看呢？他也展望未来啊！只是这位衰弱的老人自知自己是等不到那黄河清的一天了！

《乐记》也还是在谈哲学，谈政治：

> （音乐）清明象天，广大象地，终始象四时，周还象风雨……乐行而伦清，耳目聪明，血气和平，移风易俗，天下皆宁。

好像不能一味指责孔子把文艺都搞成道德教化，都搞成政治蓝图。你看他所处的是什么时代？一个“仁以为己任”的思想家，他不关心天下不宁，还关心什么？他不祈望天下皆宁并为之奋斗，他还祈望什么？让他回到家里，关上门，温壶春酒，泡杯苦茶，弹琴逍遥吗？

最后就要谈到《春秋》了。这是使一个时代都因此得名的著作。

晚年的孔子顾视日影，喟然叹息：“不行啊不行啊，君子很惧怕死后没有留下名声啊。我的道行不通了，我凭什么在后世传名呢？”他搬来鲁国历代太史记录的史料，开始著作历史。以前在做官审案时，他很谦虚地与其他陪审官商定判辞，而此时他却突然“专断”起来，“笔则笔，削则削，子夏之徒不能赞一辞”。连插嘴提建议的机会都不给！这本以“微言大义”著称的历史著作，孔子是有意把它写成政治学著作、伦理学著作的！他在这里要审判的，是整个历史！而且他所进行的不只是历史批判，更重要的倒是他的政治批判与道德批判！他希望他的这本书能成为人的道德准则，更希望它能建立一种合理有序的政治运行法则。这就是这本书使“乱臣贼子惧”的原因。孔子在给弟子们讲授《春秋》时感慨地说：“后世知丘者以《春秋》，而罪丘者亦以《春秋》。”丘吉尔说，影响历史的最好方法就是写历史。“春秋”以后的历史，不都受着《春秋》的影响吗？孔子一直在参与着历史进程啊，只是他本人没有到场罢了，对后来的历史而言，他只是一个缺席者。

七

我认为，孔子最伟大的贡献乃是他的“私学”。最初开办私学的人未必就是孔子，但把私学办成传授文化、培养人格、培养知识阶层的场所，则毫无疑问是孔子。正是在他的私学里，才出现了中国历史上第一批真正意义上的知识分子——这些人既不是世袭贵族，也不是后来的科举士大夫，他们不是官僚机构中的成员。他们是那时代冒出来的“新人”，名称叫“士”，后来《礼记》宣称“大德不官”，魏文侯之师田子方宣称，“行不合，言不用，则去之楚越，如脱履然”，可以见出这些人的傲慢与偏见——对诸侯的傲慢是那么显眼，对学问的偏见又是那么深固。谁培养了这一批特立独行的知识分子？

是孔子。孟子与田子方都是孔门后学。所以，孔子的私学促成了文化的独立，文化由权势者股掌之间的小妾，蜕变为特立独行的汉子，“大丈夫”（孟子语）。这种文化不以取悦权势换得宠爱为目的，而以社会批判为天职。文化而以社会批判为天职，这就是文化的本质属性了。谁赋予了文化这种本质属性？是孔子。对于世俗政权而言，权力体制自身的制衡是必要的、重要的；而文化批判所产生的文化制衡尤其重要。中国后来漫长的封建社会里，之所以没能在权力体制之中产生制衡，这与封建政权把文化纳入权力体制，取消其独立性，否定其文化批判的必要性、合理性有极大的关系。也就是说，当我们否定了文化批判之后，权力内部的制衡也就相应地被消解。官僚系统之内的权力制衡，是为了政府及其各职权部门行为的合法有序及防止权力滥用；而文化批判所产生的制衡，则是保证整个社会的行为合乎人性，合乎理性。孔子以后的百家私说，不都是在这个意义上讨论世俗政权的合理性吗？

八

孔子曾描述过自己的形象：“学而不厌，诲人不倦，不知老之将至。”在他的身边，一批勤奋好学安贫乐道的年轻人在成长着。看看这些蓬勃的春花，他真的就想不到自己已是秋天的一枚黄叶？这句话我看应该这么理解，正是因为知道自己老冉冉而将逝，才抱定“朝闻道，夕死可矣”的信念与日逐走，学而不厌。同时又把自己的心得传授给弟子们。他已是明白地知道，自己来日无多了！鲁迅晚年自知不久于人世，便一再告诫自己“要赶紧做”。孔子也是在与自己的生命赛跑，赶紧做呵。“天下无道久矣，而莫能宗予”，他已无力回天了，“道不行，乘桴浮于海”，他要离开我们去那道山了！

颜渊死了，他的精神受到沉重的打击。“天丧予！天丧予！”（天要灭我，天要灭我啊！）安贫而乐道的颜回死于贫困，死后连棺材也没有。孔子为之深深恸哭。“我不为他哭还为谁哭呢？”他越来越老了，世道也越来越混乱了。不久，有消息传来，子路死在卫国了，正中了孔子以前的忧心忡忡的预言：“不得其死”，被人剁为肉酱。子路是众弟子中唯一敢于冲撞他的学生，小他九岁，总是雄赳赳的样子。孔子知道这个有些粗野的弟子其实最为忠厚义气，他还曾设想，当他远遁人世时，让子路跟随着他。可现在又死在他前面了。他已经多次承受着这白发人送黑发人的惨痛了。他的心境更为凄凉了。做生意的端木赐（子贡）来看他，给老师一些周济，他正拄着拐杖在门外看西山的落日，那落日如血的余晖最后一次染红大地与天空。孤独的孔子问端木赐：“赐啊，你为什么到现在才来看我呢？”接着便低吟了一首绝命歌，那简单的字句和厚重的内涵使人想到宇宙中最简单而又最本质的哲理，人间的生死竟也牵动着宇宙的毁成：

太（泰）山坏乎！梁柱摧乎！哲人萎乎！

圣人洒泪而尽了。带着他的雄心去了。如蜡烛最后一次耀眼地一跳，熄灭了。天地之间，一片黑暗。但，也就是从那一刻起，他不再仅属于一个时代，而属于千秋万代！

庄子

永恒的乡愁

鲍鹏山

一

在先秦士人中，庄子是很独特的一位，我认为当时沸沸扬扬色彩斑斓的文士可分为三类：一类是像苏秦、张仪，唯利是求，没什么特操与价值标准，只要有官做，能富贵，既可悬头于梁刺股以锥，也可以朝秦暮楚，卖友求荣。而他们中的走运者，最终也进入了实际的政治生活，成为统治者中的一员。合纵连横，权倾朝野，名满天下。《孟子》中载景春对孟子的话说：“公孙衍、张仪难道不确实是大丈夫吗？他们一怒诸侯便恐惧，他们安居不动，天下也就安定无事。”可见他们的显赫与威风。纵约长苏秦“位尊而多金”，风度翩翩地来往于六国之间，身兼六国相任，皮包中装着六国的相印，碰碰撞撞地作着舒心的响声，连他的父母都洒扫而郊迎三十里了。一部《战国策》说尽这些人杠杆天下之势。这颇使第二类人如孟子者满腹酸醋。孔墨孟荀等人，有自己的哲学，有自己的价值观，并坚持不放如同身家性命，且还负有一种“有道则见，无道则隐”的气节，故而也就只能常常不得志，常常对诸侯发牢骚，对第一类人吹冷风了。他们暗中羡慕第一类人，却又只能冷眼旁观，眼看着人家把天下闹得动荡不安，沸反盈天又一塌糊涂，而自己的呼声愈来愈被淹没了，愈来愈受诸侯的白眼了，便只好退回房里，把满腔不平和才气都写在竹简上，给后世留下一部部好文章。但以上两类人虽有大区别，亦有大相同，他们都热衷于都市生活，喜欢在人群中出风头，抢镜头。孔子在野外的时间不少，并且也颇受苦难磨炼，但他那辆常由他自己执鞭驾驶的在阡陌间奔驰扬尘的车马，其辙印是直通城市，且直通诸侯的官邸的；孟子一生足迹不出齐稷下、魏大梁和滕文公的衙门；韩非出身韩国贵公子，更是自小在闹市中厮混；墨子呢？他出身“贱人”，但他也是城市中的手工业者，并且他的主要活动是以城市及诸侯这个背景展开的。另外，这些人还汲汲于从“治于人”变为“治人”，并津津于研究如何“治人”。由此，以上两类人都是城市文化的代表，是热闹场中的人物。

而第三类，除了一些在历史典籍中忽隐忽现扑朔迷离的隐者外，有大著作大人格且以大背影遮挡后世的，就只有我现在要写的这位表情古怪的冷嘲大家庄周先生了。当别人在都市中热闹得沸反盈天争执得不可开交时，他独自远远地站在野外冷笑，而当有人注意他时，他又背过身去，直走到江湖的迷蒙中去了，让我们只有对着他消逝的方向发呆。他是乡野文化的代表，他的作品充满野味，且有一种湿漉漉的水的韵味，如遍地野花，在晨风中摇曳多姿，仪态万方，神韵天成。如果说孔孟荀韩的著作中多的是社会意象或概念，充斥着令人生厌的礼呀、仁呀、忠恕呀、战争呀、君臣呀的话，那么他的著作中却是令人心脾开张的新世界，一派自然的天籁。这里生活着的是令人无限景仰的大鹏，怒气冲冲的挡车的螳螂，自得其乐的斥鷃，以及在河中喝得肚皮溜圆的鼹鼠，这些自然意象构成了他著作中独特的魅力。他一生没有在大都市里混迹过，官也只做到漆园小吏，大概比现在的乡长还小——并且绝没有贪污索贿。所以他不但没有大宗遗产留给儿孙，便是他自己，也穷得向监河侯借粮。监河侯知道这位庄先生借得起还不起，就巧妙地拒绝了。后来他便只好以打草鞋为生。据他的一位穷同乡——不过后来发了迹——"一悟万乘之主而益车百乘"的曹商的话，当曹商从秦王那里得到一百辆车的赏赐，高尘飞扬地回乡炫耀于庄子时，他见到的庄子已穷得"槁项黄馘"——脖子干枯而皴，面皮削瘦而黄了。不过此时庄子的智慧与幽默还依旧焕发且锐利无比，使得这位曹商先生反显龌龊了。他含蓄而尖刻地讥刺曹商舔了秦王股沟中长脓的痔疮，这种讥刺后来成了中国民间讥嘲拍马者的成语。

庄子的乡野文化特征及其挨饿本色，都是先秦其他学子所没有的。比如孔子，假如他真的"自行束脩以上吾未尝无诲也"，他也有三千块腊肉了。所以他能"食不厌精，脍不厌细"，肉要切大小相同的正方形，再加上生姜细细炖烂，这才下箸。而且酒量特大，一般是喝不到失态的地步的。孟子呢？带着他的众多门徒在齐宣王那里一面大吃大喝，一面又发"君子远庖厨"以及"万物皆备于我"的既清高又潇洒的言论，齐宣王甚至要给他在国都正中盖别墅，再用万钟谷禄来养他的弟子哩。由此可见，庄子的独特，挨饿本色村夫家相是其一。

不过这里得交代一句，庄子并不是没有城市户口，不愿在城市里做盲流才住乡下的——他本来至少可以到城市开一个鞋店，干干个体经济，说不定还能暴发——庄子之住乡下，乃是他死心塌地的选择。楚王曾派人去请他，说愿意以天下相烦，客气得很，但此时庄子正专心致志地在濮水上钓鱼，眼神直盯着水面上的闲逸的浮子，没有理会这飞黄腾达的机遇，冷冷地把使者打发走了。而他自己像个真正自由的野田之龟，曳尾于涂，虽则不如孔孟烜赫与实惠，却其乐无穷。他的这种心境实在是人类心灵的花朵，永远在乡村野外幽芳独放，一尘不染，诱引着厌倦城市生活的人们。

庄子的第二个独特之处在于，他是先秦诸子中唯一不对帝王说话而对我们这些平常人说话的人。当别人都在对着诸侯不甚耐烦的耳朵喋喋不休地说着如何如何“治人”的时候，庄子转过身来，恳切而激动地告诉我们如何自救与解脱，如何在一片混乱中保持心灵的安宁与清净，如何在丑恶世界中保持住内心的自尊自爱，不为时势左右而无所适从，丧失本性，以及如何在“无所逃乎天地之间”的险恶中“游刃有余”地养生，以尽天年。无疑，他是较为亲切的。吕思勉《先秦学术概论》说庄子哲学“专在破执”，可谓一语道破，很多我们执着不放孜孜以求的所谓价值，到底对我们心灵有什么好处呢？“破执”后来是佛教的特色，难怪《庄子》一书被后世的道教徒称为《南华真经》而与佛教抗衡呢。

二

庄子也寂寞。他和名声赫赫的孟轲是同时代人，并且两人还有共同的朋友（比如梁惠王），但孟子的著作中没有提到庄子，庄子也没有提到孟子，可见他与世隔绝得多么严重。我是常常为此感到遗憾的，老子与孔子据说是相见过的，并且有些抵牾，但这两人都不善辩论，没有留下太精彩的对话，一个朴拙深厚，长者风度，言简意赅；一个彬彬有礼，温良谦让，立论中庸。两个平和的人在一起，是不大能有趣味的。但庄子和孟子就不一样了，若他俩能相见，一样的傲慢与偏见，一样的激情浩荡，那该会出现什么样的结果？孟子是当时的辩论高手，这方面名满天下，以“好辩”著称；庄子呢？言语文章汪洋恣肆，一泻千里。况且这两人，一个执逻辑利器，无敌不克，无坚不摧；一个肆诗性智慧，浩浩荡荡，大气包容。一人力距杨墨，一人终身剽剥孔子之道。这两人若能相见，会在历史的原野上战成甚番气候！会有多少好看的文章传世！

哲学乃是智慧的对话或碰撞。当时两位最了不起的哲学家却如此隔膜，实在叫人费解。梁惠王被李贽贬讽，说其资质太差，我看真有这么回事，不然，他何不知道引见孟庄两位呢？

庄子一生中，唯一的朋友是惠施，这两人中间有不少争论。总的来说，惠施现实，讲实证，恪守物我界限；庄子玄想，讲悟性，力主物我贯通。因此，惠施讽刺说庄子的言论大而无当，所以为人所弃；庄子反唇相讥，说惠子被茅塞堵心，不知天外有天，固执无知。这两人生前有猜疑，并不十分友好，惠子疑心庄子要抢他相位，庄子则刻薄地说惠子是视腐鼠为美餐的鹞鹰。但惠子死后，庄子却十分悲伤，在惠子墓前唏嘘难禁，以“郢人失质”为喻，痛吊这位老对手。因为除惠子外，再无人与他辩论阐发了。这也可见他当时的寂寞心境。

另外，如果不怕别人指我为偏激的话，我还认为，在先秦诸子中，就其著作所讨论的范围和深度而言，真能称得上为哲学著作的，除了《老子》，也只有《庄子》了。试平心想一想，《孟子》中除了论“人性”的几节有哲学意味外，其他的不都是在谈政治甚至政策吗？

三

毫无疑问的，先秦诸子中，庄子最有魅力。当庄周先生对炙手可热的暴发户们——他当着梁惠王的面直指为“昏君乱相”——投以轻蔑的一哂，并把他的超人的智慧转向对人的生存状态的研究时，他就魅力无穷了。他给我们指出了人生中的无数尴尬，“无所逃乎天地之间”的窘迫以及我们心智上的种种迷障，我们在他的嘲弄面前面红耳赤却又处处豁然。当他唱着“迷阳迷阳，无伤吾行，吾行郤曲，无伤吾足”（带刺的迷阳草呵迷阳草，不要挡住我的路，不要伤了我的脚，我已经在绕着弯儿走了）时，我们会马上想到自身常有的人生触觉——而这时，他简直就是我们的知心了！他知道我们的怨怒以及求和而不能的委屈，他的魅力真正地动人肺腑。我总觉得，虽然《论语》中有孔子的形象，《孟子》中有孟轲的形象，但都不及《庄子》中庄子的形象来得有魅力——坦率地承认，我最尊敬孔子，最同情韩非子，但我最热爱庄子。我曾说庄子是表情古怪的，这是因为我无法想象他的形象。孔子似乎是一贯严正而间或幽默的；孟子是气势汹汹咄咄逼人的；韩非子是怀才不遇冷峻孤单的，但庄子呢？他的表情太丰富了，一会儿是尖锐无比的人生解剖师；一会儿又是沉湎往事的诗人；一会儿是濮水上的泛舟者、闲钓者；一会儿又是土屋前闲坐无聊的穷汉。有时他去远游；有时他又安坐家中洋洋洒洒地记录着他的思想——我们确实无法界定他的形象，他太丰富，太浪漫，太抒情，太不拘一格，或者说，有时他太出格。同时他又行踪不定。我们可以对孔子的行踪了如指掌，孟子、韩子也一样，我们知道他们在哪里求学，然后又在哪里求用，我们知道去什么地方找他们或等他们。但对庄子，我们只有张皇四顾，不知道他从哪里来，又到哪里去了。从江湖上传来的他的消息总是云遮雾障，且他是一个充满去意的人，谁知道他什么时候像老子一样一去渺然呢……

我寻求庄子魅力的秘密已有多年，现在我愈加坚定了自己的信念。我认为，庄子的魅力就在于他的激情与超脱，两者奇迹般地融合在一起，大凡一般人在激情与超脱之间只能取其一，并已显难得，而庄子却能熔铸而兼之——从超脱上讲，没有人能像庄子那样藐视一切，漠视一切，高高在上地俯视一切并嗤之以鼻，当这种时候，他站在世界的对面打量着，打量着这个庞大丰富的对手，但他最终发现这个世界微不足道如草芥，虚张声势如小丑，于是他背身就走了，深愧来到这里。这时，他的灵魂确实已飘然远去，去了那“无何有之乡”，只有他憔悴的身影仍在人间伶仃而孤傲，如夏天的最后一朵玫瑰。但是，他又能在如此超脱与轻蔑时，表现出充沛的激情而无一丝的尖酸（试问谁能做到这一点？）——因此，同样的，没有谁能像他那样热爱一切，充满激情地对我们谈论一切了！他使万物都具有了灵性，或者说具备了感动人心的诗性，他使鬼魂、神灵以及种种动物、植物甚至土偶桃梗都栩栩如生地对我们说话——他简直就是点化万物的巫卜！他在蔑视与摒弃这个世界时，又使这个世界如此地生机勃勃，意趣盎然，充满诗性光辉！于是我们感到，他与这个世界做了最长久的厮守，故而有了最绵渺的缠绵！这时，我们看到他对这个世界像对待一个久已失去昔日风采的恋人，那种既恼又怜且遮掩的丰富神情简直使我无所适从。在极端的蔑视里有极端细致的体察与回忆，在极端的怜惜里有极端的失望与无奈。这当然归源于庄子超人的理智与心灵：他的理智时刻像哲人那样的清醒，如蛇行草上，不黏不滞，寒气渗透而又敏锐无比；他的心灵却无时不像诗人那样沉醉，如鸽立檐间，不怨不怒，怜悯四溢而柔情万种。他当众把一切都掷在脚下，作践给我们看，并遏止不住地冷笑；而当众人散去，他又收拾起这一切，把它们拥在胸前，独自失声痛哭。他不就是这样恣肆怪诞、汪洋浪漫吗？一路挥洒着他的天才、激情与痛苦，在那个受了伤的时代，还有谁比他抚摸伤口的姿势更令人难以忘怀呢？还有谁的著作像他那样，纯是一片弥漫开去的天才、激情，甚至热血呢？

所以，别人写文章是为了哲学，为了政治，为了争辩甚或为了富贵，庄子写文章似乎只为了打发他的天才，打发一个天才谪居混乱流血的人间时的那种无聊漫长的时光。对人间苦难的深重怜悯压迫着他，使他不得不对人间有所作为，有所供奉。虽然他充满去意并且认定人间只是短暂的逆旅。才华是人生之累，它往往带给人双重压迫。

首先，越趋近天才，便越能感觉到天人之际的悲哀，这种形而上的悲哀是致命的毒液，并无人间的良药可解，“天乎！人乎！”“人不胜天久矣！”庄子曾这样感喟，可见他曾如何地挣扎解脱而又终于认命。同时，在险恶的人生中，才华还会引起像妒嫉、排挤等的无聊至极的陷害。只要这个社会以平庸为平衡，那么这种厄运便永不可免。庄子是个体经营，又独居乡野，不与人争权夺利，用韩愈的话说，是属于“疏远又不与同其利者”，所以他倒不怕这些。但他身处乱世，深知“膏火自煎，山木自寇”的道理，况他木秀于林，总能预先感受到一些不祥的风声，所以他说他要处于“材与不材之间”，这是在险恶中生出的智慧，但也更需要能在刀丛中赤足跳舞的技巧。他于学无所不窥，但真正令人无法望其项背的是他的汪洋天才。我有时在陇海线上驰过河南商丘地段时，在车窗中望着这一片近乎贫瘠的土地，是常常讶然这片土地的内在生育力的。或许她贡献出一个庄周时已倾尽地力了，才显得如此的寒伧？但我相信，庄子已使这片土地神秘而神圣，无尚光荣。

商丘的庄周把他得之于造化的天才及痛苦转化为汹涌而出的智慧。庄子的见解与其说是知识、哲理或逻辑，毋宁说是智慧，是层出不穷的智慧。这种真哲人的气质令我心仪不已。真的哲人，大智慧的人，在面对世界时是并不吃力的，相反地，倒是轻松自如得心应手。谁能像他那样用微笑来面对丑恶？而这微笑，只是轻微的一丝，不易察觉地掠过他的脸，便如炎阳照雪，那些丑陋便悄然融化，而那些涂抹得完美厚实的凶恶，也就狼狈地原形毕露了。我仅举一例。我们知道他是反对战争的，这种兼并而致的统一往往不过是统治者的权欲而已，人民并不认为只要统一，宁愿生活在像嬴政那样的暴政之下。但庄子对此并不像墨子那样辛苦而急切，也不像孟子那样愤怒而失态，他只微微一笑，给人们说了一个故事，显出大智慧在面对丑恶世界时所能有的从容与最使人忍俊不禁的平淡。他说："你们知道那寸许长短的迟缓、丑陋、肮脏的蜗牛吗？别看它微不足道，它身上寄生着很认真的寸土不让的生灵呢，有一个在蜗牛左角立国的国家，叫触氏；一个在蜗牛右角立国的国家，叫蛮氏，这两国有一天为了争夺土地而发生了大规模的战争，战争的结果是伏尸百万，战胜的一方追逐失败的一方，竟旬又五日而后返，整整十五天才回来！"——还有比这更让人辛辣难忍的幽默吗？还有比这更高明的寸金杀人的技巧吗？他经常踟躇乡野，在田坎、水堤以及湿漉漉的树林里颇有兴趣地研究各种小东西，观察仔细，极度耐心，孜孜不倦，欢欢喜喜如一个老顽童，而研究这类小东西的执着认真煞有介事却不亚于孔孟之研究君王大臣。他当然知道什么是蜗牛，他更知道微观世界与宏观世界的辩证关系，他实际上是充满恶意地把人间的价值、利益等掷到那黏糊糊的蜗牛角上了！然后，像所有导演恶作剧的孩子一样，得意扬扬地看着别人出丑卖乖，他不动声色地袖手旁观，有时又掩口而笑——我由此领悟，真的高手击败对手不过是微微一笑！但这种挟泰山以超北海的雍容气度又岂是常人所能具有的呢？

四

织草鞋的庄周神情枯淡，不疾不徐。但我相信他此时的精神正在那九万里的高空，青天在背，人世在俯。他是江湖上人，他就从水中孕育出那超越尘埃的大鸟，横空绝世，惊世骇俗。逍遥而游的大鹏在九万里高空独来独往，那种俯视人生之态势，莫之夭阏之洒脱，那份孤独与骄傲，确实让儒家所蝇营狗苟的功名利禄黯然失色。我是常常能感受到儒家强作的严正在庄子的略带滑稽的微笑面前的尴尬与不安的。儒家坐稳了国教的高椅，用铁的原则规范所有的行为甚至思想，煊赫威严，神圣难犯。但它难免芒刺在背：一个杀手在野外游荡着，并且以超出的智慧，使它束手无策。

我不能避开庄子的人格不谈，在先秦，我认为主要有五种人格理想：墨子的苦行侠人格，赴汤蹈火，摩顶放踵，利天下而为之；杨朱的贵我人格，绝对自我，拔一毛而利天下，不为也；孟子的大丈夫人格，锋芒毕露，正义在胸；荀子的君子式人格，平和公正，循规蹈矩；再一种便是庄子式的人格了：独来独往，不吝去留，若垂天之云，悠悠往来聚散，在一种远离的姿态中显出格外的美丽与洒脱。虽然后来荀子式的人格遍布天下，那种带有老人和妇人特征的思维方式及性格几成民族性格，我依然敬仰墨子尊重杨朱，佩服孟轲而心仪庄周。没有人愿意为天下自苦如墨子，也没有人敢于为个人自私如杨朱，更没有人敢在专制的社会里学孟夫子，学庄子的遁世无闷也极难。正因为这样，才显得凤毛麟角，才显出大勇气，大人格，大精神。这里不谈别人，只谈庄周，当庄子唱着“一而不党”的调子从我们身边掉臂而过时，我们不能不感到“于我心有戚戚焉”。他是在瓦解铁板一块举手措足都强求一律的政治。况且我们在人群之中感到多少孔子所津津乐道的“恕”了呢？孔孟都讲德、行，但这种建立在人群中的德、行，不是往往“事修而谤兴，德高而毁来”（韩愈语）么？不是有很多人为他的高尚的道德而付出代价，更有一些人又大获其卑鄙的好处吗？我倒并不是反对人群，但人群中如不给个人以选择自己行为与思想的自由，这人群就不值得留恋，还不如“一而不党”，没麻烦。孔子讲“己欲立而立人，己欲达而达人”“己所不欲，勿施于人”，这里面包含着一个很重要的潜台词，那就是他认为人性是一致的，有共同的趋骛与规避，因而也就可能有一种大家共同接受的标准原则来统一人们的追求和幸福感。于是“礼”就出现了，它既像它所许诺的那样，是对人群幸福的保障，也是对异端进行起诉和惩罚的根据。这便使得儒家文化有一种根深蒂固的专制意味。庄子呢？他对此冷笑：怎么能断定你厌恶的不正好是我希求的呢？怎么能断定你希求的不正好是我厌恶的呢？我与你既然是不同的个体，为什么不能有不同的个性与趣味呢？为什么不能有不同的思想与志向呢？凭什么一定要统一它们呢？统一它们到底是为了谁的利益呢？有足够的道德依据吗？天下有不易的人人喜爱的“正味”“正色”“正处”吗？在《齐物论》中，他证明的就是万物的差异性与不完美性，从而论证世间万物的平等并存关系，否定了儒家的“礼”。他真个是专制政治与专制思想的死对头，又是难以制服的对手，他游荡江湖，我行我素，独持偏见，一意孤行，在历史的擂台上飘然落定，使腐儒不寒而栗。

如果儒家坚持要求个人削平个性，适应社会，认为完美的个性就是无我地奉献给社会；那么庄子则要求社会适应个人，他坚定不移地认为，假如一个社会是道德的、合理的、正义的，是生机勃勃的而不是僵死的，那么这个社会就必须尽可能地为个体提供自由与发展的条件。同样，个体能否感到自由与幸福，能否有充分的权利表明自己的思想与意愿而不受到暴虐，是这个社会存在的最终道德历史依据。庄子就在他乡下的土屋中一厢情愿地充满理想主义色彩地炮制出这一套反对“城市规则”的纲领，他是自由个体经营者，当然反对井田制，未开阡陌之前的随意种植与收获很合他的心意。但他的这些天才的漫无王法的纲领使得宣布“溥天之下，莫非王土；率土之滨，莫非王臣”的专制君王大为气馁与不安，也使得儒家的卫道者们在历史的每一时期都对此劳神竭虑又无可奈何，甚至在开明的唐朝，不也有韩愈反对他吗？要求“文以载道”并且不惮为师以便“传道授业解惑”的韩老师在排斥佛老时的专制面孔以及那种真理在握的自我感觉就很让人反感。

五

但是，庄子留恋的已经失去，他所向往的又迟迟不能到来。诺瓦利斯说，哲学就是怀着永恒的乡愁寻找家园，从庄子那里，我们知道了这种致命的乡愁与致命的寻找，他的哲学就是对失去的家园的怀念。而他自己，也在时时眺望着故乡，计算着回归的日子。人间的世界不过是逆旅，而这世界又是多么的贫乏、混乱，无诗意无色彩呵！所以，当他的老妻死了时，他击缶而歌，送她回到“故乡”。现在，寄寓土屋的旅人只他一个了，他可能更加自由，但也更加无聊与落拓了。“而已反其真，而我犹为人猗”（你已返回故乡了，而我还要寄寓人形之内，在这人间羁旅呵）——这孟子反、子琴张在朋友子桑户灵前的悲歌，就是庄子对人间满怀倦意的流露。“予恶乎知说生之非惑邪！予恶乎知恶死之非弱丧而不知归者邪！”（我怎么能知道悦生不是一种迷惑呢！我怎么能知道恶死不是就像顽童离家不知归去一样呢！）

庄子疲倦了，他已经不胜乡愁了。对着永恒消失的故乡，他只能对着落日唱着永恒的恋歌，不再希冀安居；对着被眼泪和血充满的历史之河，他长歌当哭，这是怎样的忧伤绝伦的调子呵，他唱着，掉头不顾了。他一生都浪迹在帝王们找不到他的江湖上，在流浪结束的时候，他走向了永恒，走进了我们代代血脉相传的记忆。是的，他大树长青，永垂不朽，而他的思想则正如他自己的话所说："薪尽火传，不知其尽。"

屈原

无路可走

鲍鹏山

屈原不好写。我几次动笔都叹口气放下了。写屈原的困难在于，我们不知道哪些东西是他的，哪些东西不是他的，这不仅指他的作品，也指人们指认给他的那些思想、性情、性格。是的，屈原是一个“箭垛式人物”（胡适语），我们后人附会给他的东西太多，在中国古代人物中，没有一个人像屈原那样，被后人随己意或随时代需要而加进去那么多东西。我们固然可以因此说，屈原是一部大书，每个读者都可以从中读出自己的东西，每个读者都可以按自己的理解与逻辑来认识屈原，但屈原也因此面目全非，或千人千面，如同一千个读者的一千个哈姆莱特。屈原的生平留给我们太多的盲点与疑点，为他作传的司马迁情绪激动，心潮起伏，不能心平气和地记录他的身世行踪，大段的主观抒情议论占据了不长的篇幅。司马迁可能意识到，对于屈原来说，他的精神远比他的生平事功更重要。由此，后来的屈原研读者只在乎自己的理解能够自圆其说，不自相矛盾，能构成一个可理解的自我体系。这样做事实上也并无不妥。历史的本体本来就是不存在的，不可复现的，存在的只是我们对历史的认识，更何况疑窦丛生的屈原？韩非曾疑惑地说，孔墨死后，其不同的后学都自谓真孔墨，孔墨不可复生，谁能定孔墨之是非？我们也可以说，屈原不可复生，我们谁又能定屈原之是非？不同的读者有不同的屈原，屈原的内涵也因为有了这些附着，而越来越丰富，其影响也越来越深巨。所以，我们也可以说，屈原是一个滚雪球式的人物。

我觉得，屈原之影响中国历史，不在于他的思想，也不在于他的事功。这两点他都不突出。他的思想——美政，在《离骚》中也只有“举贤而授能”“循绳墨而不颇”以及效法先王几条，空洞而且没有原创性。他的事功更只是昙花一现，还没开始便夭折。以至于在先秦典籍中根本就没有他的名字。赵逵夫先生独具只眼地在《战国策·楚策一》“张仪相秦谓昭睢”一节中，考证出该段文字中的“有人”即是屈原，从而证明了先秦确有屈原其人。但这也恰好证明了屈原在先秦之无名望无影响，以至《战国策》中以“有人”来代称他。如果没有他精彩绝艳的楚辞，他极可能淹没在历史的尘沙之中，连同他的痛苦、不幸与委屈。

屈原之影响后代，乃是因为他的失败。这是个人对历史的失败，个性对社会的失败，理想对现实的失败。屈原在他的作品里（主要在《离骚》和《九章》里）淋漓地展现了这种失败。可以说，在中国历史上，这是第一次有关独特的个人与社会、历史发生冲突并遭致惨痛毁灭的记录。在此之前的诸子及所谓儒家的六经，都只是对所谓社会秩序、历史规律的认知——包括价值认同，并没给独特个体及个性留多少余地，而《诗经》中的为数不多的个性痛苦（指个体在社会体制中的感觉记录）也因“怨而不怒，乐而不淫，哀而不伤”而黯淡无光。比屈原稍前的庄周已经看出了个性与社会的不可调和的矛盾和冲突的必然性，同时他也悲观地认识到，在这场正面冲突中失败的一方只能是个性，故而他避开了社会冷酷的锋芒，避免与之发生冲突，他几乎是不战而退。而比屈原稍后的荀子（注意这三人都与楚文化有关系），则是通过对人性的否定，进而否定个性，否定独特个体的道德价值，或者说，否定个体在社会秩序之外的独立价值。唯独屈子，既要坚持个性，又要坚持以自己的个性去改变世界，以个性的温热去融化那冷酷的秩序。因此，他的失败是一次意味深长的历史事件，也是人类永恒的悲剧。甚至我们可以把他的作品看成是有关人类自由、幸福的启示录。

他以至善至美的古圣贤做自己立身行事的榜样——天真的屈子并不知道，这些古人的“至善至美”往往只是后人的想象甚至是有意的欺骗，他更不能知道，至善至美往往便不能与现实并存，因为至善至美便不能宽容。聪明的庄子看穿了这种历史骗局，他推倒一切圣贤，把他们通通置于他的戏侮之下。犀利的韩非更是从唯物的角度拆穿儒家的美化，把古人推下神坛。而屈原对这些道德幻象则是真诚的信奉，甚至还把自己看成是古圣人的影子，并把自己当成是古圣人意志的现世体现者。由此便出现了这样的结果：他把君主应当“效法先王”的命题（这也是稍前于他的孟子的主张）不经意地就变成了君主应当“听信贤臣”，应当对贤臣信任、重用，守信而不改。因为这样的臣子就是先王意志的化身。“先王”由一种抽象的精神传统具体为一个活生生的人，与君主对峙。屈原就是这样与楚怀王对峙着。当然，与孟子一样，他不能明白的还有，道德模范式的圣人及其个人魅力绝不是现行体制的对手！所谓的“法先王”，不过是一种幼稚而天真的愿望而已！

当楚怀王背弃“成言”，“悔遁而有他”（《离骚》）的时候，屈原才发现，“君可思而不可恃”（《惜诵》），这时他感受到了个人在体制中的委屈与孤独。《惜诵》一篇所倾诉的就是这种委屈与孤独。甚至他认定一国之中没有一个人能理解他，“举世皆浊我独清，众人皆醉我独醒”（《渔父》），他慨叹“人之心不与吾心同”（《抽思》），至此，他就把自己放在整个世界的对立面去了，不仅是一个壅君，几个奸臣小人，而是所有人。一个人站到所有人的对立面是什么结果？可悲的是，屈原在为大多数人谋福利，但大多数人并不能对他援之以手——姐姐骂他，不支持他，还要他屈服，太卜郑詹尹很有分寸地缄口不言。渔父甚至对着他“莞尔而笑”，唱了一曲“清斯濯缨，浊斯濯足”来讽谕他，然后是“不复与言”。在别人的眼里，他太固执，太钻牛角尖，不容易对话与沟通。屈原就只能死在孤独之中，死在壅君的昏愦、奸人的险恶以及大众的沉默中了。

忽反顾以流涕兮，哀高丘之无女。

《离骚》中的“求女”，乃是“求知音”，而“无女”当然也就是无知音。屈原笔下的“求女”都是失败的。屈原的知音在后代，而不在当代。他的最早的知音大约是贾谊，一个年轻有为而又多愁善感情绪不稳的书生，天才政治家，当然也同屈原一样，是一个失败者。当他被贬为长沙王太傅时，过湘水，投书以吊屈原。后来司马迁把他两人合传，不同时代又无学术承传而合传，除《刺客列传》《游侠列传》外，仅此一例。显然，这三种传记，都取的是精神上的承传，际遇的相似。我有时犯糊涂，不知道司马迁是因了贾谊的遭际像屈原才把他续传在屈原的后面呢，还是因为要传贾谊才想起此前还有一个更哀婉动人的屈原。我觉得后一种可能性大一些。是贾谊的追悼使屈原回到了人间。而此时，距屈原自沉汨罗，已是“百有余年”了。

屈原也缺少孔墨孟荀等人的达观。他毕竟不是冷静从容的哲人，他是诗人。同时，他也缺少他们曾经有过的苦难磨炼。

当屈原二十岁行冠礼作《橘颂》时，他是何等儒雅自信，前途远大。而孔孟等人同样年龄时还在社会底层挣扎，受尽白眼与辛酸，因而他们有韧性。他们不像屈原那样出身高贵，孔孟都干过一些贱人才干的“鄙事”，当过吹鼓手、委吏、乘田，被人从宴席中赶出来，而墨子，本来就是“贱人”。

而屈原，他纯洁无瑕的贵族血统与心性使他无法面对失败。在失败面前他不能沉默，不能隐忍，不能迂回，不能无闷。他呼喊，他叫屈，他指责，他抗争，于是他得到的是更大的打击与蔑视，是别人对他的彻底的失望。

他掸去灰尘，保持自己的皓皓之白。他凛然地站在邪恶的对立面，与他们剑拔弩张。一点也不含蓄，一点也不躲闪，一点也不讲策略，他怒形于色。他给对方看他的伤口，以便对方知道他的仇恨与报复心切。他由此遭到邪恶的全面彻底的攻击。邪恶无法容忍他的存在，因为他把自己摆在与邪恶你死我活的对立面上，邪恶即使仅仅为了自己的活，也要让他死。

而屈原的伟大与可贵也正在这里：

他不理解邪恶与不公。他无法和他们和平共处，哪怕是虚与委蛇。他谨持着他理想的绝对纯洁。是的，他至死也不曾丢失一寸土地。他是代表独特个体而与社会宣战的最伟大最惨绝人寰的战士。因为他的绝不让步，这世界有可能免于全面堕落。

而他的这种行为必然会遭到一些孱头的批评。比如扬雄与班固。

扬雄看到了人性自身的弱点与功利趋避。他要个性收敛自己的光芒与芬芳，降低自己的精神品位，从而与世俗取齐。他认为与其与对方弄得鱼死网破，倒不如以自己的苟活换得对方的宽容，或者，以自己对对方的道德宽容忍让换得自己的苟活。他大概是在为自己附莽做辩护吧？（扬雄《反离骚》）

而班固，本来就是一个见识不高的人。他臧否人物往往持论乖谬得令人莫名其妙。他认为君上是不能批评的，小人也是不应该斗争的。而屈原则偏偏“责数怀王”，“竞乎危国群小之间”（班固《离骚序》），所以屈原简直是咎由自取了！我以为，班固对屈原的批评，如同青铜对铁的批评，不，是青铜做就的、贵族手中把玩的酒器溺器，对钢铁铸成的叛逆英雄手中青锋长剑的批评！

屈原坚定地忠于自己的内心感受。屈原爱君、恋君，这只是因为只有楚怀王才能实现他的理想，对那个顷襄王，他就毫无思慕之情，因为他对这个憨大孱头不抱任何希望。他是一个个性极强，意志极强，脾气也极坏的人，是一个极自尊的人。他的作品是“发愤以抒情”的产物，是无休无止的“怨”，“信而见疑，忠而被谤，能无怨乎”！刘安、司马迁所标揭出来的，就是屈原的“怨君”及其合理性。而班固则只承认屈原“忠君”，而不满于他的“怨君”了。班固的这一改造，便是几千年的沉沉大雾：由“忠君”（班固）到“忠国”（王夫之）再到现代的“忠民”。但我这里要恢复屈原的本来面目：他忠于自己，忠于自己的感觉，忠于自己的良心！

《九歌》是屈原生活以外的作品，体现的却又恰是屈原内心的柔情。他本来应该生活在“九歌”的境界中的，他应该是“九歌”中的人物：浪漫、多情、敏感，诗意纵横，文采斐然。《九章》是屈原生活的记录，却又是屈原内心中最无奈的境遇。《九歌》和《九章》实在是水火不相容的两个世界：一个是柔情似水，佳期如梦；一个是炼狱之火，死去活来。屈原就挣扎在这两个世界之中。一个最柔情的人碰到最冷酷的现实，最纯洁的人落在最肮脏的泥塘。一个如此遵循心灵真实的人不得不应付现实的虚伪，一个如此热爱真理与正义的人却得不到真理与正义的庇护——是的，是我们以血肉之躯支撑着真理与正义，而不是真理与正义在支持着我们的事业！

屈原之死往往使我想起另一个楚人之死：项羽。两人都是自杀，且都死在水边：屈原自沉于汨罗之波，项羽自刎于乌江之畔。两人都死于自己对别人的不宽容：项羽决不宽容秦人。

这两人的死，可能暗示着，我们民族的一些真性情死了。我们民族最殷红的血流失在水中，被冲淡了。

乡愿活着，滑头活着，奸诈之徒活着。他们使这个世界的生态更加恶化，更不适合人的生存。

屈原确实偏激。岂止是偏激，屈原还有许多别的缺点。但我总以为偏激的人往往有真性情。更重要的是，偏激的人往往不是小人——因为小人总是很圆通的。

况且，有缺点的战士毕竟是战士。

完美的苍蝇终究是苍蝇。

屈原是一个心性偏狭的人，是一个因为太纯洁而偏狭的人。屈原是一个不稳重的人，是一个因为太多情而不稳重的人。他脆弱，却是因为他太珍惜一些东西，在这一点上他又有真坚定，真强大。他也浮躁，因为他执着于理想而不能片刻安于现实。他在他的理想中陶醉着，时时被他的理想鼓舞着，以至有时失却了现实感。他不是一位“成熟”的政治家，则正因为他有一切世俗“政治家”所不具有的那种政治热情，以及对政治的信念——这一点他与孔子相同，他认定：政者，正也——不正的东西不是政治，政治手段应与政治目的一样纯洁无瑕，无懈可击。就从这地方，他开始越来越不像“政治家”，并在现实政治中遭致失败，但他无疑是我们理想中的大政治家，如周公、华盛顿、杰斐逊、林肯。无特操与性情的“诗人”往往成为政客，富于理想的政治家则往往成了真正的诗人。屈原就这样由失败的政治家变成了卓绝百代的诗人，而且是一位浪漫的诗人。他无论是在政治上，还是在诗艺上，都不可能是写实的。现实的土地上有那么多的丑恶，他怎么能在这上面安然地生存，诗意地栖息？这当然又是“诗意地栖息”在现实大地之上的众多当代诗人学者无法理喻的。他们不能望屈原的项背，但他们说他们是因为不屑。他们的生存智慧确实高出屈原。屈原“无路可走”（刘熙载语），自杀了，他们却活着，并且越活越觉得四通八达，越活越有“诗意”。活着的人比死去的人有优势：他们能说话，能抢占话筒，总能“变白以为黑，倒上以为下”。当黄钟被毁弃的时候，瓦釜就开始雷鸣了。屈原与现实中的黑暗势不两立，而他们却能游刃有余，甚至与之搞合作，讲互利，他们策高足，踞路津，在屈原与邪恶战死的地方，他们开始讨论幸福。

“孤伟自死，社会依然，四语之中，函深哀焉。”（鲁迅语）

屈原死了，我们苍白了。

魂兮归来！

两汉魏晋

司马相如 等

文章西汉两司马

夏坚勇

长安西北的茂陵原先只是一片荒原，自建元二年开工修建皇陵以后，这里就日新月异地繁荣起来。陵墓的主人是当今皇上刘彻，也就是后来被人们称之为千古一帝的汉武帝，他登基时才17岁，但从18岁就开始为自己修建陵墓，一直修了52年才派上用场。后来的历史证明，他的这项纪录几千年一直无人打破，可见“千古一帝”并非浪得虚名。和平年代，皇陵是天底下最浩大的工程，据说开支为国家财政的三分之一。把全国三分之一的钱都砸在这里，还能不砸出点声响来？皇上是个喜欢轰轰烈烈地闹腾大事的人，大概害怕自己死后太清冷，又下令官员、富豪，还有文艺界的明星大腕们迁居于此。由是新城人气飙升，灯红酒绿，很快就成了长安附近著名的富人区。

元狩五年，也就是汉武帝登基的第23年，茂陵发生了一件不大不小的事，一位名满天下的大作家死于糖尿病，临死前还留下了一篇

《封禅书》，为皇上后来兴师动众地封禅泰山、访求长生不老之术提供了理论根据，这当然让皇上很高兴。而就在这期间，当时还默默无闻、但后来同样名满天下的另一位大作家正好风尘仆仆地采风归来，正准备开始他的写作生涯。历史似乎有意在茂陵安排了这两位文章高手的交接。这两个人一个叫司马相如，一个叫司马迁。

司马相如名气很大，这固然由于他与卓文君惊世骇俗的爱情，更重要的却是由于他恣肆汪洋的才华。他的文章写得好，特别善写辞赋。赋是当时最风行的文体，一篇赋的影响力，往往可以让作者名声鹊起甚至上达天听，此前贾谊的“宣室夜对”和此后左思的“洛阳纸贵”都是由于赋写得好。而当今皇上又特别好这一口，在杀人和玩女人的间隙里，他喜欢摇头晃脑地吟诵辞赋作为激情过后的消遣和自娱，以寻求快感的延时效应。赋者，敷也，就是铺陈，满篇尽是华丽生僻的辞藻，洋洋洒洒地铺陈开去，对偶、排比、连句层层渲染，让你目不暇接。这种文体多用于描写都城、宫宇、园苑和帝王穷奢极欲的生活，说到底是给权势者歌功颂德捧臭脚的东西。两千多年后有一位伟人在文艺座谈会上说：歌功颂德的作品“未必不伟大”。但揆诸文学史，为权势者歌功颂德，这类作品中“伟大”的比例实在太少，因为伟大的作品多是面向民众且具有悲悯情怀的。但权势者喜欢有人向他献媚，为他歌功颂德。献媚是献媚者的通行证，写那样的作品，作家往往名利双收。司马相如就凭几篇大赋当上了皇帝的文学侍从，并且住进了茂陵的富人区。毋庸置疑，该同志是个文学天才。但天才的第一声啼哭也绝不会就是一首好诗，比他年轻三十多岁的司马迁后来给他作传时，说他“口吃而善著书”。也就是说，他口才不行，但能写。这样的大作家倒也不少，例如现代文学史上的曹禺和沈从文。

说起来很有意思，司马相如原来的名字叫司马犬子，这说明他并非出身于书香门第，不然不会取“犬子”这样土得掉渣的名字。他最早的文学自觉是给自己改名为“相如”，这名字不错，不光文气，还有几分软软的奶油味——他本来就是个吃软饭的嘛，甚好！

但软饭也不是好吃的，你不仅要仰承鼻息，善于揣摩皇上的喜好，还要在艺术上有两刷子。赋那种东西尽管很主旋律很马屁，也尽管华而不实虚张声势，但要做到妙笔生花，在题材、立意和文笔上让人眼睛一亮也不容易，那是需要有几分才情的，至少也要有几分聪明气。司马相如当然不缺少才情和聪明气，要不然皇帝手下有那么多文学侍从，衮衮诸公，竞相献媚，为什么只有他独领风骚呢？还不是因为人家活儿干得好？你看他的《上林赋》《大人赋》和《子虚赋》，那真是翠华摇摇仪态万方啊！平心而论，司马相如还说不上厚颜无耻，司马迁在《史记》中说他“与卓氏婚，饶于财，其进仕宦，未尝肯与公卿国家之事，称病闲居，不慕官爵”。因为他老丈人给了他一大笔财富，小日子过得很滋润。再加上糖尿病缠身，对升官发财就看得比较淡，有时甚至还敢说几句别人不敢说的话，例如劝皇上打猎要适可而止之类。在御用文人中，他还是有底线的。

司马迁也住在茂陵，他父亲是朝廷的太史令，这是个小官，俸禄很少，在茂陵那种地方，他们家只能算是穷人。对于一个天资聪颖且志存高远的少年来说，这种生存境遇只会是一种激励。父亲是史官，他从小就受到很好的史学熏陶。20岁后他又花了整整七年时间游历四方，一步一个脚印地阅读广袤的帝国版图，全方位地感知这片土地上的历史积淀和风俗人情。人们常说，机会总是青睐有准备的人，现在，司马迁已经为写作一部旷代史书做好了准备。而且就在他游历归来不久，他又接替了父亲的职务。这个太史令闲曹冷灶，清汤寡水，唯一的好处就是可以自由地进入皇家图书馆，想看什么书就看什么书，想查什么档案就查什么档案。对于一个有志于史学的写作者和思想者来说，有了这个“唯一”就足够了。

一切都为一部史学巨著的诞生做好了铺垫。

但如果不是后来发生的一件事，这部被称为《史记》的巨著也许不会完全是现在我们看到的样子，它当然会很丰厚，有文采，体例也别出心裁，古今中外，包罗万象，究天人之际，通古今之变，总体品格远远高出历代的那些史书，这些都没有问题。但很可能不会有后来那种长风烈火般的激情和精神高度。

就差那么一点，或者一点点。

上苍似乎很在意这“一点点”，一定要用作者个人惨痛的悲剧来成全一部巨著的完美。

天汉五年，司马迁因李陵冤案被祸，在死刑与宫刑之间，他选择了后者。这是一种比死刑更加惨痛也更为耻辱的刑罚。司马迁不是怕死，而是由于心系《史记》，这部书是属于他的，但又远远大于他个人的生命、痛苦和屈辱。正是这种对史学的苦恋情怀，让他活了下来。但“刑余之人”，活着比死去需要更大的勇气。在《报任安书》中，他用了一个不大多见很可能是自己生造的词：狂惑——内心的痛苦和矛盾足以让人疯狂。然而痛苦恰恰又是一种更深刻的生命，在痛苦的重压下，他完成了一次悲壮的涅槃，这个世界上少了一个男性，却多了一个男人。知耻而后勇，他连死都不怕，还怕什么呢？下笔时，他用不着再看皇帝的脸色。他不是在历史的大地上亦步亦趋地爬行，而是出神入化，雄视千古，天马行空，快意恩仇。在他的笔下，除去对历史真相的深度揭示，对历史细节的精微把握，对历史人物的冷峻逼视，以及那种百科全书式的繁复丰茂，还有一种精神性的光芒，给人以灵魂的震撼与颤栗。那是对专制王权的鞭挞，对正义和良知的呼唤，对自由意志和尊严的渴求。不懂得屈辱就无法理解自由，谁说他“大势已去”？一颗苦难的灵魂，当他因屈辱而雄起时是多么强健阳刚！一部被誉为“史家之绝唱，无韵之离骚”的巨著诞生了。

司马迁是皇家的太史令，这是一个体制内的职务。严格地说，他和司马相如一样，也是文学侍臣。但他一点也没有那种职业性的奴颜和婢膝，他对皇权有一种宁静的藐视，他的心灵是自由的，皇皇52万字的《史记》就源于那颗自由的心灵。仅仅这一点，就让他超越了那个时代所有的文人而崭露峥嵘。如果说司马相如只是一只撅起屁股卖弄唯美的孔雀，那么司马迁就是一只傲视苍穹自由飞翔的雄鹰。司马相如也许可以称得上优秀，但司马迁却是当之无愧的伟大。无论在什么时代，什么领域，优秀者可以有很多，伟大者却总是凤毛麟角。

公元20世纪初，中国政坛上有一个叫吴佩孚的军阀，因为是秀才出身，又写得几首歪诗，便处处以儒将自诩。他的“孚威上将军”行辕有一副自撰联，曰：“文章西汉两司马，经济南阳一卧龙。”这当然是借古人上位，自吹自擂，没有什么说头。但有一点我们却又不得不说，即，同样是以文章名世，“两司马”的分量是不可相提并论的。

陶渊明

朱光潜

一、他的身世、交游、阅读和思想

大诗人先在生活中把自己的人格涵养成一首完美的诗，充实而有光辉，写下来的诗是人格的焕发。陶渊明是这个原则的一个典型的例证。正和他的诗一样，他的人格最平淡也最深厚。凡是稍涉猎他的作品的人们对他不致毫无了解，但是想完全了解他，却也不是易事。我现在就个人所见到的陶渊明来做一个简单的画像。

他的时代是在典午大乱之后，正当刘裕篡晋的时候。他生在一个衰落的世家，是否是陶侃的后人固有问题，至少是他的近房裔孙。当时讲门第的风气很盛，从《赠长沙公》和《命子》诸诗看，他对于他自己的门第素很自豪。他的祖父还做过不大不小的官。他的父亲似早就在家居闲（据《命子》诗，安城太守之说似不确。他序他的先世都提到官职，到了序他的父亲只有“淡焉虚止，寄迹风云，冥兹愠喜”数语）。他的母亲是当时名士孟嘉的女儿。他还有一个庶母，弟敬远和程氏妹都是庶出。他的父亲和庶母都早死，生母似活得久些。弟妹也都早死，留下有侄儿靠他抚养。他自己续过弦，原配在他三十岁左右死去。继娶翟氏，帮他做农家操作。他有五个儿子，似还有“弱女”，不同母。他在中年遭了几次丧事，还遭了一次火，家庭担负很不轻，算是穷了一生。他从早年就爱生病，一直病到老。他死时年才五十余（旧传渊明享年六十三，吴汝纶定为五十一，梁启超定为五十六，古直定为五十二，从作品的内证看，五十一二之说较胜），却早已“白发被两鬓”，可见他的身体衰弱。

当时一般社会情形很不景气，他住在江西浔阳柴桑，和一般衰乱时代的乡下读书人一样，境况非常窘迫。在乡下无恒业的读书人大半还靠种田过活，渊明也是如此。但是田薄岁歉（看“炎火屡焚如，螟蜮恣中田，风雨纵横至，收敛不盈廛”诸句可知），人口又多，收入不能维持极简单的生活，以致“冬无蕴葛，夏渴瓢箪”。渊明世家子，本有些做官的亲戚朋友，迫于饥寒，只得放下犁头去求官。他的第一任官是京口镇军参军，那时他才二十三岁左右（晋安帝隆安三年己亥），过了两年，他奉使到江陵（辛丑），那时镇江陵的是桓玄，正上表请求带兵进京（建康）解孙恩之围，恰逢孙恩的兵已退，安帝下诏书阻止桓玄入京，渊明到江陵很可能就是奉诏止玄。就在这年冬天，他的母亲去世。他居了两年忧，到了二十八岁那年（甲辰），又起来做建威参军，第二年三月奉使入都，八月补彭泽令，冬十一月就因为不高兴束带见督邮，解印绶归田。以后他就没有出来做官。总计起来，他做官的时候前后不过六年，除去中间丁忧两年，实际只有四年。他再起那一年，天下正大乱，桓玄造反，刘裕平了他。此后十五六年之中，刘裕在继续扩充他的势力。到了渊明四十四岁那年（庚申）刘裕便篡位，晋便改成宋。从渊明二十九岁弃官，到他五十一岁死，二十余年中，他都在家乡种田，生活依然极苦，虽然偶得朋友的资助，还有挨饿乞食的时候。晚年刘裕有诏征他做著作郎，他没有就。

一个人的性格成就和他所常往来的朋友亲戚们很有关系。渊明生平常往来的人大约可分四种。第一种是政治上的人物。有的是他的上司。他做镇军参军时，那镇军可能为刘牢之；做建威参军时，那建威可能是刘敬宣；他奉使江陵时，镇江陵的是桓玄，有人还疑心他在桓玄属下做过官。有的是仰慕他而想结交他的。第一是江州刺史王宏，想结交他，苦无路可走，听说他要游庐山，于是请他的朋友庞通之备酒席候于路中，二人正欢饮时，王宏才闯到席间，因而结识了他。此后两人常有来往，王宏常送他的酒，资助他的家用。集中《于王抚军座送客一首》大概就是在王宏那里写的。其次是继王宏做江州刺史的檀道济，亲自去拜访渊明，劝他做官，他不肯，并且退回道济所带来的礼物。但是这一类人与渊明大半说不上是朋友，真正够上做朋友的只有颜延之。延之做始安太守过浔阳时，常到渊明那里喝酒，临别时留下二万钱。渊明把这笔款子全送到酒家。延之在当时也是一位大诗人，名望比渊明高得多。他和渊明交谊甚厚，渊明死后，他作了一篇有名的诔文。

第二种朋友是集中载有赠诗的，像庞参军、丁柴桑、戴主簿、郭主簿、羊长史、张常侍那一些人，大半官阶不高，和渊明也相知非旧，有些是柴桑的地方官，有些或许是渊明做官时的同僚，偶接杯酒之欢的。这批人事迹不彰，对渊明也似没有多大影响。

最有趣味而也最难捉摸他们与渊明关系的是第三种人，就是在思想情趣与艺术方面可能与渊明互相影响的。头一个当然是莲社高僧慧远。他瞧不起显达的谢灵运，而结社时却特别写信请渊明，渊明回信说要准他吃酒才去，慧远居然为他破戒置酒，渊明到了，忽“攒眉而去”。他对莲社所持奉的佛教显然听到了一些梗概，却也显然不甚投机。其次就是慧远的两个居士弟子，与渊明号称“浔阳三隐”的周续之和刘遗民。这三隐中只有渊明和遗民隐到底，遗民讲禅，渊明不喜禅，二人相住虽不远，集中只有两首赠刘柴桑的诗，此外便没有多少往来的痕迹。续之到宋朝应召讲学，陪讲的有祖企谢景夷，也都是渊明的故友，渊明作了一首诗送他们三位，警告他们“马队非讲肆，校书亦已勤”，结尾劝他们“从我颍水滨”，可见他们与渊明也是“语默异势”。最奇怪的是谢灵运。在诗史上陶、谢虽并称，在当时谢的声名远比陶大。慧远嫌谢“心乱”，不很理睬他，但他还是莲社中要角。渊明和他似简直不通声气，虽然灵运在江西住了不少的时候，二人相住很近。这其实也不足怪，灵运不但“心乱”而讲禅，名位势利的念头很重，以晋室世家大臣改节仕宋，弄到后来受戮辱。总之，渊明和当时名士学者算是彼此“相遗”，在士大夫的圈子里他很寂寞，连比较了解他的颜延之也是由晋入宋，始终在忙官。

和渊明往来最密，相契最深的倒是乡邻中一些田夫野老。他是一位富于敏感的人，在混乱时代做过几年小官，便发誓终身不再干，他当然也尝够了当时士大夫的虚伪和官场的恶浊，所以宁肯回到乡间和这班比较天真的人们“把酒话桑麻”。看“农务各自归，闲暇辄相思。相思则披衣，言笑无厌时”几句诗，就可以想见他们中间的真情和乐趣。他们对渊明有时“壶浆远见候”，渊明也有时以“只鸡招近局”。从各方面看，渊明是一个富于热情的人，甘淡泊则有之，甘寂寞则未必，在归田后二十余年中，他在田夫野老的交情中颇得到一些温慰。

渊明的一生生活可算是“半耕半读”。他说读书的话很多：“少学琴书，偶爱闲静，开卷有得，便欣然忘食”“好读书，不求甚解，每有会意，便欣然忘食”“乐琴书以销忧”“委怀在琴书”等等，可见读书是他的一个重要的消遣。他对于书有很深的信心，所以说“得知千载上，正赖古人书”。他读的是一些什么书呢？颜延之在诔文里说他“心好异书”，不过从他的诗里看，所谓“异书”主要的不过是《山海经》之类。他常提到的却大半是儒家的典籍，例如“少年罕人事，游好在六经”“诗书敦宿好”“谈谐无俗调，所说圣人篇”。在《饮酒》诗最后一首里，他特别称赞孔子删诗书，嗟叹狂秦焚诗书，汉儒传六经，而终致慨“如何绝世下，六籍无一亲”。从他这里援引的字句或典故看，他摩挲最熟的是《诗经》《楚辞》《庄子》《列子》《史记》《汉书》六部书；从偶尔谈到隐逸神仙的话看，他读过皇甫谧的《高士传》和刘向的《列仙传》那一类书。他很爱读传记，特别流连于他所景仰的人物，如伯夷、叔齐、荆轲、四皓、二疏、杨伦、邵平、袁安、荣启期、张仲蔚等，所谓“历览千载书，时时见遗烈”者指此。

渊明读书大抵采兴趣主义，我们不能把他看成一个有系统的专门学者。他自己明明说“好读书，不求甚解”，颜延之也说他“学非称师”。趁此我们可略谈他的思想。这是一个古今聚讼的问题。朱晦庵说：“靖节见趣多是老子”，“旨出于老庄”。真西山却不以为然，他说：“渊明之学正自经术中来。”最近陈寅恪先生在《陶渊明之思想与清淡之关系》一文里作结论说：

> 渊明之思想为承袭魏晋清谈演变之结果，及依据其家世信仰

道教之自然说而创设之新自然说。唯其为主自然说者，故非名教说，并以自然与名教不相同。但其非名教之意仅限于不与当时政治势力合作，而不似阮籍、刘伶辈之佯狂任诞。盖主新自然说者不须如旧自然说之积极抵触名教也。又新自然说不似旧自然说之养此有形之生命，或别学神仙，唯求融合精神于运化之中，即与大自然为一体。因其如此，既无旧自然说形骸物质之滞累，自不至与周孔入世之名教说有所触碍。故渊明之为人实外儒而内道，舍释迦而宗天师者也。

这些话本来都极有见地，只是把渊明看成有意地建立或皈依一个系统井然、壁垒森严的哲学或宗教思想，像一个谨守绳墨的教徒，未免是“求甚解”，不如颜延之所说的“学非称师”，他不仅曲解了渊明的思想，而且他也曲解了他的性格。渊明是一位绝顶聪明的人，却不是一个拘守系统的思想家或宗教信徒。他读各家的书，和各人物接触，在于无形中受他们的影响，像蜂儿采花酿蜜，把所吸收来的不同的东西融会成他的整个心灵。在这整个心灵中我们可以发现儒家的成分，也可以发现道家的成分，不见得有所谓内外之分，尤其不见得渊明有意要做儒家或道家。假如说他有意要做某一家，我相信他的儒家的倾向比较大。

至于渊明是否受佛家的影响呢？寅恪先生说他绝对没有，我颇怀疑。渊明听到莲社的议论，明明说过它“发人深省”，我们不敢说“深省”的究竟是什么，“深省”却大概是事实。寅恪先生引《形影神》诗中“甚念伤吾生，正宜委运去，纵浪大化中，不喜亦不惧，应尽便须尽，无复独多虑”几句话，证明渊明是天师教信徒。我觉得这几句话确可表现渊明的思想，但是在一个佛教徒看，这几句话未必不是大乘精义。此外渊明的诗里不但提到“冥报”而且谈到“空无”（“人生似幻化，终当归空无”）。我并不敢因此就断定渊明有意地援引佛说，我只是说明他的意识或下意识中可能有一点佛家学说的种子，而这一点种子，可能像是熔铸成就他的心灵的许多金属物中的寸金片铁，在他的心灵焕发中，这一点小因素也可能偶尔流露出来。我们到下文还要说到，他的诗充满着禅机。

二、他的情感生活

诗人与哲学家究竟不同，他固然不能没有思想，但是他的思想未必是有方法系统的逻辑的推理，而是从生活中领悟出来，与感情打成一片，蕴藏在他的心灵的深处，到时机到来，忽然迸发，如灵光一现，所以诗人的思想不能离开他的情感生活去研究。渊明诗中如“结庐在人境，而无车马喧，问君何能尔，心远地自偏”“即事如已高，何必升华嵩”“贫富常交战，道胜无戚颜”“形迹凭化往，灵府长独闲”诸句都含有心为物宰的至理，儒家所谓“浩然之气”，佛家所谓“澄圆妙明清净心”，要义不过如此；儒佛两家费许多言语来阐明它，而渊明灵心迸发，一语道破，我们在这里所领悟的不是一种学说，而是一种情趣，一种胸襟，一种具体的人格。再如“有风自南，翼彼新苗”“平畴交远风，良苗亦怀新”“鸟哢欢新节，泠风送余善”“众鸟欣有托，吾亦爱吾庐”“采菊东篱下，悠然见南山，山气日夕佳，飞鸟相与还”，诸句都含有冥忘物我，和气周流的妙谛；儒家所谓“赞天地之化育，与天地参”，梵家谓“梵我一致”，斯宾诺莎的泛神观，要义都不过如此，渊明很可能没有受任何一家学说的影响，甚至不曾像一个思想家推证过这番道理，但是他的天资与涵养逐渐使这么一种“鱼跃鸢飞”的心境生长成熟，到后来触物即发，纯是一片天机。了解渊明第一须了解他的这种理智渗透情感所生的智慧，这种物我默契的天机。这智慧，这天机，让染着近代思想气息的学者们拿去当作“思想”分析，总不免是隔靴搔痒。

诗人的思想和感情不能分开，诗主要的是情感而不是思想的表现。因此，研究一个诗人的感情生活远比分析他的思想还更重要。谈到感情生活，正和他的思想一样，渊明并不是一个很简单的人。他和我们一般人一样，有许多矛盾和冲突；和一切伟大诗人一样，他终于达到调和静穆。我们读他的诗，都欣赏他的“冲澹”，不知道这“冲澹”是从几许辛酸苦闷得来的，他的身世如我们在上文所述的，算是饱经忧患，并不像李公麟诸人所画的葛巾道袍，坐在一棵松树下，对着无弦琴那样悠闲自得的情境。我们须记起他的极端的贫穷，穷到“夏日长抱饥，寒夜无被眠，造夕思鸡鸣，及晨愿乌迁”。他虽不怨天，却坦白地说“离忧凄目前”；自己不必说，叫儿子们“幼而饥寒”，他尤觉“抱兹苦心，良独内愧”。他逼得要自己种田，自道苦衷说：“田家岂不苦？弗获辞此难！”他逼得去乞食，一杯之惠叫他图“冥报”。穷还不算，他一生很少不在病中，他的诗集满纸都是忧生之嗟。《形影神》那三首诗就是在思量生死问题；“一世异朝市，此语真不虚”“未知从今去，当复如此不？”“求我盛年欢，一毫无复意”“民生鲜长在，矧伊愁苦缠”“从古皆有没，念之中心焦”，以及许多其他类似的诗句都可以见出迟暮之感与生死之虑无日不在渊明心中盘旋。尤其是刚到中年，不但父母都死了，元配夫人也死了，不能不叫他“既伤逝者，行自念也”。这世间人有谁能给他安慰呢？他对于子弟，本来“既见其生实欲其可”，而事实上“虽有五男儿，总不爱纸笔”，使他嗟叹“天运”。至于学士大夫中的朋友，我们前已说过，大半和他“语默殊势”，令他起“息交绝游”的念头。连比较知己的像周续之、颜延之一班人也都转到刘宋去忙官，他送行说：“语默自殊势，亦知当乖分”“路若经商山，为我少踌躇”，这语音中有多少寂寞之感！

这里也可以见出一般人所常提到的“耻事二姓”的问题虽不必过于着重，却也不可一笔抹煞。他心里痛恨刘裕篡晋，这是无疑的，不但《述酒》《拟古》《咏荆轲》诸诗可以证明，就是他对于伯夷、叔齐那些“遗烈”的景仰也决不是无所为而发。加以易姓前后几十年中——渊明的大半生中——始而有王恭、孙恩之乱，继而有桓玄、刘裕之哄，终而刘裕推翻晋室，兵戈扰攘，几无宁日。渊明一个穷病书生，进不足以谋国，退不足以谋生，也很叫他忧愤。我们稍玩索“八表同昏，平路伊阻”“终日驰车走，不见所问津”“壑舟无须臾，引我不得住”诸诗的意味，便可领略到渊明的苦闷。

渊明诗篇篇有酒，这是尽人皆知的，像许多有酒癖者一样，他要借酒压住心头极端的苦闷，忘去世间种种不称心的事。他尝说：“常恐大化尽，气力不及衰，拨置且莫念，一觞聊可挥”“泛此忘忧物，远我遗世情”“数斟已复醉，不觉知有我，安知物为贵”“天运苟如此，且进杯中物”，酒对于他仿佛是一种武器，他拿在手里和命运挑战，后来它变成一种沉痼，不但使他“多谬误”，而且耽误了他的事业，妨害他的病体。从《荣木》诗里“志彼不舍（学业），安此日富（酒），我之怀矣，怛焉内疚”那几句话看，他有时颇自悔，所以曾有一度“止酒”。但是积习难除，到死还恨在世时“饮酒不得足”。渊明和许多有癖好的诗人们（例如阮籍、李白、波斯的奥马康颜之类）的这种态度，在近代人看来是“逃避”，我们不能拿近代人的观念去责备古人，但是“逃避”确是事实。逃避者自有苦心，让我们庆贺无须饮酒的人们的幸福，同时也同情于“君当恕醉人”那一个沉痛的呼声。

世间许多醉酒的人们终止于刘伶的放诞，渊明由冲突达到调和，并不由于饮酒。弥补这世间缺陷的有他的极丰富的精神生活，尤其是他的极深广的同情。我们一般人的通病是囿在一个极狭小的世界里活着，狭小到时间上只有现在，在空间上只有切身利益相关系的人与物；如果现在这些切身利害关系的人与物对付不顺意，我们就活活地被他们扼住颈项，动弹不得，除掉怨天尤人以外，别无解脱的路径。渊明像一切其他大诗人一样，有任何力量不能剥夺的自由，在这“樊笼”以外，发现一个“天空任鸟飞”的宇宙。第一是他打破了现在的界限而游心于千载，发现许多可“尚友”的古人。《咏贫士》诗中有两句话透漏此中消息：“何以慰吾怀，赖古多此贤。”这就是说，他的清风亮节在当时虽无同调，过去有同调的人们正复不少，使他自慰“吾道不孤”。他好读书，就是为了这个缘故，他说“历览千载书，时时见遗烈”，而这些“遗烈”可以使他感发兴起。他的诗文不断地提到他所景仰的古人，《述酒》与《扇上画赞》把他们排起队伍来，向他们馨香祷祝，更可以见出他的志向。这队伍里不外两种人：一是固穷守节的隐士，如荷蓧丈人、长沮桀溺、张长公、薛孟尝、袁安之类；一是亡国大夫积极或消极地抵抗新朝，替故主复仇的，如伯夷、叔齐、荆轲、韩非、张良之类，这些人们和他自己在身世和心迹上多少相类似。

在这里我们不妨趁便略谈渊明带有侠气、存心为晋报仇的看法。渊明侠气则有之，存心报仇似未必，他不是一个行动家，原来为贫而仕，未尝有杜甫的“致君尧舜上，再使风俗淳”那种近于夸诞的愿望，后来解组归田，终身不仕，一半固由于不肯降志辱身，一半也由于他惯尝了“樊笼”的滋味，要“返自然”，庶几落得一个清闲。他厌恶刘宋是事实，不过他无力推翻已成之局，他也很明白。所以他一方面消极地不合作，一方面寄怀荆轲、张良等“遗烈”，所谓“刑天舞干戚”，虽无补于事，而“猛志固常在”。渊明的心迹不过如此，我们不必妄为捕风捉影之谈。

渊明打破了现在的界限，也打破了切身利害相关的小天地界限，他的世界中人与物以及人与我的分别都已化除，只是一团和气，普运周流，人我物在一体同仁的状态中各徜徉自得，如庄子所说的“鱼相忘于江湖”。他把自己的胸襟气韵贯注于外物，使外物的生命更活跃，情趣更丰富；同时也吸收外物的生命与情趣来扩大自己的胸襟气韵。这种物我的回响交流，有如佛家所说的“千灯相照”，互映增辉。所以无论是微云孤鸟，时雨景风，或是南皋斜川，新苗秋菊，都到手成文，触目成趣。渊明人品的高妙就在有这样深广的同情；他没有由苦闷而落到颓唐放诞者，也正以此。中国诗人歌咏自然的风气由陶、谢开始，后来王、孟、储、韦诸家加以发挥光大，遂至几无诗不状物写景。但是写来写去，自然诗终让渊明独步。许多自然诗人的毛病在只知雕绘声色，装点的作用多，表现的作用少，原因在缺乏物我的混化与情趣的流注。自然景物在渊明诗中向来不是一种点缀或陪衬，而是在情趣的戏剧中扮演极生动的角色，稍露面目，便见出作者的整个的人格。这分别的原因也在渊明有较深厚的人格的涵养，较丰富的精神生活。

渊明的心中有许多理想的境界。他所景仰的“遗烈”固然自成一境，任他“托契孤游”；他所描写的桃花源尤其是世外乐土。欧阳公尝说晋无文章，只有陶渊明的《归去来辞》。依我的愚见，《桃花源记》境界之高还在《归去来辞》之上。渊明对于农业素具信心，《劝农》《怀古田舍》《西田获早稻》诸诗已再三表明他的态度。《桃花源记》所写的是一个理想的农业社会，无政府组织，甚至无诗书历志，只“有良田美池桑竹之属，阡陌交通，鸡犬相闻，其中往来种作，男女衣着，悉如外人，黄发垂髫，并怡然自乐”。这境界颇类似卢梭所称羡的“自然状况”。渊明身当乱世，眼见所谓典章制度徒足以扰民，而农业国家的命脉还是系于耕作，人生真正的乐趣也在桑麻闲话，樽酒消忧，所以寄怀于“桃花源”那样一个醇朴的乌托邦。

渊明未见得瞧得起莲社诸贤的“文字禅”，可是禅宗人物很少有比渊明更契于禅理的。渊明对于自然的默契，以及他的言语举止，处处都流露着禅机。比起他来，许多谈禅的人们都是神秀，而他却是惠能。姑举一例以见梗概。据晋书《隐逸传》：“他性不解音，而蓄素琴一张，弦徽不具。每朋酒之会，则抚而和之，曰：‘但识琴中趣，何劳弦上声。’”这故事所指示的，并不是一般人所谓“风雅”，而是极高智慧的超脱。他的胸中自有无限，所以不拘泥于一切迹象，在琴如此，在其他事物还是如此。昔人谓“不着一字，尽得风流”为诗的胜境，渊明不但在诗里，而且在生活里，处处表现出这个胜境，所以我认为他达到最高的禅境。慧远特别敬重他，不是没有缘由的。

总之，渊明在情感生活上经过极端的苦闷，达到极端的和谐肃穆。他的智慧与他的情感融成一片，酿成他的极丰富的精神生活。他的为人和他的诗一样，都很醇朴，却都不很简单，是一个大交响曲而不是一管一弦的清妙的声响。

三、他的人格与风格

渊明是怎样一个人，上文已略见梗概。有一个普遍的误解我们须打消，自钟嵘推渊明为“隐逸诗人之宗”，一般人都着重渊明的隐逸一方面；自颜真卿作诗表白渊明眷恋晋室的心迹以后，一般人又看重渊明的忠贞一方面。渊明是隐士，却不是一般人所想象的孤高自赏，不食人间烟火气，像《红楼梦》里妙玉性格的那种隐士；渊明是忠臣，却也不是他自己所景仰的荆轲、张良那种忠臣。在隐与侠以外，渊明还有极实际极平常的一方面。这是一般人所忽视而本文所特别要表明的。隐与侠有时走极端，“不近人情”；渊明的特色是在处处都最近人情，胸襟尽管高超而却不唱高调。他仍保持着一个平常人的家常便饭的风格。法国小说家福楼拜认为人生理想在“和寻常市民一样过生活，和半神人一样用心思”，渊明算是达到了这个理想。他的高妙处我们不可仰攀，他的平常处我们却特别觉得亲切。他尽管是隐士，尽管有侠气，在大体上还是“我辈中人”。他很看重衣食以及经营衣食的劳作，不肯像一般隐者做了社会的消耗者，还在唱“不事家人生产”的高调。他一则说：“衣食终须纪，力耕不吾欺。”再则说：“人生归有道，衣食固其端；孰是都不营，而以求自安？”本着这个主张，他从幼到老，都以种田为恒业。他实实在在自己动手，不像一般隐士只是打“躬耕”的招牌。种田不能过活，他不惜出去做小官，他坦白地自供做官是“为饥所驱”，“倾身营一饱”，也不像一般求官者有治国平天下的大抱负。种田做官都不能过活，他索性便求邻乞食，以为施既是美德，受也就不是丑事。在《有会而作》那首诗里，他引《檀弓》里饿者不食嗟来之食以至于饿死的故事，深觉其不当，他说："常善粥者心，深恨蒙袂非；嗟来何足吝？徒没空自遗。"在这些地方我们觉得渊明非常率真，也非常近人情。他并非不重视廉洁与操守，可是不像一般隐者矫情立异、沾沾自喜那样讲廉洁与操守。他只求行吾心之所安，适可而止，不过激，也不声张。他很有儒家的精神。

不过渊明最能使我们平常人契合的还是在他对人的热情。他对于平生故旧，我们在上文已经说过，每因"语默殊势"而有不同调之感，可是他觉得"故者无失其为故"，赠诗送行，仍依依不舍，殷殷属望，一片忠厚笃实之情溢于言表，两《答庞参军》《示周祖谢》《与殷晋安别》《赠羊长史》诸诗最足见出他于朋友的厚道。在家人父子兄弟中，他尤其显得是一个富于热情的人。他的父亲早弃世，他在《命子》诗中有"瞻望弗及"之叹。他的母亲年老，据颜延之的诔文，他的出仕原为养母（"母老子幼，就养勤匮。远惟田生致亲之议，追悟毛子捧檄之怀"）。他出去没有多久，就回家省亲，从《阻风于规林》那两首诗看，他对于老母时常眷念，离家后致叹于"久游恋所生"，回家时"计日望旧居"，到家后"一欣侍温颜"，语言虽简，情致却极深挚。弟敬远和程氏妹都是异母生的，程氏妹死了，渊明弃官到武昌替她料理后事，在祭妹与祭弟文中，他追念早年共甘苦患难的情况，焦虑遗孤们将来的着落，句句话都从肺腑中来，渊明天性之厚从这两篇祭文、《自祭文》以及《与子俨等疏》最足以见出，这几篇都是绝妙文字，可惜它们的名声为诗所掩。

渊明在诗中表现最多的是对于子女的慈爱。"大欢惟稚子""弱女虽非男，慰情聊胜无”“弱子戏我侧，学语未成音，此事真复乐，聊用忘华簪”，随便拈几个例子，就可以令人想象到渊明怎样了解而且享受家庭子女团聚的乐趣。如果对于儿童没有深厚的同情，或是自己没有保持住儿童的天真，都绝说不出这样简单而深刻的话。渊明的长子初生时，他自述心事说：“厉夜生子，遽而求火。凡百有心，奚特于我？既见其生，实欲其可。”可见其属望之殷。他做了官，特别遣一个工人给儿子，写信告诉他说：“汝旦夕之费，自给为难。今遣此力，助汝薪水之劳。此亦人子也，可善遇之。”寥寥数语，既可以见出做父母的仔细，尤可见出人道主义者的深广的同情。“此亦人子也，可善遇之”，这是何等心肠！它与“落地成兄弟，何必骨肉亲”那两句诗都可以摆在释迦或耶稣的口里。谈到他的儿子，他们似不能副他的期望，他半诙谐半伤心地说：“天运苟如此，且进杯中物！”他临死时还向他们叮咛嘱咐：“汝辈稚小家贫，每役柴水之劳，何时可免？念之在心，若何可言！然汝等虽不同生，当思四海皆兄弟之义。”最后以兄弟同居同财的故事劝勉他们。杜甫为着渊明这样笃爱儿子，在《遣兴》诗里讥诮他说：“陶潜避俗翁，未必能达道。……有子贤与愚，何其挂怀抱？”其实工部开口便错，渊明所以异于一般隐士的正在不“避俗”，因为他不必避俗，所以真正地“达道”。所谓“不避俗”是说“不矫情”，本着人类所应有的至性深情去应世接物。渊明的伟大处就在他有至性深情，而且不怕坦白地把它表现出来。趁便我们也可略谈一般人所聚讼的《闲情赋》。昭明太子认为这篇是“白璧微瑕”，在这篇赋里渊明对于男女眷恋的情绪确是体会得细腻之极，给他的冲淡朴素的风格渲染了一点异样的鲜艳的色彩；但是也正在这一点上我们可以看出渊明是一个有血肉的人，富于人所应有的人情。

总之，渊明不是一个简单的人，这就是说，他的精神生活很丰富。他的《时运》诗序中最后一句话是“欣慨交心”，这句话可以总结他的精神生活。他有感慨，也有欣喜；唯其有感慨，那种欣喜是由冲突调和而彻悟人生世相的欣喜，不只是浅薄的嬉笑；唯其有欣喜，那种感慨有适当的调剂，不只是奋激佯狂，或是神经质的感伤。他对于人生悲喜剧两方面都能领悟。他的性格大体上很冲和平淡，但是也有它的刚毅果敢的一方面，从不肯束带见督邮、听莲社的议论攒眉而去、却退檀道济的礼物诸事可以想见。他的隐与侠都与这方面性格有关。他有时很放浪不拘形迹，做彭泽令“公田悉令吏种秫稻（酿酒用的谷）”；王宏叫匠人替他做鞋，请他量一量脚的大小，“他便于坐伸脚令度”；醉了酒，便语客：“我醉欲眠卿可去。”在这些地方他颇有刘伶、阮籍的气派。但是他不齿事家人生产，据《宋书·隐逸传》：“潜弱年薄宦，不洁去就之迹”，可能在桓玄下面做过官；他孝父母，爱弟妹，爱邻里朋友尤其酷爱子女，他的大愿望是“亲戚共一处，子孙还相保”。他的高超的胸襟并不损于他的深广的同情；他的隐与侠也无害于他的平常人的面貌。

因为渊明近于人情，而且富于热情，我相信他的得力所在，儒多于道。陈寅恪先生把魏晋人物分名教与自然两派，以为渊明“既不尽同稽向之自然，更有异何曾之名教，且不主名教自然相同之说如山（涛）王（戎）辈之所为。盖其己身之创解乃一种‘新自然说’，新自然说之要旨在委运任化”，并且引“立善常所欣，谁当为汝誉”两句诗证明渊明“非名教”。他的要旨在渊明是道非儒。我觉得这番话不但过于系统化，而且把渊明的人格看得太单纯，不免歪曲事实。渊明尚自然，宗老庄，这是事实；但是他也并不非名教，薄周孔，他一再引“先师遗训”（他的“先师”是孔子，不是老庄，更不是张道陵），自称“游好在六经”，自勉“养真衡门下，庶以善自名”，遗嘱要儿子孝友，深致慨于“如何绝世下，六籍无一亲”——这些都是铁一般的事实，却不是证明渊明“非名教”的事实。

我们解释了渊明的人格，就已经解释了他的诗，所以关于诗本身的话不必多说，他的诗正和他的人格一致，也不很单纯，我们姑择一点来说，就是它的风格。一般人公认渊明的诗平淡。陈后山嫌它“不文”，颇为说诗者所惊怪。其实杜工部早就有这样看法，他赞美“陶谢不枝梧”，却又说，“观其著诗篇，颇亦恨枯槁”。大约欢喜雕绘声色锻炼字句者，在陶诗中找不着雕绘锻炼的痕迹，总不免如黄山谷所说的“血气方刚时，读此如嚼枯木”。阅历较深，对陶诗咀嚼较勤的人们会觉得陶诗不但不枯，而且不尽平淡。苏东坡说它“质而实绮，癯而实腴”，刘后村说它“外枯而中膏，似淡而实美”，姜白石说它“散而庄，淡而腴”，释惠洪引东坡说，它“初视若散缓，熟视有奇趣”，都是对陶诗作深一层的看法。总合各家的评语来说，陶诗的特点在平、淡、枯、质，又在奇、美、腴、绮。这两组恰恰相反的性质如何能调和在一起呢？把它们调和在一起，正是陶诗的奇迹，正如他在性格方面把许多不同的性质调和在一起，是同样的奇迹。

把诗文风格分为平与奇、枯与腴、质与绮两种，其实根于一种错误的理论，仿佛说这两种之中有一个中和点（如磁铁的正负两极之中有一个不正不负的部分），没有到这一点就是平、枯、质；超过了这一点便是奇、腴、绮。诗文实在不能有这种分别，它有一种情感思想，表现于恰到好处的意象语言，这恰到好处便是“中”，有过或不及便是毛病。平、枯、淡固是“不文”，奇、腴、绮也还是失当，蓬首垢面与涂脂敷粉同样不能达到真正的美。大约诗文作者内外不能一致时，总想借脂粉掩饰，古今无须借脂粉掩饰者实在寥寥。这掩饰有时做过火，可以引起极强烈的反感，于是补偏救弊者不免走到蓬首垢面的另一极端，所以在事实上平、枯、质与奇、腴、绮这种的分别确是存在，而所指的却都是偏弊，不能算是诗文的胜境。陶诗的特色正在不平不奇，不枯不腴、不质不绮，因为它恰到好处，适得其中；也正因为这个缘故，它一眼看去，却是亦平亦奇、亦枯亦腴、亦质亦绮。这是艺术的最高境界。可以说是“化境”，渊明所以达到这个境界，因为像他做人一样，有最深厚的修养，又有最率真的表现。“真”字是渊明的唯一恰当的评语。“真”自然也还有等差，一个有智慧的人的“真”和一个头脑单纯的人的“真”并不可同日而语，这就是 spontaneous 与 naive 的分别。渊明的思想和情感都是蒸馏过、洗炼过的。所以在做人方面和在作诗方面，都做到简炼高妙四个字。工部说他“不枝梧”，这三个字却下得极有分寸，意思正是说他简炼高妙。

渊明在中国诗人中的地位是很崇高的。可以和他比拟的，前只有屈原，后只有杜甫。屈原比他更沉郁，杜甫比他更阔大多变化，但是都没有他那么醇，那么炼。屈原低徊往复，想安顿而终没有得到安顿，他的情绪、想象与风格都带着浪漫艺术的崎岖突兀的气象；渊明则如秋潭月影，澈底澄莹，具有古典艺术的和谐静穆。杜甫还不免有意雕绘声色，锻炼字句，时有斧凿痕迹，甚至有笨拙到不很妥帖的句子；渊明则全是自然本色，天衣无缝，到艺术极境而使人忘其为艺术。后来诗人苏东坡最爱陶，在性情与风趣上两人确有许多类似，但是苏爱逞巧智，缺乏洗炼，在陶公面前终是小巫见大巫。

唐

王绩 等

诗人多难

朱鸿

中国人总是为唐诗而得意，唐诗是美的，美的便能迷惑灵魂。巧笑和凝脂之所以具有征服的力量，无非是由于它的美而已。

我过去吟咏唐诗，往往会产生这样的印象，仿佛仲夏之夜，清风轻拂，明月朗照，我坐在古旧的慈恩寺，静静欣赏着宇宙空间的浩渺和神秘。

那时候，我不禁便拔高了诗人，觉得唐帝国的诗人都吸桂花洌香，饮葡萄甘酒，风度翩翩，云游天下。岂不知我错了，是大大地错了。

实际情况是，诗人的生存状态，各有各的困苦。

一

东皋薄暮望，徙倚欲何依。

树树皆秋色，山山唯落晖。

牧人驱犊返，猎马带禽归。

相顾无相识，长歌怀采薇。

这是王绩的作品，不算唐诗之中最好的，但它却属于唐诗之中最早的。

王绩先在隋政府工作，不过他还未干出什么名堂，农民起义军便把隋政府推翻了。李渊当皇帝之后，招纳贤达，他觉得自己才三十五岁左右，年富力强，是应该继续上进的，遂又进入了唐政府。

战争刚刚结束，社会恰恰处在百废待兴的状态，王绩显然是想有所作为的，可他却只能以文学之士当待诏。他早晨进入办公室，晚上离开办公室，时刻注意着唐政府的命令。奇怪的是，过了一天又一天，一年又一年，竟一直不安排他做什么，仿佛唐政府根本就没有这个人似的。其兄王通发现了王绩的寂寞，很是关切，遂询问他当待诏是否顺心。他不无幽默地说：薪水微薄，境况冷落，不过有好酒三升，倒是可以留恋的。王通有一个门徒在唐政府掌握了一些权力，认为像王绩这样学识丰富的人好酒三升是少了一点，便提高到好酒一斗。

几年之后，关中大旱，饥荒汹涌，米少面贵，志清而坚，适王绩患病，遂辞职离开了长安。

王绩在唐政府待了近乎十年，没有任何功业，唯落了一些诗。写作是个人的劳动，心不死便能为之。王绩因为一直在写作，从而多少减弱了人生的荒废之感。

王绩对唐诗的贡献是，作品一扫梁的靡丽和陈的浮艳，显得质朴而丰厚。他不但在形式上是一个尝试者，而且在内容上也是一个开拓者。如果唐诗是汪洋大海，那么王绩的作品便是从万里之外的雪峰流向大海的细流。如果唐诗是一片广袤的绿原，那么王绩的作品便是破土而出的小草，它用自己的一点鲜嫩呐喊着漫山遍野的苍郁。

二

大约在王绩出生四十年之后，骆宾王出生于婺州义乌一个书香之家。这一年是公元626年，李世民通过玄武门之变得立为太子，接着即位当皇帝。

> 此地别燕丹，壮士发冲冠。
> 昔时人已没，今日水犹寒。

这是骆宾王离别朋友之际所写作的一首诗，其成于何年何月，难以考证。但诗人的激愤之情和抑郁之气，却扑面而来，并有新鲜之感。

骆宾王的灾难，似乎是因他反对武则天所导致的。

武则天曾经是唐太宗的妃嫔，但太子李治却对她大为迷恋。李治即位之后，便以变通的办法让武则天做了自己的昭仪，并一步一步立其为皇后。

武则天是一个有思想的人，一旦睡在皇帝的身边，便欲攫取权力，以干她要干的事情。时间证明，她就是按自己的计划运作着。

骆宾王当时在唐政府担任侍御史之职，可以清楚地观察武则天的行动轨迹。他认为武则天的种种举措，显然僭越了皇后的本分，甚至是在操纵唐高宗，遂屡屡上疏批评之。骆宾王竟敢得罪武则天，也不愧是一位诗人。然而武则天并非好惹，以她的气焰，收拾一个骆宾王简直是小菜一碟。尽管骆宾王反对武则天是在维护唐高宗的威望及其唐帝国的正统，目的是纯洁的，可唐高宗却并没有保护他。结果是，司法机构以贪赃之罪把诗人投入监狱。度过一段黑暗的日子以后，他获得释放，不过创伤在心，郁郁寡欢，遂到江南流落去了。

公元684年，徐敬业在扬州起兵，图谋推翻武则天的统治。骆宾王对武则天素有恶感，便踊跃参加了武装斗争，而且还为起兵写了讨伐檄文。在江南，响应徐敬业的人千千万万，不过武则天毕竟掌握着权力，她完全可以调派唐军镇压徐敬业，于是起兵就失败了。

唐政府在清洗过程中把追随徐敬业的骨干分子都杀了，但其却未能消灭骆宾王，他奇迹一般地躲过了搜捕。之后司法机构一直在缉拿他，可警察之流却始终找不见其踪影，甚至到现在还是“下落不明”。

骆宾王所写的讨伐武则天的檄文，早就成了文学的典范。檄文痛快淋漓地揭露了武则天的越轨行动，并对她进行了道德谴责。檄文指出武则天入门见嫉，掩袖工谗，蛾眉霸气，狐媚惑主。

流传下来的故事是这样的：武则天读檄文，读着读着，竟莞尔而笑，随之阴沉着脸责问宰相，骆宾王有这样杰出的才华，何以使之流落呢！

骆宾王显然不会想到，他讨伐武则天的檄文，居然变成武则天表现其气度的道具，真是滑稽极了。

三

大约在骆宾王出生十年之后，卢照邻出生了，幽州范阳是其故乡。

二十岁前后，卢照邻携其作品到长安来了。他很是自信，发誓要在国都取得功名。事情也像他所想的，一夜之间，其诗便在长安流传开来。

声望与才华使卢照邻有了一份工作，是当李元裕的秘书。李元裕是唐高祖的一个儿子，似乎为有卢照邻这样一个诗人十分得意，尝向朋友宣扬，此乃吾之司马相如也。卢照邻还曾经担任新都县尉，职务并不高，不过它也多少可以标志权力和尊严。只是诗人不喜欢这个职务，难以忍受种种烦琐之业务，任期一到，他便辞职了。

骝马照金鞍，转战入皋兰。
塞门风稍急，长城水正寒。
雪暗鸣珂重，山长喷玉难。
不辞横绝漠，流血几时干。

这是卢照邻的一首五言，通过对一匹骝马的描写，表现了边境的艰苦和唐军将士的勇敢。其诗以小见大，而且节奏紧张，力量沉厚，有慷慨之感，是能够反映卢照邻的艺术造诣的。

人到中年，卢照邻患了不治之症。高血压或脑血栓引起的中风使其手脚蜷曲，行动困难。为了康复，他到太白山去拜孙思邈为师，不过药王对其重疾也没有办法。他还遵一个道士之嘱服用丹砂，遗憾丹砂反而加重了他的病。

沉疴一年一年地损害着诗人的心境。他也没有什么经济收入，衣食住行，竟都不得不接受富豪的捐赠。活着乏味，遂渐渐产生了解脱的念头。一天黄昏，这个饱受折磨的诗人三思之后，投河而死。

四

大约在卢照邻出生之后十四年，王勃和杨炯问世，时在公元650年。

王勃家在绛州龙门，是王通的孙子，其十四岁便对策及第。杨炯为华阴人，尽管少也贱，但他却居然在十岁被举为神童。

在我看来，王勃和杨炯都属于那种文学天赋极高的人。他们不足二十岁便登上了唐帝国的文学殿堂，显然有天之扶，地之助。

城阙辅三秦，风烟望五津。
与君离别意，同是宦游人。
海内存知己，天涯若比邻。
无为在歧路，儿女共沾巾。

杜少府是王勃的朋友，有一年他要到蜀川去工作，王勃送行，遂为之写作了这首诗。其诗显然刷新了以往离别之诗的纤弱和黯然，音调爽朗，意境辽阔，还包含着一种灿烂气象。

如果能知道杜少府的一些经历，那么我便能推测王勃当时是多少岁，从而知道他在做什么。但我考证来考证去，却无法明白杜少府是何许人也，遂投书霍松林先生求教。霍是中国古典文学专家，精通唐诗，我想，他是有可能清楚杜少府生卒的，可我却一直没有收到霍的回信。霍是有问必答的学者，他不回信，我便只好自己分析了。

王勃到长安几年之后，沛王李贤慕其文采，招王勃进沛王府当了修撰。依我的推算，这一阵王勃是十八岁左右。沛王李贤是唐高宗与萧淑妃所生，周王李显为唐高宗与武则天所生。周王小于沛王，很是喜欢斗鸡。有一天周王与沛王斗鸡，或周王的斗鸡没有章法，或周王的斗鸡霸道了一点，总之，王勃为沛王的斗鸡愤愤不平，遂忽发少年之狂，写作了一篇讨伐周王斗鸡的文章。文章全是玩笑的口吻，属于十足的游戏之品。然而唐高宗认为这是犯上，大发其火，并下令将王勃逐出沛王府。

一篇文章竟能惹祸，是年轻的诗人不知道的，诗人当然也不知道皇帝的尊严仿佛老虎的屁股，是不能随便触摸的。实际上王勃还没有触摸老虎的屁股，他无非是逗了逗斗鸡的尖嘴而已。问题在于，他所逗的是周王的斗鸡。

王勃便这样离开长安，到剑南去了。六年之后，唐高宗大赦天下，王勃才结束了凄哀的蜀川之旅，当了虢州参军。

我以为，王勃为杜少府送行，应该在他离开长安之前，当时是二十岁左右吧。

有一个相面师认为，王勃神强骨弱，气清体羸，难以大贵。王勃难以大贵，是否包含着诗人早逝的意思，我不懂。不过事实是，二十六岁那年，王勃乘船到交趾去探望父亲，途中不幸落水，惊吓而亡。

诗人渡海之前，曾经在南昌应阎都督之邀，登上滕王阁参加聚会，并在席间完成了自己的千古绝唱。读王勃留在滕王阁的作品，谁能不为诗人的遭遇而惋惜呢！

烽火照西京，心中自不平。
牙璋辞凤阙，铁骑绕龙城。
雪暗凋旗画，风多杂鼓声。
宁为百夫长，胜作一书生。

杨炯是一个反感靡丽与浮艳之相的诗人，并以自己的写作实践，倡导唐诗的明快和清新。这首诗慷慨激昂，刚健雄劲，是很能体现其风格的。

杨炯得以在唐政府弘文馆担任校书郎，依靠的当然是其能力，但他却犯了诗人共同的毛病，恃才自傲，鄙薄周围的官员，认为他们装腔作势，甚至讽刺他们总是在驴背上画麒麟皮，揭了皮终究还是驴。杨炯也是有道理的，不过他言语之尖酸，行为之偏激，便有所碰撞了。

他的一个表弟属于持不同政见者，也参加了徐敬业针对武则天的武装斗争，从而株连了杨炯。如果有文武大臣为他开脱，那么他将有可能躲过灾难，因为杨炯自己毕竟没有反对武则天。可惜他平常得罪了人，遂没有人帮助他。于是他就不得不接受贬谪到梓州去的结局。

杨炯与王勃是志同道合的朋友，王勃落水，其为王勃的诗集作了序，盛赞王勃对唐诗的贡献，显然是很义气的。

杨炯四十四岁去世，也不是寿终正寝之人。

五

在王勃和杨炯六岁那年，宋之问呱呱坠地。

在唐帝国的诗人之中，宋之问属于五言的高手，甚至因为宋之问的写作实践，律体才得以定型。

他二十岁进士及第，一直在唐政府工作，而且得意地靠近了武则天。我以为，一个诗人能在集权统治的官场混得满面春风，一般都是趋炎附势之徒。事实是，宋之问其人真的喜欢攀缘，热衷恭维。

武则天有一年到龙门去玩，转着转着，忽然起了雅兴，遂吩咐左右赋诗。东方虬立即吟咏一首，当然是歌颂之词，武则天很是高兴，便赐东方虬一件锦袍。东方虬吟咏之后宋之问吟咏，当然也是歌颂之词，不过宋的阿谀来得甜蜜且巧妙，是后来居上，武则天十分舒服。于是女皇帝就扬手索回了她刚刚赏给东方虬的锦袍而将其赐于宋。宋之问受宠若惊，但东方虬却陷于窘境。不过这也没有什么，只要能提高阿谀之技，总是会光美的。然而东方虬要超过宋之问，似乎很难。

张易之是武则天的生活秘书，在为女皇帝服务之余，有时候也会赋诗，以显示自己的文学修养。由于张易之有这样的雅兴，遂推崇宋之问，并经常找宋之问切磋。宋难得有像张这样一个可以向女皇帝嘉勉自己的朋友，于是他就讨张的好，帮张写作诗，甚至宋把自己写作的让张当自己写作的四处宣扬。也许宋之问没有意识，但实际上他却不知不觉卷入了唐政府的权力之争。

公元705年，武则天弥留之际，丞相张柬之联络其他文武大臣以张易之兄弟图谋不轨为由，一举处斩了张易之兄弟，也顺便将宋之问贬谪到泷州去。

泷州远在岭南，这使年过半百的宋之问实在难以忍受泷州的蛮荒和凄凉，便在一天晚上溜出公所，潜逃而回。走到汉江的时候，宋之问望着北方的故乡，迷茫而害怕，遂赋诗表达自己的心情。诗人毕竟还是诗人，诗人的功力也是好的。这首诗很是富于情致，也逼真至极，我以为足以咀嚼。其诗云：

岭外音书断，经冬复历春。
近乡情更怯，不敢问来人。

回到故乡洛阳，宋之问只能藏匿于朋友张仲之家。当时武三思在唐政府很有势力，一些目光短浅的人便纷纷向其投靠。不过除恶的因素也在暗中增长，甚至宋之问的朋友张仲之竟打算以谋杀的办法干掉武三思。张仲之一直在策划这件事情，看见宋之问，便把自己的打算透露给了宋，希望能听听宋的意见，但宋却灵机一动，偷偷让其兄把张仲之的打算报告给了武三思。为感谢宋之问，武三思遂封宋一个鸿胪主簿的职务。宋的命运，就这样通过出卖朋友得到了改变，不过这只能是暂时的。

几年之后的一天，唐睿宗站在窗口望着终南山，蓦地想起了宋之问，他觉得宋之问其人的一生处处钻营，是有大罪的，遂下令宋自绝。

我看到的一份资料是这样记录的：到桂州去宣布圣旨的大臣传达了唐睿宗的指示以后，宋之问浑身抖动，虚汗翻滚。看到这里，我不禁说：可怜，应该！

宋之问对唐诗的贡献主要在形式。他的作品，显然缺乏一种境界之美。这也是正常的，因为像他这样的诗人要有境界之美，实际上是不可能的。

六

在宋之问出生之后五年，陈子昂出生。这一年，几十万唐军水陆并进，向高丽进攻。这一年，还有一件可以注意的事情是，波斯王子卑路斯在长安旅行。长安的繁荣和开放竟使他流连忘返，几乎要居留下来了。

陈子昂小时候不好读书，是十足的顽劣角色，但他却有侠胆，天资聪慧，悟性极强。这种人往往都是好钢，一经磨砺，便出锋芒。

十八岁那年，他受到启示，忽发读书之志。为了排除干扰，他竟钻进一座山里用功。几年之后，他脱胎换骨，成为学识丰富的文化人，而且颇有文学之才。公元684年，就是骆宾王为逃避唐政府缉拿而逃遁山林那年，陈子昂进士及第，准备在长安奋斗一番。

唐高宗是在洛阳逝世的，武则天决定按既定方针办，把其灵柩运回长安，葬于乾陵。这是唐帝国的大事，普通人一般都难以关心，但陈子昂得到其消息之后却立即上疏，极言关中之衰，盛赞洛阳之美，认为唐高宗宜于长眠洛阳。

武则天浏览了陈子昂的报告，觉得条理清楚，风格优雅而遒劲。

尽管她不同意这个年轻人的建议，可她却接见了这个年轻人。武则天提了很多问题，陈子昂都流利地回答了，并表现了良好的气质。武则天极其满意，遂安排陈子昂在唐政府当麟台正字，之后当右拾遗。

陈子昂是有政治抱负的，也敢于提出自己的见解。这应该是一个文化人的优秀品质，但在一个集权统治的社会，元首及其大大小小的官员却未必喜欢这样的文化人。也许是武则天给了陈子昂一个开明的印象吧，而且这影响了陈子昂，于是他就一再向武则天反映自己的意见，并盼其能采纳。不排除陈子昂这样做是急于上进，不过他主要还是希望唐帝国健康和仁义，但武则天却对其厌烦起来。开明和表现开明显然是有本质区别的，可惜陈子昂不懂这一点。陈子昂当时向武则天反映的意见有，他认为唐政府文武大臣有轻视地方官员的倾向，他认为酷吏横行，刑法严峻。上疏之后，其便等待着批示。然而武则天根本不理他的意见，这使陈子昂很是失意。他感到了巨大的虚伪，也陷入了巨大的孤独。陈子昂不知道如何协调他与社会之间的矛盾，唯一的办法似乎是赋诗宣泄。

公元696年，武则天授权建安王武攸宜率兵进攻契丹，并任命陈子昂为武攸宜的参谋。把陈子昂调出唐政府，到底是工作的需要还是出于别的原因，陈子昂应该是清楚的。总之，我以为，诗人是带着情绪离开长安的。

在幽州前线，陈子昂根据敌我力量比较，提出了对敌作战的方案，但武攸宜却自以为是，一概拒绝了陈子昂的建议。于是刚刚交火，唐军便败给契丹了。

陈子昂为人认真，其完全是出于一种责任而请求武攸宜改变作战计划，他认为，最好派遣一万将士做前驱偷袭契丹，但武攸宜却坚决反对。于是两个人就对上了：陈子昂继续提出作战意见，武攸宜竟继续驳回其意见，循环往复，一再摩擦。武攸宜终于气急败坏，给了陈子昂一个降职的处分。陈子昂苦闷、激愤，可他却无可奈何。

幽州台是燕昭王曾经工作和生活的地方，有一天陈子昂登上了幽州台。在这里，他想到燕昭王招致贤达，礼遇下士，又想到自己现在所遭遇的挫折与压抑，感慨万千，苍凉而歌：

前不见古人，后不见来者。
念天地之悠悠，独怆然而涕下。

吟咏这首诗，我仿佛看到了北方无边无际的原野，原野上的风，风推着的人，看到了这个人胸怀大志而报国无门的悲痛。

这首诗永恒的魅力在于，它不但表现了怀才不遇的寂寞和哀伤，而且表现了宇宙之大，人类之小，人类的无力与无助。

在陈子昂三十八岁那年，他以父亲患病为由辞职回到故乡梓州射洪。县令段简判定陈子昂是发达之人，便想敲诈发财，办法是给陈子昂制造了一个冤案。为了安宁，陈子昂不得不给县令二十万钱，但县令却嫌少，将陈子昂投入监狱，迫害致死。

我非常喜欢陈子昂的诗，也喜欢陈子昂其人。他身材低矮，相貌肃静，这一点很像我；他性格耿直，脾气急躁，这一点也很像我；唯其是杰出的诗人，但我却碌碌无为。不过我和他并不隔阻，我和他有的是贯通之处。我想，如果我和陈子昂相遇，那么将一定会成为朋友的。九泉见吧！

七

在陈子昂出生十八年之后，张九龄出生。那年是公元678年，那年发生的灾难事件是，唐军败给了吐蕃。

海上生明月，天涯共此时。
情人怨遥夜，竟夕起相思。
灭烛怜光满，披衣觉露滋。
不堪盈手赠，还寝梦佳期。

诗是思念情人的，但情人是谁，是怎样的一个情人，却成了千古之谜。意境雄浑，气韵流畅，确实是高妙之品。

在唐帝国有职务的诗人，算起来也不少，张九龄当宰相，显然是级别极高的官员了。不幸的是，他在权力中心碰到了李林甫。

当时唐玄宗在为如何废黜太子作难。废黜太子，并不是太子犯了什么错误，无非是想立寿王为太子而已。寿王是武惠妃所生的，唐玄宗宠爱武惠妃，这就是立寿王为太子的全部理由。但唐玄宗的计划，却受到了唐政府文武大臣的反对。张九龄认为，变换太子将会引起混乱，甚至将动摇天下的根本，当然也反对。

立寿王为太子遇到的障碍，使武惠妃极其惶恐，然而这竟成了李林甫献媚的机会。李林甫的思路是，在关键之际给武惠妃以帮助，其将一定会向唐玄宗美言他的，重要的是，如果立寿王为太子成功，那么他在今天给予的帮助将有可能在明天得到丰厚的回报。盘算之后，李林甫便在暗中贿赂太监，让其向武惠妃传递他支持寿王的信息，并表示要保护寿王。武惠妃很是感激，不过她也知道，李林甫的支持固然是必要和及时的，然而李林甫只有在掌握了大的权力之后，其支持才能发挥大的作用。于是她就为提拔李林甫自觉工作了，而且立即见效。

有一天，唐玄宗质询张九龄对李林甫的意见。张觉得做人要坦荡和忠诚，不应该隐瞒自己的观点，便指出李口蜜腹剑，非君子也。可唐玄宗却不以为然，反任命李林甫为礼部尚书，并封晋国公。李林甫日益得势，气焰升腾，而且加紧了对张九龄的排斥。唐玄宗居然相信李林甫的谣诼，渐渐冷遇张九龄，随之干脆罢免了他。

公元737年，负责监察工作的周子谅上疏要求弹劾官员牛仙客，这是唐政府新的一波权力之争。周子谅在其指控的报告之中，引用了一个谶语，不料它强烈地刺激了唐玄宗。一怒之下，唐玄宗放了牛仙客，转而下令杖杀周子谅。

李林甫窃喜，因为他终于抓住了报复张九龄的把柄。他告诉唐玄宗，周子谅进入监察部门是张九龄举荐的，张是周的后台老板。唐玄宗不做研究，便把张九龄贬谪到荆州去了。

这一年张九龄已经六十岁，他很清楚，自己离开长安，就不能返回长安了。他悲愤交集，并为唐帝国担忧。

又：诗人担任宰相，在中国历史上并不多见。官员都由诗人构成，显然是不合适的，但官员没有良好的文化修养，却是危险的。我以为，以进士及第的途径选拔官员，也许有种种弊端，但它却能够保证一个官员积累充足的知识。过去的奏章现在还可以当作散文欣赏，然而今天的文件在明天充其量只是一些资料。如此退化，岂不悲哉！

八

王之涣小张九龄七岁，是公元688年出生的。

白日依山尽，黄河入海流。
欲穷千里目，更上一层楼。

鹳雀楼在蒲州，登上鹳雀楼可以高瞻远瞩，还可以题诗。王之涣的这首诗，就是题于鹳雀楼的。其雄浑、壮阔，富于理趣。也许鹳雀楼会一毁再毁，但王之涣的诗却能不朽。

王之涣其诗在当时便久经轰动，并总是为乐工所谱曲，为歌女所演唱。可惜诗不是铁饭碗，甚至连瓷饭碗也不是，而且永远不是。除了作诗之外，王之涣还需要一个工作，以实现自己的抱负。他具体的想法是到唐政府去工作，因为在当时，检验一个人是否成功，主要是看他的职务如何，有职务，才有俸禄。问题是，要取得职务，就必须有一个进士的资格。可王之涣却连连落榜，一直未能及第。这不但制约了他进入唐政府，而且也给王之涣以伤害，其竟为自己不是进士深深羞愧。好在他还是一个著名诗人，聊以拜见权贵，求得支持。王之涣的功夫似乎没有白费，因为他毕竟谋到了一个位子，是县尉。不知道诗人自己是什么感觉，在我看起来，其无非是唐帝国对诗人的一种安慰而已。

九

孟浩然小王之涣一岁，是襄州襄阳人。在他出生那年，酷吏周兴滥捕滥杀，长安牢满为患，一片恐怖。

> 移舟泊烟渚，日暮客愁新。
>
> 野旷天低树，江清月近人。

这首诗让我觉得很是凄楚，甚至有一种幻灭之感，但它绵绵的魅力却仿佛山涧之水一样在静静流淌，无休无止。

孟浩然四十岁以前，一直隐居鹿门山，然而隐居并非其目的。

公元728年，孟夫子感觉时候到了，便拿起行包，关上柴扉，走出了鹿门山。他到长安来参加进士应试，当然还是有信心的，并遵高士之嘱，把其诗赠给政界官员和社会贤达，以扩大影响。他一向敬仰张九龄，也就把自己的诗赠给张九龄了。可惜不知道什么地方出了错，孟夫子竟未能成为进士，这显然是一个沉重的打击。

离开长安，他做了一次吴越之旅，之后回到故乡。过了几年，张九龄左迁荆州做刺史，忽然想起孟夫子，遂招其在自己的幕府工作。由于都是诗人，他们互相唱和，多少减轻了对人生的失意和苦涩。

我感到孟浩然是一个内向的诗人，自尊的诗人，也是一个善良而谦逊的诗人。我可以想象他落榜之后的沮丧与虚弱。我仿佛看见了他孤独地走在长安街上的样子。我能体会他的悲酸和伤感。

十

王昌龄小孟浩然一岁，生于公元690年。其故乡在何处，是一个有争议的问题。根据一些零星的记录判断，诗人大约属于关中人。

在王昌龄出生那年，武则天终于自封为皇帝，从幕后走到了台前。武则天登基之后的一个创举是，为选拔人才，下令要用密封卷子。在中国，把考试卷子密封起来的办法，一用竟是千年之久，也许这是武则天所不料的吧！

秦时明月汉时关，万里长征人未还。
但使龙城飞将在，不教胡马度阴山。

这当然是王昌龄的诗。大约过了几个世纪，明帝国有一位文化人李攀龙将其诗推崇为唐诗七绝的压卷之作，以后，著名学者沈德潜进而大赞王昌龄的高妙。我吟咏这首诗，体会深的是诗人性格的凌厉，激情的喷涌，及其那个时代所有的一种建功立业的精神。

王昌龄可能去过西北萧关一带，还去过楚河流域的碎叶。诗人在唐政府秘书省工作的时候，已经近乎四十岁，之后当汜水县尉，再当江宁县丞，显然官越当越小了。王昌龄的问题出在言论放诞，行为傲慢，得罪了权贵，从而使自己一降再降。

在贬谪岭南那次，他必须经过襄州襄阳，遂登门看望了孟浩然。孟夫子为王昌龄的到来非常高兴，又是喝酒，又是吃鱼，竟使自己身上的毒疮暴发，遂乐极生悲病逝了。

王昌龄在岭南得过且过，总是天真地认为贬谪是暂时的，他将回到长安，因为其有冰心一片，岂不知唐政府根本就不发给他调令。一直到安史之乱，王昌龄才离开岭南，然而在路上他竟遇到了麻烦。进入亳州的时候，这里的刺史闾丘晓莫名其妙地逮捕了王昌龄，并把他狠毒地杀了。

十一

大约在王昌龄出生十年之后，王维出生。那一年从边境传回的捷报是，唐军打败了侵犯凉州的吐蕃，于是长安就张灯结彩，鞭炮轰鸣，处处有喜庆色彩。

独在异乡为异客，每逢佳节倍思亲。
遥知兄弟登高处，遍插茱萸少一人。

王维家在蒲州，不过他很小便到长安来了。在十七岁那年，他一个人居于客栈，适逢重阳节，长安街上满是快乐的人，其触景生情，想起了远在故乡的兄弟，遂写作了这首诗。

十七岁便能写作如此隽永的诗，可见王维的天分了。事实是，他以其辉煌的文学业绩，奠定了一个杰出诗人的地位。必须承认，不管是在艺术的造诣方面，还是在内容的拓展方面，王维对唐诗的发展都有巨大的贡献。实际上王维不但是杰出的诗人，而且是优秀的画家，并擅长音乐。其修养全面，是连苏轼也极其欣赏的。

王维应该算是顺利的。他二十二岁进士及第，随之得到张九龄的擢升，在唐政府担任了右拾遗，其职务相当于现在的纪律检查委员会的干部，是对文武百官进行考核和规谏的。能够得到张九龄的器重当然是好事，不过在张九龄与李林甫产生矛盾之后，好事便变成坏事了。王维不得不夹着尾巴，甚至是前怕狼后怕虎，唯恐自己卷入矛盾之中。他知道自己身处夹缝，稍稍不慎，便会惹祸。

在唐政府工作，王维似乎难以轻松和潇洒。我以为，有一件事情很能反映他紧张的精神状态。孟浩然在长安的时候，有一天应邀到王维的办公室去了。诗人相聚，当然要切磋一下艺术，不料正在讨论之际，唐玄宗来了。王维惊慌至极，不但不敢荣幸地向唐玄宗介绍孟夫子，反而要委屈孟夫子，使之赶快爬到床下，以防唐玄宗发现。

不过王维真正的灾难，是由安史之乱引起的。事情发生在公元756年，当时安禄山的部队即将攻入长安，唐玄宗知道来者不善，遂率第一家庭及唐政府主要官员放弃京师，向成都转移。由于王维忙于别的事情，没有跟上，遂为叛乱分子所抓获。王维清楚这是很麻烦的，便下定决心，拒绝合作。他吃了一种药，使自己喑哑，从而保证守口如瓶。但王维却终于为自己的名声所累，因为他既是官员，又是诗人，安禄山想利用其声望。叛乱分子把王维从长安押到洛阳之后，安禄山便让他担任了一个给事中的职务。尽管它是安禄山硬给王维戴上的帽子，他对那顶帽子充满了厌恶和害怕，然而无论如何是戴上了，便难免有失节之嫌，其为之非常郁闷。他写了一首诗，反映了自己在这个阶段的痛苦，并表现了对唐帝国的深情怀念。唐军收复长安之后，当然要处理失节的官员。虽然王维有给事中的帽子，但他却也有自己的诗证明其忠诚，从而得到了唐肃宗的谅解。

王维晚年一直当尚书右丞，这使他有足够的薪水，不过他显然已经看破了红尘。其经常住在辋川的别墅，过着半官半隐的生活。诗人似乎并不得意，也不愉快，我甚至还感到了他的消沉。

十二

李白小王维一岁，是公元701年下凡的，其出生之地在遥远的楚河流域的碎叶。

一些想神化李白的人总是宣扬，在李白脱胎之际，其母亲看到金星一闪，炫耀的光芒照亮了夜空。然而实际情况是，在这一年，天下平平静静，并没有任何预示李白诞辰的征兆。

不过李白毕竟是以一个伟大的诗人而存在的，唐诗瑰丽的高峰，也是由李白之手创造的。

在我看起来，李白是这样一个诗人，他摇振着浪漫主义的翅膀，飞翔于民歌和神话的蓝天白云，但其眼睛却望着人类的烟火与红尘，并能融化于心，炼之为章。其作品雄奇豪放，痛快淋漓，充分表现了诗人灵魂的搏动与个性的自由。语言流转多变，音律和谐多奏，从而微妙地表现了诗人的感觉与情绪。

我以为在文学方面，中国可以向国际社会推举的大师，在公元前4世纪或前3世纪，是屈原；在公元前2世纪，是司马迁；在公元4世纪，是陶渊明；在11世纪，是苏轼；在18世纪，是曹雪芹；在20世纪，是鲁迅。公元8世纪，是中国人的鼎盛时代，出现了两个文学大师，一是李白，一是杜甫，李高于杜，杜雄于李。

那么诗人的命运呢？命运是大起大伏的。

小时候，李白随父亲迁居蜀川，所以其当为绵州昌隆人。他在故乡青莲度过了调皮的少年和放任的青年时光，并培养了侠气与道骨。他也喜欢读书，不过大为喜欢的还是舞剑和饮酒。

二十五岁左右，李白奔下岷山，漂流长江而去。几年之后，在安陆娶妻，但他却一点也不满于捕鱼种稻和养儿育女的生活。其胸怀大志，常常往来于襄州襄阳一带，寻找发展的机会。在这一阵，他结交了孟浩然。此时此刻，孟浩然在鹿门山醉月迷花，尽管还没有到长安去亮相，可他却已经扬名天下了，李白当然很是羡慕。

李白率真至极，总是不注意细节，这使他有一天遭到了指责和诽谤。当时如果有人能站出来主持正义，为李白辟谣，那么他将有可能多在安陆住一段时间。然而安陆的长官一味相信蜚语，这很使李白蒙冤。其一怒之下，扬长而去，目标当然是长安。

李白初入长安，大约三十岁的样子，既没有名气，又没有依仗。进入官场显然是艰难的，思之再三，他便隐居于终南山了。不过李白的隐居之意不在藏，在乎靠拢玉真公主也。

玉真公主三十岁左右，是一位女道士，公元712年出家的。不过她并非一般的女道士，其为唐帝国元首唐玄宗的妹妹。她还在终南山有一套别墅，并经常邀请诗人到她的宅院去聚会，因为玉真公主一向好风雅之士。王维在进士及第之前，就曾经由岐王李范陪着赴玉真公主的别墅做客。王维相貌清秀，文质彬彬，是一个多才多艺的年轻人，玉真公主一见就喜欢。王维有一条通畅的仕途，固然在于学识和能力，不过也在于他有一伙贵族子女帮助，其中包括玉真公主的帮助。

李白迫切希望自己能像王维一样得到玉真公主的扶持，问题是，他缺少王维那种可以让玉真公主欣赏的气质和修养。他所操的节奏迅急的蜀川方言，他的乡野之习和粗犷之举，似乎都令玉真公主皱眉。

受到玉真公主婉拒之后，李白沮丧了几天。不过他的精神很快便恢复过来，转而结交宰相张说的儿子，唐玄宗的女婿，其名为张垍的一个人。李白一再投诗张垍，吹嘘其才，褒奖其德，表示自己有管仲和乐毅的能力，可以当唐帝国的辅弼。他还表示，如果张垍能举荐他，那么他将一定会在翻身以后报答张垍。尽管张垍是一个红得发紫的人，但实际上却是一个绣花枕头，既无才，又无德。张垍不可能认识李白，当然也不可能举荐李白。事实是，他对李白的呼吁给予了嘲弄。

李白岂是求人之徒？他求玉真公主，求张垍，显然是不得已而为之。人可以不拉他，不提他，但你却不可以嘲弄他。遗憾张垍自以为了不起，居然给了李白一个嘲弄，这一下惹恼了李白，于是他眼睛一瞪，就回敬了张垍一个讽刺。

李白在长安摸索了近三年，弄得穷愁潦倒，一无所获。他觉得继续奔波也不是办法，遂在一个春天的早晨绕树三匝，黯然而去。

李白再入长安，已经四十二岁，是在公元742年的秋天，由会稽道士吴筠向唐玄宗举荐的。当时唐帝国的人口足有四千八百九十万，版图扩大，经济繁荣，形势一片大好。不过物极必反，我的意思是，唐帝国也存在着潜在的危机。其主要原因在于唐玄宗，他五十八岁，渐渐老了。关键是，随着年龄的增大，他过去所有的一种进取精神显然在消失。他变得非常注意生活享受。他认为江山巩固，天下之财取之不尽，用之不竭。悲哀的是，从五十二岁那年开始，他竟完全陷进了杨贵妃的温柔之身而难以自拔。

李白荣幸地朝见了唐玄宗。金銮殿的辉煌，文武百官的威仪，歌舞之女的霓裳，使李白感觉一片缭乱，甚至神魂颠倒。不过他毕竟还能自制，知道机会难得，遂聚精会神，向唐玄宗表达了自己的政治见解与抱负，随之以饱满的感情，赋诗一首，歌颂了唐玄宗。

唐玄宗所看到的李白尽管小节嫌粗，但李白却豁达放诞，恣情任性，确实有奇异之才。他显然十分喜欢诗人，因为诗人将会给他制造欢乐和热闹。在融融的气氛之中，英明的领袖伸出他尊贵的手，亲自为李白调了羹。这不平常的一举，让唐玄宗周围的人很是惊诧，特别是张垍，虽然唐玄宗也喜欢他，可唐玄宗却从来也没有让他吃，让他喝，遂生出了对李白的嫉妒之情。唐玄宗似乎认真地考虑了诗人的政治理想，并立即同意让李白到唐政府去工作，不过职务只是翰林供奉。

有那么一阵，李白颇感得意。他把自己旷世之豪情，绝代之文采，显然都发挥了出来。兴庆宫沉香亭是唐玄宗携杨贵妃赏花之处，此日，春光融融，唐玄宗观牡丹灿烂，听音乐悠扬，忽然有所感，遂想谱曲，可惜一时没有合适的词，便觉得扫兴。几个侍从发现唐玄宗神情倦怠，就灵机一动，风一般跑出去寻找李白。但李白却没有上班，那么他在哪里呢？其居然大醉，并睡在了长安街上的酒肆之中。几个侍从把诗人搀扶到兴庆宫，以凉水激其脸，使诗人清醒。李白眼睛一睁，便是十首诗，而且无不使唐玄宗满意。

唐玄宗和杨贵妃经常要到骊山温泉去休息，为避免寂寞，唐玄宗便带着一些人作陪。俗子是不可以奉陪的，但李白却可以，李白是诗人。

然而诗人并没有一直得意下去，反之诗人渐渐感到了一种失望。诗人发现自己在唐政府的工作除了赋诗填词之外，几乎没有别的。赋诗填词，供皇帝开心，当然是诗人应该的，不过诗人也认为，他还应该为唐帝国发挥自己的雄才大略。诗人觉得，他并非没有其他能力。他自问，为什么只是让我当翰林供奉，难道我就不能干别的事情吗？赋诗填词，也太无聊，也太乏味了。于是诗人就闹起了情绪，并经常怠工。

也许唐玄宗不清楚李白的所想，也许清楚，只是装着不清楚，也许唐玄宗根本就没有在意李白是怎样的状态，总之，他对李白依然亲热，依然嘻嘻哈哈。但李白却越来越苦闷，甚至越来越失礼。

有一天，他在金銮殿上竟呕吐了秽物，弄得一塌糊涂，歌舞之女都不由自主地举起广袖捂其鼻子。没有人不担心唐玄宗会大发其火的，但实际上唐玄宗却非凡的大度，认为那是大醉之后的所为，遂宽容地一笑了之。

不过在后来的一次大醉之中，李白竟当众跷起一只臭脚，要高力士给他脱鞋。高力士是给皇帝脱鞋的，给皇帝脱鞋是神圣的工作，可李白却并不是皇帝，他高力士能给李白脱鞋吗？当然不能！李白也不撒一泡尿照照自己是谁，居然当众把自己的臭脚塞给了他高力士。高力士感到了一种侮辱，遂怀恨在心，准备报复。

高力士的办法显然极其毒辣，这便是从李白所写作的诗与词之中，摘其涉及赵飞燕的句子，并加盐加醋地告诉杨贵妃：李白这家伙通过批评赵飞燕在影射您呢！高力士巧妙地离间了杨贵妃与李白的关系，结果是，杨贵妃一下便对李白憎恶起来，而且她必然向唐玄宗数落李白的不是。

张垍也不能容忍李白的潇洒和飘逸，何况他与李白早就胸存龃龉，只是时候不到，张垍才没有把自己对李白的鄙薄报告给唐玄宗。

也许唐玄宗并非没有重用李白的打算，不过亲近的人都这么讨厌李白，他便对之冷淡起来。

以李白的敏感，很快就觉察了一股排斥他的势力，但他却不愿意以阿谀奉承的方式改变自己的生存环境，不愿意摧眉折腰。反而要啸傲长安，为酒之仙。

不过为酒之仙并非李白的本真。其本真是要掌握权力，救世济民，轰轰烈烈地大干一场。酒之仙表面上自由自在，目空一切，可实际上却很是苦闷。时间一长，他自己也觉得总当酒之仙不是上策，遂朝见唐玄宗，希望皇帝能批准他辞去唐政府的工作以云游四方。对于李白的请求，唐玄宗表现了极大的开通。他不但同意诗人走，而且吩咐左右给诗人带了很多钱。于是诗人就走了。

这是公元744年春天的事情。公元742年安禄山为平卢节度使，这一年他又担任了范阳节度使。公元736年高力士把杨玉环介绍给唐玄宗，之后一直以杨太真之名侍奉皇帝，不过在这一年加紧了册立她为贵妃的步骤。

李白因为苦闷离开了长安。在我看起来，这种苦闷也不仅仅是由他不能尽其才导致的。我以为，李白的苦闷还由于他觉得自己失去了独立的精神。他是怀着自己的政治理想赴长安的，但实际上他却成了一个歌颂皇帝的专家。他甚至还不得不承受皇帝周围一帮狗男狗女的冷脸和谮言。这些都伤害着李白，并催化他告别长安。生活在公元4世纪的陶潜，就是为了精神之独立而归去来兮。我以为，李白之弃长安与陶潜之弃彭泽令是一样的。

中国文化人多喜欢苏东坡，认为他多才多艺，宽容，随和，能忍让，善通融，应变能力颇强。不过我觉得，而且确信，如果以对个人的生存计，那么苏东坡的方式比陶潜和李白的方式有价值，但如果以对社会的文明与进步计，那么陶潜和李白的方式却比苏东坡的方式有价值。苏东坡智，陶潜和李白高，因为陶潜和李白注意他们的节。维护精神之独立是艰难的，甚至会有牺牲。不过唯其艰难，能维护精神之独立才显得可贵。

公元755年，安史之乱爆发，永王李璘乘机发展自己的势力，并起兵，企图在混战之中当皇帝。也许李白功名心切，竟应邀到李璘幕府去了。不料唐军转败为胜，收复了长安和洛阳，而且掉头击溃了李璘。由于李白犯了路线错误，唐政府逮捕了他，并要腰斩之。多亏郭子仪再三为李白求情，唐肃宗才下令改腰斩为流放。李白恼羞交加地走在通往夜郎的路上，考虑着自己在陌生之地将如何度日。沮丧之际，唐肃宗忽然对李白改流放为赦免，于是诗人就在惊喜之中掉头而返。不过他怎么也不能想到寻阳的警察会拘留他，而且不由分辩便将其关进牢房。李白不知道这一切是如何发生的。他无可奈何，唯有等待上帝的安排。这时候，恰恰有一位开明的官员经过寻阳，可怜李白之才，遂打通关系，使诗人得以释放。他还邀请诗人当他的助手，不过诗人只是干了一阵，以表示感谢，随之就走了。

公元761年，六十岁的李白出于生活之忧，投靠当涂县令李阳冰。过了一年，李白大醉而死。我想，诗人应该是在梦中告别了这个世界吧！

白酒新熟山中归，黄鸡啄黍秋正肥。

呼童烹鸡酌白酒，儿女嬉笑牵人衣。

高歌取醉欲自慰，起舞落日争光辉。

游说万乘苦不早，著鞭跨马涉远道。
会稽愚妇轻买臣，余亦辞家西入秦。
仰天大笑出门去，我辈岂是蓬蒿人。

这是李白四十二岁那年的诗，当时他接到圣旨，要离家到长安去。李白显然相信自己的政治理想即将实现！他是多么得意，多么痛快，多么自负而自大。他激动得仿佛要跳起来！不过在了解了李白的经历之后吟咏这首诗，我以为，任何人都会觉得荒唐，尴尬，想哭，想笑，哭笑不得，久久沉默。

十三

高适小李白一岁，大约出生于公元702年。在这年，我所喜欢的诗人陈子昂死了。

千里黄云白日曛，北风吹雁雪纷纷。
莫愁前路无知己，天下谁人不识君。

这首诗是高适赠其朋友董大的，有温馨之感，也有希望之光。多年之后，董大成了艺术高超的琴师，不过在当时他真是默默无闻，甚至无钱沽酒。依我的想象，那是一个冬天的傍晚，董大按自己的安排必须走了，可他却不知道等他的将是什么。他顾虑重重，没有把握。风烈，雪大，天也黑了下来，这都增加了董大的忧郁和压抑。虽然高适也处沦落之中，然而在朋友远行之际，他一点都不愿意流露自己的穷愁和愤懑，反之，他一直安慰朋友，盼朋友能看到自己的光明。他握住董大的手说：“莫愁前路无知己，天下谁人不识君。”高适就是这样把信心与力量传给了董大，也传给了孤独的我。

高适为寒门之子，年轻时候，很是落魄，但他却胸怀大志，既读书，又舞剑，希望有所作为。二十岁前后，他从沧州赴长安，希望以自己的文才武略进入主流社会。遗憾的是，长安街上似乎十分喧闹，但仔细观察，却处处是冷脸。

高适碰壁之后，便离开长安，到边塞去了。宋州刺史张九皋属于英明之人，他发现高适是有能力的，遂给其创造条件，使高适进士及第，并帮助他当了封丘县尉。滑稽的是，这时候高适已经近乎五十岁。县尉的工作是逢迎官员，鞭挞黎庶，高适不免委屈，遂挂冠而去。

不知道谁做的介绍，总之，高适忽然进了哥舒翰的幕府。他随哥舒翰先在河西防守吐蕃侵犯，后在潼关阻击安禄山的叛乱，似乎是把好钢用在了刀刃上。

大约六十二岁那年，高适晋升为唐政府刑部侍郎。不过他很快就受到奸佞中伤，唐代宗竟撤销了其职务。

高适也有丧德之举。为了有一个靠山，他赋诗颂扬过李林甫，甚至肉麻地以傅说和萧何比李林甫，也赋诗吹捧过杨国忠。也许这都是不得已而为之，但追究起来，我却仍为高适遗憾。不过人生太难了，太难了，谁能保证自己是完美的呢？

十四

大约在高适出生之后十年，杜甫出生于河南巩县（今巩义市）。

这一年是公元712年，李隆基在这一年即位。年轻的皇帝雄心勃勃，励精图治，发誓要把唐帝国引向一个高峰。经过近三十年的努力，他实现了宏愿，确实使唐帝国登上了高峰。

当时的长安南通子午谷，北到龙首原，东临灞河，西濒沣水，是世界上最大最美的都市，当然也是最繁华的都市。长安的中心属于宫城，外延是皇城和郭城。长安到处都是大殿、官邸、寺庙、旅馆和园林。经常到长安来的，有日本人和朝鲜人，还有海湾一带的波斯人。长安到处都是游侠和歌女，长安盛行斗鸡和饮酒。

岱宗夫如何？齐鲁青未了。
造化钟神秀，阴阳割昏晓。
荡胸生层云，决眦入归鸟。
会当凌绝顶，一览众山小。

杜甫的父亲是一个平庸的人，名不见经传，但其祖父杜审言却是进士，是诗人，还是武则天的生活秘书张易之兄弟的座上宾。杜甫起码生活于富裕之家，甚至多少是在荫庇之下成长的。他所接受的教育，显然是儒家教育。他知道自己追求的应该是报效唐帝国，也必须出人头地，光宗耀祖。年轻时候，杜甫除了读书之外，还旅行吴越，浪迹齐赵，以锻炼体魄，开阔视野。

关于泰山的这首诗，便是杜甫在裘马轻狂的岁月所写作的。在我看起来，它十足地表现了杜甫的一种向往，也流露了他的征服欲望。

二十四岁那年，杜甫在家长的一再催促之下，才从云游的半途返回故乡。他匆匆地参加了在洛阳的应试，还自以为可以及第，实际上他落榜了。不过这一次失败似乎并没有影响他什么，他仍热衷于云游。

杜甫三十二岁那年在洛阳见到了李白。当时李白刚刚离开长安，心情很糟，但杜甫却极其高兴。接着他还见到了高适。年轻的杜甫显然十分激动，甚至放弃了新婚之乐，陪两个名家到梁宋一带走了两年。

公元746年，杜甫西行进入长安。他似乎有了一种紧迫之感，因为已经三十四岁，不是可以意气用事的青春少年了。一年之后，唐玄宗在京师发出指示，号召天下之士，凡是有一门专长的，皆赴长安，以参加应试，让唐政府选拔。杜甫知道这是一次难得的机会，遂居于长安的客栈闭门读书。除了准备功课之外，他也在寻找关系，盼能得到权贵的支持。杜甫明白，仅仅有优异的成绩还是不够的。不过总之，他充满了希望。

李林甫主持唐政府工作忽忽有十二年之余了，此间，由于他把主要精力用在了打击精英分子，遂没有什么可以骄傲的政绩，反之留下了斑斑恶迹。唐玄宗下令选拔人才，使其十分惊慌。他担心天下之士在回答皇帝问题之际揭露自己。想来想去，李林甫便给唐玄宗出了一个美妙的主意，他说：参加应试的多是乡村之徒，言语粗俗，举止鄙陋，为免熏染陛下视听，人才完全可以从地方到中央一级一级选拔。在唐玄宗的领导之下，唐帝国显然很是昌盛了，但他却也在绿酒红灯之中昏庸起来，尤其是丰腴的杨贵妃，她像海洛因似的使唐玄宗上了瘾。李林甫关于如何选拔人才的办法，显然包藏着祸心，可唐玄宗却觉得是为了他的健康，从而同意了李林甫的意见。实际情况是，李林甫紧紧控制了这次应试的程序，并增加了应试难度。由于节节作梗，关关设卡，唐帝国在公元747年竟没有一个人成为进士。李林甫心花怒放，嬉嬉地告诉唐玄宗：野无遗贤了！

李林甫以伤天害理之术，淘汰了成千上万有专长的人。杜甫为自己的落榜欲哭无泪，欲罢不能，只剩下坐在客栈借酒浇愁了。不过以他的个性，显然还会努力，并争取功名。

大约从这个时候开始，杜甫的人生便进入了一个惨淡经营的阶段。他不得不巴结显要，以获提携。他一天一天地萎缩起来，甚至朝扣富儿之门，暮随肥马之尘，到了晚上，才骑驴回到自己的家。不过晚上在家也不能安眠，因为他还要点灯写作一些甜蜜之诗以赠权贵。

杜甫做汝阳王李琎的门客，而且委曲求全，当然是希望汝阳王能援引他，但汝阳王对他却终于没有什么帮助。韦济担任尚书左丞之后，杜甫再三投其诗，并哀告自己是老骥，是饿鹰，几乎是在求救了，可韦济却硬着心，不肯助其一臂之力。杜甫还投诗于张垍，甚至闭着眼睛吹捧张垍是灿烂的明星，然而张垍一直不冷不热，使杜甫难堪。

也许杜甫突然醒悟，小鬼都是势利的，是阴暗和吝啬的，遂改变方式，决定敲阎王的门。他所做的是投诗唐玄宗，赞颂皇帝的英明与伟大。不知道长安的风把杜甫的诗吹到哪里去了，总之，他的诗没有产生任何反应。杜甫急了，并下定决心，发誓要让唐玄宗知道他。于是他就坐在窗前，绞尽脑汁地炮制了三篇赋，把其作为大礼，在一个节日敬呈唐玄宗。杜甫的三篇赋倒是引起了唐玄宗的注意，其尝吩咐朝臣对杜甫做考察。杜甫不愧是有毅力的诗人，诗人的机会应该是到了。不过李林甫还活着，这就麻烦了，因为李林甫已经宣告野无遗贤了。在野无遗贤的背景之下，怎么可以发现一个杰出的诗人呢？如果谁把杜甫挖掘出来，那么谁就是打了李林甫一个嘴巴。唐帝国的生活是开放的，但唐政府的政治却并没有开放，不过是集权统治而已。结果呢？结果当然不妙。

杨国忠取代李林甫之后，杜甫开始琢磨怎么才能得到杨国忠的扶持。经过侦察，杜甫发现一个名为鲜于仲通的人是杨国忠的亲信，遂投诗鲜于仲通，请求其举荐。然而鲜于仲通根本不是善良之人，其十分干脆地拒绝了杜甫。

长安显然伤透了杜甫的心，这使他不得不做别的打算。他知道高适在哥舒翰幕府，很是羡慕，遂想到遥远的边塞去。他投诗哥舒翰，表示愿意做其助手。杜甫恳恳切切，甚至发凄凉之音，但哥舒翰却未答应他。

杜甫便只好滞留于长安。长安为京师之地，人口稠密，物价很高，杜甫是没有工作之人，生活遂十分困难。少陵原一带有其旧宅，还有一些老田，于是他就在少陵原种谷种麻，聊以度日。

公元753年，长安苦雨，杜甫家的房子到处漏水，以致墙上发霉，地上生苔。潮湿久浸，使他患了感冒，感冒又引起了气管炎，气管炎又引起了肺气肿。杜甫昼夜咳嗽，吃也吃不好，睡也睡不好，遂面黄肌瘦的。当然可恶的还是肺气肿，它一旦缠住杜甫，便紧紧贴在他的身上了。事实是，到杜甫死于湘江，这个肺气肿也没有离开过他。

在断炊的一些日子，杜甫还曾经混入长安的难民之中领取唐政府的救济粮。依我的想象，杜甫当时该是破衣烂衫，满脸痛楚。不过杜甫这时候才具风度，因为它显出了十足的诗人气象。

杜甫贫病交加，显然不可能升官发财了，于是所谓的朋友就都回避着他。我以为，这也没有什么，它甚至还增加了诗人的体验，使诗人的眼睛更毒辣更深邃了一层。

公元754年，杜甫艰苦到了极点，竟不得不让妻子和孩子投奔家在奉先的一个亲戚。之后，杜甫将反复奔波于长安与奉先之间。大约就是这些奔波使他有机会发现社会贫富的两极分化，他说：

朱门酒肉臭，路有冻死骨。

公元755年，杜甫忽然收到唐政府一份文件，是要他担任河西县尉的。征收赋税，追捕盗贼，而且是在荒凉之地干这些勾当，杜甫感觉沮丧，遂没有上任。不知道是谁做了通融，总之，唐政府转而让杜甫当京兆府兵曹参军。它也属于芝麻官，不过它多少要用一点笔墨，符合诗人的身份，工作地也还在长安周围，容易交往，晋升的机会显然会多一些。杜甫便接受了京兆府兵曹参军的任命。四十四岁才当了一个芝麻官，尽管是让诗人汗颜的，然而杜甫总算走上了仕途。

不料一月之后，便爆发了安史之乱，它电闪雷鸣似的打碎了社会的秩序，也打碎了杜甫的人生设计。

在战争期间，杜甫有一阵也做了俘虏，不过他没有像王维那样因显赫和名气而为安禄山所利用，反之其衣衫褴褛、身体虚弱，是彻头彻尾的一个难民。一天黄昏，他乘士兵不注意，迅速藏在了一片树林之中，从而摆脱了叛军的控制。

杜甫跑出长安，西行到凤翔，在这里拜见了指挥唐军平乱的唐肃宗，并向皇帝忠实地汇报了自己在长安的经历。杜甫的表现让唐肃宗满意，遂任命其为唐政府左拾遗。杜甫终于进入了权力阶层，能不激动吗？事实是，接到圣旨之后，杜甫激动得失声痛哭。

公元757年，郭子仪率兵收复了京师，杜甫随唐肃宗及其唐政府百官回到了长安。这一阶段，他的生活似乎还算惬意。他不但有俸禄，而且在大明宫早朝的时候，得以参加诗人的唱和，这些诗人包括王维和岑参，还有贾至。杜甫有这样的生活确实是来之不易的，何况他年近五十，应该珍惜才是。但诗人却不会明哲保身。

宰相房琯在平乱期间，率兵作战，屡屡失败，遂招致了唐肃宗对他的不满。也许聪明的办法是检点自己，把别的工作做好。可房琯却大而化之，不但缺乏反省之意，而且居然窝藏一个嫌疑分子。唐肃宗极其恼火，就贬谪了他，甚至还要处斩之。在杜甫困难的岁月，房琯曾经给予诗人以支持。于是诗人出于义气，尽力为房琯辩护，遂得罪了唐肃宗。公元758年5月，唐政府一纸文件便把杜甫降为华州司功参军，负责祭祀之类的工作。杜甫敢怒而不敢言，悲愤地离开了长安。

过了一年，他就到成都去了，以后越走越远，死于湘江一条破船之中。

在成都的那几年，人生的失意显然扭曲了杜甫，他抑郁、怨恨、傲慢、偏激，经常大发脾气。严武一家与杜甫一家属于世交，严武担任成都尹和剑南东西川节度使之后，出于善意，邀杜甫在其幕府工作，并举荐他当检校工部员外郎，是很照顾他的。可他对严武却不领情，不尊重。见到严武，他也不戴头巾，也不打招呼，使严武没有一点面子。有一次杜甫喝多了，发起酒疯。他居然一下站到严武的床上，瞪着眼睛，吊着嗓子，说："严挺之竟有这样一个儿子！竟有这样的儿子啊！"

十五

岑参小杜甫三岁，是河南南阳人。他的诗既批评战争的残酷，又歌颂战争之中涌现出来的英雄及其勇敢精神，还挖掘非常时期的人性之美，风格苍凉而慷慨。

故园东望路漫漫，双袖龙钟泪不干。

马上相逢无纸笔，凭君传语报平安。

这是岑参在出塞路上所写作的一首诗，似乎平易，实际上是极富韵味的。

二十岁左右，岑参到长安去谋职，结果当然是碰壁。十年之后，他进士及第，很希望能进入唐政府工作，也未成。于是他就退而求其次，到安西节度使高仙芝幕府去当了书记，之后到西北庭节度使封常清幕府去当了判官，戎马生涯，凡十年之久，一直到唐军平息安史之乱。

公元758年，杜甫以左拾遗的身份向唐肃宗举荐岑参。他认为岑参德高望重，富于见识，可以从事规谏工作。但唐肃宗却疑虑重重，只勉强让岑参当了中书省的右补阙。当时唐肃宗身边有两个人，一个太监李辅国，一个宠妃张良娣，其皆存野心，遂互相勾结，排斥异己，把唐政府搞得鸡犬不宁。岑参觉得这种生活不但没有意思，而且充满了危险，便打算离开长安，到别的地方去工作。

十六

在岑参出生三十六年之后，孟郊出生于湖州武康。这一年是公元751年，唐玄宗在太清宫举行盛大的祭祀活动，长安一片喜气。但高仙芝却惨败于大食，唐军将士血染大漠，尸横荒野，鬼神为之惊骇。

孟郊的人生格调，可以一言以蔽之，曰：落魄。

他的理想当然是进士及第，从而取得功名，不过他运气不好，竟一败再败。由于没有多少经济收入，其生活一向狼狈，有时候竟要靠别人的施舍才能度日。孟郊形象猥琐，情绪偏激，总是穿着一件肮脏的褴袍独往独来。

四十六岁那年，他一不小心便登科了。突如其来的喜悦一下驱散了身上的晦气，他觉得自己马上就会飞黄腾达，一种美妙的日子将滚滚而来。他甚至有一点高兴得疯狂起来。

昔日龌龊不足夸，今朝放荡思无涯。

春风得意马蹄疾，一日看尽长安花。

岂不知孟郊产生了错觉，事实是，拖了几年，唐政府才任命他做溧阳县尉。

岁过半百的诗人当一个区区县尉，颇让孟郊失望，于是他就一蹶不振，把县尉的工作不当工作干了。

在溧县衙门附近，有一片碧水，绿树葱葱，芳草萋萋，鱼与蝴蝶游戏。孟郊觉得这是一个可爱的去处，遂常常在上班时间到此地浪漫。他饮着酒，弹着琴，摇摇摆摆地沿着碧水走来走去，完全是一副骑士的风度。问题是他耽误了工作，县令很是不满。不过县令也对孟郊无可奈何，其所能做的，是把情况报告给上级。有意思的是，上级并没有撤销孟郊的职务，也没有指责他，上级的办法是增派了一个代理县尉到溧县去上班。代理县尉分担了诗人的一半工作，他当然也就要分享诗人的一半俸禄。诗人十分难堪，便拂袖而去。

孟郊六十三岁逝世，由于没有什么积蓄，其丧事不得不由朋友捐款办理。

十七

孟郊出生之后十八年，韩愈出生于河南南阳。在这一年，唐军击退了吐蕃的侵犯，从而使唐帝国摆脱了一次严重的危机。但在这一年，社会矛盾却极其激烈，甚至恐怖分子竟嚣张地谋杀了幽州节度使，天下很有动荡之感。这一年是公元768年。

韩愈的父母死得很早，实际上韩愈是由兄嫂养大的，不过孤苦并没有使其丧志。他追求上进，并通过自学，读了大量的书。其理想是进入唐政府工作，可惜屡屡落榜，久处挫折之中。

公元792年，韩愈觉得总这样困着显然是不行的，遂急中生智，鼓起勇气，向上流社会散发他的诗。他要展示自己的学识，并盼义士重视他。在我看起来，韩愈这样做也是无可奈何了。他是一个普通家庭出来的普通青年，尽管有抱负，但他却缺少靠山。为了出人头地，他除了闯荡之外，还能有什么办法呢？幸运的是，韩愈毕竟遇到了赏识他的人，这便是退休宰相郑余庆。郑余庆的吹嘘，多少为韩愈创造了一些条件，遂得以登科。

不过进士及第，仅仅标志着韩愈具备了任职资格，按规定，他还必须经过唐政府吏部的审查，才可以取得职务。倒霉的是，他三次应试都失败了。韩愈不甘，遂到凤翔去求助于他一向尊敬的长者邢君牙。虽然长者是有权力和关系的，但不知道邢君牙为什么却没有帮他一把。韩愈走投无路，只好冒险，这便是上宰相书，而且一而再，再而三，然而终于不果。几年之后，宣武节度使董晋爱惜其才，召韩愈到他的幕府去当了判官。韩愈大小总算有了一个位子，不过诗人的仕途注定是坎坷的。

三十六岁那年，韩愈担任监察御史，其品秩低而权限广。依唐政府的制度，监察御史要考量百官，巡视郡县，纠正刑狱，肃整朝仪。韩愈是一个态度认真的公务员，根据他的调查和研究，拟了一个反映宦官专权和宫市混乱的报告敬呈唐德宗，建议整顿。不料其行动激怒了皇帝身边的人，他们倒打一耙，反而指责韩愈是向皇帝抹黑。唐德宗居然信以为真，遂贬谪其为阳山县令。

四十六岁那年，韩愈当职方员外郎。华阴县令犯了错误，遭到罢免，这当然也是正常的工作。不过韩愈弄清事情经过之后，觉得惩罚偏重，便为之辩护。如果唐宪宗稍稍英明一点，那么他将有可能注意韩愈的声音。可唐宪宗却不但反感韩愈发表异见，而且一怒之下，对韩愈做了降级处理。

韩愈几乎遭遇杀身之祸的，是五十二岁那年，由于他谏迎佛骨，大大冒犯了唐宪宗。

佛骨是释迦牟尼火化之后的结晶，有几粒藏于法门寺。依习惯，唐帝国每三十年要打开法门寺迎佛骨一次，其为国之大事。皇帝认为，迎佛骨不但会使社稷安宁，而且会使自己健康长寿。

公元819年，恰恰是打开法门寺迎佛骨的时候，唐宪宗极其重视。按唐宪宗的部署，将派遣三十名宫女手持香花，把佛骨从法门寺接到长安，并要在禁中停放三天，之后送往其他庙堂。迎佛骨的活动在长安引起了轰动，达官贵人与平民百姓皆奔走相告，有的竟为了能供奉佛骨而变卖家产，甚至烧自己的头，灼自己的臂，以显示虔诚。煌煌长安，突然产生了若疯若狂之感。

韩愈是孔子的信徒，一向以仁爱为根本，以忠恕为原则，是反对过分敬佛的。看到为迎佛骨劳民伤财，他觉得不妥，也不安，遂拟了一个报告送唐宪宗。他认为，佛无非是夷狄的一个法术而已，不值得相信。他指出，佛并不是华夏所固有的，事实是，三皇五帝时代就不存在佛，也不敬佛，不敬佛他们竟有百岁之寿，反之，汉有了佛，汉的天子居然多是早逝。韩愈的报告强烈刺激了唐宪宗，他脸发青，手发抖，嚷着“狂妄、狂妄”，下命处斩韩愈。好在有宰相裴度为之斡旋，并有正直的大臣为之求情，唐宪宗才同意留下其性命，不过必须离开长安，到潮州去。在潮州当刺史，实际上就是流放了。

韩愈受令，不得不立即收拾行囊。当时韩愈的女儿正在患病，他忧患至极，不过司法机构的人在催促着，他无法为女儿请医治疗，甚至连安慰女儿一下也不能。韩愈惶惶地走了，随之女儿也就死了。几年之后，韩愈返回长安，在路边看到了女儿的坟墓，心酸至极，不禁泪流满面。

韩愈是以获罪之身匆匆离开长安的，其亲戚朋友一律不能为之送行。我想，此境此况的韩愈，必是愁肠万断，也可能无所畏惧，所以就只是向前进了。

在他走到蓝田的时候，其侄孙韩湘从长安赶来陪他。看到韩湘，他感慨万千，然而说什么呢，又怎么说，遂以诗示之曰：

一封朝奏九重天，夕贬潮州路八千。
欲为圣明除弊事，肯将衰朽惜残年！
云横秦岭家何在？雪拥蓝关马不前。
知汝远来应有意，好收吾骨瘴江边。

在潮州，韩愈难以忍受气候之不宜和饮食之不适，遂上书唐宪宗检讨错误。他责备自己是非礼，感谢皇帝赦免了极刑，而且使其又有工作，又有俸禄，倾诉自己小时候就身体虚弱，并在五十岁就牙齿摇落，头发花白，他盼皇帝能哀而怜之。于是唐宪宗就调动他到袁州当刺史，袁州也远，但毕竟近于潮州了。

十八

韩愈出生五年之后，刘禹锡和白居易出生，他们都诞于公元772年。有意思的是，他们皆为名门之后。汉景帝刘启是刘禹锡的远祖，秦将军白起是白居易的远祖。他们都很得意于自己的血统，并以名门之后为光美。由于有良好的教育，又聪明，又刻苦，他们的进士应试都还顺利。刘禹锡二十二岁登科，白居易二十九岁登科。

多年之后，这两个诗人才知道自己所处的世界风云诡谲，波澜起伏，根本不是他们所想象的那么容易把握。

刘禹锡三十岁左右担任监察御史，身在政治中心，是难免会陷入权力之争的。当时的形势是，唐德宗又老迈又昏庸，宦官不但专权，而且横行宫市，于是在太子李诵周围就渐渐形成了以王叔文为核心的一个改革集团。

王叔文是李诵的侍读，颇有主张，并能以自己的观点影响李诵。重要的是，他把唐政府一批年轻有为之人团结起来了。王叔文器重刘禹锡，夸其是宰相的材料。王叔文的赏识激发着刘禹锡的热情，遂渐成这个改革集团的骨干。

公元805年，李诵即位，为唐顺宗，不过他身患中风，很难处理军国大事，从而为王叔文专权提供了机会。王叔文及其同志在唐顺宗的支持之下取消了宫市，并采取措施，阻止割据势力的扩大。这些都显示了一种新的气象，然而他们也互相吹捧，甚至还排斥异己，遂引起了文武大臣的警惕。

以俱文珍为头子的宦官集团，早就对改革集团恨之入骨，其联合文武大臣，以共同推翻改革集团。他们的办法是，立李纯为太子，随之借口唐顺宗有病，劝其退位。仅仅运作了四个月，事情便成了，于是李纯就当了皇帝，为唐宪宗。

唐宪宗为巩固权力，立即判决王叔文为极刑，并狠狠打击所有追随王叔文的人。刘禹锡是改革集团的骨干，当然会受到惩罚。不过还好，唐宪宗没有下令处斩他，只是贬谪其为郎州司马。柳宗元也是改革集团的骨干，唐宪宗也处理了他。

十年之后，唐政府把刘禹锡从郎州调回长安。鉴于刘禹锡的能力，他是有可能到尚书省去工作的。不过刘禹锡显然还有情绪，对一些文武大臣，还有深沉的反感。有一天，刘禹锡游了玄都观，那里的桃花给了他灵感，遂乘兴写作了一首关于桃花的诗，借机讽刺了自己所厌恶的新贵和趋炎附势之徒。诗曰：

紫陌红尘拂面来，无人不道看花回。

玄都观里桃千树，尽是刘郎去后栽。

吟咏其诗，我现在似乎还能感到刘禹锡的锋芒，甚至还能看见他轻蔑的目光和嘴唇。

这首诗使唐政府一些官员颇为气愤，遂决计排斥刘禹锡。他们指责刘禹锡以诗讽刺的行为，是一个品质问题。如此一闹，他到尚书省去工作的可能便没有了，甚至还得离开长安，到播州去，播州显然是远于郎州的。大臣裴度是善良之人，他以刘禹锡母亲已经八十岁为由，请求让刘禹锡到连州去。唐宪宗哼哼哈哈难以驳回，便勉强答应了。

连州之后是夔州，是和州，刘禹锡到处迁移，一晃就是十四年。当唐政府怨恨消失，刘禹锡可以调回长安的时候，已经五十七岁，夕阳西下，近乎黄昏了。

公元815年农历六月的一天，宰相武元衡走出宅邸，骑马到唐政府去上班。街上很安静，长安还沉浸于微茫的晨曦之中。他思考着要做的事情，并计划着工作程序。怎么也没有想到，当他骑马走到靖安坊的时候，会突然从角落射出几支冷箭打散其卫队，随之过来一伙人劫持他，打死他，取其颅骨而去。

之所以谋杀武元衡，是有其背景的，这便是武元衡坚决主张削弱节度使的权力，以维护唐帝国的统一。但他的主张却引起了一些节度使的仇恨，他们要以打死武元衡的办法反对削弱其权力。

发生在黎明的恐怖事件震惊了唐政府，也使长安居民失去了安全之感。但到底应该如何对待凶手，司法机构却似乎有一点迟疑。当时白居易担任左赞善大夫，做教育太子的工作，他觉得必须尽快惩罚凶手，否则社会将难以稳定。于是他就上书唐宪宗，希望唐政府缉拿凶手。

在我看起来，白居易的意见是正确的，属于一种积极的力量。他上书唐宪宗，也是在尽一个大臣的责任，符合唐帝国的利益。实际上白居易一向就善于发现问题，敢于提出自己的意见。我以为，关注生活，批评时弊，是白居易的一大特色，而且这一点早就反映在他的写作之中了。

然而这次缉拿凶手的呼吁，使他卷入了一场政治之争。唐政府的宦官派与官僚派似乎都反对白居易，尤其是官僚派，他们指控白居易关于缉拿凶手的建议，完全超越了一个赞善大夫的职务范围。他们还指控白居易违背了做人的道理，根据是，白居易的母亲是观花堕井而死的，可他却还以花以井为题写作诗，显然不懂为亲者讳，为长者讳，也不知道什么是孝。他们质疑，这样的人难道能够承当教育太子的责任吗？于是他们就向唐宪宗施加压力，要求处理白居易。

唐宪宗过去还是很喜欢白居易的讽喻诗的，觉得他是一个正直的人，遂把白居易从盩厔（今陕西周至）县尉提拔为翰林学士。不过白居易总是干预政治，他也就烦了。唐政府一班大臣责备白居易有错误，唐宪宗认为并非没有道理，遂贬谪其到江州去做司马。

赠君一法决狐疑，不用钻龟与祝蓍。

试玉要烧三日满，辨材须待七年期。

周公恐惧流言日，王莽谦恭未篡时。

向使当初身便死，一生真伪复谁知？

其诗是白居易在赴江州的船上写作的。他在船上共写了五首诗，痛快地展示其感情和思想。这首诗显然是在为自己辩护，他认为，时间终究会证明他没有错，贬谪是冤枉的。

公元815年，白居易44岁，人到中年了，而且他素有神经衰弱，身体也很消薄。左迁之事，强烈触动了白居易的灵魂。他反省人生，慢慢变得消极了，遂遁入空门。之后尽管翻身，在唐政府担任知制诰，然而终于没有多少政治热情了，甚至厌恶和畏惧官场。之所以他不退休，主要是从生活考虑。在晚年，他一直为唐政府的权力之争感到紧张。他似乎对应付复杂的上下关系和左右关系感到困难，便想离开长安。

十九

柳宗元小刘禹锡与白居易一岁，是早逝，四十六岁就死了。

千山鸟飞绝，万径人踪灭。

孤舟蓑笠翁，独钓寒江雪。

这首诗写作于永州。读其诗，我可以感到柳宗元心情的清冷和郁闷，当然也感到了一种傲岸，甚至决绝。

永贞改革，以王叔文为核心，积极分子有刘禹锡，也有柳宗元。

刘禹锡担任监察御史，柳宗元也担任监察御史。改革失败之后，唐宪宗将刘禹锡贬谪郎州，将柳宗元贬谪永州，永州之野有毒蛇。公元819年，唐政府把柳宗元调到柳州做司马，遂逝世于柳州了。

三年之前，我携妻子在柳州参观了柳宗元纪念馆，我和妻子在纪念馆转了整整一个下午。

走出纪念馆红漆剥落的大门，已经是黄昏，我抬起头，看到周围全是山，山真是重重叠叠。我默默地想，这就是诗人曾经工作过生活过的地方，它离长安也确实是很遥远了。但诗人却没有颓废，也没有装病，从而什么都可以不干。事实是，诗人在柳州做了很多事情。他尽力改变当地以人抵债的陋习，并用自己的钱赎出抵债的孩子，交其父母。他还反对宰牛祭祖，以让牲口耕田犁地。

柳宗元有一个四岁的孩子，逝世之前，其想来想去，觉得能够托付的，唯有韩愈，遂留言韩愈照顾他的孩子。不幸的是，恰恰是在这一年，韩愈谏迎佛骨被贬谪为潮州刺史了。

柳宗元英年而死，柳州人都非常难过，随之为他建造了纪念馆。我现在依然感觉那是一个幽静的庭院，在它破损的砖缝之间，到处是青苔。

二十

柳宗元出生之后六年，元稹和贾岛出生。这一年是公元779年。其年按唐德宗指示，梨园乐工三百余人一齐下岗，以减轻唐政府开支。其年李希烈担任淮西节度使，从此开始了长达四十年之久的割据统治。

五年江上损容颜，今日春风到武关。

两纸京书临水读，小桃花树满商山。

公元810年，元稹左迁江陵担任士曹参军，情绪不好，生活不惯，很是憔悴。五年之后，他才熬出了头。这首诗便是元稹在赴长安途中所写作的，当时，他刚刚收到了朋友李复言和白居易的信，极其欣喜。

元稹有出色的学识，诗也有意趣，不但广传于歌女与妃嫔之间，而且为太子李恒深深喜欢。李恒公元820年即位，为唐穆宗。元稹二十五岁进士及第，二十八岁当左拾遗，二十九岁当监察御史。他显然是有作为的，并在积极进取，还希望大有作为。

当时唐政府的权力之争非常激烈，有宦官派，有官僚派，也有一个进士派。进士派的主要角色有刘禹锡、柳宗元、白居易，也有元稹，甚至还有长者韩愈。这些人没有多少政治背景，皆以自己的实力进入唐政府。其考虑问题的立场倾向于民间，于是自觉不自觉地就妨碍了宦官派和官僚派的利益。这对他们当然是不利的，因为他们很容易使自己处于宦官派与官僚派的夹击之中。

公元810年，作为监察御史的元稹，发现河南尹房式有种种违法行为，遂勒令其停职，还扣了他的俸禄，准备拘留他。房式属于官僚派的人，元稹对房式的严厉姿态，使官僚派难免产生一种指伤心疼的感觉。他们愤怒地向唐宪宗反映元稹做得过分了，并强烈要求处理之。唐宪宗为了维持政治集团之间的均衡，遂下令把元稹从洛阳调回长安，并要降低其薪水。

到这里，事情应该是告一个段落，不料元稹在赴长安的路上，竟发生了一场新的矛盾。那天晚上，元稹住宿华州敷水驿，依习惯，他先到，当然是居上厅，但宦官刘士元后到却霸道地争夺上厅，尤其可恶的是，刘士元居然一边唾骂元稹，一边扬起马鞭把怨愤倾泻在元稹脸上。唐宪宗也知道错在刘士元，不过他一点也没有批评刘士元，反之元稹刚刚落脚长安，他便发旨将其贬谪到江陵去当士曹参军。

白居易认为这样处理元稹有失公允，遂上疏为元稹鸣不平。白居易之举，不但没有使唐宪宗宽容元稹，还使唐宪宗对他也讨厌起来。五年之后，白居易便左迁江州了。

松下问童子，言师采药去。

只在此山中，云深不知处。

吟咏这首诗舒服极了。它的艺术效果究竟怎么成功，那些文章家分析得都非常好，而且他们已经激赏了千年之余，所以我就不妄评了。

贾岛小时候为僧，可惜未能根除尘缘，遂抱功名之心，走出佛门，为登科奋斗，不果。之后流落长安，打算依附权贵，也不果。

长安南部的草堂寺和青龙寺皆是他喜欢的地方，寺院的古木之下，也有他所仰慕的隐士，然而他缺乏幽闭自己的毅力，遂只能悲伤地当诗人。

他总是骑着驴吟咏着，从晓走到昏，从春走到秋。他走遍了长安，走遍了天下。当他骑着驴推敲其作品的时候，胸膛稍挺，眼睛微合，似乎什么都不顾了。一旦得到奇字或妙句，便欣喜若狂，手舞足蹈，仿佛天下是他一个人的天下。他骑着驴曾经撞到了达官显贵，其遭到的，当然是训斥和推搡。

除夕之夜，商人在数他的银子，官员在拉他的关系，但贾岛却把一年所写的诗放到桌子上，烧几炷香，祭几杯酒，三鞠躬之后说：这是我的收获啊！长歌当哭，泪水涟涟。

公元843年，六十五岁的贾岛终于有了一个当参军的机会，遗憾的是，他还没有到岗位上去，便染疾逝世了。诗人一生奔波，穷得竟没有一分钱，唯有一张琴、一头驴，驴老且病，瘦得一把骨头。我不知道是谁为他办了丧事。

二十一

元稹和贾岛出生十二年之后，李贺出生。这一年是公元790年，吐蕃加紧了对唐帝国的侵犯，藩镇的叛乱也是此起彼伏，长安的消息忧多而喜少。

黑云压城城欲摧，甲光向日金鳞开。
角声满天秋色里，塞上燕脂凝夜紫。
半卷红旗临易水，霜重鼓寒声不起。
报君黄金台上意，提携玉龙为君死。

李贺的诗色彩斑斓，意境奇拔，有超越时空之魅力，从而为鲁迅所喜欢，也为毛泽东所欣赏。

这个有超常之才的人在七岁便会写作诗，其非凡的聪颖竟惊动了韩愈，于是韩愈就带着随从登门观察了李贺。韩愈开始是怀疑的，不过实践证明，李贺确实非凡，确实是七岁便能写作。

但非凡却是伴随着病态的，我的意思是，李贺头大而身虚，手长而指细，无缚鸡之力，唯好读书。

他出门经常要骑一匹马，背一个锦囊。锦囊里装的当然是书，书多了，母亲便发急，并会追上去取一些出来，以免读书累了李贺。实际上锦囊里装的还有李贺的诗，他的习惯是，随时随地在吟咏，诗成便投入其中。

李贺的名声是先于李贺来到长安的，这便为他的进士及第创造了一些条件。不过竞争是激烈的，竞争引起了对李贺的攻击。当时有人指责李贺参加进士应试是犯了忌，理由是，李贺父亲名为晋肃，晋肃与进士的发音听起来仿佛是两个兄弟。依礼，李贺应该回避应试，但李贺却未回避，所以其道德有问题，这显然是一种荒谬的逻辑。

当李贺感到十分孤独的时候，韩愈著文为其做了辩护。韩愈能做这一点，是让我钦佩的，不过攻击李贺的人并非一般的角色，他们甚至也可以攻击韩愈。实际上这场风波是有复杂背景的，事情的关键是李贺曾经以诗讽刺了一些权贵，是他们在暗中阻挡李贺。在这个忧郁的青年不得不放弃进士应试之后，他伤心地哭了。

不过李贺毕竟是杰出的，他也还有一批朋友，重要的是，韩愈一直在尽其所能地帮助他。

公元811年，李贺担任了奉礼郎，其任务是，在唐政府举行祭祀或庆典仪式之际，安排文武大臣列位，或做他们的向导。李贺显然不适宜做这样的工作，身体也不舒服，于是干了两年就辞职了。

之后，他到山西去投奔韩愈的一个门生，但他来到山西，那个人却恰恰离开了山西。李贺举目无亲，只好返回。这样的长途奔波，竟使其病恶化，治而无效，不得不死，仅仅二十七岁。

二十二

李贺出生十四年之后，杜牧闯入世间，时在公元803年。这一年，白居易与元稹一举登科，刘禹锡和柳宗元怀抱雄心，进入唐政府工作，但韩愈却由于缓征赋税的意见左迁阳山。

杜牧的家，是贵族之家，教育条件很是优越，当然他也有远志，于是二十六岁就进士及第了。其相貌堂堂，举止潇洒，仕途似乎是光明灿烂的。

不过刚刚跻身唐政府，便踩到了是非之点，从而影响了他的整个人生。

当时担任宰相的是李宗闵，他认为唐政府还需要一个宰相，遂向唐文宗举荐了牛僧孺，于是牛僧孺就也当了宰相。杜牧年轻，没有经验，便向牛僧孺投靠过去。他的考虑是，这样将会提拔得顺利而且快一点，殊不知他判断错了。

在这一阶段，唐政府的政治格局主要由两派构成：一派是牛僧孺和李宗闵，一派是李德裕。这两派互相排斥，你死我活。

牛僧孺与李宗闵对李德裕的排斥，实际上是由李德裕的父亲李吉甫引起的。在李吉甫担任宰相期间，逢牛僧孺与李宗闵进士应试，这两个人便乘对策之机，狠狠揭露和批评李吉甫。李吉甫非常难堪，遂产生了报复之心，从而使牛僧孺与李宗闵轻易落榜。不过在李吉甫这样干的时候，显然也埋下了恶的种子。也许他没有想到自己所发动的打击，将立即树敌，并在以后转化为对其儿子的打击。问题是，事实如斯。

两派之争，此起彼伏。如果牛僧孺和李宗闵一派得势，那么李德裕便不能待在长安，反之，如果李德裕一派得势，那么牛僧孺和李宗闵便不能待在长安。两派之争凡三十年，直到两派的头子全部逝世才归于平息。

由于杜牧开始就倾向牛僧孺，李德裕遂把其划在了牛僧孺与李宗闵的阵营，而且不让他离开。结果是，在漫长的岁月中，只要李德裕主持唐政府的工作，长安便没有杜牧能做的事情。从其踪迹可以发现，杜牧总是在边远地方当刺史，其先后是黄州、池州、睦州和潮州。偶尔也会待在长安，不过他所担任的统统是小小闲职。

公元832年，李德裕为唐文宗所重用，牛僧孺不得不到淮南去当节度使，李宗闵也不得不到山南西道去当节度使。既然杜牧是有党性的，他便只能随其头子走了。于是杜牧就在牛僧孺幕府当推官，之后当书记。

杜牧素以济世之才自负，可他的济世之才却不能发挥出来，很是苦闷，遂放浪形骸，甚至经常进入花柳之巷。

> 落魄江湖载酒行，楚腰纤细掌中轻。
> 十年一觉扬州梦，赢得青楼薄幸名。

这是多年之后杜牧反映自己在扬州生活的诗，仔细品味，可以感到他的一种自嘲，当然也有一些悔恨。我以为，杜牧表面上是在调侃，然而骨子里极其辛酸与悲凉。

二十三

大约杜牧出生之后十年，李商隐出生。他应该是一个没落贵族吧，不过百足之虫，死而不僵。

李商隐翩翩少年就到了天平军节度使令狐楚的幕府。令狐楚是忠厚长者，喜欢李商隐的诗，认为其当有大的前途。他让李商隐随自己的儿子一起学习，还邀请其参加一些文学聚会。由于有令狐楚及其儿子的一臂之力，李商隐二十六岁顺利登科。

成为进士之后，李商隐便到泾原节度使王茂元幕府去工作，并娶其女儿为妻。也许李商隐觉得这是一个合情合理的选择，但它的结果却出乎其所料，甚至这样的选择给他带来了灾难。

令狐楚及其儿子是属于牛僧孺与李宗闵一派的，不过王茂元属于李德裕的一派。令狐楚及其儿子长期扶持了李商隐，他们觉得，李商隐是应该知恩报恩的，不料李商隐不但没有报恩，反而抖着羽毛飞向了王茂元。于是他们就指责李商隐的品质有问题，随之牛僧孺与李宗闵一派的人皆对其做持久谴责。面对如斯境况，如果李德裕一派能公正以待李商隐，那么其灵魂便会透一口气，然而李德裕一派并没有任何表示。他们是沉默的，沉默之中似乎还包含着对李商隐的冷漠和鄙薄。这使李商隐深为痛苦，他仿佛掉进了一条可怕的河，一岸是风刀，一岸是霜剑。

李商隐当然希望改变自己的生存状态，从而走出低谷。他做了艰苦的努力，不得不既颂扬牛僧孺与李宗闵一派，又歌唱李德裕一派，以求得和平与友谊。不过其努力毫无收获，他感到的，仍是风刀与霜剑。唯一可以安慰的是，他与妻子在相亲相爱。

公元845年，李商隐有机会到唐政府去工作。但朝臣却在大明宫明争暗斗，这使李商隐战战兢兢，如履薄冰，如临深渊。特别难以忍受的是，当时牛僧孺与李宗闵一派恰恰得势，他在长安十分压抑。思之再三，他走为上，到边远的地方去工作了。大约就是在那些日子，他经历了牵肠挂肚的巴山夜雨。

几年之后，他回到长安。这时候令狐楚的儿子令狐绹在唐政府掌握了权力，李商隐便请求他举荐自己，以获得一份理想的工作。李商隐是抱着很大的希望走进令狐绹的宅邸的，但令狐绹却装聋作哑，不愿意帮助他。为生活计，李商隐没有别的办法，还得请求令狐绹。不过他哀告而来的，竟只是一个所谓的太学博士。李商隐很是失望，便离开长安，到梓州去了。

大约在这一阶段，发生了一件悲痛的事情，他亲爱的妻子死了。

向晚意不适，驱车登古原。

夕阳无限好，只是近黄昏。

四十五岁那年秋季的一天，李商隐寂寞极了，遂在傍晚登上了乐游原。乐游原在长安东南，地势高亢，空气流通，是李商隐一向喜欢的。诗人站在夕阳之中，望着黄昏笼罩的唐帝国，美感万千，伤感万千。

过了两年，李商隐便逝世了。

二十四

大约李商隐出生之后二十年到三十年之间，黄巢一声哭泣，来到曹州冤句一个商人之家。商人世代贩盐，当然是富裕之家，甚至钱多得连炕栏和门槛也包着金子。但黄巢却对金子缺乏兴趣，不愿意像父亲一样仅仅知道贩盐。他志存高远，喜欢读书和击剑。性格豁达，朋友众多，一副英雄气象。

待到秋来九月八，我花开后百花杀。
冲天香阵透长安，满城尽带黄金甲。

唐诗之中，黄巢这首七绝别有品质。在我看起来，它是尖锐的、凌厉的，完全打破了文质彬彬的原则。我以为它的坚硬和强劲，明显透露出一种难以抑制的暴力倾向。

这首诗是黄巢在落榜之后写作的，也许唯有黄巢能站在一个革命的立场观察菊花，唯有他能使关于菊花的诗，渗透出血腥之气。

黄巢生活的时代，唐帝国完全是山雨欲来了。唐懿宗荒淫，唐僖宗愚昧，太监与奸佞遂乘机操纵军国大事。面对衰败之势，唐政府大小官员道德瓦解，又有贼心，又有贼胆，千方百计干渔利之勾当。农民贫困，无以为生，只好风起云涌地起义了。

公元875年，王仙芝率领农民起义军攻陷曹州，黄巢十分激动，随之在故乡聚众响应，并迅速组织了一支规模相当的起义军。之后，他驰骋东西，转战南北，一度占领长安，招文武百官，建立了大齐权力机构。不过唐军毕竟还是唐军，其竟做了一个回光返照式的包围，使黄巢不得不退出长安。黄巢失势，且战且逃，居然狼狈地回到了自己的出发之地，并无可奈何地在泰山一个峡谷自杀而死。

黄巢的诗，流传下来的大约只有三首，不过他是唯一由诗人转变为农民领袖的。

二十五

两年前的一个晚上，我邀请几个朋友到少陵原去了。

少陵原在长安南部，古已有之。唐帝国浩浩荡荡近乎三百年，不但有巍峨之长安，而且有秀丽之洛阳，其皇帝，特别是女皇帝武则天，很喜欢运动于两京之间。但它的贵族却一直热衷栖息于韦曲，因为韦曲平川一片，清流数带，为风水宝地。韦曲就在少陵原的脚下，少陵原就在韦曲的岸上。少陵原对韦曲的作用为，它仿佛是韦曲的一道屏障，有了少陵原，韦曲才显得宁帖和安妥。鸟瞰韦曲，少陵原是绝妙的场所。

杜甫曾经以少陵野老和少陵布衣自居，是因为他的祖先留了一点旧宅和老田在这里。困于长安的那些年，杜甫不得已住在少陵原，自耕自耘，补贴生活。有一天我突然想，杜甫在少陵原是会经常看到住在韦曲的那些贵族的，我问自己，不知道看到肥马新车，云衣霞裳，杜甫是什么心情。

仲夏之夜，少陵原高高在上，足以游弋目光，放纵思想。宇宙之大，星辰之繁，清风之浩，空气之爽，还有月辉之明，蟋蟀之唱，无不助言论之兴。

几个朋友席地而坐，任意臧否，气氛颇为轻松和随便，无所不涉。不过那天晚上评议最多的，是杜甫；评议最深的，也是杜甫。仿佛坐在了杜甫的菜园，不多研究一下杜甫，就是对先生不公正似的。

几个朋友还讨论了一个严肃的问题：诗人的命运为什么难以顺遂。

这个问题在少陵原刚刚提出，我便看见辉煌的长安街上出现了一支诗人队伍，他们密密麻麻，比肩而来，接踵而去。长安街上当然是宽阔的、平坦的，根本不会有什么石头和砖头，但他们却走得磕磕绊绊，满是伤痕。他们衣冠不华，精神不振，有的竟还怒发千丈长，愁纹三尺深。

我很是困惑，不过也在努力理解。我想，无论如何，唐帝国应该属于中国历史上一个开明和宽容的时代。既然在这样一个时代，诗人都不会有好的命运，那么在别的黑暗时代的诗人将怎样呢？我以为，唐帝国的诗人有典型的意义。

唐帝国固然伟大，不过唐帝国依然是官本位，人的价值表现为一元。在这样一个社会，凡是人，无不想进入管理者或统治者的队伍，因为管理者或统治者就是官，它意味着权力和财富。官是受到社会普遍尊重和羡慕的，当了官，显然就是有了价值。

唐帝国的诗人，即使他是一个天才，也妄想以自己的艺术活动实现其价值。诗人的作品如李白之诗和李贺之诗，现在的人可以把它们推崇为稀世之宝，绝代之珍，但在当时，它们充其量却只是进入唐政府的敲门砖与通行证。诗人进入了唐政府，变成了管理者或统治者，才会显出自己的价值，然而作为诗人，仅仅是诗人，他是没有多少价值的。

在长安街上徘徊的那些诗人，都是希望到唐政府去工作的，不过这非常难。它几乎是一种搏斗，甚至是一种鏖战，往往失败者多，胜利者少。仅仅是进士及第这一关，便会使一茬一茬的诗人摔倒在地，爬不起来。

也许幸运的诗人通过科举之路变成了管理者或统治者，从而感觉光鲜，不过诗人一般皆难以得意到底。事实是，诗人的下场往往都很是悲哀。原因在于，权力领域的游戏是复杂的，一向是在黑箱之中操作，可诗人的性格却是以美的标准考量生活，于是容易看见假，看见丑，看见恶，看见了就怒气冲天，喜欢批评。诗人过于率真，好激动，遇到问题也不会迂回，所以总是碰壁。可以验证一下，在唐政府工作的诗人，谁不是碰壁碰得头破血流啊？

那么诗人的命运怎么才能彻底改变呢？我以为，唯有诗人的作品进入市场，并在市场可以交换，从而产生利润，我以为，唯有到了这样一个时代，诗人才能摆脱攀缘之累、依附之羞，甚至不进入管理者或统治者的队伍而一样骄傲地在天下行走。它应该是这样一个社会，它颠覆了官本位的秩序，人的价值能够表现为多元。令我欣慰的是，在中国诗人颠沛流离了几千年之后，这样一个社会终于渐渐出现了。它是一片绿色的田野，透过迷蒙的水雾，我已经闻到了一股新鲜的稻香。它是一群飞翔的鸽子，阳光之下，我已经听到了翅膀摩擦气流的音响。它是横排天边的一派晚霞，尽管云层诡谲，但它却绚丽奇幻，而且我已经看到了像雪浪一样在夜空涌动的星辰。

白居易 等

九品县尉

夏坚勇

人们往往以为旧时的文人考取进士就一步登天了，其实不是，那只是取得了做官的资格，起步官阶并不高，一般的是在中央机关当办事员，也有的被派到基层去当县尉。古代的“尉”多是武职或司法官，县尉专管衙役、捕快之类抓人放人的勾当，大致相当于现在的公安局长，官阶九品。

文人的官场梦古已有之，诗人杜甫在科场上的运气总是不好，考了几次都名落孙山，却并不曾因此改变“官”念，起初是为了治国平天下，到了后来则是为了养家糊口。天宝十二年（753）左右，杜甫潦倒长安，诗写得好，但换不回银子，只能卖草药补贴家用，那就和乞讨差不多了。为了生计，他辗转朱门，到处投递求职信，当时称之为“干谒”，现在叫跑官。跑官也不容易啊，“朝扣富儿门，暮随肥马尘”，其间的屈辱和辛酸可以想见。也许是跑得多了，天道酬勤，终于跑来了朝廷的一纸任命，派他到河西县担任县尉。这是进士的起步官阶，作为“杜陵布衣”，他能得到这样的安排算不错了。而且县尉有实权，抓人放人都在他手里，上下其“手”，可以权力寻租，搞点钱如探囊取物，不要说养家糊口，发点小财也并不困难。

那就赶紧走马上任吧。

但杜甫没有去，因为他的好朋友高适几年前曾当过封丘县尉，不久就辞职了。辞职不是嫌官小，而是因为心情不好。在题为《封丘作》的诗中，高适坦露了自己的矛盾和痛苦，其中最锥心的是这么两句：

拜迎长官心欲碎，鞭挞黎庶令人悲！

在上司面前卑躬屈膝，是俯首帖耳的哈巴狗；在百姓面前凶神恶煞，是张牙舞爪的疯狗恶狗。这种“两面狗”的差事，高适干不下去。

也许有人会说，这位姓高的诗人也太清高了。既入官场，这种“两面狗”的生涯便是一种常态，不要说你只是区区县尉，就是县令、知府，以至于督抚高官，不都是这样的吗？因为你的乌纱帽是“长官”给的，在他们面前，你只能低声下气做孙子。同样，作为朝廷命官，你牧民有责，催逼赋税，要粮要钱，你能不“鞭挞黎庶”吗？你既不肯做孙子，又不忍做打手，那就只有卷铺盖走人了。

但诗人毕竟是诗人，所谓良知和人文关怀从来就是他们心头最柔软的那一块。他们的目光总能穿越利益集团的藩篱，投射到幽暗的底层，犹如穿透乌云的阳光，传递着人性的温煦和亮色，这是大诗人之所以“大”的一种精神特质。相反，如果只知道为权势者捧场凑趣，再华美的辞章也只是随风而逝的马屁而已。

杜甫没有去上任，他走向民众，也走向中国诗歌的圣坛，不久，被誉为史诗的《自京赴奉先县咏怀五百字》问世。“穷年忧黎元，叹息肠内热”“朱门酒肉臭，路有冻死骨”，这种散发着大地的苦难气息的诗句，让千秋万代的读者泪流满面。

但同样是大诗人，同样面对着这份九品县尉的差事，也有周旋得差强人意的，例如白居易。

白居易是正牌的进士出身，而且名列第四，差一点就是探花。唐代的官制，进士及第后还要参加一次吏部组织的选拔考试，及格后才授予官职。人们把这种考试叫作释褐试，“释褐”就是脱去老百姓的粗麻布衣服。白居易又很顺利地通过了释褐试。脱去了麻布衣衫，接下来就准备穿官服了。

老规矩，他的第一份差遣是到长安附近的盩厔当县尉。

到了盩厔，正值麦收。“田家少闲月，五月人倍忙”。新任县尉下乡调研，也收获了一首《观刈麦》。看到农人的辛苦，想想自己的不劳而获，诗人心生愧疚，他也是一个有良知的文人。

麦子收上来了，县令就叫他下去催逼赋税，没有钱粮就抓人，下到牢房里鞭打，直到打出一个“有”来。所谓横征暴敛，这几个字县尉全占了。白居易不忍心向那些可怜的农夫挥鞭子，但又不能公然抗命，就想出了一个消极怠工的办法：装病，不上班。

县令是个官油子，按理说这种小伎俩是瞒不过去的，但这厮却不敢拿他怎样，因为他上头有背景。

背景就是在朝廷里担任左拾遗的元稹。元白是至交，这人们都知道。元稹的才华虽不及白居易，但科场上的运气好，他与白居易同科登第，他中的是第一名。再加上人长得帅，金榜题名紧接着就是洞房花烛，娶的是京兆尹的女儿。京兆尹者，首都市长也。盩厔是首都辖下的郊县，元稹的老丈人就是县令的顶头上司，这种关系县令能拎不清吗？他当然不敢得罪白居易。白居易装病怠工，县令不但不揭穿，反而上门慰问，叫他安心休养，不要挂念公务，说那边的工作有人顶着。这当然也是实话，抓人放人、鞭打农夫的事，想干的人多的是，因为那中间有油水。有油水的事，悍吏们总是争先恐后，那些人其实巴不得你一直生病才好。

由于有了京城的背景，白居易的这个九品县尉当得还不算太憋屈，他大致既用不着在上司面前装孙子，也用不着对老百姓挥鞭子。而且就在这期间，他还写出了流芳千古的《长恨歌》。可诗人的心情终日不好，他在诗中相当刻薄地把自己称为“趋走吏”，也就是狗腿子，认为：

一为趋走吏，尘土不开颜。

可见他对这份差事深恶痛绝。

孟浩然

闻一多

当年孙润夫家所藏王维画的孟浩然像，据《韵语阳秋》的作者葛立方说，是个很不高明的摹本，连所附的王维自己和陆羽、张洎等三篇题识，据他看，也是一手摹出的。葛氏的鉴定大概是对的，但他并没有否认那“俗工”所据的底本——即张洎亲眼见到的孟浩然像，确是王维的真迹。这幅画，据张洎的题识说，

> 虽轴尘缣古，尚可窥览。观右丞笔迹，穷极神妙。襄阳之状颀而长，峭而瘦，衣白袍，靴帽重戴，乘款段马——一童总角，提书笈负琴而从——风仪落落，凛然如生。

这在今天，差不多不用证明，就可以相信是逼真的孟浩然。并不是说我们知道浩然多病，就可以断定他当瘦。实在经验告诉我们，什九人

是当如其诗的。你在孟浩然诗中所意识到的诗人那身影，能不是“颀而长，峭而瘦”的吗？连那件白袍，恐怕都是天造地设，丝毫不可移动的成分。白袍靴帽固然是“布衣”孟浩然分内的装束，尤其是诗人孟浩然必然的扮相。编《孟浩然集》的王士源应是和浩然很熟的人，不错，他在序文里用来开始介绍这位诗人的“骨貌淑清，风神散朗”八字，与夫陶翰《送孟六入蜀序》所谓“精朗奇素”，无一不与画像的精神相合，也无一不与孟浩然的诗境一致。总之，诗如其人，或人就是诗，再没有比孟浩然更具体的例证了。

张祜曾有过“襄阳属浩然”之句，我们却要说：浩然也属于襄阳。也许正惟浩然是属于襄阳的，所以襄阳也属于他。大半辈子岁月在这里度过，大多数诗章是在这地方、因这地方、为这地方而写的。没有第二个襄阳人比孟浩然更忠于襄阳，更爱襄阳的。晚年漫游南北，看过多少名胜，到头还是

山水观形胜，襄阳美会稽。

实在襄阳的人杰地灵，恐怕比它的山水形胜更值得人赞美。从汉阴丈人到庞德公，多少令人神往的风流人物，我们简直不能想象一部《襄阳耆旧传》，对于少年的孟浩然是何等深厚的一个影响。了解了这一层，我们才可以认识孟浩然的人，孟浩然的诗。

隐居本是那时代普遍的倾向，但在旁人仅仅是一个期望，至多也只是点暂时的调济，或过期的赔偿，在孟浩然却是一个完完整整的事实。在构成这事实的复杂因素中，家乡的历史地理背景，我想，是很重要的一点。

在一个乱世，例如庞德公的时代，对于某种特别性格的人，入山采药，一去不返，本是唯一的出路。但生在“开元全盛日”的孟浩然，有那必要吗？然则为什么三番两次朋友伸过援引的手来，都被拒绝，甚至最后和本州采访使韩朝宗约好了一同入京，到头还是喝得酩酊大醉，让韩公等烦了，一赌气独自先走了呢？正如当时许多有隐士倾向的读书人，孟浩然原来是为隐居而隐居，为着一个浪漫的理想，为着对古人的一个神圣的默契而隐居。在他这回，无疑的那成立默契的对象便是庞德公。孟浩然当然不能为韩朝宗背弃庞公，鹿门山不许他，他自己家园所在，也就是“庞公栖隐处”的鹿门山，绝不许他那样做。

> 鹿门月照开烟树，忽到庞公栖隐处。
> 岩扉松径长寂寥，惟有幽人自来去。

这幽人究竟是谁？庞公的精灵，还是诗人自己？恐怕那时他自己也分辨不出，因为心理上他早与那位先贤同体化了。历史的庞德公给了他启示，地理的鹿门山给了他方便，这两项重要条件具备了，隐居的事实便容易完成得多了。实在，鹿门山的家园早已使隐居成为既成事实，只要念头一转，承认自己是庞公的继承人，此身便俨然是《高士传》中的人物了。总之，是襄阳的历史地理环境促成孟浩然一生老于布衣的。孟浩然毕竟是襄阳的孟浩然。

我们似乎为奖励人性中的矛盾，以保证生活的丰富，几千年来一直让儒道两派思想维持着均势，于是读书人便永远在一种心灵的僵局中折磨自己，巢由与伊皋、江湖与魏阙，永远矛盾着、冲突着，于是生活便永远不谐调，而文艺也便永远不缺少题材。矛盾是常态，愈矛盾则愈常态。今天是伊皋，明天是巢由，后天又是伊皋，这是行为的矛盾。当巢由时向往着伊皋，当了伊皋，又不能忘怀于巢由，这是行为与感情间的矛盾。在这双重矛盾的夹缠中打转，是当时一般的现象。反正用诗一发泄，任何矛盾都注销了。诗是唐人排解感情纠葛的特效剂，说不定他们正因有诗作保障，才敢于放心大胆地制造矛盾。因而那时代的矛盾人格才特别多。自然，反过来说，矛盾愈深愈多，诗的产量也愈大了。孟浩然一生没有功名，除在张九龄的荆州幕中当过一度清客外，也没有半个官职，自然不会发生第一项矛盾问题。但这似乎就是他的一贯性的最高限度。因为虽然身在江湖，他的心并没有完全忘记魏阙。下面不过是许多显明例证中之一：

欲济无舟楫，端居耻圣明。
坐观垂钓者，徒有羡鱼情。

然而“羡鱼”毕竟是人情所难免的，能始终仅仅“临渊羡鱼”，而并不“退而结网”，实在已经是难得的一贯了。听李白这番热情的赞叹，便知道孟浩然超出他的时代多么远：

吾爱孟夫子，风流天下闻。
红颜弃轩冕，白首卧松云。
醉月频中圣，迷花不事君。
高山安可仰，徒此揖清芬。

可是我们不要忘记矛盾与诗的因果关系，许多诗是为给生活的矛盾求统一、求调和而产生的。孟浩然既免除了一部分矛盾，对于他，诗的需要便当减少了。果然，他的诗是不多，量不多，质也不多。量不多，有他的同时人做见证，杜甫讲过的：“吾怜孟浩然，……赋诗虽不多，往往凌鲍谢。”质不多，前人似乎也早已见到。苏轼曾经批评他“韵高而才短，如造内法酒手，而无材料”。这话诚如张戒在《岁寒堂诗话》里所承认的，是说尽了孟浩然，但也要看才字如何解释。才如果是指才情与才学二者而言，那就对了，如果专指才学，还算没有说尽。情当然比学重要得多。说一个人的诗缺少情的深度和厚度，等于说他的诗的质不够高。孟浩然诗中质高的有是有些，数量总是太少。“气蒸云梦泽，波撼岳阳城”式的和“微云淡河汉，疏雨滴梧桐”式的句子，在集中几乎都找不出第二个例子。论前者，质和量当然都不如杜甫；论后者，至少在量上不如王维。甚至“不才明主弃，多病故人疏”，质量都不如刘长卿和十才子。这些都不是真正的孟浩然。真孟浩然不是将诗紧紧地筑在一联或一句里，而是将它冲淡了，平均地分散在全篇中：

出谷未停午，到家日已曛。
回瞻下山路，但见牛羊群。
樵子暗相失，草虫寒不闻。
衡门犹未掩，伫立望夫君。

甚至淡到令你疑心到底有诗没有。

垂钓坐磐石，水清心亦闲。
鱼行潭树下，猿挂岛藤间。
游女昔解佩，传闻于此山。
求之不可得，沿月棹歌还。

淡到看不见诗了，才是真正孟浩然的诗。不，说是孟浩然的诗，倒不如说是诗的孟浩然，更为准确。在许多旁人，诗是人的精华，在孟浩然，诗纵非人的糟粕，也是人的剩余。在最后这首诗里，孟浩然几曾作过诗？他只是谈话而已。甚至要紧的还不是那些话，而是谈话人的那副“风神散朗”的姿态。读到“求之不可得，沿月棹歌还”，我们得到一如张洎从画像所得到的印象，“风仪落落，凛然如生”。得到了象，便可以忘言；得到了“诗的孟浩然”，便可以忘掉“孟浩然的诗”了。这是我们前面所提到的“诗如其人”或“人就是诗”的另一解释。

超过了诗也好，够不上诗也好，任凭你从环子的哪一点看起。反正除了孟浩然，古今并没有第二个诗人到过这境界。东坡说他没有才，东坡自己的毛病，就在才太多。

庄子笑曰：“周将处乎材与不材之间。材与不材之间，似之而非也，故未免乎累。”

谁能了解庄子的道理，就能了解孟浩然的诗，当然也得承认那点“累”。至于“似之而非”，而又能“免乎累”，那除陶渊明，还有谁呢？

李白

莫砺锋

一、诗国天空中的耀眼彗星

李白其人，是中国古典诗歌史上的一个谜。他像一颗彗星突然划过诗国的长空，光彩夺目，不可逼视。他像一个从天而降的谪仙人，萍踪飘忽，踪迹难寻。李白写诗多为情绪化的宣泄，想落天外，似真似幻，迷离恍惚。所以李白的生平留下了许多疑问，比如说李白的身世如何？他的出生地是哪里？他的婚姻情况如何？他一生进过几次长安？他何时将一双儿女安置在东鲁？他流放夜郎是半途遇赦吗？凡此等等，几乎每个问题都使学者聚讼纷纭，莫衷一是。[①]本文只能把学

① 详见郁贤皓《近百年来李白生平研究述评》，载《李白与唐代文史考论》，南京师范大学出版社2008年版，第675—688页。

界认同程度较高的说法介绍给读者。

综合各种史料和历代学者的考证，李白的身世大概如下：其先世在隋末因罪流放到中亚的条支都督府，武后长安元年（701），李白出生在碎叶城。那个地方当时属于大唐帝国的安西都护府管辖，是个多民族杂居的地方，现在名叫托克马克，在吉尔吉斯斯坦境内。李白五岁那年，其父带着全家返回内地，在绵州昌隆县（今四川江油）居住。李白的父亲不知叫什么名字，史书上称他为“李客”，就是姓李的客人，可见李家是流寓之人，蜀中并不是李白真正的故乡。但是李白五岁就到了江油，二十四岁才离开，江油被称为“李白故里”，还是当之无愧的。

显然，李白的家庭既不是官宦世族，也不是耕读之家。有人认为他父亲是个富商，从李白青年时富有钱财来看，这不失为合理的推测。正因如此，李白没有像杜甫那样接受儒家思想的严格教育，他在《赠张相镐》中自称其学习过程是“五岁诵六甲，十岁观百家”，六甲就是古人计数所用的六十甲子之类的知识，百家是诸子百家的各类杂书。李白当然也熟读儒家经典，但是他涉猎的范围相当广泛，其知识结构和思想渊源比较复杂。他不但深信道教，还受到西域胡族文化的影响。李白在蜀中生活了二十来年，除了读书学习之外，也广交朋友，并游览蜀中山川。峨眉山、青城山等蜀中名山，都留下了李白的游踪，也留下了李白的诗篇。蜀中乃多民族杂居之地，民风勇武，李白也沾染了南蛮文化及豪侠习气。二十四岁那年，李白仗剑出蜀，经三峡东下，从此离开蜀地，再也没有回去过。

李白出蜀以后，就在吴楚等地漫游，《上安州裴长史书》中自述：“南穷苍梧，东涉溟海。”李白漫游，一方面游览名山大川和通都大邑，另一方面则广事交游，结交名流。他生活豪纵，挥金如土，尤喜接济落魄的士人，也主动结识地方长官。大约三年以后，李白来到安陆，隐于寿山。安陆是古代云梦泽的所在地，李白早从乡人司马相如的《子虚赋》中闻知其名，遂来寻访。不久，李白入赘当地的豪门许家，其妻是高宗朝宰相许圉师的孙女。婚后的李白仍然四处漫游，但基本定居于安陆，正如《秋于敬亭送从侄耑游庐山序》中的自述："酒隐安陆，蹉跎十年。"开元十八年（730）前后，李白前往长安，一住数年。他曾在终南山隐居，并前往玄宗之妹玉真公主的别馆访问。他也曾在长安结识名士贺知章、崔宗之，以及一些达官贵人。但是李白的长安之行并没有引起朝廷的注意，于是他又往四方漫游。其间曾一度在嵩山隐居，与道士元丹丘结为好友。

开元末年，许氏夫人去世，留下一对儿女：女名平阳，子名伯禽。李白原是以赘婿的身份在许家生活，丧妻之后，不宜再居许家，于是携带儿女移家东鲁。由于儿女幼小，李白又常年飘荡在外，为了有人照料孩子，他曾与一位姓刘的女子以及一位不知姓氏的女子先后同居，生活颇为潦倒。到了天宝元年（742），由于玉真公主等人的荐举，玄宗终于下诏征李白入京。诏书送抵南陵（今山东曲阜城南），李白扬眉吐气，放声大笑，作《南陵别儿童入京》以表欢欣：

白酒新熟山中归，黄鸡啄黍秋正肥。
呼童烹鸡酌白酒，儿女嬉笑牵人衣。
高歌取醉欲自慰，起舞落日争光辉。
游说万乘苦不早，著鞭跨马涉远道。
会稽愚妇轻买臣，余亦辞家西入秦。

仰天大笑出门去，我辈岂是蓬蒿人！

李白终于如愿入朝了！他终于有机会实现曾在《代寿山答孟少府移文书》中表示的“奋其智能，愿为辅弼，使寰区大定，海县清一”的宏伟理想了！可惜事与愿违。李白入京之初，确实受到唐玄宗极为隆重的接待，一时声华煊赫，荣耀无比。然而玄宗诏李白入朝，不过是想借其诗才来点缀升平，他并不想在政治上对李白委以重任。李白入朝后担任翰林供奉，只是一个文学侍从之臣，除了偶尔起草国书之外，他的任务就是替玄宗写诗。有一次宫中演奏音乐，玄宗为了记其盛况夸耀后世，立命召李白前来，李白当场以《宫中行乐词》为题作五言律诗十首。还有一次，宫中牡丹盛开，玄宗和杨贵妃一起赏花，命李龟年率梨园弟子唱歌。刚要开唱，玄宗忽然说：“赏名花，对妃子，焉用旧乐辞焉！”于是立召李白前来写新歌词，李白酒醉刚醒，就挥翰写了传诵一时的《清平调》三首。假如换了一个贪图富贵的平庸诗人，能得到皇帝如此的恩宠，能成为皇帝赏识的御用诗人，肯定会心满意足，自庆三生有幸。然而李白却深深地失望了。他的理想是登辅弼之位，行治国平天下之事，岂是当一个御用诗人而已！所以时隔不久，李白就从奉诏入朝之初的兴奋得意中清醒过来了。他开始冷眼观察盛世外表下的种种黑暗现状，他开始以沉湎酒乡来掩盖内心的失望和牢骚。在《古风五十九首》之二十四中，他揭露长安城中宦官及斗鸡之徒嚣张奢侈之丑态：

大车扬飞尘，亭午暗阡陌。
中贵多黄金，连云开甲宅。

路逢斗鸡者，冠盖何辉赫。
鼻息干虹蜺，行人皆怵惕。
世无洗耳翁，谁知尧与跖！

在《古风五十九首》之十五中，他悲叹贤才被弃的社会悲剧：

燕昭延郭隗，遂筑黄金台。
剧辛方赵至，邹衍复齐来。
奈何青云士，弃我如尘埃。
珠玉买歌笑，糟糠养贤才。
方知黄鹤举，千里独徘徊。

杜甫在《饮中八仙歌》中描写李白在长安的醉态是："李白斗酒诗百篇，长安市上酒家眠。天子呼来不上船，自称臣是酒中仙。"如此狂傲不驯，分明是满腹牢骚的外露。李阳冰的《草堂集序》则说李白在长安"浪迹纵酒，以自昏秽"，又说"朝列赋谪仙之歌凡数百首，多言公之不得意"，连朝中列官都明白李白的"不得意"，何况李白本人？

盖世高才容易受到众人的嫉妒，目中无人的狂傲举止更会受到小人的忌恨，李白很快成为朝中权贵的眼中钉。翰林学士张垍妒忌李白的过人才华，宦官首领高力士记恨李白让他脱靴的耻辱，纷纷向玄宗进谗言。李白的好友任华在《杂言寄李白》中说："权臣妒盛名，群犬多吠声。"可见当时谗毁李白的小人，也不知有多少。李白再也无法在朝廷里待下去了，天宝三载（744）春天，李白上书玄宗，请求还山。玄宗对李白的狂傲也不耐烦了，就赐给李白一些钱财，准其归山。李白怀着失意和牢骚离开长安，他的政治理想破灭了。他在《书情赠蔡舍人雄》中说："白璧竟何辜，青蝇遂成冤。"对于李白的政治生涯来说，长安三年当然是一个悲剧。但是对于诗坛和诗史而言，李白被放还山真是一件天大的好事。李白离开了朝廷，重新回到民间，从此他不需要浪费其绝代才华来写《清平调》之类的无聊颂诗了，他转而歌咏壮阔的人生和壮丽的河山。从此李白不需要再与虚情假意的权贵们作无聊的应酬了，他转而结交杜甫、高适等诗人，并与桃花潭边的村民汪伦、五松山下的农妇荀媪无拘无束地交往。一句话，李白离开了狭小的宫廷，回到了广阔的民间。那才是李白施展绝代才华的宽广天地！

离开长安以后，李白又恢复了四处漫游的自由生活。天宝三载初夏，李白在洛阳遇见杜甫。李白比杜甫年长十一岁，但两人一见如故，结为忘年之交。他们结伴同游，北渡黄河，往王屋山寻访道士华盖君。是年秋天，二人与高适同游汴州（今河南开封），在街头的酒垆里痛饮，又同登吹台，眺远怀古。次年秋，李、杜在鲁郡（今山东兖州）重逢，杜甫作《赠李白》："秋来相顾尚飘蓬，未就丹砂愧葛洪。痛饮狂歌空度日，飞扬跋扈为谁雄！"当时杜甫尚处于裘马清狂的青年时代，他与李白都是意气风发的豪士。李、杜像暂时相聚的浮萍一样，不久就各奔东西了。分别之后，李白作《沙丘城下寄杜甫》说："我来竟何事，高卧沙丘城。城边有古树，日夕连秋声。鲁酒不可醉，齐歌空复情。思君若汶水，浩荡寄南征。"此后两人再也无缘相会，但他们的友谊终生不渝，成为诗歌史上的一段佳话。

李白在各地游历多时，又回到汴州，入赘宗家，其妻是武周朝宰相宗楚客的孙女。婚后李白与宗氏夫人的感情很好，但毕竟是入赘贵门，诸多不便，所以他仍然经常出游，他的一双儿女也仍然寄养在东鲁。天宝十四载（755）十一月，安史之乱爆发。叛军势如破竹，很快打到洛阳一带。此时李白正在汴州，就携带宗氏仓皇逃难。他先是西奔入秦，次年春天又转向东南，逃往江南。李白的《扶风豪士歌》中展现了兵荒马乱的景象：“洛阳三月飞胡沙，洛阳城中人怨嗟。天津流水波赤血，白骨相撑如乱麻。我亦东奔向吴国，浮云四塞道路赊。”逃到江南以后，李白又流寓多地，最后来到庐山，暂隐于屏风叠。至德元载（756）年底，永王李璘率舟师顺江东下，路过庐山时派人上山礼聘李白。李白正为报国无路而忧虑，就视此为建功立业的好机会，即刻下山，兴高采烈地登舟而去。没想到李璘虽是奉玄宗之命率军平叛的，但此时其兄肃宗早已登基，且下令李璘归觐于蜀。李璘拒不从命，肃宗便视为叛逆，调动军队围歼之。李璘的军队刚走到丹阳（今江苏镇江）一带，就遇到朝廷所遣军队的阻击，军无斗志，一触即溃。天真的李白本图建立奇功，没想到反而落了个附逆的罪名，他匆匆逃到彭泽，随即自首，被拘于寻阳狱中。虽然得到崔涣、宋若思等大员的援救，李白仍受到长流夜郎（今贵州正安）的严重处罚。乾元元年（758）春天，李白在寻阳辞别匆匆赶来的宗氏夫人，启程前往夜郎。次年三月，李白刚走过三峡，适遇朝廷大赦，他即刻顺流东下，作《早发白帝城》说：“朝辞白帝彩云间，千里江陵一日还。两岸猿声啼不住，轻舟已过万重山！”

回到江南以后，李白暂居宣城。他虽然屡经挫折，但壮志未灭。上元二年（761），听说大将李光弼出镇临淮，李白还想前往从军，行至半途因病折回。其后李白贫病交加，乃往当涂投靠正任当涂令的族叔李阳冰。临终前，李白将自己的手稿托付给李阳冰，请他编集。宝应元年（762）十一月，李白卒于当涂。一颗光芒照人的彗星从长空中永远消逝了。正如杜甫《梦李白》中所云："千秋万岁名，寂寞身后事！"李白身后颇为凄凉，因家贫，只得暂葬龙山东麓。直到四十五年以后，李白故人范伦之子范传正出任当地长官，访得李白的两个孙女，得知李白的遗愿，便将其墓迁往李白生前喜爱的"谢家青山"。此外，在距此不远的采石矶畔，也留下一座李白的衣冠冢，当是后人因民间有李白醉后入江捉月而死的传闻而修建的。从此，青山之麓的李白墓和采石江边的李白衣冠冢，都成为后人凭吊李白的历史遗址。青山永存，江水不竭，李白将与他热爱的壮丽山川一道永世长存。

二、意气风发的进取精神

李白其人，自许极高。在政治上，他以辅弼之材自居，动辄自比张良、诸葛亮、谢安。在文化上，他以斯文宗主自居，时时自比孔子。即使他想隐居了，也曾在《代寿山答孟少府移文书》中自诩是"巢由以来，一人而已"。在李白看来，建功立业像探囊取物一般容易，名垂青史是他必然的宿命。所以他终生保持着旺盛的进取精神，从未因遭受挫折而消退雄心。从青年时代的仗剑出蜀，到残暮之年的投军自效，李白始终是意气风发的雄豪之士，叹老嗟卑的习气是与李白绝缘的。

李白最大的人生理想是什么？他自己说得很清楚："奋其智能，愿为辅弼，使寰区大定，海县清一。"这与杜甫的"致君尧舜上，再使风俗淳”基本一致，正是帝制时代的读书人共同的人生理想，就是安邦定国，治国平天下。在唐代，读书人要想进入仕途，最通常的道路便是参加科举。但是李白自负才华，不愿意走循规蹈矩的科举之路。他希望顷刻之间就实现其政治理想，用范传正《唐左拾遗翰林学士李公新墓碑》中的话说，便是“常欲一鸣惊人，一飞冲天。彼渐陆迁乔，皆不能也”。不应科举而想入仕，李白采取了两种方法，一是干谒求名，二是隐居求名。早在蜀中的时候，李白就曾求见苏颋。苏颋是朝中名臣，当时正任益州长史。李白自述求见苏颋的过程是“于路中投刺”，也就是在路上向苏颋递上名片，显然这是主动上前以事干谒。苏颋对李白大为赞赏，说他“天才英丽，下笔不休”。李白对此事非常得意，后来把苏颋的话写进《上安州裴长史书》中，还说“四海明识，具知此谈”，这清楚地说明李白干谒名人贵人的目的，就是显扬自己的名声。李白三十四岁那年，在襄阳晋谒荆州长史韩朝宗，写下了著名的《与韩荆州书》，开头便说：“白闻天下谈士相聚而言曰：‘生不用封万户侯，但愿一识韩荆州。’何令人之景慕，一至于此耶！”由此在汉语中增添了“识荆”这个词汇，成为后人结识他人的专用词语。李白在《与韩荆州书》中还自称“遍干诸侯”“历抵卿相”，可见李白并不讳言自己曾广事干谒，在他看来，这是实现理想的一条途径，是光明正大的行为。

李白采取的另一种方法是隐居求名。李白在蜀中就开始了隐逸生活，曾与一个叫“东岩子”的人一起隐居于岷山之阳，当时的广汉太守还曾闻名前往求见。出蜀以后，李白更是有意识地隐居求名。他在《代寿山答孟少府移文书》中自称“逸人”，径以隐士自居。但就在同一封书信中，他又声称要“奋其智能，愿为辅弼”。在他看来，隐居与做官不但并无矛盾，而且前者正是后者的必要准备。于是李白曾与元丹丘一起隐居在嵩山，又曾与韩准、孔巢父等六人隐居在山东的徂徕山，号称“竹溪六逸”。但是他从未真正甘心在山林里清心寡欲地当一辈子隐士，他只是希望像东晋的谢安那样暂隐东山，一旦朝廷有事，就出山入朝，建功立业。李白在诗歌中反复咏及谢安，绝非偶然。他在《送裴十八图南归嵩山》中说：“谢公终一起，相与济苍生。”隐居得名，然后出山，就是李白理想中的隐居模式。像李白那样一心想着要使寰区大定、海县清一的人，像李白那样热血沸腾、生命力格外旺盛的人，怎么可能做一个终老林泉、忘怀世事的隐士呢？

李白为自己设计的人生道路在当时有可能付诸实施吗？回答是肯定的。无论在政治上还是文化上，唐代都是一个相当多元化的时代。科举制度虽已确立，但朝廷用人不拘一格。唐太宗贞观年间，一介布衣马周代中郎将常何上条奏事，深得太宗赏识，当即召见，从此步入仕途，次年就任监察御史，后来官至中书令。天宝末年，布衣张镐因杨国忠推荐，释褐拜左拾遗，后来官至宰相。而李白投书求谒的韩朝宗也曾推荐崔宗之、严协律等人，都顺利地进入了仕途。所以李白广事干谒，绝非徒劳之举。至于隐居求名，也是当时进入仕途的一条捷径。“终南捷径”这个成语的产生时间，就在李白出生前后。当时有名卢藏用者，初举进士，不调，就隐居终南山。他表面上隐居在山中，眼睛却始终盯着朝廷的动静，人称“随驾隐士”。不久卢藏用应诏入朝，从此在官场里度过一生。据刘肃《大唐新语》记载，卢藏用曾对道士司马承祯说终南山中“大有佳处”，司马讽刺他说：“以仆所观，乃仕宦捷径耳。”“终南捷径”这个成语，后人常用来讽刺心怀魏阙的假隐士。但在唐代，它并没有多大的讽刺意义。其实讽刺卢藏用的司马承祯本人也是个出入朝廷的显赫道士，据李白《大鹏赋序》所云，李白刚出蜀时就在江陵见过司马承祯，司马还赞扬他有“仙风道骨”，说不定李白曾从司马那里听说过“终南捷径”的故事并从中得到启发。

那么，上述两类行为会不会影响李白的清誉呢？不会。因为李白的目标不是入仕所带来的荣华富贵，而是实现其宏伟的人生理想。正因如此，李白才会不厌其烦地广事干谒。也正因如此，李白才会不断地转移隐居的地点。李白入仕的道路如此曲折，入朝后的遭遇又如此令他失望，但他的雄心壮志并没有随之消减。即使被玄宗放还归山以后，李白仍然孜孜不倦地寻找着建立功业的机会。安史之乱爆发后，眼看着河山破碎，人民遭殃，李白心头燃起了从军平叛的希望之火。永王李璘起军时曾广征名士，当时萧颖士、孔巢父等人皆逃避不应，宗氏夫人也规劝李白不要应聘，但李白仍然应聘入幕，原因就是他好不容易盼来了一个立功报国的机会，岂肯轻易放过？这与其说反映出李白在政治上不够敏感，不如说体现了他有异常强烈的进取精神。李白入幕后作《在水军宴赠幕府诸侍御》说：“卷身编蓬下，冥机四十年。宁知草间人，腰下有龙泉？浮云在一决，誓欲清幽燕。愿与四座公，静谈金匮篇。齐心戴朝恩，不惜微躯捐。所冀旄头灭，功成追鲁连！”他是多么希望亲赴平叛前线，建立鲁仲连那样的不朽功绩啊！

李白的进取精神还体现在敢于直面黑暗的现实，非但不逃避，反而勇起抗争。天宝六载（747），也就是李白离开长安三年以后，大唐帝国的政治生活中发生了严重的事件，口蜜腹剑的奸相李林甫为了维持其权位，一方面诱导唐玄宗沉溺享乐，另一方面不择手段地排斥贤良。北海太守李邕和刑部尚书裴敦复，都是有正义感的官员，公称士林领袖。李林甫为了打击士气，就用杀鸡儆猴的手法，对李邕和裴敦复痛下毒手。李邕和裴敦复惨遭杖毙，这个事件在当时的影响非常大，它摧残了整个士大夫阶层的士气，一时朝议噤若寒蝉。李白却在《答王十二寒夜独酌有怀》中发出了公开的抗议：

昨夜吴中雪，子猷佳兴发。
万里浮云卷碧山，青天中道流孤月。
孤月沧浪河汉清，北斗错落长庚明。
怀余对酒夜霜白，玉床金井冰峥嵘。
人生飘忽百年内，且须酣畅万古情。
君不能狸膏金距学斗鸡，坐令鼻息吹虹霓。
君不能学哥舒，横行青海夜带刀，西屠石堡取紫袍。
吟诗作赋北窗里，万言不值一杯水。
世人闻此皆掉头，有如东风射马耳。
鱼目亦笑我，谓与明月同。
骅骝拳跼不能食，蹇驴得志鸣春风。
折杨黄华合流俗，晋君听琴枉清角。
巴人谁肯和阳春，楚地犹来贱奇璞。
黄金散尽交不成，白首为儒身被轻。
一谈一笑失颜色，苍蝇贝锦喧谤声。
曾参岂是杀人者，谗言三及慈母惊。
与君论心握君手，荣辱于余亦何有？
孔圣犹闻伤凤麟，董龙更是何鸡狗！
一生傲岸苦不谐，恩疏媒劳志多乖。

严陵高揖汉天子，何必长剑拄颐事玉阶。

达亦不足贵，穷亦不足悲。

韩信羞将绛灌比，祢衡耻逐屠沽儿。

君不见李北海，英风豪气今何在？

君不见裴尚书，土坟三尺蒿棘居。

少年早欲五湖去，见此弥将钟鼎疏。

这首诗是在黑暗、压抑的时代氛围中写成的，所谓“寒夜独酌”，既是说时令的严寒，也暗指政治气候的严酷。此时李白早已被权贵们排挤出朝廷，现在又看到他敬仰的李邕和裴敦复惨遭杀害，从而对日趋黑暗的朝政彻底绝望。他清楚地认识到像自己这样傲骨嶙峋的正直之士，与黑暗的政治现实如水火不相容，所以他决心抛弃功名富贵，去实现早就树立的隐逸理想。“少年早欲五湖去，见此弥将钟鼎疏！”这是李白与黑暗政治拒绝合作的公开宣言。按理说，这样的诗很容易写得低沉压抑，因为诗人心中非常苦闷。但是李白毕竟是李白，即使在这首诗中，他依然豪气如虹，激情似火。他以无比轻蔑的语气批判黑暗势力，表示决不与他们同流合污。他以无比自豪的气概宣布自己的理想，决心远离污浊的尘世，回归纯朴清静的自然。本来是退出政治的内心独白，却写成了声讨黑暗势力的檄文。本来是痛苦心情的宣泄，却变成了豪迈情怀的颂歌。全诗激情喷涌，具有排山倒海的气势，淋漓尽致地展示了一个高傲不屈、坚定不移的诗人形象。显然，这样的诗带给读者的决不是消沉、萎靡，而是激昂、奋发，因为批判社会、抨击黑暗本就是进取精神的一种体现。

李白虽以政治家自居，事实上却以文学家垂名青史。在诗歌写作上，李白也体现出强烈的进取之心。在李白看来，诗歌写作不是吟风弄月的消遣，而是具有重大文化意义的人生事业。他曾在《古风五十九首》之一中慨叹诗歌史的渐趋萎靡，并希望由自己来担当振兴诗道的历史重任：

大雅久不作，吾衰竟谁陈？
王风委蔓草，战国多荆榛。
龙虎相啖食，兵戈逮狂秦。
正声何微茫，哀怨起骚人。
扬马激颓波，开流荡无垠。
废兴虽万变，宪章亦已沦。
自从建安来，绮丽不足珍。
圣代复元古，垂衣贵清真。
群才属休明，乘运共跃鳞。
文质相炳焕，众星罗秋旻。
我志在删述，垂辉映千春。
希圣如有立，绝笔于获麟。

据孟棨《本事诗·高逸第三》记载，李白还说过："梁陈以来，艳薄斯极，沈休文又尚以声律。将复古道，非我而谁与？"李白一生中无论境遇是顺是逆，也无论心情是佳是恶，从未中断诗文创作，终于登上古典诗歌史的巅峰地位，正是其强烈进取精神的生动体现。李白临终前作《临路歌》自叹生平："大鹏飞兮振八裔，中天摧兮力不济。余风激兮万世，游扶桑兮挂左袂。后人得之传此，仲尼亡兮谁为出涕？”李白清楚地认识到，他的一生像孔子一样，虽然在政治上壮志未酬，但在文化上则做出了巨大的贡献，他的进取精神将随着其不朽诗篇垂之永远。

李白的人生道路并非一帆风顺，而是充满着坎坷和挫折，但他从不灰心丧气，从不妄自菲薄。“天生我材必有用！”李白就是怀着这样的坚定信念走完人生道路的。人生在世，难免会遇到坎坷和挫折，意志不够坚定的人往往因此而失去信念。李白则不然。李白写过三首《行路难》，其二中悲叹说：“大道如青天，我独不得出！”可见其境遇是多么不顺利。然而他的完整想法则见于其一：

金樽清酒斗十千，玉盘珍羞值万钱。
停杯投箸不能食，拔剑四顾心茫然。
欲渡黄河冰塞川，将登太行雪满山。
闲来垂钓碧溪上，忽复乘舟梦日边。
行路难，行路难！多歧路，今安在？
长风破浪会有时，直挂云帆济沧海。

面对着美酒珍肴却无心享用，实因命途多舛之缘故。黄河冰塞，太行雪满，舟行、陆行皆无可能。故诗人不由得连声惊呼“行路难”！然而他忽又转念，想到古代的吕尚、伊尹也曾落拓不偶，但一旦风云际会，随即功成名就。又想到南朝宗悫“愿乘长风破万里浪”的名言，便安慰自己，此生一定会有乘风破浪、横渡沧海的一天！由此看来，李白诗歌的意义不止于鼓励读者努力奋斗，争取建功立业，还在于即使人生道路多般不顺，也要保持人生的信念。换句话说，我们在任何境遇下都不应丧失志气和希望，在人生的任何阶段都应该保持意气风发、勇往直前的精神状态。在这个意义上，李白的诗歌是永远激励我们前进的“励志诗”。

三、平交王侯的人格尊严

李白天性狂傲，在任何权贵面前也决不低下高贵的头颅。据《唐才子传》记载，李白曾醉中骑驴误入华阴县（今华阴市）的县衙，县宰喝问来者何人，李白具供状说：“曾令龙巾拭吐，御手调羹，贵妃捧砚，力士脱靴。”这四句话有实有虚，李阳冰《草堂集序》中明言玄宗初见李白，曾“以七宝床赐食，御手调羹以饭之”。即使稍有夸饰，亦离事实不远。中唐人段成式的《酉阳杂俎》则记载说：“李白名播海内，玄宗于便殿召见。神气高朗，轩轩然若霞举，上不觉亡万乘之尊，因命纳履。白遂展足与高力士，曰：‘去靴！’力士失势，遽为脱之。”即使是出于当时的传闻，也是事出有因。至于“龙巾拭吐”，则是“御手调羹”引起的合理联想。“贵妃捧砚”虽不大可能，但李白确曾应召当场作诗歌咏杨贵妃之美貌，杨妃站在一旁观看他挥毫落笔，也是情理中事。

上述行为生动地体现了李白不向权贵低头的狂傲性格。让高力士这个太监脱靴，今人或许以为没什么大不了。其实不然。要知道高力士不是一般的太监，他鞍前马后地跟随玄宗几十年，深受宠信。当李白入朝时，高力士已实封冠军大将军、渤海郡公，权倾一时，炙手可热。当时皇宫里的王子、公主们称他为阿翁，驸马辈称他为爷，连太子李亨都称他为二兄。奸相李林甫凶险狠毒，也对高力士敬畏三分。

但是李白却当着唐玄宗的面伸出脚来，让高力士把靴脱了！高力士一时被李白的气势慑服，仓皇失措，只好为李白脱了靴。这真是一件大快人心的事，难怪唐人对此反复记载，大肆渲染。直到宋代，苏轼还在《书丹元子所示李太白真》中不胜景慕地说："平生不识高将军，手污吾足乃敢瞋！"李白为什么有胆量让高力士脱靴？原来他天性狂放，平交王侯是他的固有姿态。他在《少年行》中声称："府县尽为门下客，王侯皆是平交人。"他还在《答王十二寒夜独酌有怀》中斥骂那些佞幸小人说："董龙更是何鸡狗！"董龙是前秦皇帝的宠臣董荣的小名，官至尚书，权倾一时，但生性正直的王堕直斥"董龙是何鸡狗"。高力士太监一个，在李白眼中不过是个奴才而已。在皇帝面前让奴才脱一次靴，又有何妨！

李白平交王侯的底气来自哪里？就来自他对权贵与富贵的无比蔑视。李白虽然在政治上勇于进取，但他与那些名利之徒有着根本的区别，就是目的不同。试以卢藏用为例。卢藏用进入仕途后，先是依附权贵太平公主，差点被唐玄宗杀掉。后来又弄权贪赃，声名狼藉。可见卢藏用走终南捷径的道路，不但手段不正，其目的也不可告人。李白则不然。李白进入仕途的目的不是富贵荣华，而是施展政治抱负。他曾再三表白这番心思，在《代寿山答孟少府移文书》中，李白表示其理想是："事君之道成，荣亲之义毕，然后与陶朱、留侯，浮五湖，戏沧洲，不足为难矣。"可见李白出山之前就制定了功成身退、隐遁江湖的人生规划，功名富贵并不是他的终极目标。李白入翰林供奉后作《翰林读书言怀呈集贤诸学士》说："功成谢人间，从此一投钓。"可见他进入朝廷后并未受到荣华富贵的蛊惑。李白对鲁仲连、张良等历史人物再三表示敬意，正是着眼于他们功成身退的表现。例如《古风五十九首》其十专咏战国义士鲁仲连：

齐有倜傥生，鲁连特高妙。
明月出海底，一朝开光曜。
却秦振英声，后世仰末照。
意轻千金赠，顾向平原笑。
吾亦澹荡人，拂衣可同调。

鲁仲连为赵国解秦兵之围，大功告成后却拒绝平原君千金之赠，李白对这位古代义士倾慕之极，还声明他与鲁仲连是志同道合的人。李白仰慕的另一个人物是汉初的张良，张良曾辅佐刘邦，创建汉朝，但功成之后不肯受赏，放弃高官厚禄而去学长生。李白还曾咏过晋朝的谢安，他在《登金陵冶城西北谢安墩》中说："功成拂衣去，归入武陵源。"其实谢安并无功成归隐之事，这不过是表明李白本人的心迹而已。

正因如此，在世人眼中最有价值的东西，在李白看来却是一钱不值。李白既蔑视富贵，也蔑视权贵。富贵与权贵本是互相依存的一对怪胎，李白对它们投以无比轻蔑的目光。李白年轻时就有挥金如土的豪爽举动，正如《醉后赠从甥高镇》所云："黄金逐手快意尽，昨日破产今日贫。"这当然与他家庭富裕有关，但更重要的是他视金钱如粪土的价值观。他还在《将进酒》中声称："天生我材必有用，千金散尽还复来。"李白又不是商人，怎么可能"千金散尽还复来"？事实上李白并没有陶朱公那样的致富天赋，他不过是表示对财富的轻蔑罢了。李白又在《江上吟》中郑重宣布自己追求的人生价值：

木兰之枻沙棠舟，玉箫金管坐两头。
美酒尊中置千斛，载妓随波任去留。
仙人有待乘黄鹤，海客无心随白鸥。
屈平辞赋悬日月，楚王台榭空山丘。
兴酣落笔摇五岳，诗成笑傲凌沧洲。
功名富贵若长在，汉水亦应西北流！

王侯将相的权势荣华迟早会灰飞烟灭，优美的文学作品才能与日月争辉。再说一路奔向东南的汉水怎么可能朝着西北倒流呢，可见功名富贵只是转瞬即逝的事物，根本没有久远的价值。蔑视富贵的人一定能傲视权贵，孟子把这个道理说得非常清楚：“说大人则藐之，勿视其巍巍然。堂高数仞，榱题数尺，我得志，弗为也。食前方丈，侍妾百人，我得志，弗为也。般乐饮酒，驱骋田猎，后车千乘，我得志，弗为也。在彼者，皆我所不为也。在我者，皆古之制也。我何畏彼哉！”李白堪称孟子所倡导的大丈夫精神的身体力行者。帝王将相所以骄横可畏，无非因为他们掌握着财富和权力，李白既已视富贵荣华如粪土，又有什么必要在权贵面前卑躬屈膝？无怪他谒见地方长官以求荐举只行长揖之礼，《忆襄阳旧游赠马少府巨》中说：“高冠佩雄剑，长揖韩荆州。”他以隐士的身份出见地方长官也只是一揖而已，《送韩准裴政孔巢父还山》：“出山揖牧伯，长啸轻衣簪。”也无怪他能在《梦游天姥吟留别》中公然宣称：“安能摧眉折腰事权贵，使我不得开心颜！”

李白虽然傲上，但绝不倨下。由于人生经历的不同，李白没有写过像杜甫的“三吏”“三别”那样关注民生疾苦的名篇。但当他在江南丹阳偶然看到纤夫冒着酷暑拖船过坝的艰辛时，即在《丁都护歌》中写下了“心摧泪如雨”和“掩泪悲千古”的沉痛诗句。安史之乱爆发后，李白也关心兵荒马乱、生灵涂炭的现实，在《古风》中描写过“俯视洛阳川，茫茫走胡兵。流血涂野草，豺狼尽冠缨”的人间惨状。更重要的是，李白对劳苦大众抱有亲切的态度，与他们平等地交往。宣城有个善于酿酒的老翁死了，李白作《哭宣城善酿纪叟》：“纪叟黄泉里，还应酿老春。夜台无晓日，沽酒与何人？”铜官冶（今安徽铜陵）五松山下一个农妇用一盘菰米饭款待李白，李白作《宿五松山下荀媪家》以示谢：“跪进雕胡饭，月光明素盘。令人惭漂母，三谢不能餐。”泾县村民汪伦与前来游览的李白结为好友，李白临走前写了千古名篇《赠汪伦》：“李白乘舟将欲行，忽闻岸上踏歌声。桃花潭水深千尺，不及汪伦送我情。”在中国古典诗歌史上，除了纪叟、荀媪和汪伦以外，还有几个平头百姓的姓名被写进过诗歌？几乎没有。这是李白的独特之处。要知道，当李白写这些诗的时候，他可是曾在金銮殿上当着皇帝、贵妃之面挥毫泼墨的大诗人啊。

李白天才横溢，自视甚高，但这并不妨碍他与别人结下深厚的友谊。李白年轻时与友人吴指南同游湖南，吴不幸病死于洞庭湖边，李白炎月伏尸，泣尽继血，还按照南方习俗，剔骨葬友。李白与许多同时代的诗人相交甚深，曾在襄阳见过隐居不仕的诗人孟浩然，在《赠孟浩然》中对他深表敬佩：“吾爱孟夫子，风流天下闻。红颜弃轩冕，白首卧松云。醉月频中圣，迷花不事君。高山安可仰，徒此揖清芬。”他作《黄鹤楼送孟浩然之广陵》送别东下扬州的友人：“故人西辞黄鹤楼，烟花三月下扬州。孤帆远影碧空尽，惟见长江天际流。”诗人的目光随着友人直至天边，他对友人的思念之情与长江之水一样滔滔不绝，字里行间包蕴着多么深挚的情意！李白在江东听到王昌龄贬谪蛮荒的消息，作《闻王昌龄左迁龙标遥有此寄》：“杨花落尽子规啼，闻道龙标过五溪。我寄愁心与明月，随风直到夜郎西。”他对沦为阶下囚的好友之命运深感忧虑，一颗愁心竟像明月一样随风飘至远方，潇洒浪漫的艺术想象携带着何等深厚的情意！李白诗中写到王公贵人时总是语含讥讽，而吟及布衣之交时却总是渗透着深情厚谊，李白对平民百姓和布衣之士的尊重，是他维护自身人格尊严的另一种体现方式，因为李白本人就是一位布衣之士。

李白虽曾荣任翰林供奉，但前后不足三年，他的一生主要是以一介布衣的身份参加社会活动的。他在《与韩荆州书》中自称“陇西布衣”，唐玄宗接见他时也说“卿是布衣”，李白在《赠崔司户文昆季》中回忆自己待诏翰林的经历还说“布衣侍丹墀”，可见“布衣”就是李白的公开身份。然而这是一个多么狂傲的布衣！清初的遗民中有所谓“海内四大布衣”之说，李白真是历史上最著名的“大布衣”。他蔑视权贵，平交王侯，在《玉壶吟》中宣称“揄扬九重万乘主，谑浪赤墀青琐贤”，竟然要与皇帝、大臣平起平坐，随意谈笑。杜甫的《饮中八仙歌》中说他“天子呼来不上船，自称臣是酒中仙”，看来并没有多少夸张。李白即使向人投书求荐，也不肯牺牲尊严。他写《上安州裴长史书》，历数自己的道德与才学，希望对方援之以手，但结尾时却说：“何王公大人之门，不可以弹长剑乎？”韩朝宗以奖掖识拔后进闻名于时，李白作《与韩荆州书》以自荐云：“而君侯何惜阶前盈尺之地，不使白扬眉吐气、激昂青云耶？”词气昂扬，何尝有半点低首下心的可怜状？即使到了暮年，李白被系于寻阳狱中，作《系寻阳上崔相涣》向崔涣求援："毛遂不堕井，曾参宁杀人？虚言误公子，投杼惑慈亲。白璧双明月，方知一玉真。"又何尝有半点摇尾乞怜之态？李白的狂傲，其本质是一种放大的自尊，是布衣之士为维护自身人格尊严采取的自卫手段。李白在作品里宣示自身的人格尊严，具有广泛的社会意义和深远的历史意义。中国古代社会一向注重群体价值，而缺少对个体价值的尊重。君君臣臣的封建制度和等级观念抹杀了思考个体尊严的可能性，更不用说提倡和维护它了。平交王侯的李白堪称维护平民人格尊严的典范。后人为什么爱读李白那些豪气干云的诗篇？李白使高力士脱靴的传说为什么流传千古？其深层的原因是大家从心底里敬佩李白的嶙峋傲骨。我们作为现代公民，尤其应该像李白一样，不要总是以"小百姓"自居，我们应该做"大布衣"。如果你在盛气凌人的高官、富商面前有点底气不足、自惭形秽的话，就赶紧打开李白的诗集，读读《梁甫吟》：

君不见朝歌屠叟辞棘津，八十西来钓渭滨。
宁羞白发照清水，逢时壮气思经纶。
广张三千六百钓，风期暗与文王亲。
大贤虎变愚不测，当年颇似寻常人。
君不见高阳酒徒起草中，长揖山东隆准公。
入门不拜骋雄辩，两女辍洗来趋风。
东下齐城七十二，指挥楚汉如旋蓬。
狂客落魄尚如此，何况壮士当群雄！

四、冲决羁绊的自由意志

李白的思想无拘无束，自由自在，绝不局限于某家某派。有人说李白反儒，其实李白是尊崇儒家的，因为他那治国平天下的理想正是儒学的核心内容。对于儒学的祖师孔子，李白十分敬佩，将他看作自己的人生楷模。他在《书怀赠南陵常赞府》中说："君看我才能，何似鲁仲尼？大圣犹不遇，小儒安足悲？"认为自己的才能颇似孔子，并认为孔子的遭遇可以给怀才不遇的自己带来安慰。他在《古风》中谈到自己的文学事业时说："我志在删述，垂辉映千春。希圣如有立，绝笔于获麟。"也是用孔子整理经典的事迹激励自己，希望能像孔子那样以不朽著作来映照千秋。当然，即使是这样的诗句，把自己与孔子相提并论，在旁人看来就不免狂妄，何况李白还有更为大胆的表示，他在《庐山谣寄卢侍御虚舟》中声称："我本楚狂人，凤歌笑孔丘。"在孔子已被尊为文宣王的时代，这样的句子是惊世骇俗的。李白对儒家的真实态度是尊崇但不迷信，他作《嘲鲁儒》嘲讽那些但知章句之学的儒生："鲁叟谈五经，白发死章句。问以经济策，茫如坠烟雾。"在《行行且游猎篇》中，他甚至认为："儒生不及游侠人，白首垂帷复何益？"

李白对道家的崇尚不逊于儒家。道家睥睨万物、高蹈尘外的超越态度，以及批判礼法、摆脱传统的解放精神都非常符合李白的性格，所以李白自幼熟读老、庄之书，诗中常见隐括《庄子》之语，比如《答长安崔少府叔封游终南翠微寺太宗皇帝金沙泉见寄》云："河伯见海若，傲然夸秋水。小物昧远图，宁知通方士？"又如《古风》

云："北溟有巨鱼，身长数千里。仰喷三山雪，横吞百川水。凭陵随海运，烜赫因风起。吾观摩天飞，九万方未已。"更重要的是，道家重视自然，以及认为祸福相倚，故应和光同尘等思想，对李白的人生态度有深刻的影响。《行路难》云："有耳莫洗颍川水，有口莫食首阳蕨。含光混世贵无名，何用孤高比云月？"这几乎就是老庄思想的韵语复述。李白与道教也结缘很深，据其《大鹏赋序》所云，他年轻时得见著名道士司马承祯，听到对方称自己有"仙风道骨"，李白深为得意。他还曾在齐州请道士高如贵为自己亲授道箓，从此列名道籍，成为一名正式的道士。李白对道教的炼丹、服药等追求长生的手段也深信不疑，他热衷于学道求仙，甚至在《下途归石门旧居》中幻想白日飞升："何当脱屣谢时去，壶中别有日月天"，他也曾在《登峨眉山》中希冀此梦："傥逢骑羊子，携手凌白日！"

除了儒、道之外，李白对纵横家、神仙家、佛教等思想也都有所汲取。这说明李白决不盲从任何权威，他追求自由的思想和独立的意志，他的思想来源极其复杂。此外，李白热切地希望立功报国，他的爱国之心与屈原一脉相承。他热爱自由，故向往神仙家遗世独立、超越时空局限的理想境界。他豪荡不羁，故认同破坏既有秩序、蔑视现世权威的游侠精神。清人龚自珍在《最录李白集》中说："庄、屈实二，不可以并。并之以为心，自白始。儒、仙、侠实三，不可以合。合之以为气，又自白始也。"这几句话说得非常准确。可以说，在整个中国古代，像李白那样思想解放、精神自由的诗人是绝无仅有的。李白的诗歌热情洋溢，风格豪放，像滔滔黄河般倾泻奔流，正是其精神世界的自然表露。与杜甫经常歌咏凤凰不同，李白常常自比大鹏鸟，例如《上李邕》中说："大鹏一日同风起，扶摇直上九万里。假令风歇时下来，犹能簸却沧溟水。”大鹏鸟本是《庄子》中自由精神的象征，李白就是诗国中独来独往的大鹏鸟。

李白的生活形态非常复杂，他展现在世人面前的自我形象也具有多面性。李白是一心报国的志士，也是唾弃富贵的隐士。李白是豪情万丈的侠客，也是风流倜傥的文士。《南陵别儿童入京》中的李白振臂高呼：“仰天大笑出门去，我辈岂是蓬蒿人！”《山中问答》中的李白却微笑不语：“问余何事栖碧山，笑而不答心自闲。桃花流水窅然去，别有天地非人间。”《侠客行》中的李白豪气冲天：“十步杀一人，千里不留行。”《山中与幽人对酌》中的李白则心静如水：“我醉欲眠卿且去，明朝有意抱琴来。”李白的生活总是不安定的，他很少长期定居在某个地方。李白非常喜欢孩子，但那对年幼的儿女长期寄养在东鲁，身为父亲的他却依然四处游历。有一年他在金陵思儿心切，作《寄东鲁二稚子》：“楼东一株桃，枝叶拂青烟。此树我所种，别来向三年。桃今与楼齐，我行尚未旋。娇女字平阳，折花倚桃边。折花不见我，泪下如流泉。小儿名伯禽，与姊亦齐肩。双行桃树下，抚背复谁怜？念此失次第，肝肠日忧煎。”李白与宗氏夫人伉俪情深，但结婚后也是别多聚少，故《秋浦寄内》中说：“我自入秋浦，三年北信疏。红颜愁落尽，白发不能除。有客自梁苑，手携五色鱼。开鱼得锦字，归问我何如。江山虽道阻，意合不为殊。”李白既无官职在身，又不事产业，他有什么必要抛妻别子，独自漂泊呢？原来他有一颗躁动不安的心灵，他无法使自己安静下来，他只能永无休止地四处漫游，上下求索。李白是永远在天地之间四处流浪的一个漂泊者。

李白的一生，几乎大半时间都在漫游之中。李白热爱祖国的大好河山和自然风物，他以敏锐的审美眼光对这些美好事物予以热情的歌颂。所以李白的漫游总是伴随着吟咏，凡是他游览过的名山大川，都成为其诗歌中的优美意象。李白不以山水诗人著称，但他的山水诗成就并不亚于王维、孟浩然。一来李白游踪广泛，他又特别钟情于壮丽奇伟的名山大川，所以李白的山水诗意境更加开阔，风格更加雄伟。二来李白胸襟阔大，情感热烈，他用满腔热情去拥抱山川风物，他的山水诗的抒情意味格外浓烈。李白笔下的自然景物几乎都染上了他个人的情感色彩，是其他诗人的山水诗所少有的。滔滔奔流的黄河，是李白最喜欢的一个自然意象。《将进酒》云："君不见黄河之水天上来，奔流到海不复回。"《公无渡河》云："黄河西来决昆仑，咆哮万里触龙门。"《赠裴十四》则云："黄河落天走东海，万里写入胸怀间。"这是在说黄河，还是诗人勇往直前、气吞斗牛的气概？青天上的一轮明月，也是李白格外喜爱的物象。《月下独酌》云："花间一壶酒，独酌无相亲。举杯邀明月，对影成三人。"这轮明月像细心体贴的友人，静静地听着诗人倾诉心中的寂寞。《峨眉山月歌》云："峨眉山月半轮秋，影入平羌江水流。夜发清溪向三峡，思君不见下渝州。"《峨眉山月歌送蜀僧晏入中京》亦云："我在巴东三峡时，西看明月忆峨眉。月出峨眉照沧海，与人万里长相随。"这两首峨眉山月歌，都写得深情绵邈。明月与诗人或是万里相随，或是万里相望，她不是诗人的亲密伴侣又是什么？月亮虽然是运行不止的天体，但她移动得很慢，所以古人咏月总是说她在天上"徘徊"，例如曹植《七哀诗》中的名句"明月照高楼，流光正徘徊"。李白的《月下独酌》中也有"我歌月徘徊"的句子，但更引人注目的是他常将月亮写成动态的意象，比如《关山月》："明月出天山，苍茫云海间。长风几万里，吹度玉门关。”又如《把酒问月》：“人攀明月不可得，月行却与人相随。”这分明是李白的情感特征影响了笔下的明月意象，故使本来偏于阴柔美的月亮带上了几分阳刚的气质。

李白写了许多山水名篇，它们神思飞扬，词采壮丽，那一幅幅烟云明灭、变幻莫测的神奇山水是诗人用惊人的想象力展现出来的。与其说这是人间的真山实水，倒不如说它们是李白心中的理想境界。先看《蜀道难》：

> 噫吁嚱，危乎高哉！蜀道之难难于上青天。蚕丛及鱼凫，开国何茫然。尔来四万八千岁，不与秦塞通人烟。西当太白有鸟道，可以横绝峨眉巅。地崩山摧壮士死，然后天梯石栈相钩连。上有六龙回日之高标，下有冲波逆折之回川。黄鹤之飞尚不得过，猿猱欲度愁攀缘。青泥何盘盘，百步九折萦岩峦。扪参历井仰胁息，以手抚膺坐长叹。
>
> 问君西游何时还，畏途巉岩不可攀。但见悲鸟号古木，雄飞雌从绕林间。又闻子规啼夜月，愁空山。蜀道之难难于上青天，使人听此凋朱颜。连峰去天不盈尺，枯松倒挂倚绝壁。飞湍瀑流争喧豗，砯崖转石万壑雷。其险也若此，嗟尔远道之人胡为乎来哉？
>
> 剑阁峥嵘而崔嵬，一夫当关，万夫莫开。所守或匪亲，化为狼与豺。朝避猛虎，夕避长蛇，磨牙吮血，杀人如麻。锦城虽云乐，不如早还家。蜀道之难难于上青天，侧身西望长咨嗟！

《蜀道难》的主题引得千古的读者议论纷纷，至今没有公认的解说。

原因就是李白在这首诗里投射了太多的个人情绪，他不是客观地描写山水，否则的话，一首山水诗怎么会这样扑朔迷离？为何山水诗要运用许多夸张、想象的手法，甚至穿插进许多神话场景？所以《蜀道难》中展现的不仅是千里蜀道的壮美山川，而且是李白悲壮历落的主观情志。“蜀道之难难于上青天，使人听此凋朱颜！”“蜀道之难难于上青天，侧身西望长咨嗟！”这哪是普通的山水诗所能具有的强烈情绪！

再看《梦游天姥吟留别》：

海客谈瀛洲，烟涛微茫信难求。越人语天姥，云霓明灭或可睹。天姥连天向天横，势拔五岳掩赤城。天台四万八千丈，对此欲倒东南倾。

我欲因之梦吴越，一夜飞度镜湖月。湖月照我影，送我至剡溪。谢公宿处今尚在，渌水荡漾清猿啼。脚著谢公屐，身登青云梯。半壁见海日，空中闻天鸡。千岩万转路不定，迷花倚石忽已暝。熊咆龙吟殷岩泉，栗深林兮惊层巅。云青青兮欲雨，水澹澹兮生烟。列缺霹雳，丘峦崩摧。洞天石扉，訇然中开。青冥浩荡不见底，日月照耀金银台。霓为衣兮风为马，云之君兮纷纷而来下。虎鼓瑟兮鸾回车，仙之人兮列如麻。忽魂悸以魄动，恍惊起而长嗟。惟觉时之枕席，失向来之烟霞。

世间行乐亦如此，古来万事东流水。别君去兮何时还？且放白鹿青崖间，须行即骑访名山。安能摧眉折腰事权贵，使我不得开心颜！

似真似幻，恍惚迷离，自然间何处有如此景象？神仙群现，熊虎毕至，这到底是在天上还是在人间？“安能摧眉折腰事权贵，使我不得开心颜！”这又哪是一般的诗人面对青山绿水会产生的满腹牢骚！像《蜀道难》和《梦游天姥吟留别》这样的山水诗，不但展现出神奇壮伟的景色，而且倾泻着诗人的情思，展现着诗人的胸怀，奇伟雄壮的山川风物和超凡脱俗的精神气概融为一体。这是王维、孟浩然的山水诗中从未有过的奇特境界，这是李白对山水诗的莫大贡献。

李白虽然遍访名山大川，仍嫌游踪不广。既然现实世界的空间有限，李白就腾身青云，神游天外。他在《古风》中说：“西上莲花山，迢迢见明星。素手把芙蓉，虚步蹑太清。霓裳曳广带，飘拂升天行。邀我登云台，高揖卫叔卿。恍恍与之去，驾鸿凌紫冥。”莲花峰是华山绝顶，李白登上极顶意犹未足，干脆飞升上天。如此不辞辛劳地上下求索，是为了览天下之美景，还是想弃尘世而登天界？请看《庐山谣寄卢侍御虚舟》：

我本楚狂人，凤歌笑孔丘。
手持绿玉杖，朝别黄鹤楼。
五岳寻仙不辞远，一生好入名山游。
庐山秀出南斗旁，屏风九叠云锦张，
影落明湖青黛光。
金阙前开二峰长，银河倒挂三石梁。
香炉瀑布遥相望，回崖沓嶂凌苍苍。
翠影红霞映朝日，鸟飞不到吴天长。
登高壮观天地间，大江茫茫去不还。

黄云万里动风色，白波九道流雪山。
好为庐山谣，兴因庐山发。
闲窥石镜清我心，谢公行处苍苔没。
早服还丹无世情，琴心三叠道初成。
遥见仙人彩云里，手把芙蓉朝玉京。
先期汗漫九垓上，愿接卢敖游太清。

这是一首山水诗吗？答案为似是而非。“楚狂人”指曾以“凤兮凤兮，何德之衰”之歌嘲讽孔子的隐士接舆，他与长沮、桀溺一样，都是“避世之士”。可见李白漫游名山，并不是寻常的观赏风景，而是兼有逃避尘俗的意义。名山大川，都是隔断尘世喧嚣的清幽世界，都是脱离名缰利锁的自由家园，所以庄子说：“山林与，皋壤与，使我欣欣然而乐与！”李白好游名山，也是出于同样的原因。无怪他“登高壮观天地间”仍不满足，还把仰慕的目光对准云间仙人，还想腾身青云，漫游于九重天外。对李白来说，游山也好，求仙也好，都是摆脱尘俗纠缠的有效手段，都是对自由境界的不懈追求。虽然李白的游踪遍布神州大地的名山大川，但就其本质而言，那是一种上下求索的精神漫游。

李白的一生，潇洒倜傥，无拘无束，飘飘然有神仙之概。他在长安初识贺知章，后者就称其为“天上谪仙人”。李白很喜欢这个称呼，曾在《对酒忆贺监》中有深情的回忆：“四明有狂客，风流贺季真。长安一相见，呼我谪仙人。”李白还有两个广为人知的称号，一是诗仙，二是酒仙。杜甫《饮中八仙歌》中说：“李白斗酒诗百篇，长安市上酒家眠。天子呼来不上船，自称臣是酒中仙。”晚唐郑谷

《读李白集》中说："何事文星与酒星，一时钟在李先生。""诗仙"容易理解，李白锦心绣口，出口成章，诗风又飘逸奔放、潇洒绝俗，非仙而何？那么"酒仙"呢？必要条件当然是豪饮。李白曾在《襄阳歌》中自称"百年三万六千日，一日须饮三百杯"，即使语带夸张，也可见酒量惊人。在同一首诗中，李白甚至幻想"此江若变作春酒，垒曲便筑糟丘台"。据《苕溪渔隐丛话》前集卷六记载，宋人王安石批评李白诗"十首九首说妇人与酒"，其实李白写女性题材的诗并不多见，写酒的当然很多。据统计，总量不足千篇的李白诗中，"酒"字有115个，写到饮酒题材的诗则有322篇，确实数量惊人。更重要的是，李白对酒一往情深。《将进酒》云："人生得意须尽欢，莫使金尊空对月。"《襄阳歌》云："舒州杓，力士铛，李白与尔同死生。"他竟然愿意与酒器同生共死！李白为什么嗜酒如狂呢？他在《将进酒》中说："五花马，千金裘，呼儿将出换美酒，与尔同销万古愁！"如果仅仅是饮酒浇愁，那么这样的醉鬼到处可见，并无特别的价值。李白的可贵之处在于，他的饮酒是一种包含精神追求的文化活动，并且常与写诗紧密结合。正像杜甫所说，"李白斗酒诗百篇"，饮酒使李白热血沸腾，心潮汹涌，处于一种亢奋、昂扬的精神状态，那正是他写诗的最佳时机。酒醉激发了李白的批判意识和反抗精神，使他增添了控诉黑暗现实的勇气，也助长了抒写磊落胸怀的豪情。正是在酣醉的状态下，李白伸出脚去让高力士脱靴。也正是在酣醉的状态下，李白奋笔直书，痛骂"董龙更是何鸡狗"。醉后的李白思绪激荡，想落天外，灵感如潮，妙趣横生。要不是把酒对月，李白怎会在《把酒问月》中想入非非地诘问"白兔捣药秋复春，嫦娥孤栖与谁邻"？要不是酩酊大醉，李白怎能在《宣州谢朓楼饯别校书叔云》中声称“俱怀逸兴壮思飞，欲上青天揽明月”？尼采说古希腊的酒神专管音乐艺术，日神才掌管诗歌。李白的例子说明中国古代的酒神与诗神是两位一体，不可分离的。我们为什么要读李白的饮酒诗？当然不是要像他一样终日酣醉，而是从中获取强烈的精神感染和深刻的思想启迪。因为那些诗歌创造了超凡脱俗的神奇境界，包蕴着上天入地的探索精神，多读此类诗歌，可以鼓舞我们的人生意志，提升我们的人生境界，可以使我们在日常行为中保持意气风发而消除萎靡不振，在人生境界上追求崇高雄伟而唾弃卑微庸俗，在思想意识上坚持自由解放而拒绝作茧自缚，这是李白留给我们的巨大精神财富。请读他的《将进酒》，这可是千古最妙的祝酒辞：

君不见黄河之水天上来，奔流到海不复回。
君不见高堂明镜悲白发，朝如青丝暮成雪。
人生得意须尽欢，莫使金尊空对月。
天生我材必有用，千金散尽还复来。
烹羊宰牛且为乐，会须一饮三百杯。
岑夫子，丹丘生，将进酒，杯莫停。
与君歌一曲，请君为我倾耳听。
钟鼓馔玉不足贵，但愿长醉不愿醒。
古来圣贤皆寂寞，惟有饮者留其名。
陈王昔时宴平乐，斗酒十千恣欢谑。
主人何为言少钱？径须沽取对君酌。
五花马，千金裘，呼儿将出换美酒，与尔同销万古愁！

情圣杜甫

梁启超

一

今日承诗学研究会嘱托讲演，可惜我文学素养很浅薄，不能有什么新贡献，只好把咱们家里老古董搬出来和诸君摩挲一番，题目是“情圣杜甫”。在讲演本题以前，有两段话应该简单说明：

第一，新事物固然可爱，老古董也不可轻轻抹杀。内中艺术的古董，尤为有特殊价值。因为艺术是情感的表现，情感是不受进化法则支配的；不能说现代人的情感一定比古人优美，所以不能说现代人的艺术一定比古人进步。

第二，用文字表出来的艺术——如诗词、歌剧、小说等类，多少总含有几分国民的性质。因为现在人类语言未能统一，无论何国的作家，总须用本国语言文字做工具；这副工具操练得不纯熟，纵然有很丰富高妙的思想，也不能成为艺术的表现。

我根据这两种理由，希望现代研究文学的青年，对于本国二千年来的名家作品，着实费一番工夫去赏会他，那么，杜工部自然是首屈一指的人物了。

二

杜工部被后人上他徽号叫作“诗圣”。诗怎么样才算“圣”，标准很难确定，我们也不必轻轻附和。我以为工部最少可以当得起情圣的徽号。因为他的情感的内容，是极丰富的，极真实的，极深刻的。他表情的方法又极熟练，能鞭辟到最深处，能将他全部完全反映不走样子，能像电气一般，一振一荡地打到别人的心弦上，中国文学界写情圣手，没有人比得上他，所以我叫他做情圣。

我们研究杜工部，先要把他所生的时代和他一生经历略叙梗概，看出他整个的人格。两晋六朝几百年间，可以说是中国民族混成时代，中原被异族侵入，掺杂许多新民族的血；江南则因中原旧家次第迁渡，把原住民的文化提高了。当时文艺上南北派的痕迹显然，北派真率悲壮，南派整齐柔婉，在古乐府里头，最可以看出这分野。唐朝民族化合作用，经过完成了，政治上统一，影响及于文艺，自然会把两派特性合冶一炉，形成大民族的新美。初唐是黎明时代，盛唐正是成熟时代。内中玄宗开元间四十年太平，正孕育出中国艺术史上黄金时代。到天宝之乱，黄金忽变为黑灰。时事变迁之剧，未有其比。当时蕴蓄深厚的文学界，受了这种激刺，益发波澜壮阔。杜工部正是这个时代的骄儿。他是河南人，生当玄宗开元之初。早年漫游四方，大河以北都有他足迹，同时大文学家李太白、高达夫都是他的挚友。中年值安禄山之乱，从贼中逃出，跑到甘肃的灵武谒见肃宗，补了个“拾遗”的官，不久告假回家。又碰着饥荒，在陕西的同谷县，几乎饿死。后来流落到四川，依一位故人严武。严武死后，四川又乱，他避难到湖南，在路上死了。他有两位兄弟，一位妹子，都因乱离难得见面。他和他的夫人也常常隔离，他一个小儿子，因饥荒饿死，两个大儿子，晚年跟着他在四川。他一生简单的经历，大略如此。

他是一位极热肠的人，又是一位极有脾气的人。从小便心高气傲，不肯趋承人。他的诗道：

以兹悟生理，独耻事干谒。（《奉先咏怀》）

又说：

白鸥没浩荡，万里谁能驯。（《赠韦左丞》）

可以见他的气概。严武做四川节度，他当无家可归的时候去投奔他，然而一点不肯趋承将就，相传有好几回冲撞严武，几乎严武容他不下哩。他集中有一首诗，可以当他人格的象征：

绝代有佳人，幽居在空谷。
自云良家子，零落依草木。
…………
在山泉水清，出山泉水浊。

侍婢卖珠回，牵萝补茅屋。
摘花不插鬓，采柏动盈掬。
天寒翠袖薄，日暮倚修竹。（《佳人》）

这位佳人，身份是非常名贵的，境遇是非常可怜的，情绪是非常温厚的，性格是非常高抗的，这便是他本人自己的写照。

三

他是个最富于同情心的人。他有两句诗：

穷年忧黎元，叹息肠内热。（《奉先咏怀》）

这不是瞎吹的话，在他的作品中，到处可以证明。这首诗底下便有两段说：

彤庭所分帛，本自寒女出。
鞭挞其夫家，聚敛贡城阙。（同上）

又说：

况闻内金盘，尽在卫霍室。
中堂舞神仙，烟雾散玉质。
暖客貂鼠裘，悲管逐清瑟。

劝客驼蹄羹，霜橙压香橘。

朱门酒肉臭，路有冻死骨。

…………（同上）

这种诗几乎纯是现代社会党的口吻。他作这诗的时候，正是唐朝黄金时代，全国人正在被镜里雾里的太平景象醉倒了。这种景象映到他的眼中，却有无限悲哀。

他的眼光，常常注视到社会最下层，这一层的可怜人那些状况，别人看不出，他都看出；他们的情绪，别人传不出，他都传出。他著名的作品“三吏”“三别”，便是那时代社会状况最真实的影戏片，《垂老别》的：

老妻卧路啼，岁暮衣裳单。

孰知是死别，且复伤其寒。

此去必不归，还闻劝加餐。

《新安吏》的：

肥男有母送，瘦男独伶俜。

白水暮东流，青山犹哭声。

莫自使眼枯，收汝泪纵横。

眼枯即见骨，天地终无情。

《石壕吏》的：

三男邺城戍。一男附书至，二男新战死。

存者且偷生，死者长已矣。

这些诗是要作者的精神和那所写之人的精神并合为一，才能作出。他所写的是否他亲闻亲见的事实，抑或他脑中创造的影像，且不管他；总之他作这首《垂老别》时，他已经化身做那位六七十岁拖去当兵的老头子，作这首《石壕吏》时，他已经化身做那位儿女死绝衣食不给的老太婆，所以他说的话，完全和他们自己说一样。

他还有《又呈吴郎》一首七律，那上半首是：

堂前扑枣任西邻，无食无儿一妇人。

不为困穷宁有此，只缘恐惧转须亲。

…………

这首诗，以诗论，并没什么好处，但叙当时一件琐碎实事——一位很可怜的邻舍妇人偷他的枣子吃，因那人的惶恐，把作者的同情心引起了。这也是他注意下层社会的证据。

有一首《缚鸡行》，表出他对于生物的泛爱，而且很含些哲理：

小奴缚鸡向市卖，鸡被缚急相喧争。

家中厌鸡食虫蚁，不知鸡卖还遭烹。

虫鸡于人何厚薄，吾叱奴人解其缚。

鸡虫得失无了时，注目寒江倚山阁。

有一首《茅屋为秋风所破歌》，结尾几句说道：

……安得广厦千万间，大庇天下寒士俱欢颜。风雨不动安如山。呜呼！何时眼前突兀见此屋，吾庐独破受冻死亦足。

有人批评他是名士说大话，但据我看来，此老确有这种胸襟，因为他对于下层社会的痛苦看得真切，所以常把他们的痛苦当作自己的痛苦。

四

他对于一般人如此多情，对于自己有关系的人更不待说了。我们试看他对朋友：那位因陷贼贬做台州司户的郑虔，他有诗送他道：

……便与先生应永诀，九重泉路尽交期。

又有诗怀他道：

天台隔三江，风浪无晨暮。
郑公纵得归，老病不识路。
…………（《有怀台州郑十八司户》）

那位因附永王璘造反长流夜郎的李白，他有诗梦他道：

死别已吞声，生别常恻恻。
江南瘴疠地，逐客无消息。
故人入我梦，明我长相忆。
恐非平生魂，路远不可测。
魂来枫林青，魂返关塞黑。
君今在罗网，何以有羽翼。
落月满屋梁，犹疑照颜色。
水深波浪阔，毋使蛟龙得。（《梦李白》二首之一）

这些诗不是寻常应酬话，他实在拿郑、李等人当一个朋友，对于他们的境遇，所感痛苦和自己亲受一样，所以作出来的诗句句都带血带泪。

他集中想念他兄弟和妹子的诗，前后有二十来首，处处至性流露。最沉痛的如《同谷七歌》中：

有弟有弟在远方，三人各瘦何人强？
生别展转不相见，胡尘暗天道路长。
东飞䴐鹅后鹙鸧，安得送我置汝旁。
呜呼！三歌兮歌三发，汝归何处收兄骨。

有妹有妹在钟离，良人早殁诸孤痴。
长淮浪高蛟龙怒，十年不见来何时？
扁舟欲往箭满眼，杳杳南国多旌旗。

鸣呼！四歌兮歌四奏，林猿为我啼清昼。

他自己直系的小家庭，光景是很困苦的，爱情却是很秾挚的。他早年有一首思家诗：

今夜鄜州月，闺中只独看。
遥怜小儿女，未解忆长安。
香雾云鬟湿，清辉玉臂寒。
何时倚虚幌，双照泪痕干。（《月夜》）

这种缘情旖旎之作，在集中很少见。但这一首已可证明工部是一位温柔细腻的人。他到中年以后，遭值多难，家属离合，经过不少的酸苦。乱前他回家一次，小的儿子饿死了。他的诗道：

…………
老妻寄异县，十口隔风雪。
谁能久不顾，庶往共饥渴。
入门闻号咷，幼子饿已卒。
吾宁舍一哀，里巷亦呜咽。
所愧为人父，无食致夭折。（《奉先咏怀》）

乱后和家族隔绝，有一首诗：

去年潼关破，妻子隔绝久。

…………

自寄一封书，今已十月后。

反畏消息来，寸心亦何有。

…………（《述怀》）

其后从贼中逃归，得和家族团聚，他有好几首诗写那时候的光景。《羌村》三首中的第一首：

峥嵘赤云西，日脚下平地。

柴门鸟雀噪，归客千里至。

妻孥怪我在，惊定还拭泪。

世乱遭飘荡，生还偶然遂。

邻人满墙头，感叹亦歔欷。

夜阑更秉烛，相对如梦寐。

《北征》里头的一段：

况我堕胡尘，及归尽华发。

经年至茅屋，妻子衣百结。

恸哭松声回，悲泉共幽咽。

平生所娇儿，颜色白胜雪；

见耶背面啼，垢腻脚不袜。

床前两小女，补绽才过膝；

海图坼波涛，旧绣移曲折；

天吴及紫凤，颠倒在裋褐。
老夫情怀恶，呕泄卧数日。
那无囊中帛，救汝寒凛栗！
粉黛亦解苞，衾裯稍罗列。
瘦妻面复光，痴女头自栉；
学母无不为，晓妆随手抹；
移时施朱铅，狼藉画眉阔。
生还对童稚，似欲忘饥渴。
问事竞挽须，谁能即嗔喝。
翻思在贼愁，甘受杂乱聒。

其后挈眷避乱，路上很苦。他有诗追叙那时情况道：

忆昔避贼初，北走经险艰。
夜深彭衙道，月照白水山。
尽室久徒步，逢人多厚颜。
…………
痴女饥咬我，啼畏虎狼闻。
怀中掩其口，反侧声愈嗔。
小儿强解事，故索苦李餐。
一旬半雷雨，泥泞相牵攀。
…………（《彭衙行》）

他合家避乱到同谷县山中，又遇着饥荒，靠草根木皮活命，在他困苦的全生涯中，当以这时候为最甚。他的诗说：

长镵长镵白木柄，我生托子以为命。
黄独无苗山雪盛，短衣数挽不掩胫。
此时与子空归来，男呻女吟四壁静。
…………（《同谷七歌》之二）

以上所举各诗写他自己家庭状况，我替他起个名字叫作“半写实派”。他处处把自己主观的情感暴露，原不算写实派的作法。但如《羌村》《北征》等篇，多用第三者客观的资格，描写所观察得来的环境和别人情感，从极琐碎的断片详密刻画，确是近世写实派用的方法，所以可叫作半写实。这种作法，在中国文学界上，虽不敢说是杜工部首创，却可以说是杜工部用得最多而最妙。从前古乐府里头，虽然有些，但不如工部之描写入微。这类诗的好处，在真事愈写得详，真情愈发得透。我们熟读他，可以理会得“真即是美”的道理。

五

杜工部的“忠君爱国”，前人恭维他的很多，不用我再添话。他集中对于时事痛哭流涕的作品，差不多占四分之一，若把他分类研究起来，不惟在文学上有价值，而且在史料上有绝大价值。为时间所限，恕我不征引了。内中价值最大者，在能确实描写出社会状况，及能确实讴吟出时代心理。刚才举出半写实派的几首诗，是集中最通用的作法，此外还有许多是纯写实的。试举他几首：

献凯日继踵，两蕃静无虞。
渔阳豪侠地，击鼓吹笙竽。
云帆转辽海，粳稻来东吴。
越罗与楚练，照耀舆台躯。
主将位益崇，气骄凌上都。
边人不敢议，议者死路衢。（《后出塞》五首之四）

读这些诗，令人立刻联想到现在军阀的豪奢专横——尤其逼肖奉直战争前张作霖的状况。最妙处是不著一个字批评，但把客观事实直写，自然会令读者叹气或瞪眼。又如《丽人行》那首七古，全首将近二百字的长篇，完全立在第三者地位观察事实。从“三月三日天气新”，到“青鸟飞去衔红巾”，占全首二十六句中之二十四句，只是极力铺叙那种豪奢热闹情状，不惟字面上没有讥刺痕迹，连骨子里头也没有。直至结尾两句：

炙手可热势绝伦，慎莫近前丞相嗔。

算是把主意一逗。但依然不著议论，完全让读者自去批评。这种可以说讽刺文学中之最高技术。因为人类对于某种社会现象之批评，自有共同心理，作家只要把那现象写得真切，自然会使读者心理起反应，若把读者心中要说的话，作者先替他倾吐无余，那便索然寡味了。杜工部这类诗，比白香山《新乐府》高一筹，所争就在此。《石壕吏》《垂老别》诸篇，所用技术，都是此类。

工部的写实诗，十有九属于讽刺类。不独工部为然，近代欧洲写实文学，哪一家不是专写社会黑暗方面呢？但杜集中用写实法写社会优美方面的亦不是没有。如《遭田父泥饮》那篇：

步屧随春风，村村自花柳。
田翁逼社日，邀我尝春酒。
酒酣夸新尹，畜眼未见有。
回头指大男，渠是弓弩手。
名在飞骑籍，长番岁时久。
前日放营农，辛苦救衰朽。
差科死则已，誓不举家走。
今年大作社，拾遗能住否？
叫妇开大瓶，盆中为吾取。
…………
高声索果栗，欲起时被肘。
指挥过无礼，未觉村野丑。
月出遮我留，仍嗔问升斗。

这首诗把乡下老百姓极粹美的真性情，一齐活现。你看他父子夫妇间何等亲热；对于国家的义务心何等郑重；对于社交何等爽快，何等恳切。我们若把这首诗当个画题，可以把篇中各人的心理从面孔上传出，便成了一幅绝好的风俗画。我们须知道：杜集中关于时事的诗，以这类为最上乘。

六

工部写情，能将许多性质不同的情绪，归拢在一篇中，而得调和之美。例如《北征》篇，大体算是忧时之作。然而“青云动高兴，幽事亦可悦”以下一段，纯是玩赏天然之美。“夜深经战场，寒月照白骨”以下一段，凭吊往事。“况我堕胡尘”以下一大段，纯写家庭实况，忽然而悲，忽然而喜。“至尊尚蒙尘”以下一段，正面感慨时事，一面盼望内乱速平，一面又忧虑到凭借回鹘外力的危险。“忆昨狼狈初”以下到篇末，把过去的事实，一齐涌到心上。像这许多杂乱情绪迸在一篇，调和得恰可，非有绝大力量不能。

工部写情，往往愈拶愈紧，愈转愈深，像《哀王孙》那篇，几乎一句一意，试将现行新符号去点读它，差不多每句都须用“。”符或“；”符。他的情感，像一堆乱石，突兀在胸中，断断续续地吐出，从无条理中见条理，真极文章之能事。

工部写情，有时又淋漓尽致一口气说出，如八股家评语所谓“大开大合”。这种类不以曲折见长，然亦能极其美。集中模范的作品，如《忆昔行》第二首，从“忆昔开元全盛日”起到“叔孙礼乐萧何律”止，极力追述从前太平景象，从社会道德上赞美，令意义格外深厚。自“岂闻一缣直万钱”到“复恐初从乱离说”，翻过来说现在乱离景象，两两比对，令读者胆战肉跃。

工部还有一种特别技能，几乎可以说别人学不到，他最能用极简的语句，包括无限情绪，写得极深刻。如《喜达行在所》三首中第三首的头两句。

死去凭谁报，归来始自怜。

仅仅十个字，把十个月内虎口余生的甜酸苦辣都写出来，这是何等魄力。又如前文所引《述怀》篇的：

反畏消息来。

五个字，写乱离中担心家中情状，真是惊心动魄。又如《垂老别》里头：

势异邺城下，纵死时犹宽。

死是早已安排定了，只好拿期限长些做安慰（原文是写老妻送行时语），这是何等沉痛。又如前文所引的：

郑公纵得归，老病不识路。

明明知道他绝对不得归了，让一步虽得归，已经万事不堪回首。此外如：

带甲满天地，胡为君远行。（《送远》）
万方同一概，吾道竟何之。（《秦州杂诗》）
国破山河在，城春草木深。（《春望》）

亲朋无一字，老病有孤舟。（《登岳阳楼》）

古往今来皆涕泪，断肠分手各风烟。（《公安送韦二少府匡赞》）

之类，都是用极少的字表极复杂极深刻的情绪。他是用洗练功夫用得极到家，所以说："语不惊人死不休。"此其所以为文学家的文学。

悲哀愁闷的情感易写，欢喜的情感难写。古今作家中，能将喜情写得逼真的，除却杜集《闻官军收河南河北》外，怕没有第二首。那诗道：

剑外忽闻收蓟北，初闻涕泪满衣裳。
却看妻子愁何在，漫卷诗书喜欲狂。
白日放歌须纵酒，青春作伴好还乡。
即从巴峡穿巫峡，便下襄阳到洛阳。

那种手舞足蹈情形，从心坎上奔迸而出，我说他和古乐府的《公无渡河》是同一样笔法。彼是写忽然剧变的悲情，此是写忽然剧变的喜情，都是用快光镜照相照得的。

七

工部流连风景的诗比较少，但每有所作，一定于所咏的景物观察入微。便把那景物做象征，从里头印出情绪。如：

竹凉侵卧内，野月满庭隅。
重露成涓滴，稀星乍有无。
暗飞萤自照，水宿鸟相呼。
万事干戈里，空悲清夜徂。（《倦夜》）

题目是“倦夜”，景物从初夜写到中夜后夜，是独自一个人有心事睡不着，疲倦无聊中所看出的光景，所写环境，句句和心理反应有关。又如：

风急天高猿啸哀，渚清沙白鸟飞回。
无边落木萧萧下，不尽长江滚滚来。
…………（《登高》）

虽然只是写景，却有一位老病独客秋天登高的人在里头。便不读下文“万里悲秋常作客，百年多病独登台”两句，已经如见其人了。又如：

细草微风岸，危樯独夜舟。
星垂平野阔，月涌大江流。
…………（《旅夜书怀》）

从寂寞的环境上领略出很空阔很自由的趣味。末两句说：“飘飘何所似，天地一沙鸥。”把情绪一点便醒。

所以工部的写景诗，多半是把景做表情的工具。像王、孟、韦、柳的写景，固然也离不了情，但不如杜之情的分量多。

八

诗是歌的笑的好呀，还是哭的叫的好？换一句话说：诗的任务在赞美自然之美呀，抑在呼诉人生之苦？再换一句话说：我们应该为作诗而作诗呀？抑或应该为人生问题中某项目的而作诗？这两种主张，各有极强的理由；我们不能作极端的左右袒，也不愿作极端的左右袒。依我所见，人生目的不是单调的，美也不是单调的。为爱美而爱美，也可以说为的是人生目的；因为爱美本来是人生目的的一部分。诉人生苦痛，写人生黑暗，也不能不说是美。因为美的作用，不外令自己或别人起快感；痛楚的刺激，也是快感之一；例如肤痒的人，用手抓到出血，越抓越畅快。像情感恁么热烈的杜工部，他的作品，自然是刺激性极强，近于哭叫人生目的那一路；主张人生艺术观的人，固然要读他。但还要知道，他的哭声，是三板一眼地哭出来，节节含着真美；主张唯美艺术观的人，也非读他不可。我很惭愧，我的艺术素养浅薄，这篇讲演，不能充分发挥“情圣”作品的价值；但我希望这位情圣的精神，和我们的语言文字同其寿命；尤盼望这种精神有一部分注入现代青年文学家的脑里头。

贾岛

闻一多

这像是元和长庆间诗坛动态中的三个较有力的新趋势。这边老年的孟郊，正哼着他那沙涩而带芒刺感的五古，恶毒地咒骂世道人心，夹在咒骂声中的，是卢仝、刘叉的“插科打诨”和韩愈的宏亮的嗓音，向佛老挑衅。那边元稹、张籍、王建等，在白居易的改良社会的大纛下，用律动的乐府调子，对社会泣诉着他们那各阶层中病态的小悲剧。同时远远的，在古老的禅房或一个小县的廨署里，贾岛、姚合领着一群青年人作诗，为各人自己的出路，也为着癖好，做一种阴黯情调的五言律诗（阴黯由于癖好，五律为着出路）。

老年人和中年人忙着挽救人心、改良社会，青年人反不闻不问，只顾躲在幽静的角落里作诗，这现象现在看来不免新奇，其实正是旧中国传统社会制度下的正常状态。不像前两种人，或已“成名”，或已通籍，在权位上有说话做事的机会和责任，这般没功名、没宦籍的青年人，在地位上、职业上可说尚在“未成年”时期，种种对国家社会的崇高责任是落不到他们肩上的。越俎代庖的行为是情势所不许的，所以恐怕谁也没想到那头上来。有抱负也好，没有也好，一个读书人生在那时代，总得作诗。作诗才有希望爬过第一层进身的阶梯。诗作到合乎某种程式，如其时运也凑巧，果然溷得一“第”，到那时，至少在理论上你才算在社会中“成年”了，才有说话做事的资格。否则万一你的诗作得不及或超过了程式的严限，或诗无问题而时运不济，那你只好作一辈子的诗，为责任作诗以自课，为情绪作诗以自遣。贾岛便是在这古怪制度之下被牺牲，也被玉成了的一个。在这种情形下，你若还怪他没有服膺孟郊到底，或加入白居易的集团，那你也可算不识时务了。

贾岛和他的徒众，为什么在别人忙着救世时，自己只顾作诗，我们已经明白了；但为什么单作五律呢？这也许得再说明一下。孟郊等为便于发议论而作五古，白居易等为讲故事而作乐府，都是为了各自特殊的目的，在当时习惯以外，匠心地采取了各自特殊的工具。贾岛一派人则没有那必要。为他们起见，当时最通行的体裁——五律就够了。一则五律与五言八韵的试帖最近，作五律即等于做功课；二则为拈拾点景物来烘托出一种情调，五律也正是一种标准形式。然而作诗为什么老是那一套阴霾、凛冽、峭硬的情调呢？我们在上文说那是由于癖好，但癖好又是如何形成的呢？这点似乎尤其重要。如果再明白了这点，便明白了整个的贾岛。

我们该记得贾岛曾经一度是僧无本。我们若承认一个人前半辈子的蒲团生涯，不能因一旦返俗，便与他后半辈子完全无关，则现在的贾岛，形貌上虽然是个儒生，骨子里恐怕还有个释子在。所以一切属

于人生背面的、消极的、与常情背道而驰的趣味，都可溯源到早年在禅房中的教育背景。早年记忆中

坐学白骨塔。

或

三更两鬓几枝雪，一念双峰四祖心。

的禅味，不但是

独行潭底影，数息树边身。

…………

月落看心次，云生闭目中。

一类诗境的蓝本，而且是

瀑布五千仞，草堂瀑布边。

…………

孤鸿来夜半，积雪在诸峰。

甚至

怪禽啼旷野，落日恐行人。

的渊源。他目前那时代——一个走上了末路的，荒凉、寂寞、空虚，一切罩在一层铅灰色调中的时代，在某种意义上与他早年记忆中的情调是调和，甚至一致的。唯其这时代的一般情调，基于他早年的经验，可说是先天的与他不但面熟，而且知心，所以他对于时代，不至如孟郊那样愤恨，或白居易那样悲伤，反之，他却能立于一种超然地位，借此温寻他的记忆，端详它，摩挲它，仿佛一件失而复得的心爱的什物样。早年的经验使他在那荒凉得几乎狞恶的“时代相”前面，不变色，也不伤心，只感着一种亲切、融洽而已。于是他爱静，爱瘦，爱冷，也爱这些情调的象征——鹤、石、冰雪。黄昏与秋是传统诗人的时间与季候，但他爱深夜过于黄昏，爱冬过于秋。他甚至爱贫、病、丑和恐怖。他看不出

鹦鹉惊寒夜唤人。

句一定比

山雨滴栖鸮。

更足以令人关怀，也不觉得

牛羊识僮仆，既夕应传呼。

较之

归吏封宵钥，行蛇入古桐。

更为自然。也不能说他爱这些东西。如果是爱，那便太执着而邻于病态了。（由于早年禅院的教育，不执着的道理应该是他早已懂透了的。）他只觉得与它们臭味相投罢了。更说不上好奇。他实在因为那些东西太不奇、太平易近人，才觉得它们“可人”，而喜欢常常注视它们。如同一个三棱镜，毫无主见地准备接受并解析日光中各种层次的色调，无奈“世纪末”的云翳总不给他放晴，因此他最热闹的色调也不过

杏园啼百舌，谁醉在花傍！

…………

身事岂能遂？兰花又已开。

和

柳转斜阳过水来。

之类。常常是温馨与凄清糅合在一起，

芦苇声兼雨，芰荷香绕灯。

春意留恋在严冬的边缘上，

旧房山雪在，春草岳阳生。

他瞥见的“月影”偏偏不在花上而在“蒲根”，“栖鸟”不在绿杨中而在“棕花上”。是点荒凉感，就逃不脱他的注意，哪怕琐屑到

湿苔粘树瘿。

以上这些趣味，诚然过去的诗人也偶尔触及到，却没有如今这样大量地、彻底地被发掘过，花样、层次也没有这样丰富。我们简直无法想象他给予当时人的，是如何深刻的一个刺激。不，不是刺激，是一种酣畅的满足。初唐的华贵，盛唐的壮丽，以及最近十才子的秀媚，都已腻味了，而且容易引起一种幻灭感。他们需要一点清凉，甚至一点酸涩来换换口味。在多年的热情与感伤中，他们的感情也疲乏了。现在他们要休息。他们所熟习的禅宗与老庄思想也这样开导他们。孟郊、白居易鼓励他们再前进。眼看见前进也是枉然，不要说他们早已声嘶力竭。况且有时在理论上就释、道二家的立场说，他们还觉得“退”才是正当办法。正在苦闷中，贾岛来了，他们得救了，他们惊喜得像发现了一个新天地，真的，这整个人生的半面，犹如一日之中有夜，四时中有秋冬，——为什么老被保留着不许窥探？这里确乎是一个理想的休息场所，让感情与思想都睡去，只感官张着眼睛往有清凉色调的地带涉猎去。

叩齿坐明月，支颐望白云。

休息又休息。对了，唯有休息可以驱除疲惫，恢复气力，以便应付下一场的紧张。休息，这政治思想中的老方案，在文艺态度上可说是第一次被贾岛发现的。这发现的重要性可由它在当时及以后的势力中窥见。由晚唐到五代，学贾岛的诗人不是数字可以计算的，除极少数鲜明的例外，是向着词的意境与辞藻移动的，其余一般的诗人大众，也就是大众的诗人，则全属于贾岛。从这观点看，我们不妨称晚唐五代为贾岛时代。他居然被崇拜到这地步：

> 李洞……酷慕贾长江，遂铜写岛像，戴之巾中，常持数珠念贾岛佛，一日千遍。人有喜岛者，洞必手录岛诗赠之，叮咛再四曰："此无异佛经，归焚香拜之。"（《唐才子传》九）
>
> 南唐孙晟……尝画贾岛像，置于屋壁，晨夕事之。（《郡斋读书志》十八）

上面的故事，你尽可解释为那时代人们的神经病的象征，但从贾岛方面看，确乎是中国诗人从未有过的荣誉，连杜甫都不曾那样老实地被偶像化过；你甚至说晚唐五代之崇拜贾岛是他们那一个时代的偏见和冲动，但为什么几乎每个朝代的末叶都有回向贾岛的趋势？宋末的四灵，明末的钟谭，以至清末的同光派，都是如此。不宁惟是。即宋代江西派在中国诗史上所代表的新阶段，大部分不也是从贾岛那分遗产中得来的赢余吗？可见每个在动乱中灭毁的前夕都需要休息，也都要全部地接受贾岛，而在平时，也未尝不可以部分地接受他，作为一种调济，贾岛毕竟不单是晚唐五代的贾岛，而是唐以后各时代共同的贾岛。

五代十国

李后主之死

李国文

“问君能有几多愁，恰似一江春水向东流。”凡是识得几个字的中国人，都能背得出。尤其心绪不佳，一脑门官司的时候，尤其倒霉的事情总缠在屁股后边的时候，读这两句诗，能起到一点纾缓的作用。因为你发现，世界上有麻烦的人，非你一个。

李煜要是始终只做诗人，不做皇帝，或许最后的结局，不至于那么悲惨；那样，他在文学史上的地位，说不上中国第一，举世无双，至少其精品佳作的数量，能与东方的李白、杜甫、苏东坡、辛弃疾，西方的拜伦、雪莱、歌德、普希金，不埒上下。可是，近人编辑的《全唐五代词》，只存其词四十首，其中尚有一些存疑之作，实在是太令人惋惜了。

作为皇帝，他输得最惨；作为文人，他死得最惨，真是令人悲哉哀哉的事。

那个鸩死李煜的宋太宗赵炅，真歹毒，真残忍，也极其不是东西。从文学史的角度考量，他除掉皇帝事小，除掉诗人事大。皇帝这个差使，谁都能干，“黥髡盗贩，衮冕峨巍”，那么，阿猫阿狗，白痴呆虫，坐在金銮殿上，同样人模狗样，挺像回事的。而能留下璀璨篇章千古传唱的不朽诗人，却不是随便拉一个脑袋来就能充数的。

可惜，他死时才四十二岁，今天看，只能算“知青后”一代作家。

在中国，皇帝写诗者，颇多，不过都是当上皇帝以后，附庸风雅，才作诗。李煜不然，他是先当诗人，再做皇帝。别看次序先后的颠倒，差别却是很大。先做皇帝，尔后做诗人，属客串性质，不过游戏而已；先做诗人，接着再做皇帝，就不能客串，不能游戏了。可李煜一直在客串，一直在游戏，当专业诗人，做业余皇帝，最后只有亡国灭命一途。

他全部的错，就错在这里。

诗人就是诗人，诗人的最佳生存方式，就是写诗；皇帝，是当不得的。凡诗人，其感情特点有三：一、沸点低，容易冲动；二、脆度低，容易沮丧；三、耐力低，容易泄气。把国家交到他手里，非砸锅不可。曹操就非常明智，他的诗写得绝棒，在皇帝诗人行列中，不排第一，也排第二。可他说什么也不当皇帝，孙权蛊惑他，老兄干吧，他说，得了吧，你要把我架在火炉上烤啊！所以，他虽然比皇帝还皇帝，硬是不上轿。李煜受命之初，也晓得自己不是这块材料，可他实在无可推托，同时，我估计此君大概也不想太推托，怎么说，皇帝也是个美差，于是，走上了这条不归路。

宋人蔡絛《西清诗话》载：“艺祖云：‘李煜若以作诗工夫治国

事，岂为我虏乎？’”

赵匡胤的事后诸葛，看似有理，其实，这位大兵，还是不甚懂诗，不甚懂得诗人。一个真正的诗人，从头到脚，从皮到骨，甚至到骨头缝，到骨髓，都是诗人气质。也就是王国维在《人间词话》里所说的那个“真”，他认为“主观之诗人，不必多阅世，阅世愈浅，则性情愈真，李后主是也”。所以，即使按太祖所云，李煜悉心治国，不作诗，不做诗人，可他只要血液中诗人的“真”去不掉，就当不好南唐国主。

隔岸相望的赵匡胤，虽然篡了后周帝位，但却继承周世宗柴荣的遗志，一直厉兵秣马，要将南唐灭了。可南唐国主，诗人第一，皇帝第二，不是不知道处境危殆，而是知道了也无所作为。一不积极备战，二不养精蓄锐，三不奋发图强，四不全民抵抗，“日与臣下酣宴，愁思悲歌不已”（《新五代史》），沉湎于酒中、诗中、歌舞中、脂粉气中。如此这般，诗人啊，你不完蛋，焉有它哉？

孔夫子认为，君子应该“放郑声，远佞人”。李煜恰恰相反，一方面，声色犬马，骄奢淫逸，缠绵后宫，荒疏政事；一方面，吟唱酬和，品评诗词，琴棋书画，赏鉴推敲，只顾忙自己的，将国事托付给只会坐而论道的文人学士。长江天堑，从来为江南屏障，赵匡胤攻打南唐，便有了在江上架桥的构想。南唐的君臣们，听到这个传闻后，不但毫无警惧之意，竟哄然一噱，看作天大的笑话。“煜初闻朝廷作浮梁，谓其臣张洎，洎对曰：‘载籍以来，长江无为梁之事。’煜曰：‘吾亦以为儿戏耳！’”（《宋史》）

这个一块儿跟着打哈哈的文人张洎，就是十足的害人精了。后来，城陷，他说他要殉国，大家等着看他如何杀身成仁，一转眼，他又不打算死了，他说，我要当了烈士，谁为国主写投降书啊！就是这位投降派，“为江南国主谋，请所在坚壁以老宋师。宋师入其境，国主弗忧也，日于后苑引僧道诵经、讲《易》，不恤政事，军书告急，皆莫得通，师傅城下累月，国主犹不知”（《续资治通鉴》）。

李煜，作为诗人，一流，甚至超一流；作为皇帝，三流都未必够格。说是庸君，对他客气；说是昏君，也无不可。他所干过的残害忠良、屠杀直臣、宠信小人、依赖奸邪的累累恶迹，不比历史上别的混蛋皇帝差。

不信，抄录下面几段，以作佐证：

> 南郡留守兼侍中林仁肇有威名，中朝忌之，潜使人画仁肇像，悬之别室。引江南使者观之，问何人，使者曰：“林仁肇也。”曰：“仁肇将来降，先持此为信。”又指空馆曰：“将以此赐仁肇。”国主不知其间，鸩杀仁肇。
>
> 国势日削，用事者充位无所为，（江南内史舍人潘）佑愤切，上疏极论时政，历诋大臣将相，词甚激讦。……国主疑佑之狂悖，收佑，佑即自杀。
>
> 时宿将皆前死，神卫统军都指挥使皇甫继勋者，晖之子也，年尚少，国主委以兵柄，继勋素贵骄，初无效死意，但欲国主速降而口不敢发，每与众云：“北军强劲，谁能敌之！”闻兵败，则喜见颜色，曰：“吾固知其不胜也！”偏裨有募敢死士欲夜出营邀战者，继勋鞭其背而拘之，由是众情愤怒。是月，国主自出巡城，见宋师列栅城外，旌旗满野，知为左右所蔽，始惊惧，乃收继勋付狱，杀之，军士争脔割其肉，顷刻都尽。

遣使召神卫军都虞侯朱全赟以上江兵入援。全赟拥十万众屯湖口，诸将请乘江涨速下，全赟曰："我今前进，敌人必反据我后。战而捷，可也，不捷，粮道且绝，奈何？"乃以书召南都留守柴克贞使代镇湖口，克贞以病迁延不行，全赟亦不敢进，国主累促之，全赟不从。（以上均《续资治通鉴》）

性骄侈，好声色，又喜浮图，为高谈，不恤政事。（《新五代史》）

八年春，王师傅城下，煜犹不知。一日登城，见列栅于外，旌旗遍野，始大惧，知为近习所蔽，遂杀继勋。（《宋史》）

江南李主佞佛，度人为僧，不可数计。太祖既下江南，重行沙汰，其数尚多，太宗乃为之禁。（宋王栐《燕翼诒谋录》）

江南李氏进贡中国无虚月，十数年间，经费将竭。（《江表志》）

虽然此君为帝，很糟糕，但比之历代穷凶极恶的独夫民贼，李煜属于既无大善、也无大恶的一个。加之大家对他的诗怀有好感，对他的死抱着同情，也就不咎既往。而且，为帝之初，大概还是做了一些不庸不昏的善政，陆游在《南唐书》里说："境内赖以少安者，十有五年。"江南这块地方，只要不打仗，就丰衣足食，也许由于短暂的偏安小康局面，拿进贡的银子买来的和平，诗人又不安生了，领导潮流，别出心裁，异想天开，匪夷所思地兴起一股缠足之风。

饱暖思淫欲，也真是拿这位"食色性也"的皇帝无可奈何。

据清钱泳在《履园丛话》中考证："裹足之事始于何时？《道山新闻》云：'李后主窈娘以帛绕足，令纤小屈足新月状。'唐缟有诗云：‘莲中花更好，云里月常新。’因窈娘而作也。张邦基《墨庄漫录》，亦谓弓足起于南唐李后主，是为裹足之始。”由他始作俑，直到辛亥革命才终结的缠足陋习（据西方学者霭理斯认定，这是一种性虐待的变态行为）竟折磨汉族妇女，达一千年之久。这位诗人皇帝，按上海话讲，可就是真正的作孽了。中国出了三百多位皇帝，独他这个举动，是最格色[①]，最具其个人色彩的，称得上前无古人，后无来者。哪怕全世界的皇帝加在一起，也找不出一位用这样方法青史留名者。

上有所好，下必甚之，故尔“越王好勇，而民多轻死，楚灵王好细腰，而国中多饿人”（《韩非子》）。中国人习惯了上面咳嗽，下面感冒；皇帝放屁，臣民就是五雷轰顶，诚惶诚恐。要是这位情圣兼诗人，不当这个国主，没有这份最高权力，会弄成举国皆小脚娘子，蔚然可观的盛况来吗？所谓群众运动，说到底，是运动群众。如果李煜仅仅是一位诗人，有这种变态心理，顶多骗骗几个没头脑的女孩。但他是至尊至贵的天子，发出史无前例的缠足号召，马屁精跟着起哄，御用文人跟着鼓吹，可怜的老百姓敢不雷厉风行吗？

所以，权力这东西，很怪，很可怕，它具有一种催化剂的作用，能将人性中的最本质的恶，释放出来。释小恶，则斤斤其得，孜孜其欲；释中恶，则不择手段，无所不为；释大恶，则恬不知耻，倒行逆施。这公式就是：“权力＋诱惑＝邪恶”。越大的权力，越大的诱惑，也就产生越大的邪恶。私欲膨胀到了极点，野心萌发到了极点，最后就成了晚期的癌症患者，转移扩散，不可救药。

李煜做一个纯粹的诗人时，顶多是优哉游哉的公子哥儿，石头城

---

① 格色：方言词，指特殊、与众不同。

中的第一情种；可一当上惟辟作威、惟辟作福的皇帝，权力使他往昏君方向发展。提倡缠足，就是他恶的一次释放。

老实讲，手中握有权力，是了不起的，神气活现，吆五喝六，前呼后拥，屁股冒烟，对有些人来讲，是祸，是福，还得两说着呢！这些年，冷眼旁观周遭的文人，当官当得八九不离十者，固然有，而当官当得声名狼藉，顶风臭四十里者，好像更有。小人得志，蝇营狗苟，欺世盗名，永无餍足，在权力催化下引发的人性畸变，哪里还有什么文人品位，一张肉脸上活生生写着“名利”二字，令人惨不忍睹。

继而一想，这班人写不出东西，不捞名谋利，又能干什么呢？

王国维所说的“真”诗人，那是有“真”本事的。治国为其短，写诗为其长，打仗是其短，作画是其长。《珍席放谈》一书说：“江南李后主善词章，能书画，尽皆臻妙绝。”作者高晦叟，为宋代人，距李后主不远，有这个评价，足见诗人风流绝世，才华绝代，并非溢美之词。

公元962年（宋建隆二年），李煜继位之时，给赵匡胤打了个报告，他对他自己不适宜当皇帝，更适宜当诗人，很清楚地表明了内心的苦衷。“臣本于诸子，实愧非才，自出胶庠，心疏利禄，被父兄之荫育，乐日月以优游，思追巢许之余尘，远慕夷齐之高义……”（《宋史》）本来，李煜毫无继位的可能，其父皇李璟之后，说好了的接班人，有两个“兄终弟及”的叔叔，还有一个立为太子的哥哥，怎么也轮不着他，注定要当一辈子闲云野鹤，所以，他思想上没有一点点储位的准备，也不存有丝毫觊觎皇位的野心，他一天到晚，美女、醇酒、吟诗、作画……享受生活，徜徉在诗歌和美学的王国里。

他排行老五，那龙椅根本轮不着他坐，他就成了金陵城内的王孙公子，风流情圣，桂冠诗人，快活神仙。但是，上帝爱给人开个玩笑什么的，很快，将其接位途程上的障碍物，一一请到了天国。阁下，你就等待着加冕吧！一个写长短句的闲散之人，偏要他去日理万机，“一寸相思千万绪，人间没个安排处”（《蝶恋花》），只好硬着头皮，在金陵登上帝位。

他喜欢南京，不愿意到他父王的都城南昌去。宁可在南京向赵匡胤称臣十五年，也不到南昌去当更独立一点的皇帝，这就是诗人的抉择，也许石头城钟灵毓秀，能给他更多诗的灵感。

我记得，八十年代中期，到南京去过一次。那时，张弦还健在，作为热情的东道主，定要陪着逛逛六朝故都，都是五十年代开始写作的老朋友，也就无须礼让的了。出发前，他说，客随主便，我不让你们看大家一定要去看的那些名胜风景，何况你们也都去过，我想领你们看大家几乎不到的一个地方，如何?

我们说，反正也已经上了车，只好悉听君便了。

车子出城，往栖霞山方向驶去。暮春三月，莺飞草长，柳枝摇曳，菜花吐黄，身后为巍巍钟山，眼前乃滚滚长江，真是好一派江南风光。我每到龙蟠虎踞的石头城，总能感受到一种生发出思古幽情的“场”，令我怦然心动。只好站在江水拍岸的土地上，只要稍稍掀起古老历史文化的一角，就会涌出“惆怅南朝事，长江独至今”（刘长卿《秋日登吴公台上寺远眺》）的悲怅感。

忽然，张弦招呼停车，说到了到了。

在一片秧田中间，我们看到了一尊石马，孤零零地兀立在那里。

这是一尊南唐的石刻，张弦要我们注意，这匹马的秀美姿态，妩媚神情，以及清俊婉约的丰采，和行云流水般的动感。他若不说出来，也就一眼掠过，经他一煽情，果然与常见的石翁仲截然不同。这尊骏马，通体洋溢出浪漫而又多情的南人气韵。

有人问，确实是李后主那时代的石刻吗？张弦说，这是经过文物专家鉴定的，但不知为什么，只有茕茕独立，形单影只的一匹，也许是一篇只写了开头，而没有写到结束的文章。

清人沈德符在其《敝帚斋余谈》中，为李煜抱不平："南唐李昪，固吴王恪之后也，据有江淮，垂四十年，史家何以不以正统与之？"正统不正统，由史家推敲去，姑置勿论。营造帝王家的山陵，其工程之浩伟，往往要穷毕生之力。但即位后只坐了十五年江山的李煜，活着都难，遑顾死者？也就只能是这种虎头蛇尾，不了了之的结局。

事隔多年，旧事重提，难免有时光无情之叹，张弦早已作古，同行者也都垂垂老矣，但嫩绿秧苗中的那匹石马，也许就是《玉楼春》中"归时休照烛花红，待放马蹄清夜月"的那一匹吧？却会永远兀立在那里。

远游归来，夜色朦胧，挂在女墙之上那一弯浅月，犹历历在目，真是"六代绮罗成旧梦，石头城上月如钩"（鲁迅《无题》）。也许，往事总是不堪回首的，回忆那匹孤独的马，回忆那位被牵机药毒死的不幸诗人，总是禁不住要对这块土地上的文人命运进行思索。

从历史版图来看，充满浪漫色彩的南人，与信奉现实精神的北人交手，从来没占过优势。正如那匹孤独的江南石马，秀丽中透着柔弱，清癯中现出单薄，文雅中未免过分温良，跃动的神态中，缺乏男性的雄壮。所以，南部中国的统治者，有过多次声势浩大的北伐，几无一次是绝对胜利的。相反，金戈铁骑的北人南下，从来不曾折戟沉沙过，这也是石头城断不了在旋涡中求生图存的缘由。南人浪漫，势必多情，多情则容易把事情往好里想。北人尚实，自然作风严谨，一步一个脚印，很少感情用事。赵匡胤家住山西太原府，他的领导核心，也都是柴荣的北周人马。他们按部就班，步步进逼，就在窈娘娉娉婷婷为李煜跳金莲舞的时候，把金陵城包围得严严实实，水泄不通。

曹彬兵临城下，李煜只好投降，举家迁往开封。大兵出身的宋太祖，封他一个谁知是抬爱，还是侮辱的“违命侯”。我想：接到这纸任命状的诗人，一定啼笑皆非。这有点类似千年以后，我曾当过的右派分子那样，敌我矛盾，按人民内部矛盾处理，与他这个先“违命”，再封“侯”，打个巴掌，给个甜枣，在感恩戴德这一点上，有异曲同工之趣。想想，倒也不禁莞尔。

现在，读李煜的作品，相隔千年，情景迥异；但是，他那可怜，那但求苟活，命悬一丝的可悲，那瑟缩颤抖，永远不安的心灵，在“最是仓皇辞庙日，教坊犹奏别离歌”（《破阵子》），“无言独上西楼，月如钩”（《乌夜啼》），“多少恨，昨夜梦魂中”（《望江南》），“梦里不知身是客，一晌贪欢”（《浪淘沙》）等诗句中，还是能够深切体会得到。宋太祖虽不喜欢他，但还留他一条命在，等到宋太宗上台，李煜也就活到头了。四十二岁生日那天，送去一壶御赐的鸩酒，“亲爱的诗人，Happy birthday to you，干杯吧您啦！”一口吞下，毒性立发，在长时期的痛苦熬煎以后，饮恨而毙。

中国皇帝平均文化水平较低，而且大部分出身农民，这也是中国文化人屡遭皇帝蹂躏的原因。据说，外国皇帝拿破仑被库图佐夫打败，火烧莫斯科往西撤退时，还关照副官，把从巴黎带来的诗人再带回去，免得断了法兰西诗歌的香火。副官报告，队列已经排序完毕，没有安排这班摇鹅毛笔的家伙，来自科西嘉的矮个子说，将他们编入骡马牲口队伍里，不就行了嘛！要遇上中国皇帝，对不起，连与骡粪马勃一起的资格都不具备。

这位诗人，被虐杀的痛苦程度，在中国非正常死亡的文人中，大概要算头一份了。我至今弄不懂赵炅出于什么动机，要如此狠毒地收拾他。一定要用牵机药将李煜一点一滴地耗死？想来想去，唯一的原因大概就是女人了，谁教李煜有一个美艳绝伦的小周后呢？就是那首《菩萨蛮》中“花明月暗笼轻雾，今朝好向郎边去，刬袜步香阶，手提金缕鞋”的昭惠后之妹。她太爱这位诗人了，追随到汴京后，偏偏被行伍出身的宋太宗相中了。经常一顶翠轿，将她抬进大内，一住旬日，才放回来。

倘非如此，就是他的诗写得太好，遭到嫉恨了。在中国文化史上，有个很奇怪的现象，凡皇帝，都有爱作诗的毛病，有点墨水者写，胸无点墨者也写。连还未坐稳龙椅的黄巢、李自成、张献忠、洪秀全等“革命同志”，也会诌两句顺口溜，让人笑煞。亭长刘邦，当上皇帝后，居然无师自通，吼出来“大风起兮云飞扬”，那挺胸凸肚的场面，一定很滑稽。

于是，我觉得那个科西嘉小个子相当可爱，也许他只写情书，不作诗，便对诗人有了一份雅量，一份宽容，让他们跟骡马一队回来，不至冻死在西伯利亚。如果想到耶稣也是诞生在马槽里的话，说明波拿巴还是很高看这些拿着竖琴的天使。中国皇帝患有诗癖者，都觉得自己是块料，坏就坏在赵氏兄弟，偏偏也会写两句歪诗，所以，对写得比自己好的李煜，怎么看，怎么不顺眼，于是，连违命侯都当不成了。

王铚《默记》载：徐铉原为南唐李煜臣属，归宋后任给事中职，一天，赵灵对他说，何不见见你的旧主子？于是，徐铉奉太宗命往见。“顷之，李主纱帽道袍而出，铉下拜，遽下阶，引其衣以上。铉辞宾主，李主曰：‘今日又安有此礼？’铉引椅稍偏，乃敢坐。李默然不语，久之，忽长吁叹曰：‘当时悔杀了潘佑李平。’铉既出，有旨召对，铉不敢隐，遂有秦王赐牵机药之事。牵机药者，服之头足相就前却，有如牵机状也。又传‘小楼昨夜又东风’，及‘一江春水向东流’之句，并坐之，故致祸云。”

诗人死在了他的诗上，这就是做皇帝的诗人，和不做皇帝的诗人，都有可能遇到的下场。但是，李煜不玩政治，不握权杖，不做皇帝，多活上几年，会给文学史创造多少绝妙好诗啊！

皇帝有闲情逸致，是可以当一回诗人的。但真正的诗人，绝不能当皇帝。李煜是至“真”之性的诗人，他只能作诗，只能燃烧自己的生命，去创造人间绝唱。虽然他活得窝囊，死得痛苦，虽然他未能给这个世界上更多的诗，但是，他的名字，就是诗和美的同义词，他的作品，就是汉语言臻于精绝的顶峰。

只要还有人类存在，他的诗，会永远被吟哦。因此，他也得到了不朽。

宋

王安石

话题人物王安石

赵冬梅

王安石的进与退

一身丧服的张方平悄然离去，王安石闪亮登场。

治平四年（1067）九月二十三日，神宗发出了征召王安石入京担任翰林学士的诏书，王安石此时尚在江宁府（今南京），要到第二年（熙宁元年，1068）四月才正式到京履职。尽管人还未到，王安石却已经成了开封政坛的话题焦点。

司马光调任翰林学士之后，御史中丞出缺，王安石曾经是热门人选，终因张方平反对作罢。[①]张方平对王安石的“差评”源自他们早年间的一次共事经历。庆历六年（1046），张方平担任科举考官，

① 王巩《张方平行状》，《乐全集附录》。

有人向他推荐说王安石文学出众，张方平于是请王安石参与阅卷。可是，王安石进入贡院之后，看见什么都觉得不顺眼，都想改，一副横冲直撞的架势，让张方平很不痛快。到最后，张方平实在忍无可忍，干脆“檄以出”，把王安石赶出了贡院。[①]这一年王安石二十六岁，进士及第四年，刚刚做满一任地方小官，正在京里闲着，等候下一个任命。这是张方平和王安石第一次打交道，二人从此再无私交。

王安石与上司、前辈的关系似乎是不好的居多。前任宰相韩琦也不喜欢他。王安石第一次做官就是做韩琦的下属。韩琦当时是以卸任枢密副使的身份知扬州，地位崇重，非寻常知州可比。跟着这样的长官，一般人都会努力搞好关系，力图留下好印象，以便获得提携。可是王安石的脑子里却似乎没有这根弦。他忙于读书写作，天天熬通宵，熬到天快亮的时候才有时间打个盹儿，等他睁开眼睛，太阳都老高了，只好匆匆忙忙赶去上班，常常来不及洗漱，样子煞是狼狈。韩琦疑心这下属昨夜喝酒鬼混，好心提醒“年轻人别荒废了读书，千万不要自暴自弃”。王安石当面并不解释，只在背后感叹“韩公不是我的知己”。[②]

在韩琦、张方平的眼里，王安石不是好下属，他不善于主动跟上级沟通，不够听话，喜欢生事。然而，即使是不喜欢他的人也不能否认王安石的工作能力。跟司马光正相反，王安石官僚生涯早年的大部分时间都在地方工作，他做过鄞县（今宁波）知县、舒州通判、常州

① 《宋宰辅编年录校补》卷七，第369页。张方平（同）知贡举的时间，据《宋会要辑稿·选举》一之一〇。

② 邵伯温《邵氏闻见录》卷九。邓广铭《北宋政治改革家王安石》，人民出版社，1997年版，第7页。

知州和江东路的提点刑狱，所到之处，敢想敢干、颇有政绩。[①]

当然，真正让王安石蜚声政坛的，却是他做官的态度。传统中国衡量个人道德水准的重要标准，是对待权力和地位的态度——“君子难进而易退，小人反是”。[②]用这个标准衡量，王安石一直都是高水准的君子。

宋朝官场有两桩美事，第一是入馆阁，第二是进京做官。对这两桩美事，人人趋之若鹜，王安石只作寻常，看得极淡。馆阁是宋朝中央的文官高级人才库，得入馆阁为馆职，就等于上了升迁高速路。士大夫们哪个不向往？庆历八年（1048）司马光初入馆阁，便激动得“涕泗横集”。[③]王安石是庆历二年（1042）的进士第四名，属于高科及第，按照制度，做满一任地方官回来就可以申请参加馆职考试，可是王安石既不主动申请，也不接受别人的推荐。帝制时代，中央集权，皇帝和中央之所在聚集着权力和财富，是功名利禄的源泉，人潮汹涌奔向首都、奔向中央，王安石却是逆潮流而动。他热衷于在地方工作，以近乎排斥的态度对待进京入中央。1042年中进士之后，王安石在地方上工作了十二年才不情不愿地奉召入京，在首都工作两年之后又主动要求外任，1059年，他再度入京工作，直到1063年因母亲去世才离开。不爱馆职、乐做地方官，单凭这两点，就足以使王安石成为道德标兵、时代楷模。

至和元年（1054），群牧判官出缺，想做的人很多，而朝廷把这个职位给了王安石。当时王安石还没有带上馆职。有人不服，跑去跟

---

① 邓广铭《北宋政治改革家王安石》，第7—27页。

② 司马光《温公易说》卷三“遯”九四。

③ 赵冬梅《司马光和他的时代》，第158页。

宰相陈执中（990—1059）当面抗议说："我带上馆职已经很久了，多次请求担任群牧判官都没能得偿所愿。王安石不带馆职，资历又比我浅，凭什么用他？！"陈执中回答说："王安石之所以不带馆职，不是因为他不行，而是因为他多次拒绝了朝廷的招考。正因如此，朝廷才要在职位上给他特别优待，哪里还需要斤斤计较什么资格级别呢？朝廷设置馆职，本来就是用来收拢天下人才的，从来论的也不是资历官位。您好歹是学问之士，竟然好意思来争权夺位，您的脸皮，实在比王安石厚太多。"①听到这话，来人只好灰溜溜地走了。旁人哭着喊着都抢不到的职位，竟然会自动落到王安石的头上。为什么？物以稀为贵！宰相文彦博就觉得这个年轻人"恬退"，淡泊名利，应当破格提拔，来刺激那些一天到晚想升官的家伙，端正官场风气。②

王安石本人对于自己甘心做地方官的解释很简单也很直白：于私，他有一大家子人要照顾，需要用钱的地方多，而地方官工资较高；于公，他希望"得因吏事之力，少施其所学"，③用辖区做试验田，将自己治国安邦的想法付诸实施。这种念头，放在高官成群的开封城，是想都不要想的。

这两条，哪一条跟"恬退"都没有关系。"恬退"只是别人眼中的王安石，或者说是时代有意在王安石身上凸显的品质。不管怎么说，"恬退"成了王安石的标志性作风。因此，当王安石不"恬退"

---

① 《东轩笔录》卷九。邓广铭《北宋政治改革家王安石》，第14—15页。

② 《东都事略》卷七九《王安石传》。

③ 《临川文集》卷七四《上执政书》。邓广铭《北宋政治改革家王安石》，第16页。

的时候，围观的人们便淡定不起来了。而王安石在神宗即位之后的表现却是一而再地不“恬退”。

王安石的第一次不“恬退”发生在治平四年（1067）闰三月。嘉祐八年（1063）八月，王安石护送母亲的灵柩归葬江宁（今南京），丁忧守孝。治平二年十月，王安石丧服期刚满，英宗就曾召他回京复职。诏书屡下而王安石屡拒。就这样，在英宗统治的四年里，王安石一直都在江宁，收徒讲学、从事著述，过着恬淡的隐居生活。治平四年正月，神宗即位。闰三月间，神宗下诏，命王安石出知江宁府，“人人都说王安石一定会推辞”。这一任命，出自韩维的大力推荐。就连韩维本人都预计王安石一定不会接受，因此，他在得知任命发出之后即向神宗上疏表示：“我今天听说任命王安石知江宁府……私心以为这不是招置王安石应有的安排。为什么？……王安石长期抱病，不能回朝，如今若才得了大州长官，就起来办公，那就是王安石傲视皇帝命令，以图自己方便。我就知道安石绝不肯这样做。”照韩维的想法，神宗应当拿出更重要的职位、更大的诚意来招徕王安石。可是谁都没有想到，诏书一到江宁，王安石就到府衙里办公去了。王安石的表现，简直看傻了开封政坛。韩维再去看自己那封奏札的草稿，觉得简直就是自打嘴巴。南宋历史学家李焘发现了韩维的奏札，郑重其事地抄录在《续资治通鉴长编》里，并且发表议论说，韩维这么说，足以表明王安石“进退失据”。[①]我们可以在这后面再补上一句，李焘之所以留下这笔记载，足以表明以他为代表的宋朝的人们是多么在乎王安石的不推辞。王安石辞都不辞就知了江宁府，这条“新闻”让

① 《续资治通鉴长编》卷二〇九，第5087页。

开封城里的观察家们热热闹闹地过足了嚼舌瘾。

到了九月，神宗宣召王安石进京来做翰林学士，王安石同样没有推辞。这让开封城里的嚼舌者又有了新话题。第二年年初，王安石的长子、二十五岁的王元泽（名雱，1044—1076）奉命到开封来为父亲打前站，就碰到了一群好事者。这帮人正聚集在相国寺的烧朱院吃烤猪肉喝酒，[①]得知来人是王安石的公子，登时兴奋值爆表，两眼放光问王元泽："舍人不坚辞否？"王元泽淡淡一笑，答曰："大人亦不敢不来。"[②]当天晚上各家的餐桌上，不知有多少人在捏着酒杯嗤笑："什么叫'不敢不来'，分明是巴不得，恬退？呵呵。"

接到任命不再推辞而是直接接受，这便是不"恬退"也便不正确了。那么，正确的"恬退"的做法又该怎样呢？反复推辞，实在辞不得了，才"勉为其难"地接受。在当时，辞让已经成为官员就任重要职务之前的"规定动作"。这是一种让人看不懂的政治文化。儒家鼓励进取，圆满人生以修身为起点，以治国平天下为终极目标，而做官是通向这一终极目标的重要途径，孔子不也说"学而优则仕"吗？一个有抱负有能力的官员得到了可以实现理想大展宏图的职位，不正应该欣然接受吗？又为什么要辞呢？除非他们认为官位所代表的，主要不是责任而是特权待遇——当然，这只是我出于"小人之心"的

① 张舜民《画墁录》。烧朱院原名烧猪院，是和尚开的烤肉馆，"有僧惠明善庖，炙猪肉尤佳"，佛教徒杨亿是常客，以为僧人烧猪，于义不安，为改名。

② 陆游《渭南文集》卷二八《跋居家杂仪》："某闻此语六十年矣。偶读《居家杂仪》，遂识之，庆元庚申（六年，1200）五月四日书。"此事又见王铚《默记》卷下，谈话内容基本相同，而细节有出入。陆游的故事是从王铚那里听来的，王铚的故事则是听他父亲王莘说的，据王铚的说法，谈话发生在王元泽和王莘、阎询仁之间。此用陆游的版本。

猜度。

一贯辞让的王安石忽然不辞了，人人都说，王安石急着升官，步幅太大，动作变形，姿态不好看了。然而，我以为，在当时的开封，还是有一个人能够正确理解王安石之不辞的。

做司马光的邻居

这个人就是司马光。因为他和王安石一样，从来都没有把辞让当作表演，当他们辞的时候，是因为他们觉得那个职位不适合自己；而当他们认为那个职位与自己的能力和理想相称的时候，他们是不辞的。比如，司马光辞知制诰，先后上了九个报告，跟朝廷僵持了两个月，最终还是辞掉了。他为什么辞？因为知制诰的职责是为朝廷起草高级公文，需要的是才思敏捷、文采飞扬、善于引经据典的文章快手，而这恰恰是司马光的短板，所以他必须要辞，不辞对不起朝廷，还白白地自曝其短。而当朝廷委派他做谏官的时候，司马光是不辞的，“无一言饰让”，痛痛快快地接受了任命。[1]为什么？因为“谏官得行其言”，可以直接匡正朝政缺失，通过批评参与国家的管理；而司马光的理论修养、政治洞察力与社会责任感都让他自信自己是谏官的不二人选，当仁不让，此之谓也！出于同样的道理，神宗请司马光做御史中丞，他也是不辞的。君子坦荡荡，为行道而做官，得到新任命，首先要考虑自己是否合适，不合则辞，合则安然受命，不做无谓的辞让表演，这就是司马光的作风，也是王安石的作风。所以，司

---

① 赵冬梅《司马光和他的时代》，第286页。

马光才能理解王安石的不辞。

“丈夫出处非无意，猿鹤从来不自知”，[①]王安石不辞知江宁府、不辞翰林学士，坦然入京，必定是已经悟透治国之道，预备辅助新君，大有作为了。

熙宁元年（1068）初，王元泽到开封来为父亲打前站，一个重要的具体工作就是找房子。当时官员一般都是租房住。在烧朱院，王元泽同那帮吃烧烤的朝士见了礼，重新分宾主坐定，便说明来意，请他们帮忙留意房源。立刻就有人大大咧咧地回应说：“房子还不好找吗？王舍人要来，谁不愿意租呢！何必这么早动手？！”王元泽说：“这恐怕不容易。家父的意思是想跟司马十二丈做邻居，家父在家常说，司马十二丈修身、齐家，事事都可以做年轻人的榜样。”[②]

王元泽口中的“司马十二丈”便是司马光。

“嘉祐四友”的传说

司马光和王安石的交往始于嘉祐四年（1059）。[③]那一年的春夏

① 王安石被招不辞，友人王介作诗嘲讽，安石不以为忤，以七绝《松间》答之云：“偶向松间觅旧题，野人休诵《北山移》。丈夫出处非无意，猿鹤从来自不知。”宋人笔记王明清《玉照新志》卷一、叶梦得《石林诗话》卷下俱载其事。刘成国《王安石年谱长编》卷四，中华书局，2018年版，第765—766页。

② 陆游《渭南文集》卷二八《跋居家杂仪》。王元泽的原话是：“大人之意乃欲与司马十二丈卜邻，以其修身齐家事事可为子弟法也。”

③ Hymes, Robert P., and Conrad Schirokauer, *editors Ordering the World*：*Approaches to State and Society in Sung Dynasty China.* Berkeley：University of California Press, 1993.

之交，王安石到京就任三司度支判官，[1]而司马光此前已经在三司工作，担任判度支勾院。他们的顶头上司三司使是包拯——后来民间记忆中的“包青天”。彼时的开封政坛，端的是星光璀璨，人物风流！

南宋初年，史学青年徐度在他的笔记《却扫编》中提出了“嘉祐四友”的说法：“在仁宗朝，王荆公（王安石）、司马温公（司马光）、吕申公（吕公著）、黄门韩公维（韩维）都是皇帝侍从官，他们关系特别好，有空的时候常常在寺院禅房聚会，一谈就是一整天，别的人很少能够参加进去。当时的人管他们叫作‘嘉祐四友’。”[2]

嘉祐四年，司马光四十一岁，王安石三十九岁，吕公著四十二岁，韩维四十三岁，都正在盛年，年富力强，是中生代政治家中的杰出代表。欧阳修曾经在同一封札子中推荐司马光、王安石和吕公著，说这三个人是国家栋梁，都是可以做宰相的。[3]其实不止这三个，后来这四个人都走到了政治舞台的中央，做到了宰相，王安石与司马光更非寻常宰相，他们水火不容的政治主张先后主导了宋朝政治的走向，宋朝的官僚群也因此出现了大分裂和党派恶斗。在嘉祐四年，他们已经接近政治中心、尚处外围，还是其乐融融的好同事、好朋友。

若从这个角度看上去，“嘉祐四友”的说法，其实充满了悲怆的意味。

根据徐度的描述，“嘉祐四友”是一个具有排他性的组合。他们可以交谈终日，而别的人却很难参与进去。这种描述恐怕与事实不

---

① 邓广铭《北宋政治改革家王安石》，第29页。

② 徐度《却扫编》卷中。

③ 徐度《却扫编》卷中。叶梦得《避暑录话》卷四，第17页。刘子健《欧阳修的治学与从政·引言》，台北：新文丰出版公司，1984年版，第7页。

符。的确，司马光与王安石、吕公著、韩维都有着良好的关系。可是，从司马光的交游圈子看，至少他本人是不可能对其他人封闭起来的。这一时期跟他诗歌唱和最密的，是他在开封府工作时的同事钱公辅（1021—1072）；而他最相知最亲近的还是老同年翰林学士范镇。事实上，从嘉祐四年王安石抵京与司马光同事，到嘉祐八年王安石丁忧离京，司马光真正能够在闲暇时间随意与朋友交往的日子并不多——嘉祐六年七月，司马光被任命为谏官，有了“谒禁”，就连同在开封的恩师庞籍，以及比邻而居的老友范镇都不能随意拜访，煞是感觉不便，[①]又怎么可能继续参与“嘉祐四友”的小团体活动?

“嘉祐四友”的记载，最早见于徐度笔下，后来的人都是转抄徐度。所以，我猜，它极有可能是徐度根据后来历史的发展想象出来的。徐度落笔之时，距离嘉祐年间已经过去七八十年，偏安已成定局，杭州暖风熏人醉。开封城早已被金人占领，嘉祐年间的故都风流失去了声音和色彩，就像是一座废弃的舞台。而徐度的想象则像是追光灯扫过舞台，最后聚焦在这四个人身上。一瞬之间，“嘉祐四友”复活了，从徐度开始，他们成了很多南宋人心中当年开封的标志。

“嘉祐四友”可能出于想象，而司马光与王安石的交往和互相欣赏却是曾经有过的事实。比如，就在这期间，[②]王安石以王昭君和亲为题材，写成两首脍炙人口的《明妃曲》，中有名句“汉恩自浅

---

① 赵冬梅《司马光和他的时代》，第305—309页。
② 当在嘉祐五年四月梅尧臣沾染时疫去世之前。

胡自深，人生乐在相知心”。[1]加当时名家欧阳修、梅尧臣（1002—1060）、司马光都有诗相和。司马光和诗警句有云“妾身生死知不归，妾意终期寤人主。目前美丑良易知，咫尺掖庭犹可欺”。[2]便是对王安石原诗“意态由来画不成，当时枉杀毛延寿”的引申和升华。王安石强调跨越地域的忠诚，司马光则借机规谏皇帝要明察。

作为一个有“道德洁癖”的理想主义者，司马光欣赏王安石的才华与操守。他理解王安石的不辞官，然而，若说这两个人之间曾经存在过具有排他性的友谊，我则持保留态度。他们的人生经历、学术倾向乃至思想观念都有着太大的差别，而有些差别是不能调和的，比如观念。它并不影响两个高尚人士的日常交往，但是一旦触及原则问题，则有所必争，为了心中真理，战斗是唯一出路——道德越是高尚，信仰越是坚定，便越是如此。

---

① 南宋之后，由于政治风云的变幻，出现了以《明妃曲》诬蔑王安石鼓励变节、无父无君的说法，聚讼的关节是“汉恩自浅胡自深”一句中“自”的含义。邓广铭先生《北宋政治改革家王安石》有专节为《明妃曲》辩诬，引王安石诗证明“自”字可以作“尽管”解，可为定论，第45—50页。

② 《司马光集》卷三《和王介甫明妃曲》，第86页。

走近苏东坡

李国文

参横斗转欲三更，苦雨终风也解晴。
云散月明谁点缀，天容海色本澄清。
空余鲁叟乘桴意，粗识轩辕奏乐声。
九死南荒吾不恨，兹游奇绝冠平生。

这首标题为《六月二十日夜渡海》的东坡先生名诗，是他于宋绍圣四年（公元1097年）谪放海南岛儋耳（今海南儋州）三年后，元符三年（公元1100年）六月遇赦，“量移廉州”，六月二十日渡琼州海峡北归，到廉州，也就是现在的广西合浦时，所作的过海诗。

这些年来，我一直循着这位大师的岭南行踪，探寻他的被小人排挤，被朝廷放逐的行吟苦旅。现在，坐在广西合浦廉州中学校园里的东坡亭上，我似乎于冥冥中听到他在苦吟这首渡海之诗。

三年流放，九死一生，竟轻轻松松地落在了“兹游奇绝”四个字上，绝不是一般人的心境，能够想得开的。诗人的乐观胸襟、豁达精神、不屈意志，全在笔下流露出来了。他曾经写过一首《观棋》诗：“胜固欣然，败亦可喜，优哉游哉，聊复尔耳。”就是这种意思了。

据《苏轼诗集》引《王氏交广春秋》注：“朱崖儋耳，大海中极南之外，对合浦徐闻县，清朗无风之日，遥望朱崖州如囷廪大。从徐闻对渡，北风举帆，一日一夜而至。”于是，不妨设想，那时，过琼州海峡，可不是现在一两个钟头的事情，而是坐帆船，须做二十四个小时的长途航行，海水茫茫，天色苍苍，波涛万里，浪逐船高，东坡先生伫立船头，会不想起当年贬往海南的那次暗无天日的行程吗？

三年前，在雷州半岛的徐闻港码头上告别登舟时，无论送行的亲友，还是同船的渡客，都不相信年逾花甲的东坡先生，还有北返的可能；恐怕连他自己，也做了老死海南之想。他给友人信中说过：“某垂老投荒，无复生还之望……今到海南，首当作棺……死即葬于海外。”但天不绝人，三年后，他又重渡海峡，北望中原，能不感叹系之，诗兴大发吗？这首诗是他的代表作之一，也是诗人艰苦卓绝、特立独行，整他不垮、打他不倒的一生写照。

这位中国文学史上的巨人，由于他始终“忠规谠论，挺挺大节”，所以“为小人忌恶挤排，不使安于朝廷之上”，常因文字之祸，无妄之灾，难以逃脱小人一族屡次三番的围攻，饱尝贬谪他乡之罪，领受颠沛流离之苦。文人遭嫉，多由文人而起，而文人相轻，走到文人相整，只是一步之遥的事情，历史上的文学屠杀案，往往由这种恶性嫉妒而起。

如果做一次中国文字狱的起因调查，你会发现整人整得最起劲的，一是那些根本不入流的作家，出于嫉妒；二是那些已经写不出作品的作家，由嫉生恨；三是那些写得比他好的作家，比得黯然无色而不甘心的作家，由恨而萌发出刻骨的歹毒；四是那些压根儿就以文章为登龙术、为敲门砖、为垫脚石，志在攀附巴结，其实是打着作家幌子的作家，为了达到目的，连杀人之心都敢有的；五是那些吃柿子拣软的捏，以作家为靶子、为猎物，根本不是作家，却挤在作家行里来谋算作家的文学杀手，那就更是可怕了。这些人，无一不身怀绝技，无一不人其面而兽其心，无一不是想将正直文人置之死地而后快的家伙。

这些文人，唯其志不在写，所以，只要一有机会，或则结伙、成群；倾轧、排他；派性、门户；封王、称霸。或则告密、陷害；检举、揭发；批判、打击；压迫、厮杀。最可怕者，是那些能够倚仗自己的、或他人的权势，得以放开手脚，来整同行的“文人式”小人或“小人式”文人，那一副杀气腾腾的嘴脸，甚至连皇帝老子都自叹弗如的。

苏东坡被放逐海南岛，不一定是哲宗赵煦的意见，而是那些想整苏东坡的小人，变态的施虐心理作怪。据说，已贬往惠州的他，写过一首诗，题名《纵笔》：

白头萧散满霜风，小阁藤床寄病容。
报道先生春睡美，道人轻打五更钟。

这首诗传到了京师，已经爬上高位的章子厚冷笑一声：“苏子尚尔快活耶？”于是，再贬儋州。陆游在《老学庵笔记》里说过：绍圣年中，把一批元祐党人贬往外地。因为苏轼号子瞻，瞻字的偏旁为詹，就罚往儋州；苏辙号子由，由字与雷字下半的田字近似，就罚往雷州；刘莘老罚往新州，也因为莘与新两字的部分相同。从这种挖空心思的刁钻行径看，绝对类似性功能不健全的太监们的阴毒意识。当他们操刀宰人的那会儿，你不能不赞叹此等心术不正之人，竟能想出如此刻薄无聊的伎俩。所以，文学杀手比职业刽子手更毒辣阴狠，更卑污龌龊。

在习习海风吹拂下的苏东坡，眼看海岸线已在视中，终于又将返回中原，抚髯而想的他，恐怕也不禁摇头了。我们都有这样的经验，被人整了一辈子以后，还仍旧活着，而整人者本以为整倒了别人，扶摇直上的，结果也还不过庸庸碌碌，如此而已，有的甚至连毛也未捞到一根。东坡先生扳扳手指，先贬黄州，后谪英州，再罚惠州，后流海南，说得上命途多舛。他摇头，因为，他纳闷，落在小人包围圈里一辈子的一介文人，如此折磨，如此拨弄，而居然不死，如今，还能站在北渡的一叶扁舟上，活着回返家乡，会不感慨系之吗？

但也不能由此断定，那些文学跳蚤就咬不死人，文坛上的书生悲剧，诗人噩运，作家痛苦，文人灾祸，而由此身陷缧绁，终生冤狱者，可谓层出不穷；断颈割首，横遭极刑者，简直络绎不绝；或“平生文字为吾累”“头颅掷处血斑斑”，再无生路；或“冤沉狱底文章罪”“远戍散关不见还”，饮恨而终。在文学史的字里行间，何处不是泪痕血渍啊！苏东坡虽不死，但也掉了一层皮以后，终于踩着跳板，踏上离开三年的大陆，不能不说是一次性格强者的胜利，也是一位对自己充满文学自信者的胜利。

被整，不垮；活着，而且很好，这对那些下手整过你的人，别看他装得煞无介事，其实，那是他永远排除不掉的噩梦。王安石后来白昼见鬼，恹恹而亡，恐怕也只能够以“现世报”三字来解释了。

从这首渡海诗看，那些想扼杀这位文豪的小人们，恐怕是大大地失望了。第一，他没有如他们所设想的，把他放到当时物质异常匮乏的海南岛，饮食不继，无以为生，困迫得丧失斗志，最后以瘐毙了结。第二，他也没有如他们所盼望的，把笔放下，将诗情收起，再也不抒发他那满腔的巧思和才华，从此成为一只不能鸣唱的鸟。第三，出乎他们所预料的，苦行的磨炼，对诗人来说，酝酿成他思想的最后一次升华，南渡以后，他的诗更达到了出神入化的地步。所以，他把三年流放，看成不过是平生最奇最绝的一次难得的经历，这实在是使他的对手气得发昏的事情。

合浦，据《舆地广记》：“广南西路廉州，领县二，其一为合浦。”可见是个相当古老的县城。从苏东坡的赞廉州龙眼一诗中的“坐疑星陨空，又恐珠还浦”句看，“合浦珠还”的故事，早在那时就流传了。所以，这是一座以出产珍珠闻名于世的古老城市。人称“西珠不敌东珠，东珠不敌南珠”的南珠，就专指合浦产的珍珠。但我不远千里，来到合浦这块土地，倒不是冲着那些美轮美奂的珍珠，而是实实在在地沿着大师的足迹，寻觅他、走近他、了解他。

因为宋元符三年（公元1100年）的六月二十日，到八月二十八日的两个月间，这座古城曾经张开怀抱，迎接渡海归来的苏东坡。当我在这个苏东坡暂住作客的城池里，在这座东坡亭里，似乎真能感触到大师的一丝遗泽呢！

荒凉海南北，佛舍如鸡栖。

忽行榕林中，跨空飞栱枅。

当门洌碧井，洗我两足泥。

高堂磨新砖，洞户分角圭。

倒床便甘寝，鼻息如虹霓。

僮仆不肯去，我为半日稽。

晨登一叶舟，醉兀十里溪。

醒来知何处，归路老更迷。

这首标题为《自雷适廉，宿于兴廉村净行院》的诗，井，亭，榕，多少有一些相符或暗合之处。不禁猜想，一千年前，渡海归来的苏东坡，坐在那敞亮清凉的亭子里，汲井水，烧团茶，任秋风萧瑟，听秋雨淅沥，恐怕诗中的“归路老更迷”的“迷”字，多少道出了苏东坡的兴奋之余，悲怆随之的复杂心境。

芒鞋不踏利名场，一叶轻舟寄渺茫。

林下对床听夜雨，静无灯火照凄凉。

这一首当是同时作品的《雨夜，宿净行院》，也可佐证大师回到大陆南端后那种迷茫、凄冷和孤独之情。任何历史阶段，从来是“抽刀断水水更流”，很难截然分开的局面。我记得，过分乐观的朋友们，有一程子[1]，春光未必妩媚，春风也不荡漾，就做出春天已经到来而兴高采烈的评估。谁知话未落音，接着便是“雨横风狂三月

① 程子：方言词，指阵子、一段时间。

暮”“落花流水春去也”的节气，这都是发生在不久前记忆犹新的故事。所以，智慧如苏东坡者，会不明白，即或如王安石，如章子厚，退出了历史舞台的力量，也不等于马上“烟飞虏灭”，总有一脉相承的残余势力，要他面对的。然而，在合浦的那夕阳余晖里的他，已不是开封资政院里风华正茂的他了。无论如何，对这位“吾文如万斛泉源，不择地皆可出”的文学大师来说，快走到人生尽头，返顾既往，能不为被延宕的时间，感到森茫和凄凉吗?

我们失去得最多的，而且永远也找不回来的，是时光。

从他在这里作过一首诗看，其中提到了欧阳修和梅圣俞，“我怀汝阴六一老，眉宇秀发如春峦。”“作诗颇似六一语，往往亦带梅翁酸。”说明他经历了“九死南荒吾不恨”的坎坷命运之后，仍怀着对故人的不忘之情。于是，我不禁猜测，他会不想到另外一位造成他终身淹蹇的王安石吗?

谈起苏东坡，不可能不谈王安石，唐宋八大家之一，文章与诗词写得绝棒，同样，提到了这位拗相公，自然也就不会忘怀因与新政相背，坐过大狱，漂泊半生的诗人。他们俩，在政治上，不同营垒，在文学上，也相互匹敌。如果，苏东坡的文学成就，不是那么令王安石不安；如果，苏东坡的刚直性格，些许敛抑一些，不去忤弄这位权倾一朝，其实也蛮“小人”化的同行，也许，他在政治上的命运，说不定要稍稍好一点。

凡是较量，只有绝对高出一头的人，才能表现出优裕雍容的“费厄泼赖”的绅士雅量。王安石虽才华出众，但在苏轼面前，并不略占上风，而且在苏对王著《字说》诸如“波乃水之皮，岂滑为水之骨乎”的嘲笑，虽属雅谑，难免使王先生有些尴尬。什么人都可得罪，但千万不能得罪小人，这就注定他的日子不好过了。从一次王安石对苏轼说过的话来分析："欧阳公修《五代史》而不修《三国志》，非也。子盍为之乎？"看来，这种打一个拉一个的皮里阳秋的说法，固然表达了他对欧阳修的不以为然，同时也说明他对于苏轼的十分在意。所以，欧阳修在那场变法之争中，不过被得意的王安石遣送回乡了事，而苏东坡却被折腾得死去活来，不能不说这其中夹有的文人妒意了。当然，也不能不谈到诸如舒亶、李定等二三流文人，为了整死这位大师，深文周纳，罗织罪名，牵强附会，望文生义，用隐射不敬之罪来陷害苏轼。舒的诗词，写得差强人意，至今犹有流传；李的唱和，则不上台盘，早已湮没无闻。但没有一个文人，承认自己不过尔尔的。但他们很懂得从他大量诗词中，鸡蛋里挑骨头，寻找反皇帝、反新政的蛛丝马迹，好将其置之死地。

宋朝由开封迁都余杭，宫廷文档，大量流失，总算有一本由同时代的陆游、朋十万收集整理的《乌台诗案》，留了下来。那些整人的手段，虽是几百年后的今天，读起来犹令人不寒而栗。这本书里记叙了王安石所提拔的那些政治棍子，出于嫉恨，是怎样向皇帝告苏东坡的状。

令人不禁奇怪的，所有过去和后来的整文人的文人，都靠诬告对手用隐射法，恶毒攻击最高统治者，来制造文字狱，这好像成了这类杀手的不二法门。幸好宋代的皇帝，比之他朝，要多一点文化素养，不那么相信这些低能儿编制的谰言，这才使苏轼仅仅流放了事，而不是砍下脑袋，实在是难能可贵的事情。

据同代人王巩的《闻见近录》载：

王和甫尝言：苏子瞻在黄州，上数欲用之。王禹玉辄曰："轼尝有'此心惟有蛰龙知'之句，陛下龙飞在天，乃不敬，反欲求蛰龙乎？"章子厚曰："龙者非独人君，人臣皆可以言龙也。"上曰："自古称龙者多矣，如荀氏八龙，孔明卧龙，岂人君也？"及退，子厚诘之曰："相公乃欲覆人之家族耶？"禹玉曰："此舒亶言尔。"子厚曰："亶之唾，亦可食乎？"

如果换了一位喜欢对号入座的皇帝，那还不跳将起来，把苏轼给朕推出午朝门外斩首不可嘛！宋神宗倒还冷静，而且也明白事理，把那些告苏轼的状子，以及检举信、告密信、匿名信之类，都交给中书省存档，然后，由内府审理这件苏轼诗案，终于御笔亲批，贬官外放了事。

不过从这则笔记中，也可看出小人多变的嘴脸，此时的章子厚，居然还能说两句正直的话，大概他估计局面未必对苏轼绝对不利。但后来，他上了台，将苏轼罚往海南岛时，那可是一心想将这位大师，从肉体到精神全部消灭的。

十个文人，九个相轻，这种文学上的计较，常常会走向文人相整的格局。然而，时光在整与被整中，一天天过去，最后剩下的，除创伤外，便是无可回避的老迈，这便是我在那座东坡亭里，所能体会这位大师的深深感慨了。

苏东坡一生，政治上从不退让，坚持他的主张；文学上更不买账，他对他那支笔的自信，更是雄心十足。"某生平无快意事，惟作文章，意之所到，则笔力曲折无不尽意，自谓世间乐事，无逾此者。"

但他不知道老百姓的一句俗话，越是半瓶子醋，越晃荡得厉害，这样，也就越不能容人。中国文坛上，这类半瓶子醋又特别地多，文人相轻，也就是一种习见的现象。古往今来，这种谁也瞧不起谁，谁也看不上谁的场面，也不知看过多少。不但文人自己看不胜看，连老百姓也都熟视无睹，遂也不以为奇了。若是文人居然不相轻，居然心服口服地钦敬某位同行，那才是怪事一桩呢！有几个文人能像欧阳修那样，一读到苏东坡的文字后，马上给梅圣俞写信说："取读轼书，不觉汗出，快哉快哉！老夫当避路，放他一头地也！"

回顾时下文坛，令人高山仰止者，虽大有人在，但像欧阳修这样提携后进者，也并不多，而患有王麻子卖瓜的自我感觉良好症者，更为数不少。这类喜欢文人相轻的人，多自负，少自审；好自炫，乏自谦；有自大之狂，无自知之明；总自视甚高，自鸣得意，自以为老子天下第一，却从不把别人放在眼里，这也是文人相聚时的风景线了。

于是，轻人者，被人轻；被轻者，也轻人，大家彼此彼此，不分轩轾。说作家谦虚诚笃者少，浮狂傲气者多，不算夸张之语。即或有的作家阳作恭顺和逊，那骨子里的倨慢骄侮，即或是傻子，也能够感觉出来的。还有的，也许当着面，嘴上不得不说些好话，什么还不错啦，什么蛮可以啦，什么比上一部作品大有进展啦……其实，他心里的月旦雌黄，真的全盘托出的话，我敢担保，会使那位想听到佳评的对方，心脏病都要气犯了的。

其实，仅仅是文人相轻，应该是看成一件无所谓的事情，不必太当回事。一位作家，看不上某位同行和他的作品，事属正常。品位之差、胃口之别、好恶不同、格调有异，评价自然也就很难一统。你再好，哪怕你马上有拿诺贝尔文学奖的可能，我可以不喜欢，即使你已经拿到手那几十万美元的奖金，从斯德哥尔摩载誉归来，我也可能发表对你作品不敢恭维的评论。同样的道理，一个作家对自己的作品，也不必要求每个人都叫好，不叫好，便视为大不敬，那就是霸道了。何况本来就不是那么好，因此，挑出点毛病，讲出些坏话，或者摇头唾弃，置之若敝屣，被彻底地粪土一番，也不会天塌地陷。要是作家不能承受这种或热或冷的待遇，一闻好评，欣喜若狂；一听批评，如丧考妣，那该像玻璃杯经不起高低温的迅速转变一样，就要炸裂成碎片了。

话说回来，文人相轻，不完全是一件坏事。若不相轻，何来竞争？唯其不让人相轻，就只有发奋写得更好，让人家想轻你也轻不成；唯其要轻别人，自己写得很不上路，英雄气短，也张不开这张嘴去数落别人。因此，意气用事也好，情感作用也好，纯粹就是为了赌气也好，或者什么也不为，就由于看对方不顺眼也好，而相轻某一位同行的话，撇开其消极的一面，设法使自己写得更出色些，具有轻人的本钱，也是有其积极的值得嘉许的一面。这大概就是毛泽东说的两分法了。所以，不必把文人之间这种争长较短的行为，看得太严重了。曹丕在《典论》里说这四个字的时候，口气也是轻描淡写，看得并不严重的。但是，怕就怕这种文人相轻的情结，发作到成为一种病态，那负面效果，便是不好估量的了。因为，在这个世界上，无耻文人在作践大师时，那种无赖嘴脸、卑劣伎俩、小丑心态、下流行为，很令人发指的。

由于苏东坡在政治上不赞成王安石的新法，在文学上达到了“流俗翕然，争相传诵”“宣传中外，孰不叹惊”“传于人者甚众”的程度，“东坡之文，落笔辄为人所传诵”，这就是王安石、章子厚和他们的党羽，绝不肯轻轻放过的原因。第一次流放，因诗祸被抓到开封坐牢，后来谪降黄州，倒是宋神宗多少有点保护他的意思，如果没有这位皇帝，按王安石的爪牙，那些御史的意见，就该以大不敬罪杀头了。第二次流放，也是王安石的余党所干的事，这回贬得更远，一下子发落到岭南惠州。第三次流放，则是又一批更不成气候的小文人的低劣把戏了，被放逐到海南岛。

初到昌化，连房子都没一间，幸好海南学子崇敬这位大文豪，自动聚集起来，运木培土，给他盖了可以遮风蔽雨的所在，这或许就是人间自有真情在的可贵之处了。在海南三年以后，才遇赦回到合浦。

他的全部不幸，无不由文人相整而生。然而，有什么办法呢？腐殖的土壤里，必有蛆虫孳生。于是，就像莎士比亚所写的那样："眼见天才注定做叫花子了，无聊的草包打扮得衣冠楚楚，纯洁的信义不幸而被人背弃，金冠可耻地戴在行尸的头上，处女的贞操遭受暴徒的玷辱，严肃的正义被人非法地诟让，壮士被当权的跛子弄成残缺，愚蠢摆起博士架子驾驭才能，艺术被官府统治得结舌钳口，淳朴的真诚被人瞎称为愚笨。"所以，苏东坡穷其一生，也未能摆脱这类专门整治文人的文人之手。终于，还是被他们整得心力交瘁，在召回首都的途中，死在了江苏常州。

宋人笔记《萍洲可谈》里记述："余在南海，逢东坡北归，气貌不衰，笑语滑稽无穷，视面多土色，靥耳不润泽。别去数月，仅及阳羡而卒。东坡固有以处忧患，但瘴雾之毒，非所能堪尔。"看来，那些由整人棍子们组成的战斗队，实际上还是达到了扳倒大师的目的。

在合浦时的他，也许有一种终结的预感了吧？

孤云出岫岂求伴，锡杖凌空自要飞。

为问庭松尚西指，不知老奘几时归？

这首写在合浦的诗，虽然借寓唐僧西天取经的事，但“岂求伴”和“自要飞”，也是在抒发自己创作上的兀立不羁的信心，无论“庭松尚西指”，无论“不知何时归”，也无论怎样的文人相整，不改初衷地坚持走自己的路。苏东坡尽管不走运，但他却成为中国文学史上的一块丰碑。

如今在合浦县这所中学里，东坡亭在碧草芳花之间，东坡井在蝉声如雷之中，都已是“俱往矣”的供人凭吊的陈年遗址。但痛苦这东西，一旦化为历史，制造痛苦者和遭受痛苦者，都不过是茶余饭后的谈资而已，听的人和讲的人，都无那种切肤之痛的感觉了。

在东坡亭已经模糊的石碑上，我似乎读到了这种不幸之幸，如果小人得意得太早，傥傥君子太经不起挫折，我们还能读到东坡先生的传世名篇吗？

悟到这些不屈不挠，也就不虚此行了。

李清照

李国文

红藕香残玉簟秋，轻解罗裳，独上兰舟。云中谁寄锦书来，雁字回时，月满西楼。　　花自飘零水自流，一种相思，两处闲愁。此情无计可消除，才下眉头，却上心头。

这首《一剪梅》是李清照的早期作品，当作于1103年（北宋崇宁二年）的秋天。“花自飘零水自流”这一句，实在是条极不吉祥的预言，像埃及金字塔里那条法老的诅咒——“谁要触动了我，谁就不得好死”那样，其应验之灵之准，使得她的一生，那任由沉浮的际遇，那难以自主的命运，果然脱不开“花自飘零”四字谶语。

李清照作此词时，芳龄二十，是与赵明诚婚后的第三年。花样年华，新婚燕尔，应该是女人最好的岁月。然而，正是从这首词开始，被流水不知带往何方的飘零命运，也就开始了。这位才女，其命运不济的一生，其不知所终的结局，既是一个女人的悲剧，也是一代文人的悲剧。更准确地说，是在中国封建社会的政治绞肉机中，生生将一个最有天才的女诗人毁灭的悲剧。

故事得从1100年（元符三年）说起，正月，哲宗驾崩，赵佶嗣位，是为徽宗。这位在中国历史上数得着的昏君，一上台，便倒行逆施起来。他那助纣为虐的助手，便是臭名昭著的蔡京。如果说北宋王朝逃脱不了灭亡的命运，那这两个如暹罗双胞胎亲密的一对混蛋，则是加速北宋亡国的推进器。若无他俩，这个病入膏肓的王朝，也许还能在病榻上牵延数年，可是经赵佶、蔡京以及童贯、杨戬、高俅、朱勔、王黼、梁师成、李彦等一干人疯狂地折腾以后，这个本来已奄奄一息的王朝，便气绝身亡。

李清照的不幸是从1102年（崇宁元年）开始的，七月，蔡京得势；八月，诏司马光二十名重臣子弟不得在京师任职。这道圣旨，对她来讲，绝非好兆。中国人要是极端化起来，相当可怕，运动初期，发动群众，那烈火烹油之势，那雷霆万钧之力，由不得李清照不考虑自已父亲的命运，由不得不担忧自已在劫难逃的牵连。而且，所有投入这场政治运动的干将打手，上至决策人物，下到跑腿喽啰，无不一副杀气腾腾之脸，一双摩拳擦掌之手，一对人皆为敌之眼，一挂食肉寝皮之心，真是让她心惊肉跳，无法安生。

一心复仇的蔡京，先为右相，复为左相，高举绍述大旗，一手封王安石为舒王，配享孔庙；一手大开杀戒，将司马光、文彦博、苏轼等，籍为“元祐奸党”。七月乙酉，“以文章受知于苏轼”（《宋史》），为苏门后四学士之一的李格非（李清照之父），在劫难逃。定案“元祐奸党”十七人，李格非名列第五，罢官。从此，李清照就走上了“花自飘零水自流”的不幸道路。九月，蔡京及其子蔡攸并其客叶梦得，将元符末忠孝人分正上、正中、正下三级，计四十多人，均予升官。对所谓奸邪人，又分邪上尤甚、邪上、邪中、邪下四级，凡五百四十二人，分别予以贬降。其中，将元祐、元符旧党中坚人物，执政官文彦博、宰相司马光等二十二人，待制官以上的如范祖禹、程明道、程伊川、苏辙、苏轼、吕公著、吕诲等，凡一百一十九人籍做奸党，御书刻石，立于端门，以示儆尤，李格非名列其中，充军广西象郡。十二月，限制行动自由。1103年（崇宁二年）三月，诏党人的亲子弟，不得擅到阙下。四月，毁司马光、吕公著等绘像，及三苏、秦、黄等人文集。九月，令天下监司长吏厅各立“元祐奸党碑”。党人碑刻三百零九人，李格非名列第二十六。

1104年（崇宁三年）诏御书所书写之奸党，不得在汴梁居住，凡亲属，无论亲疏，遣返原籍。1106年（崇宁五年）春正月，彗星出西方，太白昼见，诏求直言，方有毁碑之举。1108年（大观二年）春正月壬子朔，宋徽宗大赦天下，党禁至此稍弛。（据《李清照集笺注》）

李清照的父亲李格非，苏门弟子，著《洛阳名园记》，谓“洛阳之盛衰，天下治乱之候也。其后洛阳陷于金，人以为知言”而闻名，声闻海内。以礼部员外郎，拜提点京东刑狱，作为河南、山东一带的司法厅长、警察总监，也非等闲人物。由于蔡京切齿恨苏，对他的文章，对他的书法，对他的碑刻，对他的出版物，无不一网打尽。李格非受业于苏轼，划为党人，列入党籍，遭遇清洗，也就难逃一劫。平心而论，混账如赵佶者，尽管修理文人，不遗余力，加之蔡京助纣为虐，大搞宋朝的“文化大革命”，宋朝的这次政治运动，倒没有开过杀戒，没有砍人脑袋，总算不违祖宗规矩。不过，他先打“元祐奸党”，后打“元符奸党”，雷厉风行，严惩不贷，斗争从严，处理也从严，充军发配，妻离子散，打得京师内外，大河上下，杀气腾腾，鬼哭狼嚎，也是蛮恐怖的。

最滑稽者，居然运动过后，还有平反改正，落实政策一说。北宋自神宗变法以来，到徽宗的“双打”，知识分子就不停地被翻烧饼，烙了这面再烙那面，烤焦这边，再烤那边，今天把这拨打下去，明天把那拨抬上来，后天，给打下来的这拨昭雪，再后天，又将抬上来的那拨打下去。这过程，正是李格非所受到免官、下放、复职、再谪的政治噩运。他在哲宗朝元祐年间，因蜀党被起用，到了徽宗朝崇宁年间洛党抬头，又被打下去。

有才华的文人，当不了打手，只能当写手；而狗屁不是的小人，拿笔杆不行，拿棍棒却行。一般来讲，古往今来，君子绝对搞不过小人，小人绝对能把君子搞倒搞臭。而且保证不会手软，往往极尽刁钻刻薄之能事，搞得你连想死也不能那么痛快。士可杀而不可辱，辱比杀更能挫折识文断字之辈。宋徽宗搞的这种铭刻在石板上的“奸党碑”，可以算是中国四大发明之外的第五大发明，比西方的耻辱柱，不知早了多少年。

现在已经找不到李格非到广西以后的情况资料，但他女儿却因为是奸党的亲属，在开封的日子，不怎么好过。第一，她不能不挂念谪放远方的老爹；第二，她不能不犯愁自己要被遣送的命运。“株连”一说，虽然出自秦朝，但是各朝各代的统治者，无不奉为圭臬。

幸好，李清照的先生赵明诚很爱她，是那不堪屈辱的日子里，唯一的精神支柱。这位在太学读研或者考博的丈夫，既没有跟她真离婚或假离婚以划清界限，也没有立时三刻大义灭亲让她扫地出门，而是四处求情，辗转托人，送礼请客，以求宽容，挨一天算一天，尽量拖延着不走。

实际上，赵明诚完全可以求他的父亲赵挺之。这位官至尚书左丞除中书侍郎，相当于副首相的高级干部，只消说一句话，谁敢拿他的儿媳怎样。然而，此人很不是东西，“炙手可热心可寒”，就是李清照对这位长辈的评价。

正是这许许多多的外部因素，李清照相当不是滋味，才有这首前景渺茫、后果难料的《一剪梅》。明人王世贞评说此词：“可谓憔悴支离矣。”（《弇州山人词评》）这四字评语，可谓大奇。只有个中人、过来人，才能作此等语。因为王世贞之父王忬，藏有《清明上河图》，严东楼想要，王不敢不给，但又舍不得，只好搞了一份赝品送去。谁知被人揭发，由此触怒严嵩，便找了别的借口，将他关进大牢。王世贞营救无计，眼看其父瘐毙狱中。这种相类似的感受，从时代背景这个大的角度，来忖度李清照写作时的心态，是说到了点子上的。

李清照崛起于北宋词林，实在是个异数。

她有一篇在中国文学史上，最为直言无讳的批评文章，开头处先讲述了一个故事。

开元、天宝间，有李八郎者，能歌擅天下。时新及第进士开宴曲江，榜中一名士，先召李，使易服隐名姓，衣冠故敝，精神惨沮，与同之宴所。曰：“表弟愿与坐末。”众皆不顾。既酒行乐作，歌者进。时曹元谦、念奴为冠。歌罢，众皆咨嗟称赏。名

士忽指李曰："请表弟歌。"众皆哂，或有怒者。及转喉发声，歌一曲，众皆泣下，罗拜曰："此李八郎也。"（《词论》）

这位突兀而来的李八郎，凌空出世、满座拜服的精彩表演，其实也是她震惊京师、征服文坛的写照。

当这位小女子由家乡山东济南来到开封的时候，词坛好比那曲江进士宴，无人把她放在眼下。斯其时也，柳永、宋祁、晏殊、欧阳修、苏轼、张子野、晏几道、秦观、黄庭坚……辞藻纷出，华章迭起，一阕歌罢，满城传写。凡歌场舞榭，盛会宴集，三瓦两舍，游乐醵聚，啸歌唱赋，非苏即柳，不是"大江东去"，就是"晓风残月"，莺莺燕燕为之一展歌喉，弦索笛管为之喧闹嘈杂，词坛光彩悉为须眉夺去，文学风流尽在男性世界。

这位新人不能不煞费踌躇了，性别歧视是不容置疑的，更主要的，来晚了的她，发现这桌文学的盛宴，已没有她的一席之地。文学，有时比政治还势利，比经济还现实，错失时机，淹蹇一生，满腹才情，萤草同腐，完全是有可能的。得先机者、善哄抬者、抢风头者、敢弄潮者，比较不那么要脸的硬充数者，往往倒得到便宜。因此，一旦别人捷足先登，后来者就只有站着看热闹的份。况且，在文坛上，蹲着茅坑不拉屎的家伙，尤其不识相，哪怕连个屁也放不出来了，决不提溜起裤子，甘心给别人让位的。所以，必如李八郎那般，穿云裂石，金声玉振，余音绕梁，三日不绝，一举点中众人的死穴，目瞪口呆，哑口无言，才会被人承认。

李清照本可以打出美女作家的招牌，在文坛那张桌子上，挤进去一张椅子。我揣度她会觉得那很下作，因为她说过的："譬如贫家美女，虽极妍丽丰逸，而终乏富贵态。”“富贵”是物质，在李清照笔下的这个“富贵”，却是百分之百的精神。以色相在文坛讨一口饭吃，那是巴尔扎克所嗤笑的外省小家碧玉，才干得出来的肮脏勾当，这位大家闺秀肯定不屑为之的。

尽管有关她的生平记载，缺乏细节描写，更无绘声绘色之笔墨，但从她这篇藐视一切、睥睨名家的《词论》推断，可以想象得出她的自信。本小姐不写也则罢了，既要写，必定以惊世骇俗之气，不主故常之变，初写黄庭之美，出神入化之境，让开封城大吃一惊。

果然，不鸣则已，一鸣惊人，飞鸿掠影，石破天惊，“当时文士莫不击节赞赏”（明人蒋一葵《尧山堂外纪》）。

阮阅《诗话总龟》后集《丽人门》云：“近时妇人能文词如李易安，颇多佳句。小词云：‘昨夜雨疏风骤，浓睡不消残酒。试问卷帘人，却道海棠依旧。知否，知否？应是绿肥红瘦。’‘绿肥红瘦’，此言甚新。”

陈郁《藏一话腴》甲集云：“李易安工造语，故《如梦令》‘绿肥红瘦’之句，天下称之。”

黄昇《花庵词选》云：“前辈尝称易安‘绿肥红瘦’为佳句，余谓此篇（《念奴娇·萧条庭院》）‘宠柳娇花’之句，亦甚奇俊，前此未有能道之者。”

据研究者言，同时代人对于李清照的评述，大都近乎苛刻，对其生平，尤多訾议。但从以上宋人评价，可以想象当时的汴梁城里，这位新出炉的诗人，肯定是一个最热门、最流行的话题。如曹植《洛神赋》所写“翩若惊鸿，婉若游龙”那样令人感到新鲜，感到好奇。她的端丽形象，恐怕是北宋灭亡前，那末世文坛的最后一抹亮色。

《一剪梅》中，远走之苦，恋念之深，绮丽的离情，委婉的别绪，无可傍依的忧愁，无计排遣的惆怅，字字句句，无不使人共鸣。全词无一字政治，但政治的阴霾，笼罩全词。这还不过是她飘零一生的序曲，嗣后，靖康之国灭，南渡之家亡，逃生之艰难，孤奔之无助，更是无穷无尽地与政治扭结在一起的悲剧。甚至直到最后，死在哪年？死在哪里？也是一个无法解开的谜。

尽管，她很不幸，但她留给文学史的不多的词，很少的诗，极少的文章，无一不精彩，无一不出色。甚至断简残篇，只言片字，也流露着她的睿智。在中国文学的天空里，李清照堪称是女性文人中最为熠熠发光的星。

> 宋人中填词，李易安亦称冠绝，使在衣冠，当与秦七、黄九争雄，不独雄于闺阁也。（明人杨慎《词品》）

> 清照以一妇人，而词格乃抗轶周、柳。张端义《贵耳集》极推崇其元宵《永遇乐》《声声慢》，以为闺阁中有此文笔，殆为闲气，良非虚美。虽篇帙无多，固不能不宝而存之，为词家一大宗也。（清人纪昀《四库全书总目提要》）

一个作家，一个诗人，能给后人留下充分的话语余地，说好也罢，说坏也罢，能够有话好说，那就不简单，可谓不虚此一生。作品问世，不是马上呜呼哀哉，不是转眼烟飞焰灭，而是说上数十年，甚至数百年，像李清照这样，才是所谓真正的不朽。至于时下我等厕身之文坛，耳闻目睹、恭逢其盛的“不朽”，无论个人吹出来的，还是哥儿们、姐儿们捧出来的，无论怎样厚颜无耻，大言不惭，至多，只能说是一种乐此不疲的文学手淫而已。

李清照的这首很政治化而无任何政治蛛丝马迹的《一剪梅》，长期以来，是被看作一首闺情诗，一首思妇词，被人吟哦传诵。在最早的版本上，甚至还有编辑多情加上的题注。

易安结缡未久，明诚即负笈远游，易安殊不忍别，觅锦帕书《一剪梅》词以送之。

甚至还有更艳丽的演义，那块锦帕，也就是李清照手迹的此诗真本，到了元代，还被画家倪云林所收藏云云。如果真是这样罗曼蒂克的话，那倒是适合拍好莱坞爱情电影的上好素材。

其实，这是面对政治迫害的恋恋不舍之歌，走也得走，不走也得走，那是很痛苦的诀别。不能抗命的无法逃脱，难以名状的凄凉情绪，无可奈何的强迫分手，心碎郁闷的长远相思，就绝非泛泛的离情别绪所能涵括，而是更深层次的悲恨怨愤。要真是“花自飘零水自流”，花归花，水归水，各走各的路，倒相安无事的。可是，落花无意，流水有情，“双打办”也好，“清奸肃党办公室”也好，频频敲开她家的大门，不断关切她何时启程。于是，“远游”的，只能是她。告别汴梁，沿河而下，回到原籍齐州章丘，也就是山东济南，饮她飘零人生的第一杯苦酒。

与此同时，北宋当局的腐败政权，也开始江河直下地向灭亡走去。宋徽宗在位二十五年，宠用奸宄小人，残害忠臣良将，搜刮民脂民膏，大肆挥霍浪费，内有农民起义，外有强敌逼境，只知贡币求和，以得苟且安生。在中国，人人都能当皇帝，人人都想当皇帝，但不是人人都能干好皇帝这差使的。宋徽宗赵佶，其实应该当一名画家，一名诗人，一名风流公子，与李师师谈恋爱，也许是此中当行的风头人物。治理国家，经营政府，内政外交，国防军事，他就是一个地道的白痴了。

到了公元1125年（宣和七年），赵佶实在干不下去了，退位给赵桓，自任太上皇。李清照也就跟着大倒其霉，虽说是个人的命运，在大时代的背景下，无关宏旨，但随着异族侵略者的金戈铁马，步步南下，一个弱女子，也不能不与家国的命运联系在一起。如果说“花自飘零”的话，在她四十岁以前，犹是在薄风细浪中回转，那么四十岁以后，便跌落到一劫不复的深渊，永无平稳之日了。

李清照先受到其父，后受到其夫之父，两起截然相反的政治风波牵连，也曾饱受冷遇，尝尽白眼，也曾过着提心吊胆的日子，不知哪一天又有什么祸事光临。但她终究不是直接当事人，花虽飘零，还只是萍踪浪迹，波回岸阻，中流荡漾，无所凭依罢了。尽管“红藕香残玉簟秋”有点凄冷，尽管“轻解罗裳，独上兰舟”，有点孤独，然而，她与赵明诚，那两相爱恋着的小环境，还是温馨的；共同之好，积二十年之久的金石收藏，那意气相投的小气候，还是很融洽的。那些年月里，有过痛苦，也有过欢乐；有过挫折，也有过成功；有过碰壁，也有过收获；有过阴风冷雨，也有过鸟语花香。

接下来的1126年，赵佶的儿子赵桓继位，是为靖康。第二年，金兵破汴梁，北宋政权便画了句号。这年，李清照四十三岁。

> 靖康丙午岁，侯（即其夫赵明诚）守淄川，闻金人犯京师，

四顾茫然，盈箱溢箧，且恋恋，且怅怅，知其必不为己有矣。（《金石录后序》）

残酷的战争，迫使他们不得不过起浪迹天涯的逃亡生活。胡骑南下，狼烟四起，烽火鸣镝，遍野而来。那看不到头的黑暗，擦不干净的泪水，永无休止的行色匆匆，没完没了的赶路颠簸，便一直伴随着这位“花自飘零”的诗人。疾风险浪，波涛翻滚，云涌雾障，天晦日暗，可想而知，飘零在水里的花瓣，会有什么结果了。

现在，很难想象九百年前，一为书生、一为弱女的这对夫妇，将至少有两三个集装箱的文物，上千件的金石、图画、书籍、珍玩等物，为了不落入侵略者手里，追随着败亡的逃跑政府，如何由山东青州的老家启程，一路晓行夜宿，餐风饮露，舟载车运，人驮马拉，辗转千里，运往江南的。

他们总是追不上逃得比他们还快的南宋高宗皇帝赵构，他们追到江南，高宗到了杭州；他们追到浙江，高宗又逃往海上。中国知识分子那种“天下兴亡，匹夫有责”的使命感，尽管意识到最后那一无所有的结果，然而，面对这些辛苦收集的文化瑰宝，不保护到最后一刻，不敢轻言放弃，无论如何，也将竭尽全力保全，不使其失散湮没。

可他们的苦难之旅，有谁能来分担一些呢？无能的政府不管，无耻的官僚不管，投降主义者看你的笑话，认贼作父者下你的毒手，然而，这也阻挡不住他们，铁了心跟随着奉为正朔的流亡朝廷，往南逃奔。这就是中国知识分子独有的苦恋情结了，皇帝王八蛋，政府王八蛋，可死也不敢将收藏品丢失、放弃、转手的这对夫妇，一定要为这个国家，这个民族，尽到绵薄之力，你可能嘲笑他们太愚、太腐，但你不能不尊敬他们这种难能可贵的品质，要没有这样一份忠忱之心、竭诚之意，哪有五千年来中国文化的辉煌?

到了钦宗靖康二年，也就是高宗建炎元年，他们的全部积累，不但成为他们夫妇的负担，甚至成为她不幸一生的灾难。

> 既长物不能尽载，乃先去书之重大印本者，又去画之多幅者，又去古器之无款识者，后又去书之监本者，画之平常者，器之重大者，凡屡减去，尚载书十五车。至东海，连舻渡淮，又渡江，至建康。青州故地，尚锁书册什物，用屋十余间，期明年再具舟载之。
>
> 次年（建炎二年），十二月，金人陷青州，凡所谓十余屋者，已皆为煨烬矣。（《金石录后序》）

存放在故土的遗物，悉被胡骑付之一炬；千辛万苦随身运来的，又不得不再次割爱。当这些穷半生之力，倾全部家产，费无数心血，已是他们生命一部分的金石藏品，无论多么珍惜，也只有忍痛抛弃，那真是难舍难分。当时，还要面临着丈夫赴任，只剩下她茕孑一人，远走他乡，孤灯残烛，凄凉驿路，“时犹有书两万卷，金石刻二千卷，器皿、茵褥，可待百客，他长物称是”。独自照管着这一大摊子家当，她肩上所承担的分量，也实在是太重了。

而她更想不到的沉重打击接踵而至，丈夫这一去，竟成死别。

> （明诚）独赴召。六月十三日，始负担舍舟，坐岸上，葛

衣岸巾，精神如虎，目光烂烂射人，望舟中告别。余意甚恶，呼曰：“如传闻城中缓急，奈何？”戟手遥应曰：“从众。必不得已，先弃辎重，次衣被，次书册卷轴，次古器，独所谓宗器者，可自抱负，与身俱存亡，勿忘之。”遂驰马去，途中奔驰，冒大暑，感疾。至行在，病痁。七月末，书报卧病。余惊怛，念侯素性急，奈何病痁？或热，必服寒药，疾可忧。遂解舟下，一日夜行三百里。比至，果大服柴胡、黄芩药，疟且痢，病危在膏肓。余悲泣，仓皇不忍问后事。八月十八日，遂不起。取笔作诗，绝笔而终……

李清照的《金石录后序》，至今读来，那段愁怅，那份追思，犹令人怦然心动。

在中国历史上，真正的文人，为这个民族，为这块土地，可以有所作为，可以施展抱负的领域，其实是非常有限的。凡是有利可图、有名可沾、有福可享、有美可赏的所在，还未等你涉足，早就有手先伸过去了。而这双手，一定生在有权、有势、有威、有力量、有野心、有欲望、敢无耻的人身上。区区文人，何足挂齿？谁会把你的真诚愿望当回事。你一旦不知趣地也要参预，要介入，也许你未必想分一杯羹，只是尽一点心，效一点力，略尽绵薄，聊表热忱，那也会遭到明枪暗箭，文攻武卫，左抵右挡，雷池设防的。

然而，中国文人，无不以薪火相传为己任，无不以兴灭继绝为己责，总是要为弘扬文化，做些力所能及的事情，庶不致辜负一生。李清照和她的丈夫赵明诚，节衣缩食，好古博雅，典当质押，搜罗金石，本来就是吃力不讨好的事情。大敌当前，危机四起，殚思竭虑，奔走跋涉，以求保全文物于万一，这在他人眼中，更是愚不可及的书呆子行为。到了最后，她的藏品，失散、丢弃、遗落、败损，加之被窃、被盗、强借、勒索，“何得之艰难失之易也”“所谓岿然独存者，乃十去其七八。所有一二残零不成部帙书册，三数种平平书帖，犹爱惜如护头目”，连诗人自己也忍不住嘲笑自己，“何愚也邪！”

经过这场生命途程中，最漫长，也是最艰辛的奔波以后，然后，又是一系列的麻烦，不幸，官司，谣诼，包围着她，使她在精神的夺力下，消耗尽她的全部创作能量。她本来应该写得更多，然而，她只能抱憾。

胡适说过：“李清照是中国文学史上一个最有天才的女子。”然而，在这个世界上，最不能得到宽容的，是太出众的才华，最不能得到理解的，是太超常的智慧，最不能得到支持的，是太完美的成功，所以，凡才华、智慧，无一不是在重重阻断下难产而出，凡成功，凡完美，无一不遭遇到嫉妒和排斥。她付出了一生，她得到了文学史上的辉煌，然而，她在这个小人结群、豺狼当道、精英受害、君子蒙难的时代里，除了“花自飘零水自流”之外，简直别无生计。

因此，中国文人的最大不幸，不是生错了时代，就是生错了地方。而身心疲惫的她，神劳力绌的她，既生错了时代，又生错了地方，也就只有凋落沉没，无声无息，不知所终，无影无踪。

李清照，号易安居士，山东济南人。生于公元1084年（神宗元丰七年），卒年不见载籍，约为公元1156年（高宗绍兴二十六年），故而具体死亡日期和地点，却湮没无闻，无从查考。一个曾经美丽过，而且始终在文学史上留下美丽诗词的诗人，大才未展、大志未尽地退出，其飘然而逝、杳然而去的形象，其落寞之中悄然淡去的身影，给人留下更多的遐思冥想。

如果，再回过头去品味她那首《乌江》诗：“生当作人杰，死亦为鬼雄。至今思项羽，不肯过江东。”因此，无论她怎么样死，如何的死，她那双诗人的眼睛，是不肯闭上的。

若是假以时日，给她一个充分施展的机会，这位中国文学史上的第一女性，也不至于只留下一本薄薄的《漱玉集》给后世了。然而，悔则何益？“花自飘零水自流”，对于文人无奈的命运，也只能是无聊的空叹罢了。

放翁晚年的一个梦

肖复兴

放翁晚年，曾经作过一首名字叫作《梦中行荷花万顷中》的七言绝句。那是放翁八十六岁临终前几天的所作。这是一首非常有意思的诗，记述的是放翁一个奇特的梦，居然梦见健步行走在荷花怒放的万顷荷塘之中，丝毫未见八十六岁这样年龄老衰的颓然，和步履的蹒跚，梦的是如此汪洋恣肆的艳丽和开阔。如果对比放翁临终之作《示儿》，同样也是一首七言绝句，完全是两种不同的境界。

“老去已忘天下事，梦中犹看洛阳花。”这也是放翁晚年的诗句。梦中看花，看来对于放翁不是一次的偶遇。只不过，这一次比洛阳花更为奇特，是一碧万顷的荷花。

这首诗，放翁是这样写的：“天风无际路茫茫，老作月王风露郎。只把千尊为月俸，为嫌铜臭杂花香。”以前我没有读过这首诗，当我读到这里的时候，眼睛一亮，心头一震，暗想放翁一定有先知先觉，有着无比的洞察力和预测力，这首诗简直就是专门为八百余年后的我们的今天而写的。

如今，很多的诗人和作家，早已经脱贫致富，作家收入排行榜更是令人艳羡，不会如放翁一样“医不可招惟忍病，书犹能读足忘穷”一样的尴尬和无奈。但是，铜臭早已经淹没了花香的现实，让放翁一语中的，如此的料事如神，像是钻进了我们肚子里的一条悟空式的蛔虫。想想，如今，纵使有万顷荷花，放翁再有想象力，可能永远想象不到，要去看，得要买门票的，而且因有荷花作展，门票是要加价的。想做月王风露郎，囊中羞涩，也不那么容易了。

或许，这实在是读完放翁这首诗后有些丧气的事情。八百年后，与放翁相比，时代的变迁异常巨大，但诗心与诗情，乃至写诗者和读诗者的感官与感觉，以及背后全社会的道德感和理想力，却是没有进化，而只有潜移默化的变化，或者触目惊心的退化。

忍不住想起八百年前的放翁。“利名皆醉远，日月为闲长”，那时候，放翁有了这样气定神闲的心态；“研朱点周易，饮酒和陶诗”，那时候，放翁有了这样旷远豁达的情致；“小草临池学，新诗满竹题”，那时候，放翁满眼都是诗。对于过去曾经发生过的一切，他的态度是“荣枯不须计，千古一棋枰”；对于疾病和贫穷，他说得达观而幽默，“留病三分嫌太健，忍饥半日未为贫”；对于鹊起的声名，他看得更为透彻，“镜中衰鬓难藏老，海内虚名不救贫”。

那时候，过眼的一切真正成了浮云，放翁把自己定位于一个年老多病的诗人，而不再是金戈铁马的将士，更不是拥有资历显赫老本可吃的老臣或元老。远避尘嚣，读书和写诗，真的成为他生活和生命的一部分，而从来没有如今天的我们考虑过码洋、印数、转载、翻译、评论或获奖，或弄一笔赞助开一个广散红包的作品讨论会。

“挂墙多汉刻，插架半唐诗”“浅倾家酿酒，细读手抄书”“诗吟唐近体，谈慕晋高流”“古纸硬黄临晋帖，矮笺匀碧录唐诗”“细考虫鱼笺尔雅，广收草木续离骚”……这样的诗句，在放翁的晚年中俯拾皆是。书不再是安身立命的功名之事，而是一种惯性的生活和心情的轨迹，就像蛇走泥留迹，蜂过花留蜜一样，自然而然，甚至是天然一般。他不止一次这样写道，“引睡书横犹在架”“体倦尚凭书引睡”，能够想象那时他的样子，一定是看着看着书，眼皮一打，书掉在地上，书成了安眠药和贴身知己。

那时候，他说“羹煮野菜元足味，屋茨生草亦安居”，如此的安贫气全，没有我们现在好多人急于换一处大房子的心思，更没有非要住别墅的欲望躁动。还有一句诗，放翁是这样写的：“敲门赊酒常酣醉，举网无鱼亦浩歌。”似乎可以找到八百年后的我们底气不足以及和放翁差别的原因，起码我不能做到“举网无鱼亦浩歌”，我更看重的是网里得有鱼，且是大鱼。我就像是普希金《渔夫和金鱼》古老故事里的那个老渔夫，怎么也得打上一条金鱼来，否则怎么交代？因此，便不会做放翁那样的无用功，举网无鱼，还要傻了吧唧地吼着歌，而且是浩歌。

所以，我们老时做不出放翁一样行荷花万顷之梦。

朱熹

理学的扩展与困境

曾纪鑫

一

说实话，我以前一直不喜欢甚至有点讨厌朱熹。

这种不喜欢主要包括三个方面。一是他的形象，在我心中，总是那么一副引经据典、教化他人、迂腐古板、枯燥乏味的模样。二是他的虚假伪善、言行不一，说的是一套，做的又是另外一套。朱熹无时无刻不在强调“革尽人欲，尽复天理”，可据同僚揭发，他不仅引诱两名尼姑为妾，还使得一名寡妇怀孕。朱熹无法抵赖，只好向皇帝谢罪，自我贬抑一番，说自己是“草茅贱士，章句腐儒”，只知“伪学之传”，不识“明时之用”，这才得以过关。三者，便是经由朱熹等人由儒学改造而成的理学对整个民族的桎梏与戕害。“三纲五常”“三从四德”的封建礼教束缚了中华民族的创造与个性，无数女子的美丽青春与宝贵生命在“饿死事小，失节事大”的摧残下如鲜花般凄然飘落、凋零委地，理学所倡导的伦理道德实则只有幼辈道德、家庭道德与国民道德，而无长辈道德、社会道德与政府道德，严重地阻碍了中国社会的发展与进步。

追根溯源，这种认识与心态的形成，我以为在很大程度上与20世纪70年代初的中学时期有关。那时候，正赶上轰轰烈烈的“批林批孔”“评法批儒”运动，朱熹作为“孔子第二”的儒家领袖、反动道学家受到了前所未有的批判，其声讨之猛、攻击之烈，几乎无所不用其极；其规模之大、范围之广，可能达到了空前绝后的地步；其创伤之巨、影响之深，简直无法用语言来形容比拟……一颗年轻的心灵，接触的全是从历史深处翻检而出的关于朱熹的破烂玩意、反面渲染及不良影响，对他产生恶感，也就不足为奇了。

其实，我年轻时所认识的朱熹，只是他那漫长人生中的一个侧面而已。朱熹是一个活生生的人，也是一个具有抽象意义的符号，更是一个由许许多多的侧面与层次，包括正面与背影所构成的复杂综合体。所谓正负相生、正反相依、真伪相伴，只有具备多重视角、多种维度，才有可能见到一个丰富的、立体的、完整的朱熹。

然而，早年形成的观点、产生的情感、打下的烙印是那样深刻，得须长时间地弥合与校正，才有可能走向客观、真实与全面。

一段时间，我曾有缘对朱熹的学说与思想进行过一番了解与研究，然后，我不得不发出一声“博大精深”的浩然长叹。除读书之多、著书之多、书中所涉问题之多无人企及外，我敢说，朱熹还是中国古代唯一有别于传统思维模式，将抽象与思辨推向前所未有的高度，并构建了庞大知识结构与认识体系的百科全书式的学者。

从理性上认识、折服是一回事，而感情的认可与接纳却又是另一码事。只要想到朱熹，我眼前浮现着的，总是一副脸皮紧绷、俨乎其然的腐儒形象。直到2003年7月游览武夷山时，读到朱熹描写武夷山九曲溪的长诗《九曲棹歌》，这才发现他那有别于古板刻薄、不苟言笑的另一侧面。

朱熹在武夷山生活、著述、讲学长达四十多年之久，与武夷山有着难以割舍的深厚情缘。著名历史学家蔡尚思曾题写道："东周出孔丘，南宋有朱熹；中国古文化，泰山与武夷。"武夷山之于朱熹，正如泰山之于孔子，既是他们的生命之源，也是他们学说的发祥之地；泰山、武夷山是两座自然的巍峨山峰，孔子、朱熹则是中国古文化的两座巍峨山峰。长期浸润在秀丽的山水之中，朱熹也会时不时地从他所构筑的理学天地中挣脱而出，将"非礼勿视"那一套东西抛诸脑后，恢复本真的天性与率性。站在长达二十华里的九曲溪畔，面对一碧如染的溪面，耳听潺潺流淌的水声，体味九曲十八弯的回环韵致，朱熹的生命也贯注了一股少有的灵动，而随风飘来的悠悠山歌更是拨动着他的心弦，创作激情与沸腾的血液在胸间一同鼓荡，清新隽永、轻盈跳跃的诗句不禁脱口而出："武夷山上有仙灵，山下寒流曲曲清。欲识个中奇绝处，棹歌闲听两三声。一曲溪边上钓船，幔亭峰影蘸晴川。虹桥一断无消息，万壑千岩锁翠烟……"吟罢一曲吟二曲，曲曲写来，极尽山转水曲之奇妙，一直吟完九曲，朱熹才不得不意犹未尽地收煞。

呵呵，这位朱老夫子，原来也有性情中人的时刻啦！

其实，朱熹还有两首广为流传的短诗，一为《观书有感》，一为《春日》，却被我有意无意间遮掩在记忆的深处了。关闭的闸门洞开，熟记的诗句不禁奔涌而出——

《观书有感》：半亩方塘一鉴开，天光云影共徘徊。问渠那得清如许？为有源头活水来。

《春日》：胜日寻芳泗水滨，无边光景一时新。等闲识得东风面，万紫千红总是春。

语言平易，形象生动，色彩绚丽，清新活泼，情景交融……其中哪有半点酸腐的味道与学究的影子？仿佛突有所悟，原来，这就是映照朱熹另一侧面的一块镜子呢！

武夷山归来，当我再次打量、审视朱熹时，他的全身竟然透着一种或多或少令人喜爱的率性与活泼，面容露出了几抹微笑，目光有了几分慈善，雪白的胡须不再是威严的象征，也有了飘逸与潇洒的味道……

往日的成见逐渐远去，平和的心态、冷静的叙述与客观的评价似乎触手可及，我感觉着可以写写朱熹了，于是，《多维视野中的朱熹》这一标题也就自自然然地跃现在我的电脑显示屏上。

二

大凡名人伟人，后人总是在他降临人世之时附会一些神奇怪异的故事传说，朱熹也不例外。南宋建炎四年（1130年）九月十五日，朱熹出生于福建尤溪，可就在他呱呱坠地前三天，远在千里之外的祖籍徽州婺源（今江西婺源）朱氏故宅却发生了一件怪事，那就是院内的一口古井，忽然白气如云，紫气如虹，经久不散，阴阳风水先生及谶纬家们就说这是天神“紫阳先生”谪落人寰的先兆。仿佛为了验证，朱熹一生下来，右眼旁就有七颗黑痣，排列成北斗七星形状。这不由得让人想到了孔子出生时身上长有黑子，近看像昴星，远看像斗星的奇异。孔子是儒学泰斗，第一“圣人”；那么后出的儒学传人朱熹，就是理学泰斗，第二“圣人”了。

古井冒气是一种时常出现的自然现象，朱熹生前三天祖籍故宅古井是否冒气无法考证，即使考证，也无多大意义。而脸上的黑痣似乎还真有其事，据今存朱熹对镜自画像石刻所画，朱熹右脸确有黑子。古往今来，脸上长痣的人实在是太多了，半点不足为怪，如果没有黑痣，在一个有着“天人感应”的传统国度里，也会从朱熹的其他生理现象入手，来一番别的比附与虚构的。

朱熹诞生之时，金兵入侵，宋军南渡，叛兵骚扰，农民起义，社会动荡不安，就连独尊的儒学，也日渐式微。处在这样一个内忧外患交织的衰世，父亲朱松做梦也不敢想象儿子的前程会有多么显赫。在朱熹的早年岁月里，记忆最深的恐怕就是随父亲或避难他乡，或赴任就职，或赋闲寓居，一同漂泊、辗转不已。国运衰落，家事维艰，世代业儒的朱松对儿子朱熹并未抱多大指望，从一个古代知识分子的良知与责任出发，朱松一度还产生过让儿子弃儒从军、舍文就武、抗击金兵的念头。

儿时破落的家境与四处逃遁寄寓的经历，投射并影响了朱熹未来的人生。他从小渴望社会的安宁与和平，与之对应的，就是构建一个超稳定的庞大思想体系；他自始至终主张抗金，算得上一名主战派，然而，如果“民贫财匮，兵惰将骄”，“内有愁怨”，谈何出兵抗金、收复河山？因此，朱熹主张先修内政，治国安邦，再图恢复大计；他有着强烈的士大夫思想意识，也对生活在底层的普通农民怀有深深的同情，强调以农为本……

在《朱子行状》中，有两则儿时纪事不能不引起我们的注意。在父亲朱松的指导下，朱熹八岁开始阅读《孝经》与《孟子》。他对《孝经》一读就通，父母的颠沛流离、舐犊情深给他留下的印象实在是太深了，他情不自禁地在《孝经》上握管题字："不若是，非人也！"他对《孟子》也是爱不释手，并产生了想做"圣人"的念头，且立下鸿愿，为达到这一看似遥不可及的目标，一辈子奋发精进不已。

立志对一个人的未来发展、功名成就起着极其重要的作用，朱熹的天赋并非格外超拔，如果没有做"圣人"的强烈渴望与内在动力在胸间鼓荡、鞭策，他能否兼收并蓄，不断超越自己，达到今日我们所知的成就，得打上一个大大的问号。而对《孝经》的肯定与接纳，则成为朱熹将理学推向社会实践的出发点与重要基础。

朱熹十四岁那年，父亲朱松在寓居地建瓯病逝，朱熹的人生出现了一次大的转折，学问也由此而迈向一个新的起点。

朱松临死前，将家事托付给崇安（今武夷山市）的刘子羽，将儿子的教育托付给崇安另外三位道学密友胡宪、刘勉之与刘子翚。刘子羽将朱熹母子接到崇安五夫里，提供一座五开间的旧楼给他们居住。朱熹将此楼称为紫阳楼，并以"紫阳"自号。正是在这座紫阳楼内，朱熹开始了受学于胡宪、刘勉之与刘子翚的学习生活。位于崇安城南的武夷山，成为三位先生讲学的天然学堂。朱熹与武夷山的缘分由此而拉开了帷幕，他在这里接受了比家庭童蒙教育更正规的四书五经儒家教育，为一生的学问发展走向奠定了全面而扎实的基础。武夷三先生全都崇尚二程理学，于是，朱熹怀着异乎寻常的虔诚崇拜之心，开始研读程颐、程颢的著作。但三先生又不止于二程理学，他们都援佛入儒，胡宪、刘勉之对禅宗的参悟，刘子翚对佛教的止观都有专攻，他们对道教思想也有所吸收，三先生的经学——《易》《大学》《中庸》三学最具释老气息。影响所及，朱熹对佛教与道教也产生了浓厚的兴趣，他后来以《易》《大学》《中庸》的主要依据建立生平学问大旨及理学体系的逻辑构架，正是得益于武夷三先生的开导与启发。

朱熹自绍兴十三年（1144年）求学于武夷三先生到庆元六年（1200年）逝世，除担任地方官员七年，在朝廷任焕章阁待制兼侍讲（为宋宁宗讲解《大学》）四十天外，其余近五十年时间，无不汲汲于学问，或求学他人，或刻苦研究，或切磋辩论，或收徒授课，或著书立说……

武夷三先生对朱熹的教育，我以为最大的成功之处，就在于为他提供了一种开放的心态和开放的知识体系，除儒学外，并不排斥其他学说与学派，而是敞开胸怀，大胆吸纳，主动接收，为我所用。朱熹自从结识道谦禅师后，又开始访禅问学，出入佛老，花了十多年时间，直接从佛经道书和禅师那里吸取知识营养。禅学与理学两股相反相成的力量在他胸间激荡、消长、交融，终于把他推上了心学之路——以心观心，以心会理，吾圣合一。

然而，从小就打上了儒家入世精神的朱熹，不可能完全彻底地遁入佛老之学，无法练就一副超然物外、超凡脱俗的仙风禅骨，因此，后来逃离佛禅，归返儒宗，也就在所难免。然而，朱熹对佛老之学的长期浸润与钻研，使得他变得丰富而博大。如果没有对佛学的执着与痴迷，没有出入其间的深刻体会，他所构建的理学体系，将缺少一股原初的鲜活力量，缺少极有分量的佛老组成部分。

朱熹从事学问之路，乍看起来，似乎十分简单，而内心却经历了一条漫长的炼狱之路。自师从武夷三先生及道谦禅师后，又以“而立之年”恭执弟子之礼，拜理学家李侗为师，开始了经学、理学的构思与孕育，由“以心会理”到“即事穷理”。李侗死后，朱熹除失师之痛外，更是陷入欲求学问之突破与出路而不得的彷徨与苦闷。经过长达六年的探索，在声色俱厉的挞伐佛老之学中，他终于挣脱了蚕茧的束缚，完成了逃禅归儒，由“主悟”到“主静”，再到“主敬”的艰难历程。

朱熹学术体系形成之初，不可避免地存在着一些可资论敌攻击的漏洞与把柄。朱熹闽学的成熟与练达，是不断辩论、不断切磋、不断探讨、不断充实的结晶。第一次较大规模的论争，便是对张栻湖湘学的清算，在长达四年的辩论中，他由致力于修养方法、认识方法的探讨，转向本体论及宇宙观的哲学层面，使得朱熹理学体系得以基本确立。而后，又有与吕祖谦、陆九渊、陆九龄等人的寒泉之会、鹅湖之会、三衢之会、观音寺之会、白鹿洞之会、浙东角逐，不同学术流派间的相互探讨、交流、论争乃至批判，促成了朱熹主要著述《四书集注》《近思录》（与吕祖谦共同编辑）的完成，其理学体系也日臻完善。

令朱熹没有想到的是，在论辩与说理的风雨中成长、成熟的朱子学说，会在七百多年后遭受一场不容置喙的猛烈抨击。那暴风骤雨、电闪雷鸣的阵势，若是当年的他亲眼得见、亲身经历，恐怕不仅不能激发灵感，完善学说，反而会在人格的侮辱与学问的践踏中失去继续存活的理由、勇气与信心。

三

简略地叙述了朱熹的人生经历及学说的形成过程，现在该说说他所创立的理学内涵了。

朱子理学博大而精深、理性而思辨，非三言两语所能道明，即使道明，也显得抽象而枯燥，给普通读者带来一定的阅读障碍。然而，朱熹人生精华、伟大成就与显赫地位的落脚点，就在于他那兼收并蓄又卓然独创的朱子学说。因此，对其历史渊源、发展衍化、主要内涵，我不得不进行一番梳理与概述。

当孔子以增删、编订、整理经书为手段，将具有宗教性质的原始儒学改造为积极入世的世俗儒学后，又由董仲舒的“罢黜百家，独尊儒术”将儒家定于一尊。从此，儒学从诸子百家中一跃而成为一枝独秀的显学，占据中华传统文化的中心地位。由原初的宗教儒学到孔子的世俗儒学，再到董仲舒的政治儒教，儒学发展停滞，故步自封，日益僵化。当佛教传入中国，盛行于隋唐后，儒学受到前所未有的冲击，主导地位受到动摇，逐渐走向式微与衰落。理学又称道学，是儒学的继承与发展，是“儒学对佛教思想的挑战，有了一个创造性的回应”。理学家们的努力，就是给传统儒学注入新的内容与活力，挽回伦常扫地的衰颓世风。如果说道教是回应佛教，并以佛教作为参照模拟系统而创立的一种本土宗教，那么理学也是在佛教的刺激下，吸收某些佛教思想而对传统儒学所进行的一种改造。

通过朱熹的求学经历，可知早在他建立庞大而严谨的朱子学体系之前，理学就已形成并广为传播。所谓理学，是在宋代产生发展，以抽象性、思辨性的哲理来论证儒家伦理的学术思潮。理学萌芽于北宋时期，周敦颐融佛道于儒学，成为理学最初的创始人之一。只有当张载完成《正蒙》一书后，传统儒学这才真正称得上有力地回应了“佛教思想的挑战”。《正蒙》是中国思想史上一部罕见的专讲哲理的著述，张载以传统的经验主义方法，对存在进行了系统论的探索。后起的二程，也就是程颢、程颐兄弟曾师从周敦颐，程颢撇开佛教中的信仰主义，尽可能地将其纳入儒学轨道，使得传统儒学发生变异，具有了哲学抽象的规范化与原则化成分。弟弟程颐继续兄长的探索，认为心就是性，性就是理，理就是道，形成了较为粗疏的天理论。

二程为河南洛阳人，他们的学说也称洛学，当时的影响，仅仅局限于中原一带。而朱熹诞生时，理学已在福建，特别是闽北有了广阔的“市场”。这主要归功于一批过渡性人物的传播与弘扬，后人常常提及的闽学先驱主要有三人——将乐人杨时、沙县人罗从彦、延平人李侗，因他们的出生地皆属当时的福建南剑州，也就有了“南剑三先生”之称。三人中最早携理学入闽的开创性人物为杨时，据说他在河南颍昌拜程颢为师，学成辞归，老师出门相送，不由得说道：“吾道南矣。”程颢说出这么一句带有预言性且常被引用的话来，说明他的确具有哲人睿智的穿透性目光。中原长期都是专制正统控制最严、浸染最深的地盘，理学一时难以立足，而福建在唐以前还属化外之地，进入宋代，福建士子虽在多次科举考试中有着出色表现，但就整体而言，文化的深度与广度与中原不可同日而语，因此，程颢对自己创立的学问经由弟子在福建的传播寄予了极大的期望；与此同时，金兵日益紧逼，北宋积贫积弱，中原眼看就要沦为敌土，文明的重心将发生一次真正意义上的南移，那时的福建，传统文明与新的学说融会一体，可以预见的是，将形成一股蔚为壮观的滚滚洪流。

作为程颢的得意门生，杨时回到故乡闽北，到他八十三岁高龄辞世之时，长期收徒讲学，门生达千余之众，被后世誉为闽学鼻祖，罗从彦、朱松、刘勉之、李侗等人都是他的得意门生。朱熹正是站在这些前辈的肩膀上，以恢宏的气势、超拔的气概、包容的大度，构建了朱子学说，丰富、完善、创立了真正意义上的福建理学，即闽学。其实，与朱熹闽学多次论辩的陆九渊心学、张栻湖湘学以及吕祖谦的婺学等，都属理学流派，只是不同的分支罢了。

朱熹闽学不仅继承了二程洛学，对北宋以来的理学思潮也进行了一次全面而系统的总结，集诸儒之大成，并在此基础上有所发展、创新，被全祖望在《宋元学案·晦翁学案》中称为“致广大，尽精微，综罗百代”。

具体而言，朱熹的闽学，以传统儒学的伦理为本位，有效地吸收佛、道文化优长，去除与中国古代社会制度、思想文化不相吻合的宗教成分，将儒学道统体系化、儒家思想哲理化、儒家经学义理化、儒家学说大众化，融儒、道、佛三教于一体，构筑起逻辑严密、内涵丰富、博大精深的新儒家理论思想体系。

在此，我们不得不强调的是，朱熹剔除佛道中的宗教成分，并不是真正地废除宗教。他反对宗教中的形式与仪式，反对宗教的社会化，却吸收了佛教与道教中的禁欲主义与虔诚精神，将社会宗教化，建立起一种以理学为核心标准的准宗教或新宗教。

若论早期理学家的最高哲学范畴，周敦颐的是“太极”，张载的名“太虚”，程颢、程颐的称“理”，又叫“天理”。作为二程洛学的四传弟子，朱熹哲学逻辑结构的最高范畴则直接借用了他们的理，他将理又名为道、太极、天理；理之下，便是阴阳，也称气；由于气的不断运动变化，所以形成了人间生生不息、丰富多彩而又千差万别的现象世界。由理下推为气到万物，上推则为万物—气—理，由此构成了朱熹哲学体系的内在联系模式。他认为理是独一无二、寂然不动的，是万物的本原与法则，是先在的超感觉、超时空的绝对，是伦理道德的准则，是一个纯然绝对、远离尘世、洁净广阔的世界，理借气而存在，因万物而展开。

为使理—气—物—理的内在逻辑结构在整体上达到贯通圆融的效果，朱熹提出了“理一分殊”“理之流行”“太极动静”“道之流通”等理论与命题，其中的“理一分殊”实为朱子学说之骨架。

朱熹曾对“理一分殊”阐释道：“一理之实，而万物分之以为体。”现实存在的分殊现象，就是理，就是本质。万物的存在就是现象，现象本身就是理，理是一切现象的总和，正所谓“一月普现一切月，一切水月一月摄”。对此，朱熹进一步解释道：“万物皆有此理，理皆同出一源，但所居之位不同，则其理用之不一……物物各具此理，而物物各具其用，然莫非一理之流行也。”

若用现代哲学观点对“理一分殊”进行解释，那就是理是人的意识，自我意识渗透于存在之中，存在的现象是多维多层的，理也只有在这林林总总的存在现象中得以体现。

有了“理一分殊”，自自然然就引出了朱熹的方法论——“即物穷理，格物致知”。万物无不折射天理，通过对物质的剖析、理解，即可获得渊博的知识及对世界的正确认识。“格物是物物上穷其理，致知是吾心无所不知。格物是零的说，致知是全体说。”然后，再过渡为“格物致知，正心诚意、齐家、治国、平天下”的政治抱负。

作为中国古代历史上百科全书式的巨人，朱熹学说博大而精深，除独特的哲学思想外，还有政治学、心性论、道德论、伦理学、经济思想、文学思想、教育思想、自然科学思想、美学观、历史观，等等。这些学说、思想、观点全部围绕理—气—物—理的哲学逻辑结构展开，比如具有理的性为“天命之性”，理与气相杂的性叫“气质之性”。“天命之性”与“气质之性”，也即理与气的关系，构成了朱熹的心性论；理是没有“物欲”的“道心”，气是具有“物欲”的“人心”，由此形成朱熹“存天理，灭人欲”的伦理道德论；夏商周三代，天理流行，属王道政治，此后则“人欲横行”，谓霸道政治，王霸之辩构成了朱熹的历史观……

只要我们理解朱子学的基本特征是将伦理上升、超拔为本体的高度以重建人的哲学，理解了朱熹哲学思想中“理—气—物—理”的内在逻辑结构，“理一分殊”的核心骨架，“即物穷理，格物致知”的方法论，于朱熹理学就可勾勒出一个较为明晰的轮廓，窥一斑而见全豹。

四

当朱熹以一个学者的身份出现在我们眼前时，他是一个伟大的巨人。

他悠游于山水之间隐居沉思，苦苦经营、构建自己的理学大厦，所达到的深度、广度，在中国古代思想上无人能出其右；其著述之多，门类之广，不仅在古代学人中首屈一指，即使后人也无法望其项背，他的著作主要有《四书集注》《诗集传》《楚辞集注》《太极图说解》《通书解》《西铭解》《通鉴纲目》等七十多部，四百六十多卷。朱子理学为传统儒学注入了一股新鲜的活力，使得儒学在与佛、道的竞争中日渐占据上风，由衰疲的低谷回复到原先的主宰地位。特别值得肯定的，是朱子学的创新，他那严谨的逻辑、深刻的理论及对认识论的发展，使得中国哲学的思辨水平及思维能力达到了一个前所未有的崭新高度；朱熹经常运用的思维方式主要有义理思维、象数思维、辩证思维、整体思维、类推思维，对中国的传统思维方式产生了深远的影响；他对理想人格、理想社会的追求，以道义为标准的价值取向及“中为贵”“和为贵”的原则标准，积淀在民族文化的深层结构之中；他排除宗教神学倡导人文精神，控制感情注重理性自觉，强调道德修养与道德自律，去私欲重责任，这些都已成为中华民族精神的一个有机组成部分。

作为教育家的朱熹，也是成就卓著，声名远播。

他授徒讲学，足迹遍及福建、江西、安徽、湖南、浙江等地，特别是留在庐山白鹿洞书院与长沙岳麓书院的坚毅身影与自信声音，仿佛穿越了漫漫时空，影响至今。无论外出讲学，还是为官从政，也不论走出多远，时间多久，朱熹最后总得归返武夷山，只有这里才是他真正的“大本营”。陶醉在绵延起伏的青山与碧波荡漾的绿水间，朱熹可以忘却一切荣辱，可以在沉思冥想中与自然融为一体，可以回归本真达到圆融无碍的天人合一，可以尽情地发挥、宣讲、传授自己的心得学说，通过无数弟子的传播，将日渐完善的朱子学说如种子般撒向中华大地……

在武夷山灵动的山水间，我见到了一个自然率性的朱熹。

武夷山誉为道南理窟，实乃名不虚传。先于朱熹的闽北理学家在此点燃了薪火，经由朱熹的发展、完善，构建了一个蔚为壮观的完整体系。为使学说发扬光大，朱熹广收门徒，聚众授课，他在闽北的讲学基地主要有三处，按所建顺序，分别为建阳寒泉精舍、崇安武夷精舍及建阳考亭。那些冲着真理而来的八方学子，有姓名可考者五百一十一人，著作问世者六十八人，仅武夷精舍培养的著名学者就有四十三人。正是这些门生的努力，使得朱子学说传遍福建，成为名副其实的闽学，然后又由一门地域性学说上升为具有广泛性的显学，超越于其他所有学说之上，主宰中国思想、学术地位长达七百多年之久。

朱熹的教育是成功的，他的人格魅力、精深学说得到了广大学子发自内心的尊崇与信奉。他一生创办书院二十七所，门生数千人。朱熹死时，理学仍被朝廷视为“伪学”遭到禁绝，作为“伪学魁首”的他，在世俗社会特别是势利者眼中，是一位避之唯恐不及的“瘟神”。然而，他的死却深深地牵动了遍及四面八方的学徒门生，他们决定聚集在信上之地，举行一次大规模的会葬。当权者获悉，采取种种手段严加防范。尽管如此，朱熹下葬于建阳九峰山大林谷时，仍有近千人前来奔丧祭奠，《宋元学案补遗》则说“会葬者六千人”。在一个偏远的山区小县的一个更为偏远的山谷之地，又有统治当局的禁绝与防范，一下子涌出近千人或六千多人，该是一种怎样的声势与威力呵！

相比之下，作为朝廷官员的朱熹，则基本上是失败的。

关于朱熹从政，据今人高令印考证，“朱熹任同安县主簿三年，知南康军二年，提举浙东常平茶盐公事九个月，知漳州一年，知潭州二个月，任焕章阁待制兼侍讲四十日，累计方逾七年”。也有资料说他“仕于外者”不是七年，而是九年。当我核对有关资料后，发现这两年的误差出在同安主簿之任上，有写三年，也有说任期五年的。不论从政的累计时间是九年还是七年，与他长达近五十年的从学经历相比较，显然是短而又短了。朱熹做学问给我的印象，大有一种游刃有余的潇洒，哪怕与论敌辩争，也表现出一定的风度与大度，并且最后获胜的总会是他。然而，他在为官从政时，则屡屡受挫。一旦遭受挫折，朱熹总是回到山清水秀的武夷山舔舐伤口，在学问中找回迷失的自我，找回“登泰山而小天下”的自信。

朱熹十八岁贡于乡，十九岁中进士第，绍兴二十三年（1153年）秋天赴同安担任主簿时还只有二十三岁。南宋时期，土地集中、贫富分化十分严重，朝廷决心予以整顿，于是开始了一场全国范围的声势浩大的正经界运动。所谓正经界，就是勘查田亩，丈量土地，扭转隐田漏税、赋税不均的社会弊端。同安的土地兼并十分严重，而推行经界却在汀漳泉三州遭到了豪右势力的强烈反对。朱熹以区区同安主簿之职，不顾上司停罢经界的禁令，在县令陈元滂的支持下，自行清查版籍田税，多少收到了一定的实效。然而，随着全国各地正经界运动的由盛而衰、纷纷“中辍”，朱熹欲将经界推行到底的愿望不得不以落空或者说失败而告终。美好的理想在残酷的现实面前，往往一败涂地，这几乎是所有中国古代真正文人从政不得不面临的尴尬而悲惨的命运。推行经界不成，朱熹目睹百姓苦难，上书减免赋税，也得不到上司的半点反应。又将精力转向整顿吏治，结果更是触动了不少权贵的既得利益，遭到明里暗里的掣肘与反对。历经五年（一说三年）宦海沉浮，面对江河日下的南宋封建衰世，朱熹不得不仰天长叹，自甘退避深山。

此后几次为官，也是浮沉不已，或罢官遭贬，或主动离职，多则一年，少则一两个月。好在朱熹并不汲汲于事功，也就没有失职后的失落，而是重拾理学，以更加饱满的激情与力量，寻找另外的济世途径——通过理学良方救治衰疲的社会与颓败的世风。

然而，当朱熹将自己设计的一整套理想方案付诸实践与实施时，我们发现，此时的朱熹，不禁陷入一种无法逃避的悲哀之中。

书斋里的设计，大脑中的想象，推导出的理论，不论它们多么理想多么完美，总与现实存在着一定的差距，一旦施行，也许会沿着理论家、学问家、设计家的相反方向运行。

朱熹由天理推导人伦，以伦理推导一切，强化宗法伦理道德："仁莫大于父子，义莫大于君臣，是谓三纲之要，五常之本，人伦天理之至，无所逃于天地之间。"他认为三纲五常具有至高无上的绝对性、永恒性与普遍性，将其提高到形而上本体的天理高度，用来说明现实社会伦理道德的合理性，使之成为社会生活和国家政治的最高准则。

我从不怀疑朱熹那崇高的道学人格，在"为天地立心，为生民立命，为往圣继绝学，为万世开太平"的豪言壮语与豪迈情怀下，为"穷理"而奋斗终生。只要一有机会，朱熹就会将他由天理而推导出的一套理论抛向社会：在近百封奏札里，他运用"存天理，灭人欲"的原则评议朝廷得失：在为官从政的日子里，也是念念不忘将其付诸实践。而换回的结果，在某些方面却适得其反。

朱熹在同安任主簿时，还兼有"学事"一职。同安地处偏远海滨，开发虽早，但文化教育一直较为落后，"民俗强悍，民风不醇"。当主簿工作受挫后，朱熹将主要精力几乎全部花在了县学教育上。那时的他尽管年轻，但已熟谙理学精髓，“其教人无非格言至论”。他行使学事职权，修建尊经阁，藏书九百多卷；在大成殿后建教思堂，向县民士子灌输封建伦理纲常。为“使父子、君臣、夫妇、长幼、朋友各尽其道”，朱熹不辞劳苦，几乎走遍了同安的山山水水。每到一地，都要“敦礼义，厚风俗”，不遗余力地“教化”民众，贯彻他的“志道、据德、依仁、游艺”四大教育口号。古代的同安县包括如今的厦门市区、厦门同安区、翔安区、龙海角尾及台湾金门县，就连当年孤悬海中的金门荒岛，朱熹也渡海登岛采风，“以礼导民”，建燕南书院，开创了金门岛“家弦户诵”文明之风。朱熹当年在同安题写的“同民安”匾额，“安乐村”题刻，“寒竹风松”“战龙松”石刻，“灵源”“太华岩”墨迹等，至今留存；一些关于朱熹的故事、传说及体现他具有先见之明的“朱文公谶”，也在民间广为流传；朱熹的形象，仍受到当地民众的景仰。

朱熹在被誉为朱子学的开宗圣地同安所进行的坚毅努力，一方面使得这里的文化教育水平得到了极大的提高，呈现出“海滨邹鲁，文教昌明”的气象，南宋时同安出进士二十三人，明代又有文武进士一百零六人；另一方面，同安文化教育的普及与提高，是以朱熹理学为支撑的结果，也就是说，伴随着文明的兴盛与出现，朱熹的“三纲五常”“三从四德”也深入人心，严重地毒害了广大百姓，妇女受害最深，摧残尤烈。受“朱子家礼”影响，“女子出门，必蔽其面”，遮面的花头巾美其名曰“文公兜”。据有关学者考证，闽南惠安女今日出门，仍披戴头巾，就是当年同安风俗在闽南地区的传播、影响与留存。在“饿死事小，失节事大”的桎梏下，一个个鲜活而美丽的生命以自戕的方式，获取所谓的烈女、贞节、节孝之名，换来一块块冰凉冷漠的节孝匾及一座座死气沉沉的贞节坊。同安县在明、清两代的节妇多达一千一百五十多人，而这仅仅是载入《同安县志》的数字，没有进入县志视野的实际人数肯定更多。“理学杀人”，并非虚言。

三十七年后，年逾六旬、思想成熟的朱熹以理学大师的身份又一次来到闽南，出任漳州知事。他采取正经界、蠲横赋、敦风俗、播儒教等措施在漳州地区开展全面变革，以图“振民革弊”。一年任期内，朱熹只在整顿学校、吏治与民风上取得了一点成功，其他方面乏善可陈。他创建紫阳书院，出版《四书集注》，提出“身修家齐，风俗严整，人心和平，万物顺治，隆及后世”的办学方针，对当地文化产生了深远影响，朱熹理学也在闽南迅速传播，并扎下根来。正因创办推行教化的紫阳书院，此后才在漳州、同安有了朱熹“紫阳过化”之说。

自朱熹在同安、漳州“过化”之后，属闽南文化圈的厦门、泉州、漳州三地的理学形成了一股风起云涌的思潮，大兴孔庙，尊孔读经，以朱熹理学为社会、人生准则，严重束缚了当地民众的生命活力与创造能量。生于泉州的明代哲学家、思想家李贽就因为受不了理学之风的压抑与摧残，不得不远走他乡，隐居湖北红安、麻城。叶落归根，是广大民众无法化解的一种内在情结，而年迈的李贽正好相反，只要一提回乡，他的心头就会生出无限反感乃至仇恨，矛头直指故乡盛行的僵化儒教与吃人理学。

在研究福建地域文化时我发现，鸦片战争后，同属福建的厦门与福州作为东南沿海五口通商的其中两个口岸，在西方文明的冲击下，近代福州涌现出林则徐、严复、沈葆桢、林纾等一大批影响深远的伟人、巨人与名人，而同样得风气之先的厦门却严重缺席，一个也没有。究其根源，应该说与朱熹不无关联，正是他在闽南地区如火如荼推行的封建理学，长期以来似一道无形的枷锁，压抑了当地民众的锋芒与激情，束缚了他们的思想与个性，禁锢了他们的创造与活力。

淳熙六年（1179年）三月，朱熹前往江西星子县，“知南康军”。除忙于办赈济、减赋税、筑江堤等政事外，仍旧不忘宣扬“道学”并付诸实践。他要求当地士民、乡邻、父老集会，教诫子弟修孝悌、行忠信、入事父兄、出事长上；他让他们推择子弟，进入他在唐代文人李渤的隐居之地复建的白鹿洞书院读经学习；他将“父子有亲，君臣有义，夫妇有别，长幼有序，朋友有信”作为“五教之目”赫然列入《白鹿洞书院学规》之中。

绍熙五年（1194年）五月，朱熹知潭州荆湖南路安抚使，时间虽只两个月，不仅以镇压与诱降相结合的方式平定了当地的农民起义，还干了有生以来唯一的一件直接杀人事件。这本是一桩可以免却的“差事”，因朱熹人为的干预介入，也就显得格外血腥残酷。这年七月，光宗禅位，宁宗继任，朱熹得到丞相赵汝愚密报，新皇准备召他进京担任侍讲。新皇登基，一般都要大赦天下罪犯。于是，朱熹抢在大赦令颁布之前，从狱中提出十八名重犯“立斩之”。朱熹在下达立斩令时，肯定是一副怒不可遏、咬牙切齿的样子，连眼都不会眨一下，因为这些罪犯都是有悖他心中理学原则的“大恶之人”。由此，不禁想到了孔子因政见不同诛杀少正卯之事，哪怕数一数二的大儒，面对异己，骨子里也是一副不能相容的残忍。统治者定儒学于一尊，利用儒教压制诸子百家，束缚广大民众，不过是儒家精义的部分扩展与发挥罢了。

五

朱熹为官，断断续续不过七年（或九年），将理学思想付诸社会实践的范围与影响毕竟有限，所带来的悲哀还只是一种小悲哀。当统治者将朱子理学上升为封建社会的最高准则，凌驾于广大民众之上时，则给中华大地带来了一场深重的灾难，形成了长达七百多年的民族大悲哀。

朱熹生前，理学并不见容于朝廷，朱熹本人也迭逢厄运，屡受打击。在因政治之争而带来的党禁与学禁中，理学常以“伪学”之名屡遭禁止。朱熹死前四年，因担任皇帝侍讲时卷入政治纷争，他遭遇了平生最大的一次风浪与险恶。先是叶翥上书皇帝，说朱熹是伪学之魁，建议将道学家的书籍尽行销毁。然后，监察御史沈继祖又站出来指控朱熹十大罪状，说他不给母亲好米吃，是“不孝其亲”；引诱尼姑二人为宠妾，是不修其身；还找出一些其他的证据，说他“玩侮朝廷”“不敬于君”“不忠于国”……犯有如此大恶之人，自然是不杀不足以谢天下，“乞斩熹”也就是一项顺理成章的要求了。

沈继祖所列罪证，有的纯属诬陷，早年的朱熹就在《孝经》上写过“不若是，非人也”的语句，父亲早死，他的生活教育，全靠寡母，对母亲也就格外孝敬。朱熹一生时间多用于讲学，生活收入主要依靠经营刻书售书，手头拮据无法让母亲吃上好米，这种情况不可能没有，但以此为据说他“不孝其亲”，就有点小题大做甚至冤哉枉哉了；而“不敬于君”“不忠于国”之类的词语，明眼人一看就知是在不择手段，无限上纲；所有罪状中，最值得抨击的就是引诱两名尼姑之事。在一妻多妾的封建社会，纳妾也属正常，朱熹夫人早逝，作为一个有着正常生理欲望的男人，与女人相处也不为过，只是这种行为与他宣扬的“存天理，灭人欲”自相矛盾，最最关键的是不该弄错对象，去找什么尼姑。

朱熹虽然只当过四十天的经筵侍讲，但他毕竟是新皇的老师，自然不会治他的死罪。但是，宁宗还是将朱熹“伪学”打成“逆党”，共有大小五十九名官员受到牵连，列入《伪学逆党籍》中。宁宗还诏令以朱熹为首的道学伪徒“改视回听”，否则“必罚无赦”。一时间，弄得朱熹门人故交，人人自危，不少人路过其门，也害怕得不敢入内。直到朱熹死时，被斥为“伪学”的理学仍未解禁。

从小就立志做一位“圣人”的朱熹，虽在生前没有看到自己的无上显赫与尊荣，但对自己的学说及未来，似乎充满了一股强烈的自信。“非徒有望于今日，而又将有望于后来也。”朱熹寄希望于“后来”的预言，在他死后九年就开始变为现实，那些荣耀与光环接二连三地蜂拥而至，甚至超过了他的期望与想象，达到了登峰造极的地步。

嘉定二年（1209年），还是那个下诏将朱熹“伪学”列入“逆党”的皇帝宁宗，突然回心转意了，下诏赐朱熹遗表恩泽，谥曰文，称“朱文公”。一年后，又追赠朱熹为中大夫、宝谟阁学士。再过两年，即嘉定五年（1212年），将朱熹的著述《论语集注》与《孟子集注》列入学官，作为国家法定的教科书。

如果说宁宗对朱熹的平反带有某种平衡政治的味道，那么此后帝王对朱熹的封赐、追捧、利用与造神，则是认识到他的理学思想可起到恢复王道之治、稳定社会秩序的重要作用。1227年，理宗下诏“特赠熹太师，追封信国公”，并按祭祀孟子的规格礼仪来祭祀朱熹；1269年，度宗下诏，赐朱熹祖籍婺源为阙里，差不多将他抬到了与孔子相提并论的地步；元朝作为入主中原的蒙古异族，统治者也利用朱熹稳固自己的政权，元仁宗恢复科举，诏定以朱熹《四书集注》为内容考试天下士子；1335年，元惠宗下诏兴建朱熹祠庙，自此以后，朱熹文庙受到历代统治者的顶礼膜拜；到了明代，朱元璋更加推崇朱学，以朱熹的《四书集注》和《五经》命题试士，明廷下令天下学宫祭祀朱熹，以至于有“重朱子所以重孔子”之说，朱熹的正统地位巍然耸立，无可动摇；清朝入关，仍利用朱熹理学，认为“朱子者，天下之朱子也，万世之朱子也”，此后哪怕有圣人再出，也不可能超过朱熹了；1712年，清康熙帝谕旨，将朱熹牌位从孔庙东庑先贤移到大成殿“十哲之次”，配享先圣，并规定在朱熹文庙每年春秋之时，举行两次隆重祭典，康熙还称道朱熹是“集大成而绪千百年绝传之学，开愚蒙而立亿万世一定之规”……在封建帝王的推崇与操纵下，朱子理学由区域化、民间化走向普世化，一个偶像化的造神运动终于完成，朱熹由一名学子，跃升为人们景仰、供奉、朝拜的万世圣人与新的神祇。

要达到国家一统、社会稳定、长治久安的目的，就必须禁锢自由、统一思想，朱熹理学正好迎合了封建统治者的心态，并与专制集权的历史传统、现实土壤十分吻合。随着统治者的推波助澜，朱熹被抬到了无以复加的尊崇地位，闽学由一个地域性学派跃升为统治者的精神支柱，多次遭禁的理学成为官方的意识形态，朱子学成为凌驾于一切学问、理论、流派之上的统一思想。自朱熹理学主宰中国思想历史的舞台之后，佛、道就再也没有还手与反击之力了，即使那些少而又少的反朱攻朱者，也出自儒学同门。在“唯此唯大”的七百多年时间长河中，朱熹思想对中国古代社会的政治生活、文化结构、伦理道德、理想人格、价值取向、思维方式、生活方式、风俗习惯等方方面面产生了极其重大的影响，并在某种程度改变了民族的心理结构与文化基因。

汉代定儒家于一尊，贬抑诸子百家，传统思想受到了严重束缚；而理学只是儒学的一个流派，朱子学又是理学中的一个分支，可以想见的是，当作为儒学流派之一的又一个分支的朱子理学上升为整个社会的指导思想之时，会给华夏民族造成怎样的束缚、狭隘与短视。束缚越来越紧，道路越走越窄，识见越来越短，思想、学术、理论全给规范在朱子理学的唯一封闭通道内，对天道、自然、人生的阐释只有朱熹一人通过《四书集注》《五经》在形销骨立的科举学子笔下发出微弱的声音，道德的绝对化走向了朱熹复归人性的反面，整个民族的生命本能、创造活力、昂扬激情给损耗、消磨于无形之中，人心麻木，社会停滞，民族积弱，七百多年的漫长时光也因此而变得凝固、喑哑与黑暗。西方著名学者马克斯·韦伯曾一针见血地指出道，儒学缺乏深层的文化动力实现自身变革，是一种不能推动社会转换的保守意识形态，也是扼杀资本主义萌芽的祸首。儒学如是，作为分支的理学更甚。

这是朱熹的悲哀，更是整个民族的悲哀！

在民族的记忆深处，理学家是那样的愚昧、迂腐、残忍，“理学杀人”的毒害与惨祸是那样剧烈，道学成了虚伪、空谈、古板、矫饰、顽冥、乖戾的代名词，一句“人死于法，犹有怜之者，死于理，其谁怜之”的话语，道出了数百年来广大民众在理学阴影笼罩下不得不承受的辛酸、悲哀、痛苦与无奈。因此，当西方文化传入中国，自戊戌变法特别是“五四”新文化启蒙运动以来，无数仁人志士、思想家、文学家、政治家，都对封建理学予以悲愤的控诉与猛烈的抨击。在“打倒孔家店”的呼声中，朱熹的光环逐渐消失；到了“文革”时期的评法批儒，批林批孔批朱熹，朱子学被视为反动的吃人哲学，朱熹的声誉几乎跌至零点，特别是在“法家爱国，儒家卖国”的评价准则下，朱熹由大圣人一变而为投降派、卖国贼，成为民族的罪人。

当我们从多维的视野出发，对朱熹进行描述、透视与评说，就会变得客观、平和而公允，他既不是笼罩着神圣光环的圣人，自然也不是罪人；“理学杀人”对民族的戕害，是历代封建统治者对朱熹思想、学说、理论的利用，不能将理学所带来的一切罪过堆砌在朱熹一人头上；就哲学思想、学术成就及授徒讲学、传播文化而言，朱熹是一个成功的哲学家、教育家，算得上一位历史伟人；随着社会的发展，朱熹理学不可避免地与现代社会产生一些矛盾与冲突，如重义轻利价值观与社会生产力发展的矛盾，社会本位与个性自由的矛盾，修身养性与建功立业的矛盾，人治思想与法制建设的冲突，崇古意识与开拓精神的冲突，专制思想与现代民主的冲突……这些与现代社会格格不入的矛盾与冲突，都是我们应该肃清的消极因素与负面影响。然而，我们也应该看到，朱熹及其理学也积淀着不少可资弘扬的思想精华，如刻苦精进、自强不息、崇尚气节的人格，兼收并蓄、兼容并包的气度，克己奉公、道德自律的精神，等等，都是民族的宝贵财富。如果我们能够很好地将这些文化精髓进行创造性的转化，对当下的现代化建设定能起到一定的推动作用。

在中西文化的碰撞与交融中，在全球一体化的背景下，儒学及理学既不可能复兴，也不会在短时间内全然消失。儒学两千多年对国民性的改造与塑造，理学七百多年对中国传统思想的绝对统治，已形成一股巨大的历史潜流，仍绵延不绝地流淌在我们脚下的土地，作用于我们的现实生活。面对这一不得不正视的事实，关键在于我们如何反思、扬弃与超越。

辛弃疾

莫砺锋

一、却将万字平戎策，换得东家种树书

南宋绍兴十年（1140），辛弃疾出生于山东济南。此时上距靖康事变已有十三年，宋金隔着淮河对峙的局势也已维持了十年。辛弃疾虽然出生在金人占领的地区，但他自幼接受祖父辛赞爱国思想的熏陶，始终把南宋视为自己的祖国。辛赞其人，在靖康事变时因家口之累未能脱身南奔，后来被迫接受了金国的伪职，但内心始终忠于宋朝，盼望着有机会为恢复故国出力。他经常带着年幼的辛弃疾登高望远，指点江山，还曾让辛弃疾两度北上燕京，观察形势。辛弃疾幼时不但诵习经典，撰写诗文，而且熟读兵书，苦练武艺。辛弃疾就在这种特殊的环境中成长起来了，他不像宋代文坛上常见的手无缚鸡之力的文弱书生，而是一位肤硕体壮、颊红眼青、目光有棱的壮士。

绍兴末年，金主完颜亮为了南下攻宋，对中原地区横征暴敛，残酷镇压。河北、山东一带的汉族人民早就苦于金人的残暴统治，大大小小的抗金起义从靖康以来一直没有中断，此时更是风起云涌，烽烟遍地，其中以济南耿京率领的义军规模最大，号称二十五万人。二十二岁的辛弃疾也聚众两千人，投奔耿京。耿京的义军本以农民为主，如今来了一位青年文士，他喜出望外，任命辛弃疾为掌书记。当时有一个名叫义端的和尚，自行纠合千余人起义反金。经辛弃疾的劝告，义端率众前来投靠耿京。不料义端很快就生异心，从辛弃疾处窃取军印，逃往金营。事发后辛弃疾亲自追赶，生擒义端并当场斩首，夺回军印。掌书记的职责本是掌管书檄文告，然而辛弃疾不但能下马草檄，而且能上马杀贼。不久，辛弃疾力劝耿京归附南宋朝廷。耿京听从其言，便命辛弃疾起草章表，并派副将贾瑞南下接洽，辛弃疾随行。次年正月，贾、辛等人到达建康（今江苏南京）觐见正在那里视师的宋高宗，完成使命后即返回山东。没想到才到半途，便传来了不幸的消息。原来新近登基的金世宗采取措施瓦解各路反金义军，耿京已被其裨将张安国杀害，其麾下义军也已溃散大半。在此紧急关头，辛弃疾亲率骑兵五十人，深入金境六百里，直奔张安国所在的济州，乘其不备直入其五万人的大营，生擒张安国系于马上，当场号召耿京的部分旧部反正，然后星夜兼程，渡过淮河、长江，直抵临安，献俘于朝廷而戮之。这段战斗生活给辛弃疾留下了深刻的记忆，请读其《鹧鸪天》：

壮岁旌旗拥万夫，锦襜突骑渡江初。燕兵夜娖银胡𩨑，汉箭朝飞金仆姑。　　追往事，叹今吾。春风不染白髭须。却将万字平戎策，换得东家种树书！

上片追忆铁骑渡江的戎马生涯，雄壮奔放，豪气盖世。下片悲叹晚岁归隐田园，机会尽失，壮志难酬。从总体上看，此词仍是一首慷慨激昂的壮词，无怪多年之后，洪迈仍赞之曰："壮声英概，懦士为之兴起！"（《稼轩记》）

南归之后，辛弃疾被任命为江阴军签判，开始了仕途生涯。不久，宋高宗退位，孝宗继位。孝宗有恢复之志，登基后即任主战派张浚为枢密使，都督江淮东西路军马。辛弃疾闻之，冒昧前往建康求见张浚，面陈攻金之计。隆兴二年（1164），辛弃疾改任广德军（今安徽广德）通判。次年，他不顾官职低微，越职上书，向孝宗上呈《美芹十论》。"十论"者，"其三言虏人之弊，其七言朝廷之所当行"。兵法云：知己知彼，百战不殆。辛弃疾的"十论"，体现了他对敌我双方实际形势的深刻理解，从而提出了深谋远虑且切实可行的战略方针。他一针见血地指出南宋朝廷长期奉行的求和路线之不可行："秦桧之和，反以滋逆亮之狂。彼利则战，倦则和，诡谲狙诈，我实何有？"还鼓励孝宗效法扫平突厥以雪国耻的唐太宗："惟陛下留乙夜之神，沈先物之几，志在必行，无惑群议，庶乎'雪耻酬百王，除凶报千古'之烈无逊于唐太宗。"一个位居州郡副职的小官，又是深受朝廷猜忌的"归正人"，竟然如此直言不讳地上书皇帝建言国家大政，不但体现了辛弃疾的远见卓识，而且表露其忠肝义胆。正如其表中所云："负抱愚忠，填郁肠肺！"

乾道三年（1167），辛弃疾升任建康府通判。又过了三年，辛弃疾任满回临安，受到孝宗的召见，后授司农寺主簿。不久，他作《九议》上呈宰相虞允文。《九议》也是长篇奏议，它不但对《十论》中的意见作了更深入细致的论说，还补充了关于练军、造舰、用间等具体的战术，更重要的是，《九议》旗帜鲜明地阐述了抗金事业的正义性和必要性："且恢复之事，为祖宗，为社稷，为生民而已。此亦明主所与天下智勇之士之所共也，顾岂吾君吾相之私哉！"联想到宋孝宗与虞允文皆有恢复之志，而朝廷中仍有不少畏葸苟安之臣、主和之论时时沉渣泛起的事实，辛弃疾的这番议论可谓义正词严的正义之声。辛弃疾二十五岁上《十论》，三十二岁又上《九议》，思虑深刻而言辞剀切，丝毫不见轻率浮浅的缺点，这是他平生积储胸中的真学问，真本领。诚如朱熹在《朱子语类》卷一三二中所言，辛弃疾是一位难得的"帅材"。可惜历史没有给这位帅材提供一展身手的机会！

从三十三岁到四十二岁的十年里，正当盛年的辛弃疾频繁地调动官职，用他自己的话说，便是"顷列郎星，继联卿月。两分帅阃，三驾使轺"（《新居上梁文》）。南宋朝廷对于从中原沦陷区归来的人士一向心存猜忌和轻视，"归正人"这个称呼就多少带有轻蔑的意味。辛弃疾当然也不例外。虽然他文才武略都很出众，仍然难得朝廷的信任重用，经常在外地任职，且朝命暮改，很难在一个职位上尽心尽责。尽管如此，辛弃疾还是取得了不俗的政绩。乾道八年（1172），辛弃疾任滁州知州。这是他第一次担任独当一面的地方长官，可惜滁州虽属上州，但地处宋金交战的要冲，屡经兵火的蹂躏，已是一片荒芜。辛弃疾到任之时，城邑荡然成墟，惨不忍睹。难怪某些朝臣称滁州为"极边"可弃之地，甚至不愿到那里为官。辛弃疾则认为地处淮南的滁州正是南宋的战略要地，是保卫江南的重要屏障，尤需下力整治。他下马伊始，即日夜操劳。他招抚流民，为他们提供安居耕垦的必要条件。他招徕商贾，减免他们的税收。两年之后，滁州的面貌大为改观。城里新建了名为“繁雄馆”的市场，又修成一座供市民游观的“奠枕楼”，民兵屯田的局面也基本形成。淳熙二年（1175），辛弃疾自仓部郎中出任江西提点刑狱，其主要任务是节制诸军，扑灭横行湘、赣一带的赖文政茶商军。茶商军原为盗贩茶叶的武装商贩，后来发展成公然与官府对抗的流寇。赖文政其人足智多谋，他率领的茶商军不但啸聚山林，而且屡败官军，震动朝廷。辛弃疾受命于危难之际，到任后即调集兵力，拣汰老弱，择其精壮者扼守要冲；又征集熟悉地形的当地乡丁，组成敢死军深入山林尾随追击。茶商军疲于奔命，溃不成军，终于接受了辛弃疾的招降。辛弃疾将赖文政押至赣州处死，对余众或遣散归乡，或招募为兵。短短的两个月中，被周必大称为“上烦朝廷，远调江、鄂之师，益以赣、吉将兵，又会合诸邑土军弓手几至万人，犹未有胜之之策”（《论任官理财训兵三事》，《周益公文集》卷一三七）的茶商军，即被辛弃疾彻底敉平。牛刀小试，便体现出辛弃疾卓越的军事才能。只可惜如此杰出的才略未能到抗金战场上充分地施展一番！

尽管辛弃疾在各种职位上都表现出过人的才干，但他毕竟是一个“归正人”，越是有才就越是遭忌。况且辛弃疾性格刚强，作风泼辣，与朝廷上下懦弱苟且的固有习气格格不入，难免受到朝臣的无端攻讦，被劾罢官是早晚之事。早在淳熙六年（1179），辛弃疾便对此有所觉察，且极为郁闷，请看此年所写的《摸鱼儿》：

更能消几番风雨，匆匆春又归去。惜春长怕花开早，何况落红无数。春且住，见说道，天涯芳草无归路。怨春不语。算只有殷勤，画檐蛛网，尽日惹飞絮。　　长门事，准拟佳期又误。蛾眉曾有人妒。千金纵买相如赋，脉脉此情谁诉？君莫舞。君不见，玉环飞燕皆尘土。闲愁最苦。休去倚危栏，斜阳正在，烟柳断肠处。

此时上距辛弃疾铁骑渡江已有十七年了，他的一腔热血无处可洒，满腹经纶更无处可施。虽然沉沦下僚，流转外任，他也没能躲避各种流言蜚语的中伤，甚至接连不断地受到朝官的诽谤和攻讦。雄心壮志根本无法实现，岁月却在无情地消逝。暮春时节，落红无数，词人心里的苦闷无处倾诉。于是他像行吟泽畔的屈原一样，用“美人芳草”的隐喻意象来诉说心曲。这种欲言又止的低沉心声，出于性格豪迈的英雄之口，这是何等的无奈！辛弃疾在《论盗贼札子》中对孝宗说：“臣生平刚拙自信，年来不为众人所容，顾恐言未脱口而祸不旋踵。”这种畏祸心理，便是我们解读《摸鱼儿》的必要前提。

于是辛弃疾未雨绸缪，在信州（今江西上饶）城北的带湖之畔买地筑屋，准备退职后前往归隐，他将新居的一间命名为“稼轩”，自号“稼轩居士”，且作《沁园春》以见意：

三径初成，鹤怨猿惊，稼轩未来。甚云山自许，平生意气；衣冠人笑，抵死尘埃。意倦须还，身闲贵早，岂为莼羹鲈脍哉！秋江上，看惊弦雁避，骇浪船回。　　东冈更葺茅斋，好都把轩窗临水开。要小舟行钓，先应种柳；疏篱护竹，莫碍观梅。秋菊堪餐，春兰可佩，留待先生手自栽。沉吟久，怕君恩未许，此意徘徊。

词中对归隐生活的热爱是发自肺腑的，“惊弦雁避，骇浪船回”之句分明是指宦海风波之险恶，“意倦须还，身闲贵早”之句也清楚地表露了对官场丑态的厌恶嫌弃。果然，就在此词写成不久的淳熙八年（1181）之冬，辛弃疾终于因在湖南创建飞虎军时动用钱财太多等罪名受到言官弹劾，随即落职。从此，辛弃疾便在带湖闲居十年。直到光宗绍熙二年（1191）才得复出，任福建提刑，三年后再次被劾落职，复归带湖。庆元二年（1196），因带湖旧居失火，乃移居铅山期思之瓢泉，又在那里闲居七年。也就是说，从四十二岁到六十四岁的二十多年里，辛弃疾多半时间是在乡间闲居。虽然他重视稼穑，认为“人生在勤，当以力田为先”（《宋史·辛弃疾传》），虽然他热爱乡村，在带湖、瓢泉写下了大量优美的田园词，但他毕竟是时刻惦念着恢复大业的爱国志士，春雨江南的宁静生活怎能彻底取代胸中的铁马秋风？“追往事，叹今吾。春风不染白髭须。却将万字平戎策，换得东家种树书！”（《鹧鸪天》）虽是淡淡说来，却蕴含着多少辛酸和悲怆！在一个风雨交加的秋夜，辛弃疾借宿在一间乡村破屋里，夜深梦回，乃作《清平乐》：

绕床饥鼠，蝙蝠翻灯舞。屋上松风吹急雨，破纸窗间自语。
平生塞北江南，归来华发苍颜。布被秋宵梦觉，眼前万里江山。

独自打发寂寞的秋夜，却在梦中行遍万里江山，他是多么难忘那驰骋疆场的军旅生涯，他是多么难忘那沦陷的中原大地！

正如辛弃疾的好友陆游在《鹧鸪天》一词中所云：“原知造物

心肠别，老却英雄似等闲。”辛弃疾终于在漫长的乡居生活中耗尽了生命。宁宗嘉泰三年（1203），六十三岁的辛弃疾复出，知绍兴府兼浙东安抚使。次年改知镇江府。一年后罢归铅山。等到开禧三年（1207），辛弃疾被召为兵部侍郎，他终于等来了掌管兵权的要职，但此时的他已是六十八岁的老病交加之人，只能上表辞免。就在此年九月，这位龙腾虎跃的一代英雄因病去世。辛弃疾未能马革裹尸，更未能立功封侯，他的悲剧命运，若移用刘克庄《沁园春》词中的句子来予以评说，真是确切无比：

叹年光过尽，功名未立；书生老去，机会方来。使李将军、遇高皇帝，万户侯何足道哉！

二、雄才大略与事必躬亲

辛弃疾自幼怀抱保卫社稷、收复失土的雄心壮志，也具备明察形势、足智多谋的雄才大略。早在隆兴二年（1164），年方二十五岁的辛弃疾越职上书，向孝宗上呈《美芹十论》。七年之后，辛弃疾又向宰相虞允文上呈《九议》。《十论》与《九议》不是泛泛而谈的主战议论，而是在洞察大势的基础上提出的深谋远虑，堪称南宋初期最具远见卓识的战略纲领。当时的朝廷中，主和派往往一味夸大金人如何强大，宋军决非其敌手；而主战派则往往强调金人其实不堪一击，宋军可一战而收复中原。只有辛弃疾深明知己知彼的重要性，他在《九议》中指出：“凡战之道，当先取彼已之长短而论之，故曰：‘知己知彼，百战不殆。’今土地不如虏之广，士马不如虏之强，钱谷不如虏之富，赏罚号令不如虏之严，是数者彼之所长，吾之所短也。”他又指出，虽然金人的四点优势非常明显，但是我方也有四点优势：一是我方深得人心；二是我方可以迅速调集兵力，而金人后方遥远，召集兵力须一年方成；三是我方出兵由政府承担军费，金人则全取于民，会激起民变；四是金人渡淮攻我，前有长江天堑和我方舟师，仅能骚扰而已，而我方渡淮攻金，则可深入其腹地。在对敌我双方的优劣进行详尽分析之后，辛弃疾得出结论说：“彼之所长，吾之所短，可以计胜也。吾之所长，彼之所短，是逆顺之势不可易，彼将听之，以为无奈此何也。”这种分析显然要比胡铨等人仅凭义愤的主战言论更加切合实际。

南宋初年，有一种说法颇能蛊惑人心，即所谓“南北有定势，吴楚之脆弱不足以争衡于中原”。其根据是西晋灭吴、隋平南朝、北宋平南唐等史实。辛弃疾对上述史实进行了具体的分析，指出其都有偶然性而并非定势。更重要的是，宋金对峙的形势今非昔比，不能简单地套用历史。他还以秦楚之争的史实来驳斥所谓的“南北有定势”：秦国灭楚固然是“南北勇怯不敌之明验”，但后来项羽率楚军击败秦军，势如破竹，“是又可以南北勇怯论哉”？辛弃疾又进而针锋相对地指出：“古今有常理，夷狄之腥秽不可久安于华夏。”“夫所谓古今常理者，逆顺之相形，盛衰之相寻，如符契之必合，寒暑之必至。今夷狄所以取之者至逆也，然其所居者亦盛矣。以顺居盛，犹有衰焉，以逆居盛，固无衰乎？臣之所谓理者此也。不然，裔夷之长而据有中夏，子孙又有泰山万世之安，古今岂有是事哉！”

从理论上确立主战观点以后，辛弃疾又提出了具体的方略。首先是集中优势兵力固守沿淮前线，他指出从前宋军守淮的兵力过于分散："臣尝观两淮之战，皆以备多而力寡，兵慑而气沮，奔走于不必守之地，而撄虏人远斗之锋，故十战而九败。"他主张集中精兵十万，分屯于山阳（今江苏淮安）、濠梁（今安徽凤阳）、襄阳三处，再于扬州或和州（今安徽和县）置一帅府以统领三军。这样，无论金人从哪条路线来犯，我方都可以互相呼应，左右夹击，甚或骚扰其后方。他认为这不但符合孙膑关于"批亢捣虚，形格势禁"的军事思想，而且有孙膑围魏救赵以及后唐庄宗用郭崇韬之计轻兵袭梁的成功先例，故为上策。

其次是在淮南地区召集归正人屯田，他指出从前在淮南屯田所以没有成效，是由于只用军士，而军士的来源多为市井无赖，他们入伍的原因就是不愿从事生产，又迫于饥寒，如今让他们从事屯田耕种，肯定会心生怨愤，"所以驱而使之耕者非其人，所以为之任其责者非其吏，故利未十百而害已千万矣"。那么如何纠正呢？他指出不如改由归正人来从事屯田，因为归正人本身就是中原的农民，只因在异族的残酷统治下无法生存，才渡淮南归。他们南归时往往拖家带口，举族同迁，如果把淮南的无主田地分配给他们耕种，再为他们提供必要的生产条件，"彼必忘其流徙，便于生养"。辛弃疾还设计了具体的实行方案："归正之人，家给百亩，而分为二等：为之兵者，田之所收，尽以予之；为之民者，十分税一，则以为凶荒赈济之储。"

再次是确立对金作战的主攻方向。宋金对峙的局势确立之后，金人把关中、洛阳、汴京三处认作最关键的战略要地，重兵防守。南宋朝廷里议战时也经常把这三处认作主攻方向，此外也有人主张从海道出击。辛弃疾指出兵法以虚虚实实为上策，我方应该虚张声势，大力宣扬关中在战略上如何重要，洛阳乃北宋诸帝陵寝所在，汴京则是故都，来诱导金人重兵防守三地。事实上则把主攻方向定于山东：“今日中原之地，其形易、其势重者果安在哉？曰山东是也。不得山东，则河北不可取。不得山东，则中原不可复。”他具体分析了主攻山东的有利之处：山东地近金人的巢穴燕地，从山东北至河北无江河险阻；山东之民劲勇好战，故一旦战事起，我方“将以海道、三路之兵为正，而以山东为奇。奇者以强，正者以弱，弱者牵制之师，而强者必取之兵也”。

除此以外，辛弃疾还对一些貌似不急之务，却有关国家长治久安的问题提出对策。他指出历史上就有“楚材晋用”的史实，如今也有在南宋不得意的士人或匠人投奔北方为敌人效力的情况，一定要事先加以提防。他指出朝廷往往急于求成，故不能对宰辅或大将专信久任，却在朝夕之间责其成功，这种做法一定要改变。辛弃疾的这些建议，表面上不如上述数点那样切于时用，其实也非常重要，所以在奏议中详细地论述之，言辞剀切，富有说服力。例如关于培育军人的勇武精神，提升军队作战能力的意见，他痛心地指出南宋军队士气不振的致命缺点：“将骄卒惰，无事则已，有事而其弊犹尔，则望贼先遁，临敌遂奔，几何不败国家事！”他认为造成这种现象的一个原因是朝廷御将不得法，故“儒臣不知兵，而武臣有以要其上”。他提出了纠正这种局面的对策，就是调整御将之法。由于宋朝一向奉行重文抑武的国策，辛弃疾不能无所顾忌，故提议选择合格的文臣任军中参谋，让他们熟悉军务，但不能像唐代的监军那样妨碍将领的指挥权；同时让武臣既心存顾忌杜绝拥兵自重，又能充分运用他们指挥作战的实权。另一个原因则是军中苦乐不均，“营幕之间，饱暖有不充，而主将歌舞无休时。锋镝之下，肝脑不敢保，而主将雍容于帐中，此亦危且勚矣”。他还沉痛地指出兵士的悲惨命运及其严重后果：“不幸而死，妻离子散，香火萧然，万事瓦解。未死者见之，谁不生心？”在此基础上，辛弃疾提出了具体的解决办法，一是明令禁止将领为私事役使兵士，二是禁止将领冒领兵士的功劳，且厚恤牺牲的兵士。“如此则骄者化而为锐，惰者化而为力。有不守矣，守之而无不固；有不战矣，战之而无不克。”

辛弃疾的奏议，说明他是一位胸怀韬略的大将，而不是只知纸上谈兵的文士。他在论证南宋对金战争的正义性的同时，也不忘兵不厌诈的性质。比如他提出应灵活运用以卑辞重币以骄敌，用离间手法挑动金人内部纷争等谋略。他是熟悉时势、随机应变的军事家，而不是固执己见、不知变通的迂儒，比如南宋朝廷里常有关于迁都建康的意见，辛弃疾亦赞成此计，但又认为目前应该缓行，“故先事而迁，是兵未战而术已尽也”“故先事而迁，是趣虏人制中原之变也。此未可得而迁者也”。那么究竟何时才能迁都建康呢？他指出：“异时兵已临淮，则车驾即日上道，驻跸建业以张声势；兵已渡淮，则亲幸庐、扬以决胜负。”

辛弃疾虽然怀负经纶之才，但怀才不遇，落落寡合，他在《十论》中已慨叹说：“呜呼，安得斯人而与之论天下也哉！”然而他并未因壮志难酬而灰心丧气，更未因身居外任而敷衍塞责。无论居于何种职位，无论处理何种职事，辛弃疾都是全身心地投入其中，无分巨细，事必躬亲；不论难易，志在必成。淳熙七年（1180），正在湖南安抚使任上的辛弃疾决心创建一支有实战能力的地方部队。他上疏朝廷，建议依照广东路摧锋军、福建左翼军的先例，创建湖南飞虎军。获得朝廷批准后，他便雷厉风行地行动起来。白手起家创建一支军队，谈何容易！当务之急是修建营房，辛弃疾亲自筹划，解决各种困难。建造营房道路需要大量石料，他便征调当地囚犯往麻潭凿石，让他们以此赎罪减刑，很快就解决了问题。因整个工程耗费巨大，朝廷里有人反对，孝宗受到蛊惑，一度下旨停建。辛弃疾接到朝廷金牌后，匿不示人，下令限期一月建成营房。当时正值多雨季节，瓦坯无法晾晒，尚缺瓦二十万片，监办者束手无策。辛弃疾获悉后，立即下令潭州居民每户以一百文的价格向官府出让檐前瓦二十片，两日之内便全部凑齐。此外如招募兵员、添置兵器马匹等事务，辛弃疾莫不亲自操办，终于建成一支威震湖南的地方军队，成为长江江防的重要力量，连金人都颇为畏惧，称为“虎儿军”。辛弃疾在南昌赈灾的措施也是同样雷厉风行，他到任后发现灾情严重，人心惶惶，于是张榜严禁囤积闭籴和抢劫粮食，榜文只有八个字：“闭籴者配，强籴者斩！”结果很快就稳定了局势，进而取得良好的赈灾效果。这种快刀斩乱麻的处事方式，体现出军人的勇决性格及强悍作风，但与南宋朝野因循守旧、畏难怕事的习气格格不入，这也是辛弃疾屡遭猜忌的重要原因。

一般说来，胸怀全局者往往轻视琐碎的具体事务，而善办具体事务者往往器局狭小。辛弃疾兼有二者之长而无其短，与他素来敬佩的诸葛亮颇为相似。诸葛亮尚未出山便对天下形势了如指掌，准确地预料了日后蜀汉与魏、吴三足鼎立的局势。辛弃疾也有类似的惊人远见。早在乾道八年（1172），年方三十三岁的辛弃疾向朝廷上书说：“仇虏六十年必亡，虏亡则中国之忧方大。”当时宋金对峙，金国正是南宋朝廷的最大祸患。孰知六十二年以后，金国果真在宋军与蒙古军的夹击之下宣告灭亡。更孰知金亡后南宋直接面对更强大的敌人蒙古，勉强支撑四十余年后不免亡国。历史的进程被辛弃疾不幸而言中，这是何等的远见卓识！难怪宋末的谢枋得不胜感慨地说：“惜乎斯人之不用于斯世也！”[①]

三、侠骨豪情与铁板铜琶

中国古代的士人并不都是文弱书生。《周礼》所载“六艺”为“礼、乐、射、御、书、数”，其中的“射”“御”即指射箭和驾车，属于武学的内容。孔子本人身材魁伟，力大能启城门。孔门用作教材的《诗经》中多有颂扬尚武精神的诗篇，如《秦风》中的《无衣》、《大雅》中的《常武》等。在屈原的《九歌》中，既有“身既死兮神以灵，魂魄毅兮为鬼雄”的壮烈勇士（《国殇》），又有“青云衣兮白霓裳，举长矢兮射天狼”的英武日神（《东君》）。陶渊明虽是一位隐士，但他对“雄发指危冠，猛气冲长缨”的侠客荆轲倾慕不已，既致憾其“奇功遂不成”，又赞叹其“千载有馀情”（《咏荆轲》）。至于李白，简直就以侠客自居。如果说“十步杀一人，千里不留行”（《侠客行》）的诗句尚是虚写想象中的侠士，那么“少任侠，手刃数人”则是时人对其行迹的真实记录（魏颢《李翰林集序》）。就是杜甫，在裘马轻狂的青年时代也不乏豪侠气概，“痛饮狂歌空度日，飞扬跋扈为谁雄”（《赠李白》）的诗句，就是他为自己与李白二人的共同写照。即使到了老病交加的晚年，杜甫还倚着醉

① 谢枋得《江东运司策问》，载刘埙《隐居通议》卷二十，《丛书集成初编》本，中华书局1985年版，第202页。

意骑马飞奔："白帝城门水云外，低身直下八千尺。"坠马跌伤后诸人前来慰问，他竟口出狂言："何必走马来为问？君不见嵇康养生被杀戮！"（《醉为马坠群公携酒相看》）苏轼是一介文士，却也曾"老夫聊发少年狂"，不但"亲射虎，看孙郎"，而且热切地盼望着"会挽雕弓如满月，西北望，射天狼"（《江城子》）。然而，从总体上看，古代文士毕竟是文弱者居多，进退揖让多半会减损尚武精神，舞文弄墨也会疏远刀枪剑戟。正如唐人李贺所感叹的："寻章摘句老雕虫，晓月当帘挂玉弓。不见年年辽海上，文章何处哭秋风！"（《南园十三首》之六）在宋代的词坛上，这种情况更加严重。试看晏几道、秦观诸人的词作，几乎不见丝毫的雄豪之气，真可谓"词为艳科"了。在这样的历史背景下，辛弃疾以雄鸷之姿横空出世。范开在《稼轩词序》中评辛弃疾说："公一世之豪，以气节自负，以功业自许，方将敛藏其用以事清旷，果何意于歌词哉，直陶写之具耳。"又说："器大者声必闳，志高者意必远。"辛弃疾挟带着战场的烽烟和北国的风霜闯入词坛，纵横驰骋，慷慨悲歌。词坛上从此有了一位叱咤风云的英雄，他孔武有力、长于骑射，他胸怀大志、满腹韬略，他的性格中没有丝毫的柔弱，他胸中的壮志豪情倾泻而出，形成长短句六百余首，以黄钟大吕之音在词坛上异军突起，终于使铁板铜琶的雄豪歌声响彻词史。

据辛弃疾亲撰的《济南辛氏宗图》记载，辛氏本居狄道（今甘肃临洮），至北宋真宗时方迁至济南。辛氏祖先中多出将帅，如汉代的辛武贤、辛庆忌，唐代的辛云京等[①]。辛弃疾自称"家本秦人真将

① 参看邓广铭《辛稼轩年谱》，生活·读书·新知三联书店2007年版，第111页；巩本栋《辛弃疾评传》第二章，南京大学出版社1998年版，第42页。

种”（《新居上梁文》），洪迈在《稼轩记》中称他为“辛侯”，皆非虚言。值得注意的是，古人所谓“将种”，稍带贬义。据《晋书》记载，晋武帝的贵嫔胡芳出身将门，偶拂帝意，“帝怒曰：‘此固将种也！’芳对曰：‘北伐公孙，西距诸葛，非将种而何？’帝甚有惭色。”到了崇文抑武的宋代，人们对“将种”一词更是避之唯恐不及，然而辛弃疾却公然以“将种”自称。正因如此，他对汉代名将李广的同情比其他诗人更加强烈，他夜读《李广传》，激动得终夕难眠，乃作《八声甘州》：

故将军饮罢夜归来，长亭解雕鞍。恨灞陵醉尉，匆匆未识，桃李无言。射虎山横一骑，裂石响惊弦。落魄封侯事，岁晚田园。　谁向桑麻杜曲，要短衣匹马，移住南山。看风流慷慨，谈笑过残年。汉开边，功名万里，甚当时健者也曾闲？纱窗外，斜风细雨，一阵轻寒。

这是在咏李广？还是在自抒怀抱？也许是兼而有之。辛弃疾是多么钦佩那位长臂善射、身经百战的英雄，又是多么同情其落魄不偶、健者赋闲的命运！一位合格的军人，其性格中理应有刚强烈性和勇武侠气，否则他怎能上阵杀敌，又怎能为国捐躯？辛弃疾曾作《永遇乐·戏赋辛字》赠其族弟辛茂嘉：

烈日秋霜，忠肝义胆，千载家谱。得姓何年？细参辛字，一笑君听取。艰辛做就，悲辛滋味，总是辛酸辛苦。更十分向人辛辣，椒桂捣残堪吐。　世间应有，芳甘浓美，不到吾家门口。比着儿曹，累累却有，金印光垂组。付君此事，从今直上，休忆对床风雨。但赢得，靴纹绉面，记余戏语。

虽是“戏赋”，但辛弃疾的性格中确有“烈日秋霜，忠肝义胆”的因素。无论是青年时代的亲冒矢镝，出生入死，还是壮年以后的直言献策，勇于任事，辛弃疾都是一位勇武刚强的血性男儿。同样，无论是回顾早年戎马生涯的军旅题材，还是抒写退隐情趣的田园内容，辛弃疾的词作都洋溢着侠气和豪情。梁启超在《读陆放翁集》中说：“诗界千年靡靡风，兵魂销尽国魂空。集中十九从军乐，亘古男儿一放翁！”此话用来评价陆游的诗，稍有溢美之嫌。如果移用来评说辛词，则是千真万确。纵观整部古典诗词史，只有辛弃疾一人堪称真正的军旅诗人，是他召回了消沉已久的兵魂与国魂，是他唤回了中华民族的尚武精神。

南宋的诗坛和词坛上，主战的声音并不罕见，但多数作品仅是纸上谈兵。辛弃疾则有“马上击贼”的亲身经历，他的词中回荡着壮烈的军声，旋律悲壮有似号角，节奏激烈宛如战鼓。例如寄给陈亮的《破阵子》：

醉里挑灯看剑，梦回吹角连营。八百里分麾下炙，五十弦翻塞外声。沙场秋点兵。　马作的卢飞快，弓如霹雳弦惊。了却君王天下事，赢得生前身后名。可怜白发生！

恰如作者在小序中所说，这是一首“壮词”！在这样的壮词中，不但婉约词的脂粉香泽一洗而空，而且连五七言诗中常见的伤春悲秋、叹老嗟卑等低沉情绪也一扫而空。这是沙场战士的高昂呼声，这是末路英雄的浩然长叹，这是洋溢着壮烈情怀和英风豪气的军旅文学。这样的作品最能代表南宋军民的爱国热忱与不屈斗志。它居然不是出现在古文或五七言诗中，而是在词苑中横空出世，这是辛弃疾对词史的重大贡献。

这样的壮词，在辛词中触目皆是，而且渗透在各类题材中。一般人作寿词，无非颂扬主人功德，或祝愿其长寿，能够免除庸俗已属不易。辛弃疾却作《水龙吟》以寿韩元吉：

> 渡江天马南来，几人真是经纶手？长安父老，新亭风景，可怜依旧！夷甫诸人，神州沉陆，几曾回首？算平戎万里，功名本是真儒事，君知否？　况有文章山斗，对桐阴满庭清昼。当年堕地，而今试看，风云奔走。绿野风烟，平泉草木，东山歌酒。待他年，整顿乾坤事了，为先生寿。

祝寿本是私人之事，此词却劈空而下，直从国事说起。上片诉说对国势的担忧，情怀沉郁，从而引出平戎万里的人生理想，这既是对韩元吉的勉励，也是作者的自勉。下片转入祝寿本意，但连用裴度、李德裕和谢安三位功业彪炳的古代贤相的故事，结尾又自然转入“整顿乾坤”的主题。这是何等抱负，何等气概！

一般人作送别词，无非诉说离情别恨，难免情绪低沉。辛弃疾却作《木兰花慢》送张坚说：

> 汉中开汉业，问此地，是耶非？想剑指三秦，君王得意，

一战东归。追亡事，今不见，但山川满目泪沾衣。落日胡尘未断，西风塞马空肥。　　一编书是帝王师，小试去征西。更草草离筵，匆匆去路，愁满旌旗。君思我，回首处，正江涵秋影雁初飞。安得车轮四角，不堪带减腰围。

送别诗词的正常顺序是从眼前说起，此词却一反常态，时间上偏从古代说起，空间上偏从远方说起。原因何在？当是因为张坚将往汉中任军政长官，而汉中不但是刘邦开创大汉王朝的基地，而且是南宋抵抗金兵的战略重镇。一句“汉中开汉业”，不但摆脱了送别词的窠臼，而且高屋建瓴，气势非凡。作者的思绪全与国事有关，即使是下片中的离愁别恨，也被置于寥廓的山川和潇洒的秋色之中。这是何等胸襟，何等眼界！

作者的眼光，必然会沾染作品中的物象。作者的情怀，必然会外现为作品的意境。一部辛词，便是最好的证明。山水清丽的南平双溪，在辛弃疾眼中是雄奇伟岸：“举头西北浮云，倚天万里须长剑。人言此地，夜深长见，斗牛光焰。我觉山高，潭空水冷，月明星淡。待燃犀下看，凭栏却怕，风雷怒，鱼龙惨。”（《水龙吟》）幽静安宁的隐居之地，在辛弃疾笔下却气势飞动：“叠嶂西驰，万马回旋，众山欲东。正惊湍直下，跳珠倒溅；小桥横截，缺月初弓。老合投闲，天教多事，检校长身十万松。吾庐小，在龙蛇影外，风雨声中。”（《沁园春》）于是在辛词中，铁马秋风替换了杏花春雨，沙场烽火替换了罗帐银灯。辛词的主人公不再是多愁善感的文弱书生，更不是由词人代言的闺阁佳人或歌儿舞女，而是一位上马能杀贼、下马能草檄的英武战士，是一位有胸襟、有担当的堂堂正正的男子汉。

有了辛词，谁还能说词就是“艳科”？谁还能规定“唱歌须是，玉人檀口，皓齿冰肤”（李廌《品令》）？当年苏轼尝试着写作豪放风格的词，有幕士对他说：“学士词须关西大汉，执铁板，唱‘大江东去’。”（俞文豹《吹剑续录》）其实东坡的豪放词仅是偶一为之，只有辛词才真正配得上铁板铜琶，况且辛弃疾本人就是一位“关西大汉”！

读者也许会有疑问：难道辛弃疾就没有情绪低落的时候吗？他始终没有郁闷和痛苦要抒发吗？当然有，而且还不少。但是辛弃疾的郁闷是壮志难酬的失意，他的痛苦是英雄末路的悲怆，与那些风流词客的闲愁幽恨不可同日而语。独宿村店的凄凉梦境，在辛弃疾笔下展现为辽阔的空间：“平生塞北江南，归来华发苍颜。布被秋宵梦觉，眼前万里江山。”（《清平乐》）好友睽离的孤独之感，在辛弃疾词中出之以铁石心肠：“我最怜君中宵舞，道男儿到死心如铁。”（《贺新郎》）柳永送别词的名句是“今宵酒醒何处？杨柳岸，晓风残月”（《雨霖铃》），欧阳修送别词的名句是“平芜尽处是春山，行人更在春山外”（《踏莎行》）。到了辛弃疾，则变成了：“将军百战身名裂，向河梁，回头万里，故人长绝。易水萧萧西风冷，满座衣冠似雪，正壮士悲歌未彻。啼鸟还知如许恨，料不啼清泪长啼血。谁共我，醉明月！”（《贺新郎》）沉郁与慷慨互相渗透，便成为辛词贯穿始终的主体风格。请看两个最明显的例子。

淳熙元年（1174），辛弃疾任江东安抚使参议官，在建康登赏心亭，眺远怀古，作《水龙吟》：

楚天千里清秋，水随天去秋无际。遥岑远目，献愁供恨，玉簪螺髻。落日楼头，断鸿声里，江南游子。把吴钩看了，栏干拍遍，无人会，登临意。　　休说鲈鱼堪脍，尽西风，季鹰归未？求田问舍，怕应羞见，刘郎才气。可惜流年，忧愁风雨，树犹如此。倩何人，唤取红巾翠袖，揾英雄泪。

此年辛弃疾三十五岁，虽然正值壮年，却壮志难酬，空度年华，故岁月流逝的感受格外深切。他在断鸿声里登上名胜赏心亭，那潇洒明净的秋色却难以引起愉悦感，竟觉得像美人螺髻般的远山向人献上的只是愁恨。他拔剑细看，猛拍栏干，但是有谁理会其中的一番心意？下片转入怀古。虽然西风劲吹，但故乡远在沦陷的北国，难像张翰那样归隐。要像许汜那样贪图私利，更非所愿。于是他只能慨叹流年之迅速，并询问谁能为自己一揾英雄之泪。

开禧元年（1205），年已六十六岁的辛弃疾正在知镇江府任上。此时距离他铁骑渡江已有四十三年了，恢复之志始终未能实现，自己却在宦海风波和乡村闲居中耗尽了岁月。如今人已老矣，朝廷里正在紧锣密鼓地筹划北伐，可惜执政的韩侂胄轻举妄动，并无胜算。春社之日，辛弃疾登上北固亭，凭栏北眺，慷慨怀古，写了一首《永遇乐》：

千古江山，英雄无觅，孙仲谋处。舞榭歌台，风流总被，雨打风吹去。斜阳草树，寻常巷陌，人道寄奴曾住。想当年，金戈铁马，气吞万里如虎。　　元嘉草草，封狼居胥，赢得仓皇北顾。四十三年，望中犹记，烽火扬州路。可堪回首，佛狸祠下，一片神鸦社鼓。凭谁问，廉颇老矣，尚能饭否？

时局如此，人生境遇又如此，难免感慨良多。但是辛弃疾缅怀的历史人物是吴大帝孙权和刘宋的开国君主刘裕，孙权以江东一隅与魏、蜀鼎足三立，刘裕则亲率大军北伐，一度收复了洛阳和长安，堪称功业彪炳。如此怀古，字里行间洋溢着英雄之气，冲淡了沧桑之感。他又自比人老心不老的名将廉颇，慨叹自己没有机会实现恢复之志。廉颇晚年，当着赵国使者的面，“一饭斗米，肉十斤，披甲上马，以示尚可用”（《史记·廉颇列传》）。廉颇如此，辛弃疾又何尝不是如此！他的豪侠精神至死不衰，他生生死死都是一位勇武的军人，他的词作是对消沉已久的军魂的深情呼唤。

四、跳动心灵在山水田园中的安顿

淳熙年间，转任各地的辛弃疾一来倦于宦游，二来畏于朝臣的攻讦，在信州带湖购地筑屋，以作退隐之计。淳熙六年（1179），新居中的“稼轩”落成，正在湖南转运副使任上的辛弃疾作《带湖新居上梁文》以庆之。文中不无壮志未酬的惆怅：“京洛尘昏断消息，人生直合在长沙？欲击单于老无力！”但更主要的则是退隐归耕的欣慰：“百万买宅，千万买邻，人生孰若安居之乐？一年种谷，十年种木，君子常有静退之心。”两年之后，辛弃疾被劾落职，归隐带湖，成为名副其实的“稼轩居士”。这位龙腾虎跃的豪侠之士果真要急流勇退了？他果真要放弃驰骋疆场的理想而息影林下、躬耕陇亩了？大家谁都不信。辛弃疾曾请洪迈为稼轩作记，洪迈在《稼轩记》中说：“使遭事会之来，挈中原还职方氏，彼周公瑾、谢安石事业，侯固饶为之。此志未偿，顾自诡放浪林泉，从老农学稼，无亦大不可欤！”洪迈之兄洪适在《题辛幼安稼轩》一诗中也说：“济时方略满心胸，卜筑山城乐事重。岂是求田谋万顷，聊因学圃问三农。高牙暂借藩维重，燕寝未须归兴浓。且为君王开再造，他年植杖得从容。”他们都看出了辛弃疾壮志未灭，都坚信辛弃疾不会甘心老于林泉。是啊，淳熙八年（1181）辛弃疾四十二岁，正值大有作为的壮年，他怎么可能彻底放弃恢复中原的雄心壮志！

然而，事情都有两面性。辛弃疾中年退隐虽是不得已之举，但他对隐居生活的热爱却是发自肺腑的。中华民族是热爱和平的民族。儒家并不轻视军事，儒家强调增强国防的重要性：“不教民战，是谓弃之。”“善人教民七年，亦可以即戎矣。”（《论语·子路》）但是儒家的核心价值却是“和为贵”（《论语·学而》），这是以农耕为主要生产方式的中华民族先民的集体选择，因为农耕需要和平的生存环境和稳定的生存空间，而面临着游牧民族侵扰的农耕文明也必需足以抵御侵略的力量。辛弃疾深谙此理。他生逢河山破碎、国土沦丧的时代，故以杀敌雪耻、收复中原为终生不渝的目标。但是在内心深处，他热爱和平，热爱安定平和的农耕生活。说到底，辛弃疾所以要坚持抗金复国的大业，其根本目的就是恢复汉民族赖以生存的大片国土，让人民在不受外族侵扰的和平环境里从事农桑。当他看到江南安宁、平静的农村生活时，不由得感到由衷的喜爱。请读其《清平乐》与《鹊桥仙》：

茅檐低小，溪上青青草。
醉里吴音相媚好，白发谁家翁媪？

大儿锄豆溪东，中儿正织鸡笼。

最喜小儿无赖，溪头卧剥莲蓬。

松冈避暑，茅檐避雨，闲去闲来几度？醉扶怪石看飞泉，又却是前回醒处。　东家娶妇，西家归女，灯火门前笑语。酿成千顷稻花香，夜夜费一天风露。

景色如此秀丽，人情如此美好，这是词境中难得一见的吟咏田家乐主题的佳作。更值得注意的是，词人自身也心醉于这个安宁、美好的环境，他从农村生活中发现了充沛的美感和诗意。于是，辛弃疾的笔下出现了此前词坛上很少看到的乡村景物：“明月别枝惊鹊，清风半夜鸣蝉。稻花香里说丰年，听取蛙声一片。”（《西江月》）“陌上柔桑破嫩芽，东邻蚕种已生些。平冈细草鸣黄犊，斜日寒林点暮鸦。”（《鹧鸪天》）在此前的词坛上，有谁曾如此真切地描写过桑麻风光？又有谁曾如此深情地欣赏乡村生活？没有。只有认为“人生在勤，当以力田为先”的辛弃疾，才能说出“城中桃李愁风雨，春在溪头荠菜花”（《鹧鸪天》）的至理名言。

热爱农耕生活的辛弃疾必然会热爱陶渊明，他仰慕陶渊明的高洁情怀：“须信采菊东篱，高情千载，只有陶彭泽。”（《念奴娇》）他表示学陶的意愿：“便此地结吾庐，待学渊明，更手种门前五柳。”（《洞仙歌》）他还自愧学陶太迟：“我愧渊明久矣，犹借此翁湔洗，素壁写归来。”（《水调歌头》）他甚至在梦中与陶渊明亲切相晤：“老来曾识渊明，梦中一见参差是。”（《水龙吟》）他对这位隐逸诗人之宗给予最崇高的评价：“若教王谢诸郎在，未抵柴桑陌上尘！”（《鹧鸪天》）无可否认，辛弃疾对陶渊明的敬慕是虔诚的。然而，在辛弃疾涉及陶渊明的篇章中，有一点不同寻常的消息值得关注：“看渊明，风流酷似，卧龙诸葛。”（《贺新郎》）为何说陶渊明与诸葛亮是同样的风流人物呢？这是指陶渊明素怀功业之心有如诸葛亮，还是指诸葛亮躬耕隆中、不求闻达有如陶渊明？都有可能。更重要的是，在辛弃疾看来，躬耕陇亩、终老林泉的陶渊明与鞠躬尽瘁、卒于军中的诸葛亮是同样的风流人物，不过人生境遇不同而已。也就是说，在辛弃疾的心中，退隐躬耕与建功立业可以并存于一个人的人生追求中，两者并不矛盾。

退居带湖、瓢泉的辛弃疾并未忘怀世事，并未抛弃雄心，一有机会便会尽情宣泄。淳熙十五年（1188）冬，陈亮到信州访问辛弃疾。陈亮是豪气盖世的狂士，曾以布衣身份多次上书朝廷力主抗金，深受辛弃疾的器重。两人惺惺相惜，痛饮狂歌，千杯恨少。相别之后，辛弃疾又作词寄赠，以后反复唱酬，词意慷慨激烈。请看辛弃疾的《贺新郎》：

> 老大那堪说。似而今，元龙臭味，孟公瓜葛。我病君来高歌饮，惊散楼头飞雪。笑富贵千钧如发。硬语盘空谁来听？记当时，只有西窗月。重进酒，换鸣瑟。　事无两样人心别。问渠侬，神州毕竟，几番离合？汗血盐车无人顾，千里空收骏骨。正目断，关河路绝。我最怜君中宵舞，道男儿到死心如铁。看试手，补天裂。

湖海豪士陈元龙和著名豪侠陈孟公的典故，既切合陈亮之姓氏，更凸现了陈亮“推倒一世之智勇，开拓万古之心胸”的品性。而“臭味”“瓜葛”云云，正说明二人志同道合，气味相投。病中会客，尚能高歌狂饮，尚能硬语盘空，若非豪杰，孰能如此？一位罢官之人与一位布衣之士，却在商讨神州离合的大事，倾诉怀才不遇的悲怆，若非英雄，孰能如此？可见辛弃疾正是一位“男儿到死心如铁”的铮铮铁汉，纵使落魄不偶，纵使处在注定无可作为的环境中，他依然怀着“补天裂”的雄心，至死不渝。

然而，辛弃疾南归以后，对南宋朝廷的真实情况已相当熟悉，对抗金复国事业的艰难已了然于胸。他披肝沥胆写成的《美芹十论》和《九议》虽未石沉大海，但并未达到震动朝野的效果。他流宦各地显示的过人才干和泼辣作风虽未被完全抹煞，但也引起不少朝臣的攻讦。辛弃疾清楚地认识到，少时铁马渡江的那段经历已成旧梦，如今的真实处境则是有志难酬，报国无路。他在《满江红》中说：

> 倦客新丰，貂裘敝，征尘满目。弹短铗，青蛇三尺，浩歌谁续？不念英雄江左老，用之可以尊中国。叹诗书万卷致君人，翻沉陆。　休感慨，浇醽醁。人易老，欢难足。有玉人怜我，为簪黄菊。且置请缨封万户，竟须卖剑酬黄犊。甚当年，寂寞贾长沙，伤时哭。

一位满目征尘的江湖倦客，一位弹铗浩歌的失意豪杰，这是辛弃疾的自画像。他熟读诗书，满腹经纶，本可建功立业，拜将封侯，如今却卖剑买犊，行将归耕。人生失意，莫此为甚。他不禁追问：贾谊为何要流涕痛哭？言下之意是，自己也像贾谊一样伤时忧国，但又有谁明白自己的一腔忧愤？

辛弃疾性情豪爽，相交满天下。但是在苟安局面已经养成的南宋小朝廷里，他深感知音难觅。他曾在《青玉案》一词中寄寓此意：

东风夜放花千树。更吹落，星如雨。宝马雕车香满路。凤箫声动，玉壶光转，一夜鱼龙舞。　蛾儿雪柳黄金缕，笑语盈盈暗香去。众里寻他千百度，蓦然回首，那人却在，灯火阑珊处。

从表面上看，这是一首传统题材的婉约词。词中描写了上元灯节的绮丽风光，以及游人熙攘的热闹场景。一对男女乘此佳节密约幽会，在稠人广众中互相寻觅。但是后代读者莫不认为词中别有寄托。原来主人公心仪的对象并不在火树银花的热闹之处，反在灯火阑珊的冷清角落。王国维在《人间词话》中说这是人生的最高境界，读者当然可以从中获得类似的联想。但是梁启超的评论更加准确："自怜幽独，伤心人别有怀抱。"（《艺蘅馆词选》）所谓的"那人"，只是一个象征，其实也就是词人自我。他不愿随波逐流，不愿趋炎附势，因此甘于寂寞，孤芳自赏。

正因如此，辛弃疾的内心深处存在着一种深刻的寂寞之感。曲高和寡，才高遭忌，像辛弃疾那样英才盖世的人物注定是寂寞的。在尝遍人生百味、见惯人间百态之后，辛弃疾甚至感到连诉说忧愁都是多此一举，请看其《丑奴儿》：

少年不识愁滋味，爱上层楼。爱上层楼，为赋新词强说愁。　而今识尽愁滋味，欲说还休。欲说还休，却道天凉好个秋！

下片似乎是对上片的否定，其实却是深化。“识尽愁滋味”，意味着阅世已深，对人世的忧愁有了最真切的感受。然而愁到极处，反至无言。不是不想说，而是深广的忧愁根本无法言说。秋季本是令人伤感的季节，从宋玉以来“悲秋”便成为传统的主题。辛弃疾作此词时人到中年，正是最易伤秋的年龄，可是满腹忧愁无法倾诉，只好说一声“天凉好个秋”！

那么，辛弃疾能到何处去安顿那颗跳荡不安的灵魂？“倩何人，唤取红巾翠袖，揾英雄泪”（《水龙吟》）吗？“有玉人怜我，为簪黄菊”（《满江红》）吗？显然不行。一位冲锋陷阵的战士，岂能像柳七郎那样到温柔乡里寻找归宿！经过上下求索，辛弃疾终于找到了人生的归宿，那就是自然。晚年的辛弃疾退居田园，寄情山水，在大自然的怀抱里消磨岁月，也消磨雄心。在铅山瓢泉的别业里，他写了好几首《贺新郎》来题咏山水或亭阁，如积翠岩、悠然阁等。下面这首题咏的是停云亭：

甚矣吾衰矣。怅平生，交游零落，只今余几？白发空垂三千丈，一笑人间万事。问何物能令公喜？我见青山多妩媚，料青山见我应如是。情与貌，略相似。　一尊搔首东窗里。想渊明，停云诗就，此时风味。江左沉酣求名者，岂识浊醪妙理？回首叫，云飞风起。不恨古人吾不见，恨古人，不见吾狂耳。知我者，二三子。

此时辛弃疾年近花甲，与他志同道合的友人陈亮、韩元吉等皆已去世，难怪开篇就是一声长叹！他坐在以陶诗篇目命名的停云亭中悠然独酌，不免想到陶渊明这位异代知己。可是交游零落，还有谁能让自己欣然开怀呢？环顾宇内，只剩大自然而已。于是他喜极而呼："我见青山多妩媚，料青山见我应如是！""妩媚"一语，本是唐太宗评价直臣魏徵的话，故可用来形容男性风度之可爱。青山巍然屹立，雄深秀伟，有着崇高壮伟的美学品质，这在辛弃疾眼中正是妩媚之极。而辛弃疾本人相貌奇伟，英才盖世，有着堂堂正正的人格精神，他坚信自己在青山眼中肯定也是同样的妩媚。词人与青山达成了深沉的共鸣，英雄在自然的怀抱里找到了默契和抚慰。谁说壮志未酬、赍恨没世的辛弃疾未能实现人生的超越？他的人生分明像一首宏伟雄壮的交响诗，战马嘶叫和鸣镝呼啸是其第一乐章，飞湍瀑流和万壑松涛便是其最后的乐章。

明

不了正因，迷心求善

周月亮

习忍达无所伤

王阳明在1506年11月间被刘瑾投入了“诏狱”——所谓皇帝直接关注的锦衣卫监狱。刘瑾将包括王阳明在内的五十三人列为奸党，榜示朝堂，创造了内官把朝臣打成朋党的恶例。当时还没有彻底不上朝的正德是能够看到奸党榜的。最后拿刘瑾作替罪羊以“谢”天下，以缓冲与文官集团的紧张关系，说明正德比刘瑾还赖。

阳明坐在大狱里，很难“不动心”。他奶奶、父亲，还有妻子，都与他同在一片天下，但几乎是人间与地狱般地隔开来。他留下了《狱中诗十四首》。第一首就是“不寐”。北京的12月，冷酷如世道。铁窗之内与外面比起来更是魍魉世界，越睡不着，越觉得黑夜无尽头。他自己也承认“我心良匪石”怎么能不会被深悲大戚搅动？

“滔滔眼前事，逝者去相踵。”要用一句话概括他此时此地的心境，就是后悔。不是后悔营救戴铣他们，而是根本就不该重返仕途！“匡时在贤达，归哉盍耕垅！”这个世界是他们的，我就不该来参与，现在倒好，想回家当个农夫，也找不到自己的地头了。

他还没有谢迁那种宰相“功夫”。面对锦衣卫狱大墙，感到前途比这大墙里的黑夜还一塌糊涂。“崖穷犹可涉，水深犹可泳。”唯独坐大狱如掉到无底黑洞中，除了“荒诞”，飘忽，没准，他还能感觉到什么？铁窗生涯“窒如穴处，无秋无冬”！像在漫漫长夜盼望银河欲曙的任何人一样，他也只是“岂无白日？寤寐永叹”！除了说一些“悠悠我思，曷其极矣”便毫无办法。

等最初的尖锐的痛苦稍微地靠“习惯”变得能忍受时，他靠学习来打发有天没日头的狱中生活。当对命运毫无把握充满恐惧感时，谁都想“明白明白”。所以，他此时想读而且读了的是《易经》：“瞑坐玩羲《易》，洗心见微奥。”自己也占卦，什么“遁四获我心，蛊上庸自保。”遁，这个卦象是艮下乾上，象征退避。卦中二阴自下而生，阴渐长而阳渐消，小人渐盛，若山之侵天；而君子退避，若天之远山，故名遁。《经典释文》解此卦曰：“隐退也，匿迹避时，奉身退隐之谓也。”获我心云云，无非是想“重返阳明洞”而已。

《见月》《屋月》二首，再明白不过地表露了道教情调的生命意识。纯然是在“拟”《古诗十九首》。他在体验道教义理时，能触类旁通到儒家的高明；在“泪下长如霰”时，能体证颜回箪食瓢饮在陋巷不改其乐并非矫情。狱中有儒门“战友”，他们在大墙之内依然讲学论道，在高明远大的圣道之中，体验到了俗人难以理解的精神愉悦（“累累囹圄间……至道良足悦。”《别友狱中》）。

他最伤感的是对家人的怀念。什么“思家有泪仍多病”“萧条念宗祀”等等，叫人觉得他这个人真实自然，无虚矫之气。只有这种人才可能体证真正的心学，这是他与玩弄心学之人的本质区别。

在幽室中他度过了最黑暗的1506年，大年夜，他只有对着从墙缝中射进来的月光，在“彷徨涕沾裳”之余，勉强滋长出“逝者不可及，来者犹可望”的自勉式的朦胧希望。他在狱中过年，家人牵挂着狱中的亲人，他也因知道家人的牵挂而“忽惊岁暮还思乡”。打断他乡愁的只有忽然蹿上床的狡猾的老鼠。在会稽山下散步，在余姚江中放舟，这最最普通的家常生活，现在成了他高不可攀的梦想——成了他做人的全部代价。

因为，要想重新拥有这一切，也很容易，只要他提笔给刘太监写一封悔过书、效忠信，他就会被车马迎还。因为刘在严酷打击文官的同时，也急需树立“投诚”的标兵，以分化敌人。当时刘瑾几次暗示王华，只要王华去刘的私宅一趟，不但阳明可以平安无事，而且他父子俩都可以得到升迁。但王华就是不去。刘瑾有个最大的特点是爱才，当他还是东宫一个只管文体活动的普通太监时就听说过王华的大名。现在他想学蔡京揽杨时的办法，想网络名人来装点治平。

文官集团内部远非铁板一块，任何时候都有奔走权门的无骨奴才。在宽松的弘治年代，依然有人疏劾谢迁、刘健、李东阳堵塞言路，压抑胜己者。（《今言》）现在，言路真堵了，却听不见反抗堵塞言路的呼声了。这叫作“天下无道则庶人不议”。

阳明绝不会想到去走那敞开着的狗窦。

他不得不静以待命，做被人决定生死明晦的“主人翁”（戏用心学术语）。

好在刘瑾要从重从快地处罚他们，以敲山震虎。所以，皇帝和宦官在皇宫内，阳明他们在铁窗内过完年后，处分决定下达了。阳明被发配到贵州龙场驿当驿丞。好大的一个官儿！不入流的役吏而已。自然比在阙下当场杖毙，明正典刑要强一万倍了。因为这种差别是生与死之间的差别。阳明比戴铣、蒋钦等幸运多了，他应该唱“赞美诗”，写“强盗颂”。

他还行，很镇静地也很黑色幽默地说“报主无能合远投”“且应蓑笠卧沧州”（沧州是宋代发配人的地方，一如清代之宁古塔、伊犁，遂成为戍地之别名）。其实这种发配只是叫人死得慢点而已，是置于死地的另一种方式。他明白，但他要活下去，不甘心像这样被当成臭虫般地踩死。为“留得升平双眼在”，他接受刘太监这一安排。他留着这双眼睛看看螃蟹能横行到几时。

尽管前途渺茫难言，他还是从容地与狱中曾一起讲学论道、切磋砥砺的难友深情地一一道别，并留诗勉励：

愿言无诡随，努力从前哲！

流动着死而复生的健康乐观的情调。

据说不死的囚徒比任何人都富有梦想。

任何艰难困苦对于志在成圣成雄的人来说都只是培训进修，只要能活下来。这次培训使阳明终身受益，血的教训使他明白必须“道术一体”才能有效地“行道”。

学道如钻火，逢烟未可休

原因一言难尽，明代的文官牢狱之灾颇重。像方孝孺式的既不合作又献身的是一类；跟宦官斗争的是一类；还有就是所谓因“工作失误”也常常下狱。在风口浪尖上弄险的言官，赶上朝中的“大故”时自然难免争先恐后地跳火坑；就是平正的《儒林传》中也颇多下狱论死之类的事情。号称明代头号大儒的薛瑄，在办一件案子时，被弹劾，宦官王振为报复薛不拍他的马屁，决定将其处死。要行刑的那天早晨，振的仆人在爨下哭将起来，振问为什么？仆人说：“听说今天薛夫子就要被砍头了。”振大受感动，后薛终得不死。薛在狱中等死时，读《易》自如。胡居仁的学生稽查了宦官的走私船，他也被宦官投入监狱，在狱中，他著《性书》三卷。明中叶以后，文官集团内部的党争，也是着急了就想办法把对手往大牢里送。

说这些是为了点明王守仁的铁窗生涯只是明代文官普遍的牢狱之灾中的一出小戏，并非什么非凡的足以傲视群俦的大节目。他在狱中，找到了彻底的虚明，找到了“孤独个体”那种无所依傍的深渊感。在天地之间，除了自己这颗心，还有什么是最后的依据？于深悲大戚之中，还能不屈不挠地坚持得住，靠什么？除了靠“心之力”，还有什么力量能伸进大墙来支撑自己？这些问题他暂时还没有最后悟透，但已在这场“培训”中种下了“觉悟”的智慧种子。等他到荒无人烟的龙场继续坐宇宙监狱时，“种子”终于开花结果。“心学”的一个最智慧的法门就是能将“万物皆备于我”，能化一切不利因素为有利因素：君子友我，小人资我，艰难困苦玉成我。

他入狱后不久，王华即被借故弄到南京去了。貌似平调，其实是贬官。京城中的精英，至少是反刘瑾的风云人物所剩无几。能与阳明称为道友同志的不过二三子。他们是宁静的学者或略疏远政治的道德家、思想家，如湛若水、汪抑之、崔子钟。他们不会因白色恐怖而疏远朋友，照样为他置酒赋诗，“搽洗伤口”。尤其是他还将远戍贵州，能否活着再见还是个问题，再加上他现在是彻底的无家可归的流浪儿。其中酸甜苦辣无须说，不必说，也难以言说。除了安慰就是鼓励，然而一点也不虚伪空洞，恰恰相反，充满了“精神贵族”的高贵气韵。他们之间的唱和，流露出来的是坚强的道义的尊严，没有丝毫的怯懦的失败的悲鸣。

多情的阳明也不讳言自己的感情：“尝嗤儿女悲，忧来仍不免。”我心匪石，在黄钟毁弃，瓦釜雷鸣，奸臣当道，忠臣被害，庸人执政，精英淘汰，冠履倒施的全盘倒错的世界之中，哪个志士不悲愤欲绝？什么“别离悲尚浅，言微感逾深”“间关不足道，嗟此白日微”等等，再三叹及。但是这种“浮云蔽日”的浩叹，是中国士人的老调子了，每个人都深有感触地来咏叹，但对人类来说已不再有新意。

有个叫许天锡的言官，与阳明是同年进士。他出使返朝，“见朝风大变，敢言者皆贬斥，而瑾肆虐加甚”。他揭发了瑾数十事，知道奏上必大祸临头，遂夜写“登闻鼓状”，准备尸谏，让家人在他死后奏上，然后上吊自杀。也有人说是锦衣卫把他勒死的。当时锦衣卫分头跟踪他们的目标，与王接触要担风险的。但还是有许多人为他送别。这说明“道不孤，德必有邻”，正气是不会灭绝的。正是这种正气，使他们相濡以沫，用伟人的标准自律并相互要求：“君莫忘五诗，忘之我焉求？”“鹅湖有前约，鹿洞多遗篇。寄子春鸿书，待我秋江船。”他们要在鸡鸣风雨之中，用带血的双脚践履圣学的道统。可以说，阳明这只鞋是有血性的鞋。这不仅见出阳明他们的“不为仓菌谋”的心力，更见出士子儒学的道义力量，因为他们的心力正产生于这个道统。

我们更应该关心的是阳明的独特思想道路。

“嗟予不量力，跛鳖期致远。”经过反反正正的折腾，他深切地感受到：“道器不可离，二之即非性。”这就是“道术一体”的观念。器，属于具体的范围，但思维的最高阶段是具体，道器不离也好，道术一体也好，都强调一个世界观和方法论高度统一的问题。这也是“五行八卦”思维留给中国人的古老遗产。要想做到这一点不是个思辨问题，而是个身体力行的问题。单靠辞章注疏解决不了，甚至任何“纸上谈兵”都无济于事。它是一种“随机应变”又无往不合大道的知行合一的“智慧”：怎样才能绝处逢生，化险为夷？儒学道统给了他信念，但没给他具体的方法，给了他原则，但没给他“当下此刻”该怎么办的艺术：既反对流行的这一切又要与它们并不“我死你活”地矛盾下去？如何在险象环生的逆境中“重新开局”？只有这种智慧才能救得了他。这是任何时代的人都需要的真正的人生智慧。所有的哲学或思想都是为了养育这种智慧。

阳明一直寻找的也正是这种智慧。无论是兵家还是道家和释家，现在百川汇海，万法归一，凝聚成一个也是所有的问题：怎样将人的思维方式调整得既有效又正义？那些经传注疏只是从不再智慧的思想中搜寻各种角度和说法，有什么真切的指导人生的意义？那些智慧经过长时间无智慧的解释已经蜕化为习惯。

“君子勤小物，蕴蓄乃成行。”他此时感到了讲玄虚空寂的释、道两家在面临尖锐的生还是死，以及如何生与死时，几乎全无用处。他现在开始拈出后来心学普度众生的修养法门了：什么“无欲见真体，忘助皆非功”。忘，是故意去寻找无念头状态；助，是人为地来“拔苗助长”。王氏本人区别于其后徒的一个“指标”是王始终坚持“事上练”。找“忘”是坐枯禅。既要在事上练，还不能堕入缠执之中。不是一般的做什么事成什么人的问题，而是在做事中体悟存在，既不能在做事中遗忘了存在，也不能在体悟存在时反对做事，不会做事，败事。用他的话说即“践形乃无亏”。在这个意义上，他主张：

愿君崇德性，问学刊支离。

无为气所役，毋为物所疑。

北风送南雁

他在料峭春风吹人冷的时节，离开他原本要大展宏图的京都。

汪抑之、湛若水、崔子钟等人为他赋诗以壮行色，他也在他们的呵护中渐渐复苏了精神的活力与信心。他“南游”走了不到十几天，就再次赋诗申述前几天答诗的未尽之意，并且在梦境与他们重逢。毫无风刀霜剑的威逼感，并且再三念叨他们要在衡山结庐，共同研究《易经》的约言。经典，必然是他这种如“惊鹊无宁枝”者的家园。心学家是热心肠思想家。

按《年谱》及查继佐的《王守仁传》说：锦衣卫杀手追到江畔，阳明虑难得脱，急中生智，用上了当年习学侠客的那一套本事，将衣服鞋帽或投至江中，或搁置江畔，成功地布置了自杀的假现场，骗过了那些职业杀手（这其实很难。江水滔滔，杀手们看见江中衣帽须距离很近，距离近则能看见真相。距离远，走到跟前则看不到任何现场。再说锦衣卫的人岂是等闲之辈？），然后，他偷偷地爬上一条商船，船是去舟山的，忽起飓风，一日夜到了福建界面。他爬上武夷山，如惊弓之鸟，一气窜入深山之中。

深山之中只有寺院，到了晚上，他终于找到了一个寺院，请求容纳，但人家不收留他。一个面色发绿、神色荒凉、来路不明的中年男人，不容易被相信。他没法，只好在附近的一个野庙里落脚，躺在香案上睡着了。

这个野庙是老虎的家。那个不给他开门的和尚以为他已喂了老虎，来捡他的行囊，却见这个风餐露宿、爬了山的人睡得正香。这个势利的和尚以为他一定不是个凡人，就又把他请回寺中。

无巧不成书，当年他在铁树宫谈得特投机的那个道士，像正在这里等他似的，拿出早已作好的诗，其中有：

> 二十年前曾见君，
> 今来消息我先闻。

似乎是专门为来点化他的。

阳明问他该怎么办？并把自己刚下定的“将远遁”的决心告诉他。可能还给他看了刚写的与家人“永别”的诗：

> 移家便住烟霞壑，

绿水青山长对吟。

道士说：你父亲现在朝中，你不屈不要紧，刘瑾会把你老父亲抓起来。你是隐于深山了，但刘瑾会说或者北投胡兵了，或者南投海盗了，给你定个叛国投敌的罪名，你下三代都抬不起头来。

阳明知道他说得对，但一时难以回心转意。道士为他占了一卦，卦得“明夷”，虽是光明受损伤之卦，但可以有希望地等待着，会有圣主来访。人，就是这样，只要有希望，就可以忍受——心学是这种意义上的希望哲学，是阳明在“动忍增益”中锤炼出来的自救救人的智慧学。他本人也是有了希望就有了豪迈的气概：

险夷原不滞胸中，
何异浮云过太空。

其实，他只是刚刚不滞胸中。尽管如此，这位心学大师毕竟魄力挺大。他又毅然出山，重返充满荒诞和希望的人世间。他已不是无名小辈了。在京城流传着他自沉于江水、至福建始起的神话。还有他自己的诗为证：

海上真为沧水使，
山中又遇武夷君。

信以为真的人告诉湛若水，湛哑然失笑，说“此佯狂避世也”，他同时也笑世人喜欢“夸虚执有以为神奇”，哪里能懂得阳明这一套虚虚实实的艺术。湛还作诗总结王的这种“艺术”：“佯狂欲浮海，说梦痴人前。”他是显然不相信阳明沉江至福建复出的神话的。几年后，他们在滁州相会，联袂夜话时，阳明向老朋友吐露实情，的确是在英雄欺人，果不出湛所料。莎士比亚说：人生尽管充满喧哗与骚动，却如痴人说梦，毫无意义可言。痴人说梦自然是一塌糊涂，但阳明是给痴人说梦，是给出“梦”的人。王阳明可曾起过这样的念头：生活的魔力在于戏剧性，哲学能够对付这种戏剧性才是真正的哲学。

据《年谱》说，他从武夷山下来，到鄱阳湖北上，去南京看望因受自己牵连被刘瑾给弄成南京吏部尚书的父亲。

他在北新关看见了他的几个弟弟则有诗为证，他喜不自禁地说：

> 已分天涯成死别，
> 宁知意外得生还。

此时又只怕这骨肉重逢是梦。同样是梦，有时唯恐是真的，有时唯恐是假的：“弟兄相看梦寐间。”当然，既然已经生还就与真死大不相同了，哪怕是差一点死了，但没死就是没死。所以感叹之后，“喜见诸弟”的喜是有体温的。

虽然是贬斥到边地去做小吏，但没有限时限刻的死日期卡着。再说刘瑾忙得很，没有必要盯着一个小小主事。阳明可以从容地走走停停，正赶上又病了。这是大难过后的必然反应。现存赴谪诗证明他在杭州住了好些日子。先住在南屏山的静慈寺，应该是从春至夏都住在这里。起初还有兴致游南屏山，再后来，又移居到胜果寺。

杭州，是他的老朋友了。现在“湖山如旧我重来”，来在这个春天和夏天舔伤口（“卧病空山春复夏”）。胜果寺可能更凉快——“六月深松无暑来”。他的肺病，只宜静养。他现在既需要用静心的沉思来“洗心”，也需要用高质量的空气来洗肺。他从心眼里喜欢这个风水宝地。在这种人间天堂的环境中过心魂相守的宁静的书生日子，是他发自内心的愿望。再用颜子的内倾的精神境界来比论一番，就更心安理得了。“把卷有时眠白石，解缨随意濯清漪。”这种冰雪文字是心存富贵的功利人写不出来的。“便欲携书从此老”也是他此时真实的心声。他若没有这种淡泊的心境，也做不出惊天动地的功业。因为淡泊养“义”，因义生的“利”才是好“利”。此时还算进修，在深化“淡泊明志，宁静致远”的功夫。当然，只有这样养心，才能养病。

《年谱》将这一年定于“在越”，极可能是在杭州养得接近好了，便回到绍兴。虽然无诗可证，但基本可信。而且有“大事”发生：就是余姚徐爱和山阴蔡希颜、朱守忠，正式举行拜师礼，只有举行了这种礼才算正式入门为弟子。否则，只能算私淑，算业余的学生。这三个人，至少徐爱，早已从阳明问业。

这一年，阳明三十六岁，干支纪年则岁在丁卯。纪年文有《别三子序》，开头大讲师友之道：“自程、朱诸大儒没而师友之道遂亡。《六经》分裂于训诂，支离芜蔓于辞章举业之习，圣学几于息矣。”将圣学的存亡与师友之道的兴废因果性地联系起来，显然，师友之道是用师生链的形式保持着原儒之士子儒学的真本色。经过主试山东，以及后来的这场风波，阳明越来越意识到：只有自己另起炉灶，创立自己的学说和学人队伍，才有可能甩开官场那套混账做法、突破学界那种糊涂做法，使圣学真正复兴起来。

所以，他虽身处逆境的极点，但正式接收徐爱等三人，做起“导师”来。这毫无虚华之意，倒有切身的反面感受：“自予始知学，即求师于天下，而莫予悔也；求友于天下，而与予者寡矣。又求同志之士，二三子之外，藐乎其寥寥也。”这个孤独的状态是他的水平和志向以及处境的最好说明，这是一条中国版的“荒原狼”（黑塞有自传小说《荒原狼》）。现在收获了这三个弟子，他无比欣慰。但三人同时被举荐为乡贡生，就要到北京去了。他告诉他们，到北京后，找湛若水，就像跟我学习一样。

这三个同志的离开，使他有失助的遗憾。他们在哪儿都一样学习，“而予终寡乎同志之助也”，他是要准备做点什么了，“同志”一词，在此具有它最神圣的本义：就是想与他们一起与地面垂直相交，“出身承当，以圣学为己任”。用但丁《神曲》的话说叫：由是而出，重见繁星。

这种态度暂时还只是内倾性的一种人生姿态，一旦有了广大同志，便是实体性的社会力量，就精神变物质了。阳明当然能够清醒地意识到现在只能是“沉潜”期，也当然只是“潜龙”在“勿用”时期的沉潜。他语意深长地教导这三个首批上了“名册”的学生要沉潜进学，“深潜刚克，高明柔克”，温恭亦沉潜也，“三子识之”！

他现在能做的就是平静地到贵州龙场驿站去报到。

自然走得很慢，他从姚江坐船，抵达钱塘江，然后经江西广信（今上饶）、分宜、萍乡，进入湖南的醴陵，然后沿湖南的湘江，经过洞庭湖，溯沅江西上，经沅陵、辰溪等地，然后由沅江支流沅水，进入贵州玉屏。

“山行风雪瘦能当，会喜江花照野航。”看来，他还能强颜欢笑。因为这是他主动选择的道路，似乎没有多少理由怨天尤人。“野航”也是文人本是流浪汉的宿命，所以在野航中他能找到一种本真的感觉。野航，正是这条“夜航船”的本质。据说，幸福就是本质的自我实现，阳明可找到了归宿感?

水路漫漫，他没有抒发过“路漫漫其修远兮，吾将上下而求索”的豪情，他又到了当年过访娄一斋的广信。他当年志在成圣，如今是个“犯官”。遥想当年的豪气，他此刻只有哭笑不得的无奈而已。成圣之路必然逻辑地包含着发配之路吗?

对这个话题他已无言。

他未能在年底以前到达贵州。“元夕”之夜，他还与广信的太守在船中“夜话”呢。他当年就模仿过苏东坡的《赤壁赋》，现在依然情愿消融于江风明月之中。他很感谢蒋太守热情地接待他这个准配军。这种古君子风让他感动得表示要继续寄诗给蒋先生。尽管他说到了湖南就寄诗过来，但现存的诗篇没有。也许是蒋个人保留着而终于湮没在滚滚红尘之中。

必须正视的现实是他必须往前走。刘瑾不相信眼泪，大明朝也不相信眼泪。阳明的情绪还是那么不稳定。当他只面对自己时，他的精神胜利法就可以使他感觉好起来:

> 青山清我目，流水静我耳。
> 琴瑟在我御，经书满我几。
> 措足践坦道，悦心有妙理。

在江阔云低雁断叫西风的“野航”之中，古老的《易经》居然使他欣喜起舞，顿忘形骸，大有何似在人间之慨。这显然是只能与智者道，不能与俗人语的“精神舞蹈”。发完少年狂之后，他又敛衽端庄地静坐，心游万仞神骛太极，去冥想大化玄机，生生之易理。结论是：

寒根固生意，息灰抱阳精。

要调理自己的精气神，去吻合生生易道，去“辩证”地迎接世界的挑战。于枯寒处悟见“生意”，又能“晦”处安身，负阴抱阳。只要精气内完，外物奈何于我？——这岂不等于说我是神仙我怕谁？

这种超越飘逸的心境固然不常有，但一年之内有这么几次就足以保持精神胜利的“元气”，就有了抵御外界风寒的心力。正好这种精神法宝代有高人来做灯传。王在“萍乡道中”正好遇见一个祭祀周敦颐的濂溪祠，他自然虔诚地进谒。他对周圣人的评价要高过朱子。因为周子不支离（仅留下六千二百四十八字的东西），有神性，兼容儒、道、释三家，而又能一本于圣道。周也因此而成为理学及阳明心学的开山祖师。

于此，略述周子，能了解阳明到了什么火候。周的家乡有许多能显示周的精神特征的小地名，如安心寨、圣脉泉、道山，更不用说什么极有仙风道骨的濂溪、濯缨亭、濯足亭、钓游桥、五行墩等等。阳明的隐逸气、道士气，正是周这种儒生风味的道士气。阳明的诗天然地像周，也许并未刻意追摩，只因“心”似，故声气便自然如出一辙。周的《濂溪书堂诗》：“田间有流水，清泚出山心。山心无尘土，白石磷磷沈。”通篇都是这种调子、写法。比阳明的还清淡（淡乎寡味）。要点在于其意境，即其中包含的人生哲学、人生境界，是冰雪文，是平常心，是拒绝滚滚红尘超然物外又不弃世的真道学的人生态度。这也是王一直要从颜回处学习的“道行”，是王一直标举“颜氏之学”的内心原因（颜回是儒门修静虑开了悟的，比禅宗早千年）。

王谒濂溪祠的诗写得很好，确实是神到意到之语：

> 碧水苍山俱过化，
> 光风霁月自传神。

他毫不掩饰地承认自己是周的私淑弟子，也承认自己是心丧到此地。但只要以濂溪为榜样，何愁前路无光风霁月？但心路与世路颇难一致，是世路大呢？还是心路大？就看你有一颗什么样的心，就看你的心力大不大了。

是否人生在旅途，读《易》最相契？反正，阳明是迷上了《易》——“还理羲编坐夜长”。

“醴陵西来涉湘水”，跨越了今天属于江西的山地，他来到湖南地面。他身体不好，走水路为宜。舍鞍马而坐船，就算今日之坐卧铺了。走水路实在绕了远。而且，也许，他在磨蹭着等刘瑾覆亡的消息。凭着他的《易》学水平和政治智慧，他现在对刘瑾的灭亡已“知数”矣。这也是读《易》便欣喜气畅的原因。

到了长沙之后，他情绪很好。他的学术名声因传奇性的政治遭遇而流传远播。湖南的学子有向他请教的。这其实搔着了他的痒处。心学家染有“好为人师”这种“人之患”。湛若水笑王“病在好讲学”，算知音之言。他此刻虽然“旅倦憩江观，病齿废谈诵”，但他不顾病倦，勉力跟问学的青年讲贵在立志的重要性。先“静”下来，培养颜回、曾点的境界，明白大厦之材必出幽谷的道理。不要急功近利，“养心在寡欲”。他举经典性的例子：“孔圣固惶惶，与点乐归咏；回也王佐才，闭户避邻鬨。”这种意志自现在确立之后，他终生奉行不渝。这是对治明人好名、奔竞大于沉潜的毛病而特别标举的方针。他勉励长沙的学子，宋学的基地就在你们湖南，周濂溪、朱熹在湖南留下了良好的学风、学统，应该立志继承这一宝贵的“圣脉”。明白的理性、深沉的勇气，永远是士人最可宝重的“气”。

极重师友之道的阳明，也的确是为了“道宜日相求”而与好学之士论学往还，而不是来游取虚名的，更不是来游山玩水的。他满怀着对宋儒的尊仰之情，决心西探岳麓：“昔贤此藏修，我来实仰止。”这个志在成圣的人由青年变成了中年，现在总算找着了成圣的门径，在患难之中，尝到圣学的精神疗救的滋味，越发深信不疑了。他屡次提起曾点和颜回，再三表示要像他们那样潇洒走一回。“渴饮松下泉，饥餐石上芝。”他现在更多地想的是“处则为真儒”的一面，但也合理地包括“出则为王佐”的另一面。随时而起、待机而动。资之深者，左右逢其源。岳麓山虽说颇当我情，但既是求道，何必唯在此山？一旦靠近了“圣脉”，他就能对自己充满信心——“晚闻冀有得，此外吾何知！”儒学对于真诚的儒生还真有这种宗教般的升华功能。

据诗中所写，岳麓书院已经破败，房屋不能蔽风雨。但阳明的心情很好，雨过天晴，他能为目睹朱子和张栻讲学的遗迹而高兴。他不让热情的周生通知赵太守他们，但后来赵太守他们还是赶来，并一起在山上喝酒到城里起了灯火。

长沙的赵太守、王推官，最后又到船上与他拜别。他赞扬他们在保持儒学气象方面做的有益工作。但也坦白地说出，这块斯文重地，已今不如昔。他提议在这鱼目混珠的年头，首先得洁身自好，哪怕是“迂疏自岩谷”，也要守住儒士的下限。

从长沙出来，开始很快，“瞬息百余里”“舟人共扬眉”，他却于欢畅时感到了危机。果然，天黑时在进入沅江之后，飞舟触石，差不多散了架，就别提多狼狈了。还得说，这个人命大。像康有为渡海外逃时，早一会儿晚一会儿，都会被追捕捉住，却偏能逃生一样，王也是几次大难不死。活该他们成就一番不世之功业。眼看就要到天心湖时，突然风雷大作，又一次险些送命，善于顺势御马的王果断地决定停泊于岸边，然后沿岸边缓行。他说：“虎怒安可撄？”暂避其锋后，他们顺利地像箭一样到达了武阳江。生火做饭，暗暗庆幸劫后余生。

王的结论是：

> 济险在需时，侥幸岂常理？
> 尔辈勿轻生，偶然非可恃！

特立独行的海瑞

熊召政

一

隆庆三年（1569）的某个秋日，时以御史中丞职务出使应天巡抚的海瑞，坐在衙门的廨房里翻阅朝廷的邸报，忽有衙役来报，外头有人递来了讼状。海瑞一听来了精神，当即接过讼状来读，看后不觉脸色大变。原来这份讼状很特别，告状人落款是柳盗跖，被告者是伯夷、叔齐兄弟。缘由是他们依仗孤竹君之势，强占首阳山，辱骂周武王，希望海大人秉公而断，为柳盗跖申冤，判处伯夷、叔齐兄弟有罪。

柳盗跖、伯夷、叔齐均是春秋时期人物，前者是著名的大盗，后者是著名的贤人。熟悉当时苏、松地方情况的人都知道，这份讼状是讽刺海瑞的。说他自来应天府行政以来，一味偏袒奸宄小人，而使忠厚之家富庶之人屡受其害。

每一个朝代，都会产生很多名人。而名人又分两种，一是载诸史籍，一是在老百姓中流传。载诸史籍者十之八九都会被后世遗忘。因为除了史学工作者，很少有人会花大把时间去啃那些枯燥乏味的史书。而在老百姓中口口相传的人物，则是真正的名人了。

老百姓喜欢的人物，或者说老百姓痛恨的人物，极易得到流传。尽管老百姓的爱憎，并不代表某一人物的历史功过。但老百姓心中的一杆秤，还是能够称出是非曲直来。一般来讲，偏差不会太大。

明朝的海瑞，便是老百姓比较喜欢的名人。他的清官形象，一直让人怀念。但是，明人笔记文中对他的评价和描述，与老百姓对他的“造型”有些差异。以上这则记于《山志》中的笔记，便明显表示了对海瑞的不恭。

海瑞是海南岛的琼山县（今琼山市）人，身历嘉靖、隆庆、万历三朝。此人以清廉著称，在当世就有极大的影响。他从走上仕途的那一天起，就表现出特立独行的品格。

二

他当的第一个官，是在福建某县的学宫里当一个九品的博士。这个卑微的教职，只能说是有一份俸禄，根本谈不上有什么职权。有一天，省里的御史大人来到县里，视察学宫。县里的一应官员，在县令、教谕等带领下，齐刷刷跪在堂下行恭迎大礼。唯独这位海瑞挺身不跪，旁人吓得不得了，问原因，海瑞说：“如果我到了御史衙门，当以下官的礼节谒见，但此处是学宫，是师长教士之地，教师在这儿向视察的上司磕头，岂不有辱师门？”这话乍听起来，确有道理，但官场上的尊卑之分，却是另有规矩。因此，学宫的负责人——两位训导认为海瑞狂悖，一起上前，摁住海瑞要他磕头。海瑞虽然瘦弱，此时发了犟，居然力气很大，两位训导摁不下他。这场会见被他搅局，弄得不欢而散。

这一次事件，可以称作海瑞进入公门的第一次亮相。大家都觉得这个人有骨气，但也是个“拗相公”，不好打交道，便送给他一个“笔杆博士”的绰号。

几年后，海瑞被浙江巡抚看中，聘往浙江主持省试。能当一个省级的主考官，是读书人莫大的荣耀。海瑞只是一个乡试的举人出身，并没有朝廷金榜题名的进士头衔。浙江巡抚礼聘他前来主持阖省乡试，也算是不拘一格用人才了。海瑞因此也看重这个。但是到浙江不久，他就和巡抚大人闹翻了。其因是他要按照惯例自己出考题。巡抚大人岂肯让出这份权力？坚持说主考官只能监考，不能出题。其实，这种做法在当时已司空见惯，许多主考官乐得接受。毕竟，省试之后，考中的举人都会认主考官为“座主”，一时间多了这么多的门生弟子，等于在官场上有了一股忠于自己的势力，何乐而不为呢？海瑞偏不这样想，他说：“身为主考官而不能自出试题，这主考官岂不虚设？”他坚决不肯当聋子的耳朵，巡抚大人当然也不肯让步，相持不下，海瑞便将巡抚送来的聘金尽数退回，带着苍头拂袖而去。后在有关方面官员的斡旋下，巡抚任命他为淳安县令。海瑞接受了，自此算是真正当上了一名品级低下的行政长官。

浙江虽为膏腴之地，但淳安县却是个穷县。海瑞到县之后，就带着老苍头将衙门中的隙地开垦出来种麦种菜，以求自给。凡事节俭，绝不扰民。一天，浙江总督胡宗宪的儿子过淳安县，胡公子自恃乃父威权，开口向海瑞索要人夫差银。海瑞只以粗茶淡饭招待，并告之县里无人夫可供，若一定强要，他这个县令就只好亲自当差，给胡公子当轿夫。胡公子一听，急咻咻走了，回去向胡宗宪告状。胡宗宪平倭有功，是深得嘉靖皇帝宠信的封疆大吏，平常也很骄横，因此就起了心思要治治这个不通人情的海瑞。这时，他听亲信汇报说，海瑞刚刚给老母祝寿，只买了两斤肉，便立即打消了念头。胡宗宪想，这样一个倔汉，招惹他有何意义？还是敬而远之为妙。

仅此三件事，海瑞就声名鹊起，大家都知道官场有个叫海瑞的人，清廉而又板倔，公正却又迂腐。谁都愿意给他唱颂歌，但谁也不愿意和他交朋友。官当到这种地步，别人觉得他难受，但他自己怡然自得，没有任何不舒服的地方。

中国古代官场的当道政要，对于海瑞这种人，尽管内心不大喜欢，但表面上还是要肯定他为楷模。海瑞虽然没有朋友，也没有后台，但作为官场的“花瓶”，点缀的必要，他还是不断地升官。嘉靖末年，他终于从淳安县令升任为户部的六品主事。从地方官变成了京官，这仕途不能说不顺利。

但是，当了京官的海瑞，却一点也没有改变个性，仍然像过去那样疾恶如仇，快人快语。如果说过去他得罪的只是封疆大吏，到京城之后，他更是将批判的矛头，直接对准了嘉靖皇帝。

海瑞上书指斥嘉靖皇帝种种不端，这是他历史中最为光彩的一笔。吴晗据此而写成的戏剧《海瑞罢官》，影响颇大。因此本文不用对这件事做充分的描述。但是，这件事发生后的两个小故事，倒是有趣，不妨记录如下：

传闻公疏即入，世庙震怒。握其疏，绕殿而行。曰：“莫教走了！”一官女主文书者在旁窃语曰：“彼欲为忠臣，岂肯走乎？”已而，召黄太监问之，黄曰：“此人极戾，朝臣皆恶之，无与立谈。昨此疏既上，其仆已亡去矣。”上问：“何以处之？”黄曰：“彼欲以一死成名，皇上杀之，正彼所甘心，不如置此狱中，使之自毙。”上是其言，既而有旨：“此畜物有比干之心，但朕非纣也。”

世庙大行，狱典度海瑞必赦，预为联络。备酒肉至狱室款待。海瑞以为死期已至，略无惧色，大嚼之。餐毕欲赴刑。方知皇上驾崩，顿时痛哭失声，所啖酒肉，悉数呕吐。

海瑞上书骂皇帝，吓得跟了他多年的一个老仆人都连夜逃走，可见此事的严重性。若不是黄太监，他纵有十颗脑袋，也都保不住。嘉靖皇帝对他可谓恨之入骨。可是，他一听说嘉靖皇帝驾崩，立刻哭得昏天黑地。

三

海瑞在诏狱里坐了整整两年。嘉靖皇帝不死，没有人敢给他说话。老皇上一咽气儿，当时的首辅徐阶立刻就向新登基的隆庆皇帝建议，给海瑞平反复职，并官升三级。海瑞挂职在都察院，官衔是四品的御史中丞，出使应天府。应天府就是今天的南京，管辖苏州、松江、凤阳等府治。古戏文中所说的“八府巡按”，就是海瑞这个角色。

此时的海瑞，可谓名满天下。但他秉性不改，到江南履任，又弄出了许多令官场难堪的名堂。

按规矩，他这个御史大人出门应乘坐八人大轿，有一支人数不少的仪仗队。有鸣锣开道者，有举着“回避”“肃静”等牌面者，有擎伞盖者，有荷刀护卫者。这些待遇都是朝廷规定的，就像今天规定各级干部的坐车标准一样，是正当名分的待遇，不算腐败，更不算僭越。但海瑞却将本该乘坐的大轿与仪仗队革去。出入自乘一马，安排两名差人荷杖随行，以便随时照应。

他的这种做派，就是今天所说的“轻车简从”。出门从简，但每日在衙门内升堂，海瑞又把仪式搞得非常复杂。他规定所有属官以及僚吏，都得穿上正规的官服，待他坐定之后，依次入堂向他行拜见之礼。当年他当博士时，不肯向省上来的御史大人行跪见之礼，时至今日，他却要求所有的下级官吏向他磕头。前后一比较，许多人便对他产生了不满。特别是他的属官与僚吏，更是意见很大。盖因海大人的轻车简从，极得民心，许多老百姓便以他为榜样，去衡量其他官员。他这个御史大人出门骑马，以此类推，他的属官级别比他低，出行不但不能坐轿，甚至连马都不能骑。因为，你不能与堂官享受同等待遇嘛。因此，每逢他的属官乘轿出行，便会受到老百姓的冷嘲热讽。在外遭遇种种不堪，来到公堂，又须得向海大人下跪，里外都尴尬，里外都难受。半年之内，这些属官们都纷纷要求调动，不肯在他的手下工作。

海瑞对待手下苛刻，对来他的府治检查工作或者过境的官员，也一概损抑。比如说，该官员的品秩，照例可用十个差役，他则减半调拨；可无偿乘坐官船的，他则配给一匹马；该供一桌丰盛酒席的，他只给四菜一汤，而且也不派人陪吃。当时官场的风气，大凡官员入境，必提高规格接待，像海瑞这样减半执行的，大概国内再没有第二个人了。因此，在他的府治，很少会有上司前来视察。不少过境的官员也都绕着走，不肯与他见面。

关于这种情况，清人笔记《山志》中有一段描述："陆伯生《樵史》有云：'海中丞公瑞开府江南，意在裁巨室，恤穷閰，见稍偏矣。卒之讼师祸猾乘机逞志，告讦横起，举三尺而弁髦之，遂成乱阶。诸大姓皆重足立，三吴刁悍风自此而长。'予尝谓忠介清风劲节，元不可及。然为政之道，贵识大体，使忠介当国，吾不知其竟何如也？"由此可见，时人对海瑞的作风，已有微词。

更有甚者，海瑞处理公务，亦有强烈的"劫富济贫"思想。他到应天府治的第二年，正碰上吴中大旱，百姓春荒无食。海瑞可怜饥馑中的小民，便劝富人放赈。他的"劝"，实际上是强行摊派。他先到溧阳，找到致仕回籍闲居的史太仆，要他出三万石粮食。史太仆家本富饶，加之知道海瑞是个惹不起的角色，便老老实实捐了三万石粮食。而后，海瑞又跑到华亭县找到已退休回家的首辅徐阶，要他捐出一部分家产以赈乡里。前面说过，这个徐阶是将海瑞救出诏狱的恩人，但海瑞不讲情面，执意要徐阶认捐。他这么做，是抓住了徐阶一点把柄。徐阶的儿子横行乡里，早有一些民怨。海瑞与徐阶讲条件，你若不认捐，就把你儿子治罪。徐阶无奈，也只好捐了几千石粮食应付过去。

这件事情，对海瑞的杀伤力最大。中国是一个人情社会，知恩图报又是被人们普遍赞颂的美德。海瑞如此对待恩人徐阶，许多官场中人便认为这个人完全不通人情。尽管他很有民心，在官场却陷入彻底的孤立。

从当时的一些记述来看，海瑞这一系列做法的确大得民心，但由此也培植了一些小民的“吃大户”的思想。社会风气也的确在变坏。本文开头讲的那份递到海瑞手上的状纸，正是在这种情况下出现的幽默。

万历中期的李乐在《见闻杂记》中说：“当官者贪财无耻，想是性生，不足责矣。有一等廉靖无求之人，非不可嘉可重。至于临大事，决大疑，遇大歉，须要有胆略，有才智，方能办得事来。吾乡万历十六年荒甚，有一郡伯令穷民至富家食粥，百十成群，几致大乱……此郡伯甚为清介，然何补于荒政也？”

历史中这一类的事情很多。我们通常都把“清官”当作好官的典型。我个人认为，这是一种偏见。清官之廉洁，是品行的优良，这是一种道德的评判。但当官仅有良好的品行是不够的，还要有为朝廷增辉、为百姓谋福的能力。有好的品行，又有很强的执政能力，方是好官；若仅有好的品行，则只能算是好人。

海瑞便属于品行优良的好人。若论他当官的政绩，则乏善可陈。我想，这也是朝廷的用人不当。像海瑞这样的人，让他当监察方面的风宪官，则十分称职；让他开府建衙，当地方上的行政长官，则正好应了一句谚语：戴石臼玩狮子——自己累死了，别人还说不好看。

四

海瑞这一次在江南的开府，不到两年就干不下去了。他自己提出辞职。隆庆四年（1570）二月，朝廷将他改任为南京粮储督官，未及一年，又因与同僚相处不谐产生剧烈冲突，从而提出辞职。这本是一个姿态，但他的手本送到御前，没有一位大臣替他讲话，于是皇上准了他的奏本。海瑞也就只好怀着一腔怒气，回到海南的琼山老家闲居。他是在隆庆四年末辞职归里，两年后，隆庆皇帝去世，十岁的万历皇帝继位，张居正代替高拱担任首辅之职。这位明朝中晚期的中兴名臣，甫一上任就以雷霆手段除旧布新，推行“万历新政”。他惩处了一大批贪官、庸官，也破格提拔了一批新人。但他在其执政的十年中，始终不用海瑞，因为张居正的用人政策是“重用循吏，慎用清流”。在他看来，海瑞只是一个好人，但并非一个好官。他对海瑞个人的操守表示欣赏，但认为海瑞并非“循吏”，就是说海大人没有能力发展经济，让老百姓获得福祉，所以弃而不用。

张居正于万历十年（1582）去世，在他死后，万历皇帝对张居正进行了最残酷的清算。这时，又有人提出起用海瑞，万历皇帝首肯。于是在万历十三年（1585），经由吏部安排，海瑞再次复官，任南京吏部右侍郎、南京右佥都御史等职。从这种安排来看，海瑞虽然复官，但并未受到重用，因为当时的中央政府在北京。南京虽然保留了一套中央机构，但因只是留都，故多半都是闲官。万历皇帝将海瑞安排在南京当官，我猜他的心思，也只是想借海瑞的名，而并非要他担当治国理民的重任。

海瑞第三次复出时，已经六十多岁了，两年后，他死于任上。同事王用汲检点他的遗物，除了自写的诗文，一点破旧的日常用品，财物方面只有几两碎银，可谓清贫到家。听说他的死讯，官民两方面的态度大不相同。官员中有不少人私以为庆，而老百姓则为之举哀，许多人哀恸不已，竟“罢市者数日”。海瑞出丧的那一天，他的灵柩抬出南京城经由水路运回老家海南琼山，老百姓沿途设祭，数百里不绝。那场面实在感人。当时有一位南京的秀才，叫苏良，写了一首吊唁海瑞的诗：

批鳞直夺比干心，苦节还同孤竹清。
龙隐海天云万里，鹤归华表月三更。
萧条棺外无余物，冷落灵前有菜根。
说与旁人浑不信，山人亲见泪如倾。

苏良没有官身，所以是老百姓的代言人。海瑞死后，纪念他的诗，最有感情的，大概就是这一首了。

改革家张居正

熊召政

一、多事之秋的一封私人信件

公元1561年的确是个多事之秋。这一年的正月，鞑靼吉能部自河西走廊越过黄河南下骚扰。八月，蒙古王俺答率兵进攻宣府。九月，俺答部又攻破居庸关。而自春天开始，南方的广东、福建、江西等地，相继爆发农民起义；而倭寇又屡屡侵犯浙江沿海。官军南北驰驱，疲于奔命；百姓流离失所，苦不堪言。可是，已经当了四十年皇帝的世宗朱厚熜，犹自沉迷道术，终日以斋醮炼丹为乐。奸相严嵩一手遮天，贿风与秽迹，污浊公门。在这一年的初冬，时任国子监司业的三十七岁的张居正，正就着一盏寒夜的油灯，给远在宁夏指挥部队作战的老友耿定向写信：

> 长安棋局屡变，江南羽檄傍午。京师十里之外，大盗十百为群。贪风不止，民怨日深。倘有奸人乘一旦之衅，则不可胜讳矣。非得磊落奇伟之士大破常格，扫除廓清，不足以弭天下之患。……顾世虽有此人，未必知；即知之，未必用，此可为慨叹也。

从这封信中，我们看到嘉靖四十年（1561）的中国是何等风雨飘摇，无论是军事、经济，还是吏治、治安，大明王朝都危在旦夕。当时的张居正，只是文官系统中的一个中级官员，且不在显赫部门，担任的是一个学校的行政长官，但"位卑未敢忘忧国"，他呼唤"磊落奇伟之士"的出现。其实，从信中不难看出，他认为自己就是那个可以大破常格，挽狂澜于既倒的磊落奇伟之士。

在当时，谁也不会想到，这个满怀忧患且意气风发的年轻人，十年后，竟然会在中国的政坛上，掀起一场前所未有的十级地震。

二、志在匡时救国

张居正是湖北江陵人。他的七世远祖张凤保，是朱元璋率领的农民起义军中的一名普通士兵。后来，随着大将军徐达的部队进驻湖北。论军功，安排在湖北秭归当了一个可以世袭的百户长。在当时授职的军人中，这应该是最低的赏赐。张居正近祖的这一支，显然不是长子，所以屡屡迁徙出外谋生。到了他的祖父张诚这一代，才定居江陵。张诚在辽王府中谋得一个守门的职位，这相当于今天的保安。因此，尽管张居正的远祖曾是创建大明王朝的一个小小的功臣，但他仍属于平民出身。

传说张居正出生时也出现过灵异。他的祖父梦见一只大白龟从厨房的大水缸中浮出来，暗夜的家中光明如昼。第二天张居正诞生，祖父于是给他取名“白龟”。他的父亲张文明是一个秀才，嫌白龟过于俗白，于是，将龟字改为圭，音相似，但寓意更美好。十三岁，张居正考中秀才，荆州知府觉得白圭名字仍然不雅，于是将白圭改为居正。从此，这个名字便成为中国历史中不可替代的符号。

张居正两岁就能识字，在故乡有神童之称。他十九岁参加全省乡试考中举人，二十三岁参加全国会试考中进士，并被选为庶吉士，在翰林院中读“博士后”。两年后毕业，被授予翰林院编修。在这两年内，世宗宠信严嵩，先后杀三边总督曾铣、首辅夏言，接着东南倭寇猖獗，抗倭功臣朱纨被罢官。至此，终世宗一朝国无宁日。刚刚当“公务员”的张居正，觉得自己获得了国事的建议权，于是，立即给世宗皇帝写了一份洋洋数千言的《论时政疏》，开头就讲大道理：

> 臣闻明主不恶危切之言以立名，志士不避犯颜之诛以直谏，是以事无遗策，功流万世。故嫠妇不恤其纬，而抱宗国之忧。臣虽卑陋，亦厕下庭之列。窃感当时之事，目击心怀。夙夜念之熟矣，敢披肝胆为陛下陈之。伏惟圣明少留意焉。
>
> 臣闻天下之势，譬于一身。人之所恃以生者，血气而已。血气流通而不息，则薰蒸浇灌乎百肢，耳目聪明，手足便利而无害。一或壅阏，则血气不能升降，而臃肿痿痹之患生矣。臣窃惟今之事势，血气壅阏之病一，而臃肿痿痹之病五，失今不治，后虽疗之，恐不易为力矣。臣敢昧死以闻。

写完这一段务虚的引言大道理后，张居正开始从约束宗室、爱惜人才、慎选守令、巩固边防、节省开支等五个方面提出改革的意见。在疏文的最后，张居正写道：

> 五者之敝，非一日矣。然臣以为此特臃肿痿痹之病耳，非大患也。如使一身之中，血气升降而流通，则此数者，可以一治而愈……
>
> 臣闻扁鹊见桓公曰："君有疾，不治将深。"桓公不悦也。再见又言之，三见望而走矣。人病未深，固宜早治，不然，臣恐扁鹊望之而走也。狂瞽愚臣，辄触忌讳，惶竦无已。虽然，狂夫之言，而圣人择焉。伏望圣明少留意于此，天下幸甚。

写这封《论时政疏》时，张居正才二十五岁。在今天，这个年龄的人被世人称为"80后"，还在争论他们是否甘于当"啃老族"，有没有社会责任感，会不会走正路。须知四百六十年前张居正这个"80后"，却已经以新锐政治家的面目出现在中国的政治舞台上。他不但承担社会责任，还以极大的勇气指斥时弊，为国家的发展提供建设性的意见。从这一点上看得出来，张居正是一个天生的政治家。

细细研读这封信，感觉得到张居正的政治敏感度很高。如此年轻，就有宏阔的政治视野和严谨的治国理念，这实属难得。但是，这封奏疏并没有引起世宗的注意，我们看不到皇帝对此有任何意见或批复。不过，这位初出茅庐的年轻人倒是引起了一个人的注意，那就是时任翰林院掌院学士的徐阶。这位精明的小个子政治家，立刻将张居正收至麾下并加以培养和保护。

张居正在翰林院编修的位子上度过了平淡的五年。眼看严嵩当权积弊日深，张居正深感失望。其时，虽然他的政治导师徐阶已经入阁成为严嵩的副手，但他也无从展布，除了暗中积蓄力量也别无他法。于是，三十岁的张居正决定离开官场，他向吏部请假回老家养病获得批准。回到江陵老家，一住就是三年。人虽然回到江湖，但心还留在庙堂。他不是真正的归隐，而是怀才不遇的表白方式。回家第三年的春节，他写了一首《元日望阙》的诗：

北阙朝元忆往年，趋承长在日华边。
青阳御跸乘春转，黄道诸星傍斗旋。
镐宴并霑歌湛露，虞庭率舞听钧天。
江湖此日空愁病，独望宸居思渺然。

由此可见，张居正的志向并非要当闲云野鹤，而是要匡时救国。终于，在闲居了三年之后，他重新回到了京城。

三、十年间成为两代帝师

张居正少年老成不苟言笑，这一点既赢得尊重也让人忌惮。他回到京城仍在翰林院供职。三十六岁时，由于徐阶的推荐，张居正由翰林院编修升右春坊右中允，并兼管国子监司业事。

应该说，张居正的仕宦生涯，到此才有一个明显的转折。右春坊是专门负责太子学习的教育机构，当了这里的右中允，名义上就是太子的老师了。而国子监则是国家唯一的大学，又称太学，司业是主管教育的二把手。张居正同时兼任这两个职务，便为日后的晋升打下了坚实的基础。

世宗皇帝生过三个儿子，但到张居正担任右中允的嘉靖三十九年（1560），他只剩下了一个儿子，余下两个皆病死。这个儿子即是后来成为隆庆皇帝的朱载坖。因为世宗不肯立太子，朱载坖当时的身份是裕王。张居正这个右中允，就是充当裕王的老师。

裕王是个宽厚的人，但一生嗜好酒色而不喜念书，他比张居正小六岁。张居正给他当老师时，已经三十岁了。这个年纪早已不是潜心读书一心治学的最佳时候，何况裕王因为没有太子的身份，名义上还不是储君，因此老是担惊受怕郁郁不乐。不过，徐阶心中明白，大明江山迟早要交到裕王的手上，早早安排张居正当他的老师，怎么讲对张居正来说都绝无半点坏处。果然，六年以后世宗驾崩裕王继位，是为穆宗。作为裕邸旧臣的张居正，一下子就进入权力的中心。虽然他此时的官阶只有五品，但已担任首辅的徐阶对他信任有加，特别援引他参加世宗遗诏的起草工作。穆宗一登基，张居正即被提拔为翰林院侍读学士、掌院事。

五个月后，张居正又升任礼部右侍郎，一个月后，又升为吏部左侍郎兼东阁大学士，进入内阁参与机务，再过两个月，又升任礼部尚书兼武英殿大学士。至此，刚满四十二岁的他，成为朝廷里最为年轻的内阁辅臣。他从六品官升任五品官用去了整整十二年，从五品官升任四品用去了五年，从四品官到二品却只用了九个月。

在隆庆一朝，张居正虽然已经是柄政大臣，但他仍是一名合格的帝师。除了继续充当穆宗经筵的讲官，同时他还担任了时为太子后来登基为万历皇帝的朱翊钧的老师。如果说穆宗的首席讲臣是高拱的话，那么，朱翊钧的首席讲臣则无疑是张居正了。

张居正与朱翊钧的关系，既是君臣，又是师生，在十几年的时间中，这两人之间演绎的爱恨情仇，可谓超乎异常，完全具备美国好莱坞大片的几大要素。但是，有一个基本点是，张居正自始至终，对朱翊钧一直充满尊重与爱怜。

隆庆二年（1568），张居正给穆宗皇帝上了一道《请册立东宫疏》，率先提出要穆宗尽早确立朱翊钧太子的身份，疏中言道：

> 以皇子年尚幼，先赐名而后册立。臣有以见皇上慎重大礼之意。但人心属望已久，大计亦宜早定。
>
> 查得我祖宗故事，宣宗以宣德三年（1428）立英宗为皇太子，时年二岁。宪宗以成化十一年（1475）立孝宗为皇太子，时年六岁。孝宗以弘治五年（1492）立武宗为皇太子，时尚未周岁也。今皇子年已六岁，比之孝庙年适相符，较之英、武两朝，则已过其期矣。伏望皇上率由祖宗之旧章，深惟社稷之长计，以今首春吉旦，敕下礼官，早正储宫之位。以定国本，以慰群情。

穆宗一共生有四个儿子，长子、次子先后夭折，存下的三子翊钧、四子翊镠，均为李贵妃所生。朱翊钧生于嘉靖四十二年（1563）八月十七日酉时，到张居正上疏请立太子时，他正好六岁。

张居正的建议被穆宗采纳，三月九日正式下诏册立朱翊钧为太子。

两年后，张居正又给穆宗上了一道《请皇太子出阁讲学疏》：

> 昨该礼部、礼科，题请东宫出阁讲学，臣等拟票，择日具仪。奉御批："年十龄来奏。"此我皇上保爱东宫，不欲以讲读劳之也……远稽古礼，近考祖制，皆以八岁就学。盖人生八岁，则知识渐长，情窦渐开，养之以正，则日就规矩；养之不正，则日就放逸，所关至重也。故周成王在襁褓之中，即周、召、太公为之师保，为之置三少，为之选天下之端士，以卫翼之。自孩提有识，即见正事，闻正言，而成王为周之令主，良有以也。

张居正不愧是教育家出身，对太子为何要出阁读书讲了充分的道理。但穆宗仍坚持要等到朱翊钧十岁才出阁读书，他本人不爱读书，也怕读坏了太子。由于他的固执已见，以致朱翊钧两年后仓促登基时，不但是个十岁的孩子，还几乎是个文盲。那时，他刚刚出阁读书才两个月，一本《三字经》才读了几页。

四、辅臣与帝师的双重角色

隆庆六年（1572）六月十六日早朝时，小皇帝朱翊钧并未出现，而是让太监王蓁当众宣读圣旨，让首辅高拱回籍闲居，而张居正则顺利地接替首辅之位。

关于这次权力斗争，本由高拱与大太监冯保之间的仇怨引起，但张居正无疑是最大赢家。史家通常的说法是张居正"附保逐拱"，这被当作张居正人生的污点而让人诟病。

张居正与高拱，都是徐阶看中并着意栽培的人物。两人同在国子监共事，又同为裕邸旧臣，关系一直很好，但随着高拱与徐阶反目并欲置徐阶于死地，两人便产生了分歧。张居正尊重导师，在高拱对徐阶的三个儿子施以毒手时，张居正则尽力保护。为此，两位心心相印的政友产生了矛盾。穆宗皇帝死后，两人的矛盾公开化。说实话，如果不是张居正与冯保结为政治同盟扳倒了高拱，以高拱的性格，在他收拾了冯保之后，也一定会将张居正逐出内阁。为自身的安全计，张居正此举虽有可指责之处，却并没有太多的过错。更重要的是，张居正与冯保结为盟友，并非沆瀣一气做尽坏事，而是将朝廷中最大的一股政治力量团结起来，使其推行的“万历新政”得以顺利展开，从这点上看，张居正团结冯保，实际上是做了一件利国利民的好事。

张居正当上首辅的第三天，即隆庆六年（1572）的六月十九日，小皇帝在乾清宫前面的平台单独接见张居正。其时，张居正因去万寿山视察穆宗陵寝工程而中暑，在家养病。小皇帝见到张居正，便安慰道：“先生为父皇陵寝，辛苦受热。”接着又追述先皇之言：“先生忠臣。”尔后又道：“凡事要先生尽心辅佐。”

十岁的小皇帝说出这番话，令张居正大为感动，于是伏地奏道：“臣叨受先帝厚恩，亲承顾命，敢不竭力尽忠，以图报称。方今国家要务，唯在遵守祖制，不必纷纷更改。至于讲学亲贤，爱民节用，又君道所当先者，伏望圣明留意。”

这是张居正当首辅后第一次向小皇帝表述自己的施政纲领。关于这一次谈话，历史学家樊树志先生在其所著的《万历传》中有如下评价：

> 这个极力主张对弊政扫除廓清的人，此时只字不提改革，而

强调遵守祖制，不必纷纷更改，用心颇为良苦，非不为过，实不能也。地位尚未稳固，时机还不成熟。他是个深沉有城府，人莫能测的政治家。

樊先生的剖析很有见地。张居正倡导的改革，可以说是从“遵守祖制”开始。所谓祖制，指的是洪武与永乐两位皇帝在明朝创立之初而制定的一系列施政纲领。明朝初年的政治，对官员是苛严的，不要说贪墨，就是政务稍有懈怠，也严惩不赦。但是对老百姓，采取的却是休养生息的政策。面对武宗以来吏治腐败的状况以及民不聊生的局面，张居正十分向往洪武、永乐两朝国家清明的局势，因此提出“唯在遵守祖制”。这不是随口说出的客套话，而是含有正本清源廓清政治的大谋略。

其时，张居正在小皇帝面前的角色，既是相，又是师。他上面的那段话，前半段是以首辅的身份说话，而后面的“至于讲学亲贤，爱民节用，又君道所当先者”，这席话，又是以老师的身份来教育学生。实际上，在张居正独秉朝纲的十年，他一直将辅臣与老师两种身份集于一身。

五、为朝廷扛起改革大旗

前面讲过，张居正在二十五岁的时候，就有施行改革扫除弊政的雄心。为了实现这一理想，他一直在等待机会。

隆庆二年（1568）的七月，首辅徐阶致仕，李春芳继任。李春芳是张居正的同科进士。所不同的是，李春芳是该科的状元。这位首辅是个好好先生，且缺乏政治家纵横捭阖的才能。在他上任不几天，张居正就给穆宗皇帝上了一道《陈六事疏》，在这篇疏文中，张居正全面提出了自己改革政治的主张。疏文的开头，就有高屋建瓴之势：

> 臣闻帝王之治天下，有大本，有急务。正心修身，建极以为臣民之表率者，图治之大本也。审时度势，更化宜民者，救时之急务也。大本虽立，而不能更化以善治，譬之琴瑟不调，不解而更张之，不可鼓也。
>
> 恭惟我皇上践祚以来，正身修德，讲学勤政，惓惓以敬天法祖为心，以节财爱民为务，图治之大本，既以立矣。但近来风俗人情，积习生弊，有颓靡不振之渐，有积重难返之忧，若不稍加改易，恐无以新天下之耳目，一天下之心态。臣不揣愚陋，日夜思惟，谨就今之所宜者，条为六事，开款上请，用备圣明采择。
>
> 臣又自惟，幸得以经术遭逢圣主，备位辅弼，朝夕与同事诸臣，寅恭谐协，凡有所见，自可随事纳忠，似不必更有建白。但臣之愚昧，窃见皇上有必为之志，而渊衷静默，臣下莫能仰窥；天下有愿治之心，而旧习因仍，趋向未知所适。故敢不避形迹，披沥上陈，期于宣昭主德，而齐一众志，非为他也。伏乞圣慈垂鉴，俯赐施行。天下幸甚，臣愚幸甚！

接着，张居正从省议论、振纪纲、重诏令、核名实、固邦本、饬武备六个方面系统地提出自己的改革主张。此时，距张居正给世宗皇帝呈《论时政疏》已过了十九年。在这十九年，国运没有任何一点起色。而吏治腐败、法令不行、国库枯竭、武备废弛、豪强权贵大肆兼并土地、农民破产等问题已经越来越严重，国家再不改革，必将危在旦夕。

此时的张居正，比之十九年前，由于历练甚多，政治上更为成熟，看问题更加透彻。如果在十九年前实施改革，张居正充其量只能当一个“革命军中马前卒”，现在，张居正有能力也有勇气为朝廷扛起改革的大旗了。

而且，张居正呈上《陈六事疏》的时间，也是经过深思熟虑的。斯时高拱下野，徐阶致仕，两个最有主见的辅臣都不在中枢之地，而担任首辅的李春芳并无掌控大局的能力。如果穆宗看了奏章同意进行改革，那么，实施改革的操作必然就会落到他张居正的手上。遗憾的是，穆宗压根儿就没有振衰起隳的雄心。他看过疏文后，只批了七个字：“知道了，具见忠忱。”然后就泥牛入海消息全无。

明代自宣宗皇帝之后，再也没有出现过雄奇豪迈的皇帝。要么是少年登基，不谙世故；要么是久居深宫，难辨是非。操持国事的，是由内阁、五府六部等部院大臣组成的文官集团。这个集团的执政能力，决定了朝廷的命运。

张居正的一腔热血，再一次化为尘土。随后几年，随着高拱的二度出山，内阁斗得驴嘶马喘。张居正只得继续隐忍与收敛。

等到当上首辅之后，张居正意识到改革的时机已经成熟。这是因为小皇帝才十岁，他的生母李贵妃希望张居正挑起治理国家的重担，而让小皇帝有足够的时间学习政体与知识，而文官集团中的强人又相继离去。这一切，都给张居正的“独断专行”提供了极大的便利。此情之下，处理好与李太后（李贵妃在小皇帝登基后晋升为慈圣皇太后）以及冯保这两个人的关系，便显得极为重要。因为，这两个人一个是小皇帝的生母，一个是掌印太监、小皇帝的“大伴”，推行改革若不能取得这两个人的支持，则绝无可能得到小皇帝的信任。

六、长袖善舞和“与狼共舞”

近年来，有史家认为，万历初年的中国政坛，李太后、张居正与冯保三人构成了牢不可破的权力铁三角，这说法有一定道理。李太后虽然贵为皇母，但出身寒微，懂得民间疾苦，她对儿子管教非常严格。小皇帝贪玩，尽管贵为九五之尊，她还是给其罚跪。冯保精通古琴与书法，是太监中难得的儒雅之士。他是小皇帝的大伴，小皇帝对他非常依赖。同时，李贵妃对他也非常信任。此人最大的毛病就是贪墨成性，但也能够识大体。张居正在三人中，是真正的灵魂人物。推行改革，没有三个人的合力是不可能成功的。但李太后与冯保二人，不可能有什么创见。相反，他们还各有私欲。张居正总是能做到既满足他们的私欲，又不至于让其私欲过分膨胀，并以此换来他们对万历新政的支持。

对于一个伟大的政治家来讲，既要讲操守、气节，也要讲变通、交易。有时候，要有舍弃操守而进行龌龊交易的勇气。张居正与冯保之间就是这样，冯保有时收受大批贿银而希望张居正给某人升官时，张居正不但没有抵制反而尽量满足。这一点，日后成了人们攻击张居正的口实。但放在当时那种特定的情况下，张居正实在没有别的办法可以替代。

中国古代士人，历来重操守而轻事功。如果操守与事功不产生矛盾，则都能做到慷慨任事。如要为完成事功而有损于操守，则多半会回避或干脆挂冠而去。注重操守原也无可厚非，但若每个人都洁身自好而不肯为国家建立事功，则国计民生的大事就无人承担了。

儒家将立德放在人生的最高层次，其次是立功、立言。因此，中国的读书人便以立德为最高追求。但毋庸讳言，报效国家的人首先应当有立功的思想。事实相反，很多人过不了这一关，不肯“与狼共舞”。

张居正一旦登上首辅之位，不但长袖善舞，而且还打破道德观“与狼共舞”。窃认为，万历新政之所以成功，作为改革领导人的素质来说，这是关键中的关键。当然，“与狼共舞”不是同流合污，而是曲尽其巧的权宜之计。

作为改革家来说，“与狼共舞”固然痛苦，与清流共事亦觉艰难。张居正上任之初，为了稳定政局，起用了一批元老级的人物充任六部堂官。如将兵部尚书杨博改任吏部尚书，南京兵部尚书王之诰改任北京刑部尚书，主持黄河水利工程的朱衡改任工部尚书，长期赋闲在家的陆树声出任礼部尚书。这几位大老，都有明显的清流倾向。依靠他们推行改革，显然不切实际，但张居正初登首辅之位，根基未稳，还得依靠这些清流领袖帮助他稳定局势。到了张居正改革拉开序幕，这些人果然想不通、看不惯，于万历三年（1575）前都相继离去。

任何一场改革，首先必须从人事开始，万历新政也不例外。张居正的用人经验，概括起来是八个字：重用循吏，慎用清流。

循吏是指那种不计个人得失，不计毁誉，只希望把事情做成做好的官员。但是，由于当时的官场以清流居多，张居正的用人标准与整个文官系统的道德标准和利益诉求大相径庭，因此受到的压力也最大。

自主政之后，张居正告诫吏部：“良吏不在甲科，甲科未必皆良吏。”这句话用今天的语义解释，即会考试的不一定会当官，高学历不等于高水平。

张居正注重从没有功名但办事干练的下层吏员中选拔干部。有一个名叫黄清的人，长得矮小丑陋，还瞎了一只眼，仅仅只是个秀才。他长期在县衙门里当一名刑名师爷，即负责狱讼断案。由于才干超群，二十多年的吏场生涯，终于晋升到浙江嘉兴府同知的位置。在官员考察中，张居正发现了这个人，决定破格重用。这时张居正正好碰到一个棘手的问题：漕运出现了障碍。

大明王朝的粮赋重地在江南。每年，要通过杭州到北京的大运河运送四百万石粮食。负责漕粮运输的是漕运总督衙门，而管理运河的又是河道总督衙门。两个衙门一归户部，一归工部，经常为权限问题发生争执，一旦出事又互相推诿。百年来，这个问题始终得不到解决。张居正一直关注此事，执政之后，他征询意见做出判断，认为淮、扬二郡是运河阻塞的关键。皆因高邮、宝应一带地势低洼，一遇雨季便洪水泛滥，使运河溃堤、漕运受阻，于是决定在高邮、宝应增筑内堤。但是，由于地方、漕运与河道三方面扯皮，导致工程开开停停难以为继。张居正毅然决定，破格提拔黄清为淮安知府，直接担任筑堤工程指挥长。当时，不论是吏部还是户部、工部都反对这一任命，但张居正执意促成。黄清到任不到一年，便运用超常的变通能力和管理才能，使内堤工程推进过半，不到两年就全线竣工。不但解决了运河的水患，也将其漕运能力提高到六百万石。捷报到京，张居正大喜，再次提升黄清为两淮运司同知。

让一个既无进士出身，又是残疾人的人骤登高位，官场很难接受。不久，黄清即遭人暗算。一日，上司乘船前来视察，黄清上船拜谒，过跳板时，因板滑坠入运河中淹死。虽是暗害，看起来却像是一起事故。

张居正听到噩耗，十分悲愤，他指示淮、扬二州为黄清举办隆重的丧事，并再次破格“赠特祭、赠太仆卿、荫一子入胄监”。这件事，为后来的当政者颇为称道，认为这种大破常格的用人方法，既要有慧眼，更要有魄力。唯其这样不拘一格用人才，改革的大业才有人事上的保障。

七、在讲堂上完成的改革

浏览张居正的经历，我们会发现一个有趣的问题，他从未当过地方官，也没有在中央任何一个衙门当过一把手。入仕二十余年，只当过词臣与讲臣，按通常的说法，他并不具备领导一个国家的资格，因为他的经历太过简单。不过，换一种角度看，他属于职业政治家，自少年时代开始，他无日不在研究经邦济世的学问。经历丰富的人，从政凭借自身的经验；而阅历丰富的人，政治眼光会更加宏阔。再大的危机，处置起来也能做到举重若轻。

张居正在对待小皇帝的问题上，便彰显出他的政治智慧。他通常把辅臣与老师的身份紧密结合，在教授知识的同时又处置了国事。

隆庆六年（1572）的八月初五，上任才一个半月的张居正，在轰轰烈烈地考察京官整饬吏治的同时，给小皇帝上了一道《请酌定朝讲日期疏》：

窃惟讲学勤政，固明主致治之规；保护圣躬，尤臣子爱君之悃。今开讲期近，臣等伏念皇上日每视朝，朝后又讲，似于圣体太劳，恐非节宣之道。若论有益于身心，有裨于治道，则视朝又不如勤学之为实务也。臣等愚见，欲乞皇上每月定以三、六、九日视朝，其余日俱御文华殿讲读。非大寒大暑，不辍讲习之功，凡视朝之日即免讲，讲读之日即免朝，庶圣体不致太劳，而圣德亦为有益。臣等未敢擅便，谨拟传帖上进，伏乞圣明裁览，发下礼部遵行。

神宗小皇帝听从张居正的建议，下诏“自三、六、九日御门外，余日皆免朝参”。

历来皇帝每日都得早朝处理国事，张居正觉得神宗眼下读书比视朝更为重要。因为对于一个十岁的孩子来说，尚没有能力处理国事，读书进学才是第一要务。神宗下诏采纳。不过，下诏名义是神宗，实际是李太后。自神宗登基入住乾清宫后，李太后也一并搬了进来，对儿子实行监护。

诏书实行后，神宗每月只有九天早朝与百官见面，二十一天的时间在文华殿读书。在他读书期间，国事的处理则全由张居正负责。虽然所有的改革举措皆由神宗的圣旨发出，但旨意都是张居正拟就，然后通过冯保呈进，李太后帮助神宗裁定发出。

由于君臣彼此不疑，沟通的渠道畅通，所以，全国的政治局面才能做到日新月异。

鉴于神宗年幼，不宜讲太多高深的道理，在神宗讲学之初，张居正就指示讲官马自强查考古代尧、舜以来治理天下的君主，精选好的可以效法的八十一件事例，坏的应引以为戒的三十六件事例，每件事例绘一幅图，配以浅显的解释，总名为《帝鉴图说》。这有点像今天的连环画，可以引起孩子们的学习兴趣。张居正如此布置，可谓用心良苦。到了年底，这本连环画编纂完成，张居正呈进，并上《进帝鉴图说疏》，其中有这样一段：

> 谨自尧、舜以来，有天下之君，撮其善可为法者八十一事，恶可为戒者三十六事。善为阳为吉、故用九九，从阳数也。恶为阴为凶，故用六六，从阴数也。每一事前，各绘为一图，后录传记本文……仍取唐太宗以古为鉴之意，僭名《历代帝鉴图说》，上呈睿览……伏望皇上俯鉴愚忠，特垂省览。视其善者，取以为师，从之如不及；视其恶者，用以为戒，畏之如探汤。每兴一念，行一事，即稽古以验今，因人而自考。

神宗得到这上下两册的《帝鉴图说》后，很是喜欢，放在手边随时览阅。有一天，张居正为神宗讲《帝鉴图说》，讲到汉文帝到细柳营慰劳官军的事，就趁机奏言说：“古人认为天下虽然太平，但忘记战争必定是危险的。方今之世，国家承平太久，武备废弛，文官压制武官，像对待奴隶一般。如果平日不能培养将士的精锐之气，一旦战争来临，又怎么可能强求将士们去冲锋陷阵呢？以后，凡是发现将帅中忠勇可靠可以委以重任的，就应该给予实际的权力，使其才能得到充分的发挥。这样才能做到大敌当前号令严整、兵士听从调令。”

神宗听罢，非常赞同张居正的意见，当即就委托张居正起草诏书，命令内廷外廷官员推荐将才，以备国家使用。

巩固国防，提升军事防御及打击能力，是张居正推行万历新政的重要改革内容之一。进入明朝中期之后，武官的地位日渐降低，一些地方督抚在当地总兵面前总是颐指气使，加之皇上也派遣太监往各地督军，使武官处处受气、处处掣肘。张居正觉得北方边患与南方叛民以及东南沿海倭寇屡屡闹事滋扰而不能克期剿灭，同武官的这种低人一等的处境有关。于是利用讲课的机会向神宗进言，从而得到解决。一批著名的军事将领如戚继光、李成梁、刘显等都得到了重用，并在短时间内平息了困扰朝廷多年的云南、四川、广东、广西、贵州等地匪患。

在张居正柄政期间，他经常利用给神宗讲课的机会阐述自己改革的主张，许多改革的重大举措，便是在讲堂上完成。

八、工于谋国，拙于谋身

如果全面阐述张居正十年改革取得的成就，绝非在一篇文章里能够完成。但必须要提的，则是他矢志推行的“一条鞭”法。

明朝制定的赋税征收政策极其复杂：有丁差，有粮赋，有杂税。每户农家按田亩计算，一年要出多少力差，该交纳多少粮赋，一经核定多年不变，交纳粮赋远近不一，百姓不堪其苦。一条鞭法的内容是将田赋、徭役及各项杂税总为一条，合并征收银两，按亩折算交纳。这种方法由嘉靖初年的福建巡抚庞尚鹏提出，后来相继有王宗林、刘光济、海瑞等先后在浙江、江西、南直隶等处推行，但始终没有在全国统一推行。其因一是推行一条鞭法的前提是要核定各州府的田亩，武宗之后，一些势豪大户大肆兼并田地并隐瞒亩数，导致税源流失，这些田地的拥有者千方百计阻挠重新丈量田亩；二是沿袭多年的差、赋、税的分类征收方法，使一些黑心的地方官员可趁机勒索以农民为主体的纳税人。所以说，施行一条鞭法的真正阻力，来自官方与势豪大户。这两种都是社会上的强势利益集团。张居正知道，若要真正推行一条鞭法，必然要在全国重新丈量土地，而此举就意味着要得罪所有的权贵。张居正一再强调“朝廷盛衰，重在吏治；国家兴亡，功在财政”。改革的目的，就是要抓住吏治与财政两个牛鼻子。所以，他抱着“虽机阱满前，犹不足畏”的宏大决心和“知我罪我，在所不计”的坚决态度，毅然决定在全国清丈田亩。此一工程，耗时两年才完成，全国应征赋税的田亩，一下子增加了近四百万公顷之多。仅此一项，就为朝廷增加了一百余万两税银，几乎占了全国赋税征收的三分之一。

一条鞭法的实行，既减轻了农户的负担，又增加了白银的流通。据史家研究，当时世界上三分之一的白银在中国流通，山西的票号就是在这一时期产生的。而且，大量失去土地的农民，可在官府的组织下投入运输、兴修水利、商贸等经济活动，这促成中国在万历时期开始了第一次城市化过程。

可以说，一条鞭法的实施，功在当代，利泽后世。隆庆六年（1572），当张居正接任首辅的时候，国库亏空四百多万两银子，经济几近崩溃；十年之后，国库存银达一千多万两，府仓的积粮可支九年。这么短的时间取得如此大的经济成就，张居正厥功至伟。

但是，诚如海瑞对张居正“工于谋国，拙于谋身”的评价，张居正这种义无反顾的改革精神，最终导致了他个人的巨大悲剧。

发生在万历五年（1577）的“夺情”事件，已经露出了事情的端倪。

九、夺情事件的是与非

万历五年的九月二十五日，张居正的父亲张文明逝世的丧报传到京城，这一下，给张居正出了很大的难题。

按明朝规定，凡父母双亲去世，官员必须在丧报到达之日当天，即向吏部具文回家守孝三年，期满后再回朝廷复职，此举称为守制。在以忠孝立国的明朝，守制是天经地义的大事。一般士人都不能违反，也不敢违反。设若某位官员碰到此类情况，恰逢朝廷中有紧要公事无法脱身，皇帝会额外下旨令其留任，这种情况被称为“夺情”。在整个明代，夺情的官员少之又少，而且，凡夺情者不管是什么原因，都会被士林耻骂。

张居正遭遇父丧，按道理必须回家守制。但是，万历新政的推行刚刚有了一点眉目，而清丈田亩的攻坚战还未打响，如果在这节骨眼上离开首辅之位，那么，改革事业可能半途而废。从古至今，人亡政息的例子不在少数。

张居正是个孝子，听到父亲去世的噩耗之后，他五内俱焚，作为人子，他恨不能立刻启程回荆州奔丧。但是作为一个政治家，他知道此时离开京城，就意味着改革的成果顷刻丧失。因为改革而丧失特权的外戚与势豪大户组成的强势利益集团，正巴不得早一天赶他下台。经过权衡，张居正觉得应继续留在首辅位子上推行改革。但是，鉴于朝廷的规定，他的去留须由皇上决定，他自己必须立即申请守制。于是，在收到报丧书的翌日，他即向皇上写了一封《乞恩守制书》：

> 臣于本月二十五日，闻父讣音，即移咨吏部，题请放臣回籍守制。随该吏部题奉圣旨："朕元辅受皇考付托，辅朕幼冲，安定社稷，朕深切倚赖，岂可一日离朕？父制当守，君父尤重。准过七七，不随朝。你部里即往谕著，不必具辞。钦此。"
>
> 臣在忧苦之中，一闻命下，惊惶无措。臣闻受非常之恩者，宜有非常之报。夫非常者，非常理之所能拘也。
>
> ……且人之大伦，各有所重，使幸而不相值，则固可各伸其重，而尽其所当为；不幸而相值，难以并尽，则宜权其尤重者而行之。今臣处君臣父子，两伦相值而不容并尽之时，正宜称量而审处之者也，况奉圣谕，谓："父制当守，君父尤重。"臣又岂敢不思以仰体而酌其轻重乎……

从这篇奏疏中可以看出，张居正要求守制的决心并不强烈，犹豫之态度随处可见。这也是京城各大衙门的官员攻击他的原因之一。

据说，丧报到京后，李太后、冯保都不愿张居正回家奔丧，两人的态度对神宗产生了直接的影响，加之神宗此时对张居正的确倚赖甚深，所以很快做出了让张居正夺情的旨令。

按规定，直接处理这件事的是吏部。斯时，担任吏部尚书的是张瀚。论资历，此公绝不可能到此"天官"的位置，是张居正看他办事认真且非强势人物，才把他从南京调来北京担此重任。一些官员讥笑他是张居正"夹袋中人物"，凡事唯首辅马首是瞻，绝不敢自己做主。张居正认为皇上要他夺情，圣旨到部，张瀚就会立即执行并咨文照会各大衙门。谁知张瀚这次却壮起胆子拒不执行，而是向皇帝送上辞呈。张居正没想到张瀚关键时刻背叛了他，心中怒不可遏，神宗也非常恼火，当即勒令其致仕。

尽管神宗已经下达夺情圣旨，但是，京城各大衙门的官员却一片沉默。这多少有点让张居正难堪。于是，既是张居正同年又是同乡的户部侍郎李幼滋第一个站出来给神宗上疏，支持夺情之议。兹后，御史曾士楚、吏科给事中陈三谟等都上疏挽留张居正。一时间，附和三人上疏的官员很多。此情之下，本来连连上疏请求守制的张居正终于改变主意，请求在官位上守孝。不久，神宗皇帝派太监到张居正家宣读诏书：张居正仍担任首辅，在职守孝，每日仍穿官服处理政务。

诏书一下，舆论哗然。一些清流官员认为张居正是贪恋禄位而不肯尽人子之义。于是，翰林院编修吴中行、检讨赵用贤首先上疏反对夺情。接着，刑部员外郎艾穆、主事沈思孝再次上疏。四篇疏文矛头所指的都是张居正。因此，在京城广为传诵，一时舆情汹汹。

却说神宗看了这四篇疏文后，亦震怒，当即下旨将四人抓进锦衣卫大狱，并做出决定：将吴中行、赵用贤各廷杖六十，艾穆、沈思孝各廷杖八十。

圣旨一出，各方营救，一些官员来到张府请求张居正出面让神宗更改旨意，张居正拒不肯疏通。廷杖之日，神宗命京城所有官员都到午门广场观刑。廷杖之后，吴中行气息已经断绝。他的朋友中书舍人秦柱带着医生赶到，给他喂了一小勺药，才苏醒过来。赵用贤是个胖子，杖刑后手掌大的烂肉纷纷溃落，一条左腿只剩下骨头。他的妻子把溃肉一块一块收捡装了一面盆，然后用盐腌制成腊肉贮藏起来。吴中行、赵用贤当日就被逐出京城。而艾穆、沈思孝在杖刑之后，半死不活地又被戴上木枷手铐，三日后发配戍边。这四人怆然离京时，竟没有人敢去问候和送行。

经历这一次夺情风波，张居正与清流官员形成了尖锐对立。此前，一些外戚与权贵也对他恨之入骨。现在，大量的清流又加入到反对他的行列。在当时，清流是士林即读书人的主体。权贵掌握了社会资源，清流掌握了话语权，两相夹击，张居正的悲剧已是无法回避了。

十、干涉皇帝的私生活，犯了大忌

在张居正留下的二百六十三道奏疏中，我们既看到了一个“励精图治，披肝沥胆”的宰相风范，又看到了一个“鞠躬尽瘁，死而后已”的帝师形象。这些奏疏，或裁抑外戚，或乞宥言官，或鉴别忠邪，或限制宗藩，或请罢织造，或处治邪佞，或处置戎政，或敦促讲学，字里行间，无不渗透着政治智慧与经邦济世的责任。可以说，张居正的奏疏是留给后世的一笔丰厚的政治文化遗产。

在这些奏疏中，有一篇《请戒游宴以重起居疏》，虽不是最重要的，却是张居正权势由盛转衰的一个分水岭。疏文如下：

> 自圣上临御以来，讲学勤政，圣德日新。乃数月之间，仰窥圣意所向，稍不如前。微闻宫中起居，颇失常度；但臣等身隔处廷，未敢轻信，而朝廷庶政未见有缺，故不敢妄有所言。然前者恭侍日讲，亦曾举“益者三乐损者三乐”“益者三友损者三友”两章书。语云：“树德务滋，除恶务尽。”其各监等官，俱令自

陈，老成廉慎者存之，谄佞放肆者汰之。且近日皇宫垂象，彗芒扫宦者四星，宜大行扫除以应天变。

臣又闻汉臣诸葛亮云："宫中府中，俱为一体，陟罚臧否，不宜异同。"臣等戴罪辅弼，宫中之事，皆宜与闻。此后不敢以外臣自限，凡皇上起居与宫壶内事，但有所闻，即竭忠敷奏；及左右近习有奸佞不忠者，亦不避嫌怨，必举祖宗之法，奏请处治。

皇上亦宜戒游宴以重起居，专精神以广圣嗣，节赏赉以省浮费，却珍玩以端好尚，亲万几以明庶政，勤讲学以资治理。

这篇疏文的出笼，原是有一段故事。

却说万历八年（1580）的十一月十二日夜里，已经十八岁的神宗，招来两名宫女饮酒作乐，神宗喝得半醉，要宫女唱酸曲儿。宫女不依，神宗发怒要将宫女斩首。内侍孙海、客用二人怕事情闹大，于是请神宗以割发代替斩首。于是，两位宫女被剃了阴阳头。冯保得知此事后，迅速禀报给李太后。李太后对神宗一向管束很严，哪里容得神宗如此狎邪？第二天一大早，就跑去祭告祖宗，要将神宗废掉，让他的兄弟潞王继位。神宗知道闯了大祸，于是跪在母亲面前哀求。李太后对他说了一句："你的去留，还得看看张先生的态度。"

张居正闻讯赶来，一是帮着神宗说话，平息李太后的愤怒；二是趁机帮助冯保，把宫里一帮挑唆使坏的太监逐出紫禁城。事情平息之后，又写了上面这道疏对神宗予以规劝。

神宗表面上对张居正的建议尽数采纳，但内心中对张居正已产生了仇恨，特别是他母亲那句"看张先生态度"的话，让他产生了巨大的恐惧。当了八年的皇帝，他发觉自己的命运竟掌握在张居正的手中。

应该说，张居正对神宗的爱，既有君臣之义，也有师生之情。他太注意“顾命大臣”与老师的双重角色，他呕心沥血想把这个角色扮演得更好，甚至想打破君臣界限，去干涉九五之尊的私生活，这犯了大忌。

十一、恩怨尽时方论定

万历十年（1582）的六月二十日，张居正积劳成疾病死在任上，终年五十八岁。

张居正自当首辅以来，无论寒暑均无休息，每天工作十几个钟头。这种工作狂，纵是钢筋铁骨也撑持不住。在张居正病危期间，神宗曾探望他，说了一句动情的话：“先生操劳国事用心尽力，朕无以回报，只是照顾你的子孙。”这句话，神宗说过多次。八年前说这句话时，他是真心的。张居正临终时他再说这句话，便是违心的了。

万历十年（1582）的春节刚过，张居正就发觉身体不适，郎中诊断为“痔疾”，其实就是今天的直肠癌，而且是晚期。张居正强忍巨大的疼痛，坚持处理政务，实在坚持不住，便向神宗写疏乞求致仕，以便骸骨回乡。但神宗不同意，其因是他的母亲李太后态度坚决。李太后恳切挽留张居正，她对张居正说：“先生有师保之责，与诸臣异，其为我朝夕纳诲，以辅台德，用终先帝凭几之谊。”神宗不能违背母亲，也非常坚决地挽留张居正。

张居正数度乞休不得，甚至他向神宗陈述自己“血气大损，数日以来，脾胃虚弱，不思饮食，四肢无力，寸步难移”时，神宗除了命太医调治，仍婉言慰留。此情之下，张居正知道生还故乡已不可能了，于是神情凄怆，病重时，他写过一首《病怀》：

白云黄鹤总悠然，底事风尘老岁年。
自信任公沧海客，敢希方朔汉庭仙。
离居可奈淹三月，尺疏何因达九天。
独坐书空不成寐，荒芜虚负北山田。

此时的张居正，盼望归田不再只是姿态，而是真正的悲情流露。但是，故乡的白云黄鹤，江陵的亲友故旧他是再也看不到了。在病危期间，张居正已无法坐立或仰卧，他每日趴在病床上，靠参汤维持一点力气；他用干枯颤抖的手握着笔，仍在艰难地批复各类公文，他是真正的“鞠躬尽瘁，死而后已”。

张居正死后，倍极哀荣。神宗“怆悼辍朝”，赐给张家搭建丧棚用的白布五百匹，大米二百石；两宫皇太后也赐给孝布二百匹，大米二百石。神宗还与亲弟弟潞王合赠银子二千三百两、香油一千斤、香烛一千对、薪柴一万斤……朝廷特许在京城设祭坛九座，供官、民吊唁，因致祭的人太多无法容纳，后又增设七座祭坛。这在明朝，可以说是空前绝后的一例。当张居正的灵柩离开京城运回故乡时，京城百姓都涌上街头送行，沿途都摆满香案。这种盛况，历史上少有。

张居正在世时，与冯保二人在李太后支持下，对神宗管束甚严。

神宗长大之后，对两人的挟制非常不满。张居正死后，他立即采取行动，解除了冯保的职务并抄家。剪除“大伴”之后，神宗下诏“冯保欺君蠹国，罪恶深重，本当显戮。念系皇考付托，效劳日久，故从宽着降奉御、发南京新房闲住”。冯保保住了一条命，但到南京后，上吊自尽。他被抄没的家财，仅白银就有两百余万两，相当于当年皇库财政收入的一半。神宗思忖：冯保并未掌握中枢权力，贪墨钱财就有如此大的数额。那么，当了十年首辅的张居正，其财产岂不比冯保更多?

冯保的倒台是一个强烈的政治信号，官场中的投机分子窥测圣意欲邀巨功。于是，云南道御史羊可立给神宗上了一篇弹劾张居正的奏疏，无中生有地说：“已故大学士张居正隐占废辽府第田土，乞严行查勘。”

神宗收到这份弹劾，立即下达了查抄荆州张府的诏令，并特意挑选张居正的老对头司礼太监张诚与刑部右侍郎丘橓带队前往荆州主持抄家。两人离京之前，已先驰报地方政府，要求立即登录张府人口，封闭房门。可怜张家大小数十口来不及退出，等到张诚、丘橓一行到达荆州打开张府大门时，已过去十几天。张府老小妇孺已饿死十七人，有的尸体已被同样饿急了的家犬咬噬净尽。

兹后，便开始抄家。但结果令“专案组”大失所望，所抄家财不及冯保的十分之一。于是，丘橓分头提审张居正的六个儿子，严刑拷打。大儿子张敬修不胜拷掠，悬梁自尽，死前，咬破指头在自己的布衫上写下血书，为家父辩诬。

同时代人沈德符，在其编著的《万历野获编》中，记录了这一场惨案：

今上癸未甲申间，籍故相张江陵，其贻害楚中亦如之。江陵长子敬修，为礼部郎中者，不胜拷掠，自经死。其妇女自赵太夫人而下，始出宅门时，监搜者至揣及亵衣脐腹以下，如金人靖康间搜宫掖事。其婴稚皆扃钥之，悉见啖于饥犬，太惨毒矣！

对张居正的抄家及清算，导致名曰“万历新政”的改革终告夭折。张居正生前一直不肯离开首辅之位，担心的就是人亡政息。很不幸，他的担心最终变成了现实。清算之后，张居正的亲属子孙官职尽夺，家产尽夺，且多半都被流放到边远山区充军或坐牢。

明代所有的帝王师中，对国家社稷贡献最大的是张居正，对皇帝倾注心血最多的也是张居正。但是，他给家人带来的悲剧也异常惨烈。帝王师中除了方孝孺，摆在第二位的悲剧，应该是张居正了。

张居正死后数百年，对他的争论始终没有平息，尽管崇祯十三年（1640）朝廷为张居正彻底平反，但兹后攻击他的言论仍不绝于史。当然，赞扬他仰慕他的人，也代代相继。

在张居正刚刚平反的大明晚期，有一位名叫王启茂的诗人到荆州寻觅张居正旧迹，写了一首《谒文忠公祠》：

袍笏巍然故宅残，入门人自肃衣冠。
半生忧国眉犹锁，一诏旌忠骨已寒。
恩怨尽时方论定，边疆危日见才难。
眼前国是公知否，拜起还宜拭目看。

在所有纪念张居正的诗词中，这一首最好。王启茂是汤显祖的学生，终身布衣。眼看大明王朝气数已尽，社稷飘摇，这位忧患儒生，盼望张居正死而复生，待从头收拾旧山河。但是，这只能是怆痛的呼唤。

张岱

名士末路徒奈何

李国文

中国之强弱，以宋为分界线，赵宋王朝的理学禁锢、礼教桎梏、人性压抑、思想束缚，种种意识形态的整肃，将中国人的生气、活力、创造性、想象力、开放心态、宽容胸怀，统统被箝制得往木乃伊的方向发展；将汉、唐以来那种万物皆备于我的主人公姿态，敢于拥抱整个世界的大志气、大雄心，敢于追求精神和物质上的大丰富、大满足，敢于昂首于天下，嚣张于宇内的大气魄、大手笔，统统被压榨进死气沉沉的棺材板中。木乃伊与潇洒是不共戴天的死敌，而无论什么人，在棺材板中也绝对潇洒不起来。所以，宋以后，中国文人真正称得上潇洒者，便很稀见了。因此，词典解释“潇洒”一词，通常举唐代李白《王右军》诗“右军本清真，潇洒出风尘”为例，这一个唐人，一个晋人，才是令人向往的潇洒风范。而随后经历了宋之阉割，元之去势，明之幽辟，清之自宫，中国文人连“雄起”的可能性都不存在了，还有什么潇洒可言？

于是乎，像张岱这样一位名士，文学史上最后一位真正的潇洒人物，便值得刮目相看了。

公元1644年，对中国人来说，是不知该朝谁磕头才好，又惶惶不安的动乱年月。

在北京城，首善之区，这一年，三月十九日，天下着小雪，朱由检吊死煤山；四月三十日，玉兰花开得正欢，李自成撤出北京；十月初一，初冬阴霾的天气里，福临登基。大约在半年多的时间内，死了一个皇帝，跑了一个皇帝，来了一个皇帝。生活在胡同里的老百姓，对这走马灯似的政局，眼睛都嫌不够用了。

磕头，并非中国人的嗜好，而是数千年封建统治的结果。国人这种必须要用磕头的方式，向登上龙床的陛下，表示子民的效忠，才感到活得踏实的毛病，也是多少年无数经验总结出来的结晶。因为，老百姓有他的算盘，国不可一日无主，如果无主，势必人人皆主，而人人皆主，给老百姓所带来的灾难，要比没有主更祸害，更痛苦。因此，有一个哪怕不是东西的主，戳在紫禁城，也比人人皆主强。所以，京城百姓，在这半年多时间里，不管三位皇帝，谁先来，谁后到，谁是东西，谁不是东西，都乖乖地山呼万岁，磕头连连。

文人，有点麻烦，麻烦在于他们是这个社会里有文化的一群。因为有文化，就有思想，因为有思想，就有看法，因为有看法，就有选择。那么，他必然自问：第一，磕不磕？第二，向谁磕？所以，在这改朝换代的日子里，文人们比无知百姓多了一层烦恼，头是要磕的，可怎么磕，成了问题。

即使一家杂货铺，半年之中，接连换了三位东家，店里的伙计能无动于衷吗？虽然说，谁来都是老板；虽然说，不管谁来你也是伙计。但是，老东家朱由检，新东家福临，半路上插一腿的过渡东家李自成，对当伙计的来说，就产生了疑难，一是感情上的取舍，一是认知上的异同。可想而知，匆匆而去匆匆而来的三位皇帝，胡同里的老百姓，只消磕头就行了。而文人，有的磕得下这个头，有的磕不下这个头；还有的，也不说磕，也不说不磕，给你一个背脊，介乎磕和不磕之间。所以说，这一年的北京，做老板难，做伙计又何尝不难呢？到了该笼火生炉子的季节，中国文人面对着磕不磕头的这张试卷，再不做出答案，恐怕日子就不好过了。

政权就是老板，文人就是伙计，任何社会都是这样的一种契约关系。虽然大家羞于承认这一点，但大家也不否认“皮之不存，毛将焉附”这个道理。事实就是如此，说白了，中国文人，不过是各人用各人的方法和手段，直接或间接地从统治阶级那里讨生活罢了。包括那些口头革命派，包括那些清流名士派，也包括那些不拿人民币而拿美元和欧元的西化鼓吹派，说到底，都是给人打工的伙计。老板开腔了，现在我是掌柜的，你要服我的管，听我的话，如此，你就可以留下来；否则，对不起，我就炒你的鱿鱼，卷铺盖走人。如果真是一家杂货铺的老板，这样的狠话，也许不必放在心上，此处不留爷，自有留爷处。可大清江山，独此一家，别无分号，你到哪里去？明末清初，有多少中国文人，想彻底逃脱必须交卷的命运，也就仅有一个朱舜水，浮海去了日本，免除磕头的烦恼，绝大多数文人无一例外地皆要面对这道难题。

俗语“学成文武艺，货于帝王家”，不知典出何处。但却是中国旧时知识分子奉为圭臬的箴言。加上北宋时期的《神童诗》“万般皆下品，惟有读书高”，再加上宋真宗的《劝学诗》，就如孙悟空脑袋上的紧箍儿一样，使得封建社会里的中国人，在启蒙识字那天开始，就将自己将来给谁打工，为谁效力，看谁脸色，朝谁磕头，都基本定向。而且，也像“俺老孙”一样，永远跳不出如来佛的手掌心，一辈子在怪圈中打转。

中国文人，在宋以前，还能保持一点自己，在宋以后，基本上就没有了自己。当然，也有的人不那么甘心，想有一点自己，那么被戴帽子，被打屁股，被砍脑袋，便是注定的命运了。

可怜啊，当时的中国文人，就只好一分为三：第一种人，磕头的顺服者；第二种人，不磕头的抵抗者；第三种人，让他磕，不得不磕，能不磕，绝对不磕的既不顺服，也不抵抗者。

我们知道，大明王朝第一个剃发磕头的武人，为吴三桂，准确日期为这年的四月二十二日下午时分，准确的地点为山海关老龙头军前。而大明王朝第一个剃发磕头的文人是谁呢？好像应该是钱谦益，然而不是。这位领袖文坛的扛鼎人物，这位有头有脸的大明官员，是在吴三桂剃头后一年，顺治二年五月十五日清军过江，进入南京城时，将自己头上的白发剪掉，以示顺服。这位前朝的东林党人，首辅候选，晚明第一号种子作家，其实是一个不大耐得住寂寞的文人；不过话说回来，又有几多文人能耐得住寂寞呢？牧斋先生认为自己，既然胡服左衽地降清了，还不如索性豁出去为新朝大干一场，也算有失有得吧！随后，顺治三年，来到北京，给福临磕头来了。立授礼部侍郎管秘书院事，充明史馆副总裁，着实滋润。他这一带头，一示范，不打紧，如吴梅村，如龚鼎孳，前有车，后有辙，也一一剃了发，排在后面向新朝磕头。这样，凡有奶便是娘的中国文人，凡光棍不吃眼前亏的中国文人，凡在前朝不得烟儿抽的中国文人，都走钱谦益这条路。这第一种人，大约占了文人的大多数。

中国文人在非要你买账，不买账就要你好看的老板手下，通常都将磕头，列为首选的生存方式，这绝对是中国文人的聪明了。这聪明来得不易，是以千百年来纷纷落地的人头为代价而得来的。尽管这是一份苟且的聪明，难堪的聪明，你可以鄙视，你可以看不起，但大多数文人站在老板面前，这其中包括你、我，想到脑袋没了，其他一切也跟着完蛋时，都会选择这一份聪明的。

不过，大多数文人聪明了，不等于所有中国文人都采取这种聪明的活法；还是有不聪明的文人，偏要做不买账的第二种人。一般情况下，不买账，说起来容易，实行起来却难。因为，得罪老板，至多将你开革，得罪皇帝，那是要砍你脑袋的。但即便如此，如张煌言，如陈子龙，如夏完淳……这班不怕死的硬骨头，刀横在脖子上，也决不下跪；膝盖不弯，当然也就磕不了头。他们不但不剃发留辫，不但不磕头效忠，还要纠集人马，举刀执矛，进行反清复明的抵抗运动，坚决抗争，绝不投降。这第二种人，在中国文人总数中，只占极小比例，但却是应该得到格外的敬重，要没有这些脊梁骨支撑着，中国文人岂不全是软壳鸡蛋了吗？

接下来，就是介乎磕和不磕之间的第三种人了，如黄宗羲，如顾炎武，如王夫之……索性隐姓埋名，销声匿迹，干脆远走他乡，逃遁山林，在那天高皇帝远的地方，一方面，自食其力，种田糊口，一方面，苦心研读，潜心著述。统治者的网罗再密，也有鞭长莫及的死角，于是，也就不用朝谁磕头。在这个队列中间，排在第一名者，非张岱莫属，首先，他年事高于黄、顾、王等人；其次，他文名不亚于钱、吴、龚等人；第三，也是最重要的，他的风流倜傥，他的奇情壮采，却是大江南北无人不知的大名士。

在《陶庵梦忆》一书的序言中，他这样写道："今已矣，三十年来，杜门谢客，客亦渐辞老人去。间策杖入市，人有不识其姓氏者，老人辄自喜。"由此可知张岱盛时，不但山阴装不下这位名士，甚至杭城，甚至江南，也都仰其声名，羡其华腴，慕其文采，效其潇洒而从者如云的。那时，资讯极不发达，消息相当闭塞，这位大名士却有如此众多粉丝捧场，可见其声名遐迩。他在《闰中秋》一文中说到他的一次聚会："崇祯七年闰中秋，仿虎丘故事，会各友于蕺山亭。每友携斗酒、五簋、十蔬果、红毡一床，席地鳞次坐。缘山七十余床，衰童塌妓，无席无之。在席七百余人，能歌者百余人，同声唱《澄湖万顷》，声如潮涌，山为雷动。"从他举办的这次嘉年华会看，这位大名士之大手笔，之号召力，之能折腾，之出风头，可想而知。

做名士，是风光的，可到了老板更迭，皇帝轮换之际，名士脑袋大，更是明显的目标。黄宗羲屡战屡败，入四明山结寨自固去了；顾炎武举事不成，到乡野间觅室苦读去了；王夫之知事不可为，隐遁湘西潜心著述去了。而这位江左名士，走又走不了，躲又躲不成，他只有采取这种与新朝既不合作，也不反抗，与当局既不妥协，也不顶牛的龟缩政策。实在无法背过脸去，必须面对这个绝不心诚悦服的皇帝，怎么办？或假作磕头状，尽量敷衍；或磕下头去，却不认账。这样，第一种人觉得他不省时务，不知大势所趋；第二种人觉得他同流合污，缺乏革命气节，他自己也很痛苦。所以，他比第一种人，要活得艰难，因为不能不顾及自己的脸面，不能太无耻；他比第二种人，要活得艰险，因为不能不顾及自己的头颅，别撞到枪口上。于是，闪躲、避让，免遭没顶之灾；游离、回旋，终成漏网之鱼。三十多年下来，活得是多么不易。然而，他居然活下来了，那就更不易；而他是一位众所周知的名士，则是尤其不易。

话说回来，也不是随便一个阿猫阿狗、张龙赵虎之流，就可以称得起名士的。《世说新语·任诞》载王恭的一句名言："名士不必须奇才，但使常得无事，痛饮酒，熟读《离骚》，便可称名士。"看来，名士在中国，有着长远的历史。也许魏晋时的名士，只须有点酒量，背得出几句《离骚》即可。经过南北朝，经过唐宋元明，名士，就不是随便拎一个脑袋，可以充数的了。

真正的潇洒，是文化、精神、学问、道德之长期积累的结果，是智慧、意趣、品味、见识之诸多素质的综合，是学养、教养、素养、修养之潜移默化的积淀。所以，你有钱也好，你有权也好，可以附庸风雅，无妨逢场作戏，但一定要善于藏拙，勿露马脚。即使你的吹鼓手，你的啦啦队，哄然叫绝，说你酷毙了，秀透了，您也千万别当真。以为自己就是真潇洒、大潇洒，而忘乎所以，那可要让人笑掉大牙的。

第一，你得有真学问；第二，你得有真才情；第三，你得有真名望。有真学问，世人打心眼里佩服；有真才情，同行不得不心服；有真名望，官府轻易不愿拿你是问。你只是写过几篇报屁股的骂人文章，你只是出过几本过眼即忘的烂污小说，你只是喝过洋墨水能讲几句鸟语，你只是在巴掌大的地方上自我封王，对不起，这帮文坛暴发户、暴走族，想给张岱拾鞋，也是不够格的。

张岱《又与毅儒八弟》信中说："前见吾弟选《明诗存》，有一字不似钟谭者，必弃置不取；今几社诸君子盛称王李，痛骂钟谭，而吾弟选法又与前一变，有一字似钟谭者必弃置不取。钟谭之诗集，仍此诗集，吾弟手眼，仍此手眼，而乃转若飞蓬，捷如影响，何胸无定识，目无定见，口无定评，乃至斯极耶？盖吾弟喜钟谭时，有钟谭之好处，尽有钟谭之不好处，彼盖玉常带璞，原不该尽视为连城；吾弟恨钟谭时，有钟谭之不好处，仍有钟谭之好处，彼盖瑕不掩瑜，更不可尽弃为瓦砾。吾弟勿以几社君子之言，横据心中，虚心平气，细细论之，则其妍丑自见，奈何以他人好尚为好尚哉！"这封信说明一个道理，一个活在他人影子下面，一个失去自我的文人，也是无从潇洒得起来的。

这就是在精神上不羁于凡俗的名士风度，这就是在文学上不追随风气的独立人格，这就是"胸中自有百万兵"的笃定和自信，这就是在乌天黑地，伸手不见五指的混沌蒙昧中，不至于找不着北的清醒和镇定。只是可惜，时不我予，具有如此大家风范的张岱，也唯有于淹蹇中埋没终身。

公元1644年，按天干地支排，为甲申年，中华大地惨遭一劫，先是李闯王进城称帝，后是顺治帝正式登基，遂彻底改变了社会秩序，打乱了生活节奏。这年，张岱四十七岁，行将半百，是他一生的转捩点。"甲申以后，悠悠忽忽，既不能觅死，又不能聊生，白发婆娑，犹视息人世。"从鲜花着锦、烈火烹油的鼎盛巅峰，跌入冰天雪地、四视皆空的万丈深坑，居然没自杀，没上吊，凭一丝弱息而能坚持过来，生存下去，我们不能不为这位从未吃过苦头，却吃了大苦头的张岱庆幸。

知识分子最怕的，也是最难规避的事情，莫过于降生到这个世界上，睁眼一看，时间不对，空间也不对，再退回娘胎也不可能，只有淹蹇一生的命运，等待着他，那才是既恨又憾的悲哀啊！而他在三十岁至四十岁的最佳年龄段，受到过明中叶以后反理学、叛礼教的运动洗礼，正是在思想上有所升华，在文学上大有作为的年纪；城头频换大王旗，三个皇帝走马灯式地转场，这位算得上明末清初最有才智的文人，掉进兵荒马乱的动荡之中，顾命都来不及，焉谈文章？老天爷不开眼，你又徒可奈何？

本来，晚明的这次“思想解放”，是一次连启蒙都说不上的“运动”，它与差不多同时的欧洲文艺复兴，简直不可同日而语。然而，这种意识形态，恰恰是在明代嘉靖、隆庆、万历朝，经济渐次发达，商业日益繁荣的基础上形成的，也曾煞有生气过的。《金瓶梅》的问世，市井文学的兴起，商品消费的繁荣，市场经济的扩大，绝非偶然事件，而是时代在进步之中的必然。张居正的改革，虽然失败，但他的政策措施，确实使王朝增加了积累。这正是一次应该推进处于萌芽状态下的资本主义走向发展的难得机遇。可是，第一，王朝太过腐败，什么事情也做不了；第二，文人太过堕落，只想到自己怎么快活，而坐失与世界同步发展的良机。随后，更为不幸的是，一个来自关外的，在文化上更加落后的民族，实行了完全倒退的野蛮统治，中国也就只有沉沦一途了。

不过，我们还是看到，即使这样一个早产而且夭折的“思想解放运动”，在反对传统的礼教束缚上，在反对程朱“存天理，灭人欲”的理学桎梏上，在被称为“无耻之尤”的李贽所嘲“阳为道学，阴为富贵，被服儒雅，行若狗彘”的非孔反儒上，在标榜欲望，提倡人性，主张本真，反对矫情，追求个性上，一系列文化批判、思想裂变，对当时文人而言，震动还是很大的。积极的一面，莫过于在张岱身上，所表现出来的离经叛道的革命精神，不随俯仰的独立人格，拒绝臣服的自我主义和傲世嫉俗的内心世界。而消极的一面，也就是放浪形骸，纵情于感官之快，淫靡放荡，沉湎于声色之好。这也是张岱在新的老板当政之后，不得不手忙脚乱，不得不狼狈应对的缘故，于是，性格决定命运，由于精神上的清高，做不了第一种人，由于物质上的诱惑，也做不成第二种人，遂只有成为第三种人，众人眼中的另类。

张岱，生于公元1597年（明万历二十五年），逝于公元1679年（清康熙十八年），字宗子，号陶庵，山阴（今浙江绍兴）人。在明末清初的文坛上，他不但是一个无所不能、无所不擅的全天候文人，而且还是一个身体力行，将明中叶那种“人情以放荡为快，世风以侈靡相高”（张瀚《松窗梦语》）的风气，推向极致的人物。名士之名，一是能作（zuō），一是能闹，不作不闹，如何能名？张岱就是这样一位敢大浮华，敢大快活，敢大撒把，敢大癫狂的“败家子”。

他《自为墓志铭》写“少为纨绔子弟，极爱繁华，好精舍，好美婢，好娈童，好鲜衣，好骏马，好华灯，好烟火，好梨园，好鼓吹，好古董，好花鸟，兼以茶淫橘虐，书蠹诗魔”；他《陶庵梦忆》序文写“大江南北，凡黄冠、剑客、缁衣、伶工，毕聚其庐。且遭时太平，海内晏安，老人家龙阜，有园亭池沼之胜，木奴、秫粳，岁入缗以千计，以故斗鸡、臂鹰、六博、蹴鞠、弹琴、劈阮诸技，老人亦靡不为”。

其实，张岱还忘记自己一大好，好美食。第一，他出身于美食世家。“余大父与武林涵所包先生，贞父黄先生为饮食社，讲求正味。”第二，他认为，食物的本味才是感官享受的最高境界。第三，“割归于正，味取其鲜，一切矫揉泡炙之制不存焉。”（张岱《老饕集序》）

每个人都长一张嘴，但并非每个人都懂得吃。填饱肚子，叫吃本能，品出美味，叫吃文化。这就是张岱与进得北京天天下饺子吃，便过年一般的大顺军农民兄弟的本质上的差异所在。

这位大名士，放浪至此，也许只能用“不可救药”一词，可以恭维他的了。他应该永远生活在明朝，那里才是他的精神家园。然而，他又不能死殉，因为他说他怕杀头时疼，只好活下来做清朝的人。可想而知，为什么他始终留恋昨日的浪漫，始终怀念旧朝的风流，始终不肯臣服，始终不向新朝磕头的原因。

张岱之不磕头，固然是他的反潮流精神，但也是他自由的天性使之然耳。一个人精神世界的种种一切，是由这个人上溯三代的DNA所决定的，不会因时、因事、因人、因意识而改变，这也真是没有办法的宿命论。那个李自成手下的大将刘宗敏，大顺军的第二把手，也是甲申年进的北京。来自草根阶层的他，进了德胜门后，第一件事，满北京城找了个遍，要睡吴三桂的爱妾陈圆圆；第二件事，将搜括来的黄金，铸成大饼子用骡马运回家，因为对这位流氓无产阶级而言，这就是他朝思暮想的最高境界。而他祖先的祖先，三十亩地一头牛，老婆孩子热炕头，也许是尽一生之力都奋斗不到的目标。现在，这位出息了的后代，跟着李自成闹革命，居然左手搂着名妓，右手抱着金砖，那可真是光宗耀祖了。一般来说，家庭，决定教养；出身，体现素质，这是铁的法则。小农发财的天性，动物发春的本能，刘宗敏非这样行事不可。同样，从世代簪缨的豪门望族中走出来的张岱，就未必像这位农家子弟那样下作了。“旧时王谢堂前燕，飞入寻常百姓家”，燕子飞来，不等于寻常百姓，就成为王谢人家。刘宗敏企羡的那些，张岱半拉眼睛都瞧不上，而张岱在意的一切，那位起义农民也根本无法理解。因此，像张岱这样的名士，空前未必，绝后是可以肯定的了。在当今物质世界里，一掷千金的豪富，比比皆是，可他们的精神世界，绝对是一个个小瘪三。

更何况，从张岱更早的先辈开始，无不为通儒饱学，著作等身，家学之渊源，根基之扎实，自非等闲。就看他们这书香门第高台阶上，出出进进的人物，如徐渭、黄汝亨、陈继儒、陶望龄、王思任、陈章侯、祁彪佳兄弟等人，哪一个不是文章高手？哪一个不是思想先锋？这些时贤先进对张岱产生的影响，是不可低估的。文化这东西，不是馒头，多吃即胖；学问这东西，也不是老酒，多喝即醉，那是一种缓慢的积累过程，一个渐进的成熟阶段。在这样一个耳濡目染，潜移默化的环境中成长，才分极高的张岱，自然要鱼龙变化，而冠绝一时的。

尤其是这富贵世家，自其祖父那一代开始，即拥有私家戏班，自蓄声伎小蹊，家境之豪富，门阀之通显，不同一般。因此，张岱就在文学、在艺术、在历史，乃至琴棋书画、笙箫管笛、吹拉弹唱、吃喝玩乐等各个领域，全面覆盖，达到无不精通熟谙，也无不得心应手的地步。当他早年过着精舍骏马，鲜衣美食，斗鸡臂鹰，弹琴咏诗的贵公子生活时，凡人间所有的快活，他都由衷地去追求，去享受；凡世下所有的美丽，他都急切地去把握，去拥有。这样一位得过大自在的文人，即使跌倒，即使趴下，也不会屈下膝来，像奴才似的朝新朝磕头的。

明中后期，是中国文人最为放肆，最为自我，也是最为追求本真，最为离经叛道的年代。李梦阳（1473—1530）有言：“天地间唯声色，人安能不溺之？”袁宏道则弘扬此说：“目极世间之色，耳极世间之声，身极世间之鲜，口极世间之谭，一快活也。堂前列鼎，堂后度曲，宾客满座，男女交舄，烛气薰天，珠翠委地，金钱不足，继以田土，二快活也。箧中藏万卷书，书皆珍异；宅畔置一馆，馆中真正同心友十余人，人中立一识见极高，如司马迁、罗贯中、关汉卿者为主，分曹部署，各成一书，远文唐宋酸儒之陋，近完一代未竟之篇，三快活也。千金买一舟，舟中置鼓吹一部，妓妾数人，游闲数人，浮家泛宅，不知老之将至，四快活也。然人生受用至此，不及中年，家资田地荡尽矣；然后一身野狼狈，朝不谋夕，托钵歌妓之院，分餐孤老之盘，往来乡亲，恬不知耻，五快活也。”

张岱的一生，就是这种“五快活”的最地道的践行者，他性之所至的那些散文作品，也可读得出来那溢出纸外的名士风流，和跃出笔墨的文人潇洒。

浪漫的春天，属于歌唱的诗人，严寒的冬日，适合做学问的学者。而明末清初的张岱，恰巧经历了冰火两重天的考验，也造就了他在为文和治史的两大领域中，获得斐然的成功。

张岱之文，似粗疏而意境精致，似肤浅而思想深刻，似不经意间而见其心胸擘画，似率性挥洒而惜墨如金。晚明文人小品文极多，多着重个人感受，张岱作文只是在摹写客观的人、事、物、景，偶涉自己，也是闲中落笔，超然物我。呈现给读者的，是一个丰富多彩的世界。以他《湖心亭看雪》一文为例：“雾凇沆砀，天与云、与山、与水，上下一白，湖上影子，惟长堤一痕，湖心亭一点，与余舟一芥，舟上人两三粒而已。”就其中一连串的“一”，活生生跳入眼帘，烘托出美不胜收的西湖。这些本来极无味，也极无趣的数字，却起到点石成金的效果。读他的书，其随便的笔墨，其任意的文字，其隽短简约的词语，其明丽精俏的行文，其兴之所至的感想，其情致盎然的兴趣，比比皆是，处处可见，极耐玩味，百读不厌。可以这样评价，张岱的末世奇文，在他之前不曾有，在他之后不会有。

他的这两部小品文集，一曰《陶庵梦忆》，一曰《西湖梦寻》，书名中的这两个“梦”字，看得出来是他失去所有一切以后的反思。斯其时也，先生老矣，一瓢米，一把豆，必亲自劳作，方得果腹，一畦菜，一圃苗，必跋涉田间，方得收获，沦落困顿，无以为生，布衣蔬食，常至不继。也就只有这残存在记忆里的梦，是他仅有的慰藉了。

从他《三世藏书》一文，约略知道他在这动乱年月里，是怎样走上人生末路的。“余自垂髫聚书四十年，不下三万卷。乙酉避兵入剡，略携数簏随行，而所存者为方兵所据，日裂以炊烟，并舁至江干，籍甲内挡箭弹，四十年所积，亦一日尽失。此吾家书运，亦复谁尤？”然后就是他在《自为墓志铭》中所写的景况：“年过五十，国破家亡，避迹山居。所存者，破床碎几，折鼎病琴，与残书数帙，缺砚一方而已。”

不过，他没有颓丧，也没有噤缩。清人温睿临撰《南疆逸史》，曾赞美其著史立说，晚年刻苦的成就。

“山阴张岱，字宗子，左谕德元忭曾孙也。长于史学。丙戌后，屏居卧龙山之仙室，短檐颓壁，终日兀坐，辑有明一代纪传，既成，名曰《石匮藏书》。丰润谷应泰督学浙江，闻其名，礼聘之，不往。以五百金购其书，慨然曰：‘是固当公之，谷君知文献者，得其人矣！’岱衣冠揖让，犹见前辈风范。年八十八卒。”

这部二百二十卷纪传体明史，五易其稿，九正其讹。清人毛奇龄曰：“先生慷慨亮节，必不欲入仕，而宁穷年厄厄，以究竟此一编者，发皇畅茂，致有今日。此固有明之祖宗臣庶，灵爽在天，所几经保而护之，式而凭之者也。”至于谷应泰的《明史纪事本末》，是不是就是张岱的《石匮藏书》，说法不一。纪昀的《四库总目提要》、陆以湉的《冷庐杂识》，均持此说。姑置知识产权的争议不论，张岱以垂暮之年，以衰迈之力，以饥馁之逼，以孤难之境，给他梦中的故国立传，说明这位大名士的真爱所在，衷情所系，这才是让我们肃然起敬的。

也许这就是中国文人最难得的一种精神了。精神在，志弥坚，享米寿，节不坠，名士末路，余馨长存，足矣！

清

“不妄取一钱”的林则徐

张宏杰

鸦片战争时一位英国军官说：“若说林公虽然不为皇帝所喜，但是他却很受他新近所管治的人民的爱戴，这对于林来说只是公道而已。他的最大的死敌也不得不承认他的手从来没有被贿赂玷污过。在中国的政治家中，这种情形是闻所未闻的。”[①]

林则徐入仕之初，就发誓要做一个清官，“但当保涓洁，弗逐流波奔”[②]，因此他为官首重防微杜渐。道光十年（1830年），他赴湖北任布政使，事先发出传牌，昭告沿路守土官员，谢绝一切接待供应。传牌声明：“所雇船只，系照民价，自行给发，不许沿途支付水

① 宾汉著，寿纪瑜、齐思和译：《英军在华作战记》，收入《中国近代史资料丛刊·鸦片战争》（第五册），上海书店出版社，2000，第146页。

② 林则徐：《林则徐诗集》，《答陈恭甫前辈（寿祺）》，郑丽生校笺，海峡文艺出版社，1987，第125页。

脚，亦无须添篙帮纤。……伙食一切，亦已自己买备，沿途无须致送下程酒食等物。所属官员，只在本境码头接见，毋庸远迎。……倘有借名影射，私索水脚站规及一切供应者，该地方官立即严拿惩办，不得稍有徇纵。切切！”[①]

林则徐在居官过程之中，针对当时官场贪风陋习，采取了一系列比较有效的矫治措施。他出行习惯轻车简从。道光十九年（1839年），他以钦差大臣身份赴广东查禁鸦片，随从人员“惟顶马一弁、跟丁六名、厨丁小夫共三名”，没有带一名官员或供事书吏。[②]

他对属下的官吏随从要求十分严格。对于随身跟丁兵弁人等，“不许擅离左右”，“不许暗受分毫站规门包等项”[③]。每到一地，即贴出关防告示，昭告士民，自己“一切食用，均系自行买备，不收地方供应；所买物件，概照民间时价给发现钱，不准丝毫抑勒赊欠。……偶遣家人出门，乘坐小轿，亦系随时雇用，不必预派伺候。如有借名影射扰累者，许被扰之人控告，即予严办”[④]。声明“倘有诡称与本司亲朋故旧，可代关说，以及丁胥人等，向外招摇，混称打点照应者，无论事体大小，犯必立惩。有能指首到官者，所首得实，定加重赏”。[⑤]

---

① 中山大学中国近现代史教研组编：《林则徐集·公牍》，中华书局，1985，第16页。

② 中山大学中国近现代史教研组编：《林则徐集·公牍》，中华书局，1985，第46页。

③ 中山大学中国近现代史教研组编：《林则徐集·公牍》，中华书局，1985，第50、46页。

④ 中山大学中国近现代史教研组编：《林则徐集·公牍》，中华书局，1985，第50页。

⑤ 中山大学中国近现代史教研组编：《林则徐集·公牍》，中华书局，1985，第17页。

为了防止贪污舞弊，林则徐还注意从制度上堵塞漏洞。他在湖北布政使任内，针对捐官、银两假捏等弊病，制定防范办法，“捐监具呈上兑，均由内署按卯、按名，层层稽核。除印发实收仍照例另换部照外，先于收卯之后，填榜示知”。[①]如有假捏等情，在层层稽核下，很容易水落石出。

林则徐在人情礼仪方面的要求亦很严格。道光四年（1824年）林母去世，同乡挚友梁章钜时任江苏淮海道，知道林则徐家境不裕，拟倡率同僚送厚赙，林则徐得知后立刻写信婉拒。道光二十七年（1847年），林则徐升任云贵总督，张集馨记载，“同人馈赠概行辞却”[②]。

因此林则徐所到之处，大抵乡评极好，被公认为是一个好官。冯桂芬追述江苏百姓对林则徐的怀念时说：“虽乡曲妇孺，莫不慨然思夫子当日事，至形诸谣谚，益信德泽之入人心者深也。”“今距公去数十年，心歌腹咏，如公在时。”[③]

但是，林则徐并不是“一清如水”的“标准意义上的清官”，他也收“陋规”。道光二十六年（1846年），陕西发生重大灾荒，地方税收大幅减少，导致国家的军粮都停征了，然而时任陕西粮道的张集馨在回忆录《道咸宦海见闻录》中说这一年“督抚将军陋规如常支送”，其中的“抚”就是陕西巡抚林则徐。那么林则徐这一年所得

---

① 中山大学中国近现代史教研组编：《林则徐集·公牍》，中华书局，1985，第17页。

② 张集馨：《道咸宦海见闻录》，杜春和、张秀清整理，中华书局，1981，第85页。

③ 冯桂芬：《显志堂稿》卷五《上林督部师书》；卷三《林文忠公祠记》。

“陋规”有多少呢？张集馨说，计白银“每季一千三百两”，另有“三节两寿”的表礼、水礼、门包和杂费，年逾万两。

不管多大的天灾人祸，林则徐的“陋规”都会旱涝保收。我们很难想象林则徐为一己之私不顾百姓死活，但因为财政体制的实际状况所限，他在各地也不得不遵从官场惯例，在一定程度内收受“陋规”，以为办公之用。也正是因此，他的养廉银才能寄回家中，在身后留下了一定规模的遗产。

关于林则徐的遗产，曾国藩有一个说法，他在致曾国荃的家书中写道：“今日闻林文忠（林则徐）三子分家，各得六千串（每柱田宅价在内，公存银一万，为祀田，刻集之费在外）。督抚二十年，真不可及。”[①]道光二十六年，包世臣在《致前大司马许太常书》中曾说过，“南方银一两皆以二千为准，北方闻更增于此”，所以按曾国藩的说法，大致以二千文兑换一两计算，则林则徐的遗产总数为一万九千两。在当时的省级大员中，这个遗产数额是很少的。

道光二十七年，林则徐在陕西巡抚任上，曾写过一份分产书，把老家的田宅家产均分给三个儿子。分产书说：“合计前后之产，或断或典，田地不过十契，行店房屋亦仅二十三所，……除文藻山住屋一所及相连西边一所，仍须留为归田栖息之区毋庸分析外，其余田屋产业，各自按原置价值匀作三股，各值银一万两有另，……再目下无现银可分，将来如有分时，亦照三股均匀，书籍衣物并皆准此可也。”[②]由

① 曾国藩：《曾国藩全集·家书一》（20），岳麓书社，2011，第447页。

② 来新夏编著：《林则徐年谱新编》，道光二十七年丁未，南开大学出版社，1997，第637—638页。

这个分家文书看，此时林则徐的家产，除了留作归田养老用的两座房屋及现银，还有三万余两，因此总计林则徐的遗产当在四万两左右，是曾国藩所说数量的一倍。不过这种遗产规模在当时督抚大吏中，仍然属于特别清廉之列，所以其遗产之薄才可能成为一时之新闻，广为流传，到曾国藩耳中时，以讹传讹成了不足两万两。

所以，林则徐也是中国传统官员中的一个典型代表，代表了虽然清廉，但是也会在“习俗”认可的范围之内谨慎地收取“应得的”灰色收入的一类官员。像这样的官员在晚清还可以找到很多例子，比如曾国藩的好友郭嵩焘。郭嵩焘早年为官，志节颇高。咸丰九年（1859年）他奉命前往烟台等处海口查办隐匿侵吞关税情形，所到之处大小官员接待隆重，郭嵩焘却“不住公馆，不受饮食”[①]，更不受礼，一时为官场所侧目。然而同治二年至同治五年（1863—1866年），他署理了三年广东巡抚，罢官回籍之时，所带行李船只达六十只之多，可见收获之丰。他并不以此为愧，反而很坦率，“身为督抚，岁支养廉良亦不薄，何嫌何疑，而畏人訾议？一身服食起居，而多怀顾忌”[②]，身为督抚，只要靠养廉银就可以积累丰厚家产，这没有什么值得隐瞒的。至于与曾国藩关系颇近的另一位巡抚沈葆桢，据郭嵩焘所说，回乡之时也带了四万两白银：“沈幼丹江抚归装四万金，而以卖字为生。”[③]

① 郭嵩焘撰，梁小进主编：《郭嵩焘全集·集部三·文集》（15），岳麓书社，2018，第761页。
② 郭嵩焘撰，梁小进主编：《郭嵩焘全集·集部一·书信》（13），岳麓书社，2018，第169页。
③ 郭嵩焘撰，梁小进主编：《郭嵩焘全集·集部一·书信》（13），岳麓书社，2018，第169页。

在晚清官场贪墨成风的大背景下，那些志在经世致用、力图有所作为的能员，比如湘系中的很多人物，都采取了这种“知足知止”的居官姿态。

当然，在天下滔滔中，总会有个别刻骨清廉之员，成为人们谈论的对象。晚清自我要求最严的地方大吏应该是罗遵殿了。咸丰九年他任浙江巡抚，“到官，痛吏习浮竞，乃严举劾，察营伍”，后以“城陷，仰药死，妻女同殉”[①]。胡林翼说他“外任二十六年，身后止薄田四十亩，土屋十余间，其清廉亦足为数十年来疆吏之冠”[②]。《清史稿·罗遵殿传》亦载：“遵殿任外吏二十年，廉介绝俗，家仅土屋数椽，胡林翼集赙，乃克归丧。”曾国藩称他为当世第一清官：“罗淡村中丞，以乙未进士历官直隶、湖北、浙江等省，凡二十五年，家无一钱，旧屋数椽，极为狭陋。闻前后仅寄银三百两到家，其夫人终身未着皮袄，真当世第一清官，可敬也。”[③]其可敬之处，正在于能做到这种程度的人确实凤毛麟角。

---

① 赵尔巽等：《清史稿（四）》卷三九六，列传第一八二，《罗遵殿传》，中华书局，1998，第3023、3024页。

② 胡林翼：《胡林翼集·奏疏》（第一册），胡渐逵、胡遂、邓立勋校点，岳麓书社，2008，第654页。

③ 曾国藩：《曾国藩全集·日记二》（17），岳麓书社，2011，第41页。

龚自珍

我劝天公重抖擞

李国文

龚自珍，一个短命文人，只活了五十岁。

此人生于清乾隆五十七年，死于道光二十一年。天资未得尽兴施展，才华未及全面放开，就在创作进入高峰之际，戛然而止，匆匆而来，匆匆而去，令人不胜遗憾。

寿命的长和短，与文学成就的高和低，并无关联。李贺活了二十六岁，纳兰性德活了三十一岁，在文学史上的地位，一点也不比高龄者差。龚自珍虽短寿，但活得灿烂。灿烂之一，为爱情敢付出生命。灿烂之二，为文学敢献出一生。老实说，中国文人如他这般活得精彩者，并不太多。

他活着的这半个世纪，恰巧是清王朝由盛而衰的全过程。应该说，这个“世变剧烈”的时代，造就了他。对文人而言，外部因素，影响巨大。太平岁月，活得痛快，感官享受压倒一切，创作激情必然衰减；战乱年代，活得艰难，逃命求生压倒一切，创作也就无从谈起。所以，一个贴近现实的作家，过于饥饿，过于饱食，都对创作不利。得以发挥自己的最佳状态，应该是介乎两者之间。

龚自珍，作为“盛世”末期的觉醒诗人，赶上了大清王朝处于时局动荡、天下不安、危机当头、山雨欲来之际，但还没有达到兵荒马乱、枪林弹雨、战火纷飞、民不聊生的程度，诗人体会到已经在发生着的变化，也感觉到还将要发生的变化，遂大声疾呼，遂号召警醒，遂揭露积弊，遂催生变革。

在他的诗中，屡屡出现的“风雷”这个大概是他格外钟爱的词语，如“高吟肺腑走风雷”，如“九州生气恃风雷”，如“眼前二万里风雷”，如“中有风雷老将心”……细细品味，疾风迅雷，振聋发聩，确实是他在这半个世纪里文学形象的描写。凡历史进入倒退期，时代进入停滞期，都是特别沉闷，特别压抑，特别百无聊赖，特别看不出前景的时期，因而像“风雷”一般有声色，有气势的龚自珍，自然引人瞩目，产生震撼，也是正常的事情。

果然如他所忧虑、所担心的那样，他死的前一年，鸦片战争爆发。从此，中国的衰败开始，中国遭列强欺侮的日子开始，中国人抬不起头的近代史开始，印证了这位诗人的预见。或许，这就是今天我们还能提起龚自珍的缘由。

文学家有两种情况被人记住，一是他的时代意义，一是他的作品成就，龚自珍，兼而有之。

一

清末民初，一提起这段“丁香花诗案”，就会想到龚自珍与顾太清的“情史”，就会想到这一段大清王朝文人的最后风流。

说实在的，风流得有一个能风流得起来的环境，鸦片战争那坚船利炮敲开了国门以后，中国历史进入近代史被列强侵略得割地赔款、国破家亡、山河呜咽、民不聊生、再无宁日的苦难期。才子，会有；大师，会有；文化精英，会有；饱学之士，会有；但风流，便很难在这满目疮痍的土地上出现了。

宣武门内太平湖旁盛开的那丛丁香花，就像鲁殿灵光，成为那盛世末期最后一抹亮丽的色彩。

龚自珍（1792—1841），字瑟人，号定盦，浙江仁和人。在当时人的眼光中，他是一个才子，而且是一个风流才子，还是一个浪荡子型的风流才子。他与同为才女，还是一位满族才女，一位出身名门，嫁给一位贝勒爷，为乾隆曾孙奕绘侧福晋的才女，一位骑在白马上让北京城为之倾倒的顾太清的风流韵事，永远为首善之区的头条新闻。那时，没有小报记者，没有摄影镜头，没有传播媒体，没有手机短信，尽管如此，这位漂亮福晋，这位贝勒府的少奶奶，曾经是十九世纪初叶，北京城里那些爱热闹，爱是非，爱起哄，爱幸灾乐祸的老百姓饭后茶余的谈资。也是那些眼皮子浅薄，心眼儿歹毒，笑人无，恨人有，说风凉话一等，没缝儿鸡蛋敢下蛆的老北京嚼舌头的题目。

其实，近三百年内，他是一位思想家、文学家，存活在中国历史上。更准确地说，更具体地说，他是以别树一帜、不同凡响的诗人形象，存活在中国文学的史册上。如果，他真的被林则徐邀请，入幕为宾，随这位钦差大臣抚粤，我不知道历史又会出现一个什么场面。但是，他没有去成，却是被人追杀于江苏的丹阳书院，就这样匆匆地走完了短促的一生。

十九世纪三四十年代，活跃在京师的龚自珍，尽管在科场上，屡试屡败，频频失利，弄得很没兴致。但在文坛上，诗名鹊起，佳构迭出，成为京城明星人物。那时，宣武门外多各地会馆，进京赶考的举子、等候补缺的闲员，通常寄宿于此，一些短期居留的政客名流，一些待价而沽的闻人雅士，也都驻脚于此。因此，可以想象，寓居南城的龚自珍，第一，他好客；第二，他名盛；第三，他异类；第四，他叛逆。所以，他的访客，纷至沓来；他的朋友，三教九流。因此，宣外手帕口胡同的龚寓，成为精英荟萃、文人会聚、门庭若市、高谈阔论的俱乐部，是可想而知的。

《古学丛刊》引缪荃孙言："定盦交游最杂，宗室、贵人、名士、缁流、伧侩、博徒，无不往来。出门则日夜不归，到寓则宾朋满座，徐星伯先生目之为无事忙。又曰：以定盦之才，潜心读书，当不在朱彝尊、毛奇龄之下。"由此可见，他的被人认可、被人接受的程度，与他的被人否定、被人排斥的程度，是持平的。而人称"龚魏"的龚自珍与魏源，则是焦点人物。

在中国历史上，每当国运更替，新旧代谢之际，总会有一批敏感的知识分子，走在变革的潮流前面，成为先知先觉分子。当时，如林则徐，如黄爵滋，如魏源，这些与龚自珍交往颇深的文友，就是清帝国走向没落时，启迪民智、动员民众的思想界先驱。因为时代在变，世界在变，他们便强烈主张：一是要睁眼看世界，必师西方之长；二是要改造旧河山，必倡经世之学。遂在支持者与反对者之间，产生反响。

他在《金缕曲·癸酉秋出都述怀有赋》中写道：“纵使文章惊海内，纸上苍生而已。”这说明他的决心，为了改变“万马齐喑”的现象，文学也是可以不在话下，舍弃一旁的。这当然是诗人的一句大话了，不过，能够体会到他的壮志，他的胸怀，他的决心，和他“何敢自矜医国手”的自负，一直到最后付出生命。体现出一个时代先锋的价值观。

二

想起他，首先说到他的诗，尤其七绝，简直被他写“绝”了。

明清以降，诗家虽众，出类拔萃者也不少，但像他这样，将诗之七绝一体，写到如此娴熟，如此完美的程度，当数他首屈一指。其辞藻之丰采都丽，其声韵之金声玉振，其意境之突兀奇美，其思路之峻刻险越，域内文人，近三百年，几无能出其右者。

以《已亥杂诗》为代表的三百十五首七绝，那无拘无羁的浪漫情思，那弛张浩漫的灵犀诗心，那扑朔迷离的象征隐喻，那旨意深远的觉醒参悟，更达到艺术的绝顶，有“一览众山小”的气势。成为鸦片战争以后，绝大多数中国诗人师法之、宗奉之的楷帖。谓予不信，细细玩味柳亚子、黄遵宪、鲁迅、毛泽东诸人堪与匹敌的词章，不难在字里行间，发现龚定盦文字的余风遗韵。

想起他，其次便是他振聋发聩、拯危救亡的文章。

他有一首《行路易》诗，开头五句，那种破天荒感觉，那种横空出世的感觉，使所有当时的中国人，为之耳目一新。

> 东山猛虎不吃人，
> 西山猛虎吃人，
> 南山猛虎吃人，
> 北山猛虎不食人，
> 漫漫趋避何所已？……

说实在的，这几句平实无华的大白话，别人不是不会写，也不是想不到，而是除他以外，压根儿没有人这样尝试过；即或有人尝试过，大概缺乏胆量拿出来面世，也就胎死腹中。惟非常人，做非常事，这就是龚自珍的风格了，别人不敢，他敢。帝国之灭亡，总是要有一个"百足之虫，死而不僵"的先则心死，后才身死的过程。大清王朝到了嘉庆，到了道光，盛世不再，已经陷于东西南北，虎伺其中的险境里，已经落入四面楚歌，无法为继的危机中。衰迈之年，苟延残喘，虽然从表面上看来，帝国轰轰烈烈，其实内里已经淘空，像箍不拢的水桶，一击即垮。此刻，只有敏感的诗人，才率先发出这样的警世之声。

龚自珍在《乙丙之际箸议第九》中指出："衰世者，文类治世，名类治世，声音笑貌类治世。"这些治世之类，"左无才相，右无才史，阃无才将，庠序无才士，陇无才民，廛无才工，衢无才商……"即或偶然有才之士之民之相之将才民出，"则百不才督之，缚之，以至于戮之。"这些"漫漫趋避何所已"的猛虎治世，最后的结果，必然是"起视其世，乱亦竟不远矣"。

这首诗，这段文，正是那个呈现衰象的时代缩写。

龚自珍的超前思想，率性而为，行径突兀，不拘世俗，是很难为常人所理解的。经常突破樊篱，时有惊世之举，好发不屑言论，蔑视权威豪贵。尤其，常常察人之未察，觉人之未觉，知人之未知，言人之未言。这种与众不同的风格，与世不协的精神，目为异类的待遇，遭受排斥的结果，也可想而知的。

我记得有人说过，作家犹如报晓的鸡，唤醒民众，是其本能，但啼得太早，那也会因不合时宜而遭人厌烦，若仅仅不受欢迎，也则罢了。如果，因为吵扰了谁，惹恼了谁，那下场就可能不会愉快了。

梁启超在《清代学术概论》里，对他的启蒙意义，评价极高："晚清思想之解放，自珍确与有功焉，光绪间所谓新学家者，大率人人皆经过崇拜龚氏之一时期。初读《定盦文集》，若受电然，稍进乃厌其浅薄。"

一个大转变的时代，号角之鼓吹，无所谓雅，无所谓精，更无所谓深，只要起到引领天下，召唤众生的作用，对闻者而言，"若受电然"，也就足够足够了。

龚自珍生活的时代，正是大清王朝走向没落衰微的晚期。他死前一年，便是中国陷入于列强争夺的刀俎之下，任人鱼肉的鸦片战争爆发之年。诗人的敏感，或者说，政治家的先知先觉，就是在这山雨欲来之际，先行意识到这场民族的危机，国家的灾难。

少年击剑更吹箫，剑气箫心一例消。
谁分苍凉归棹后，万千哀乐聚今朝。

目睹了帝国没落，亲历了世运的转移，深知江山社稷的兴亡安危，迫在眉睫，预感大难当前的败世乱象，扑面而来，有抱负、有经略、有胸襟、有奇才的龚自珍，是无法安坐在书斋里做学问的，不安于位，不甘寂寞，跃跃欲试，锋芒毕露，便成为他一生的主调。

1840年，他死前一年，发生了第一次鸦片战争。林则徐到广东禁烟时，尽管龚为礼部主事，林为钦差大臣，在职位上有着天壤之别。不过，在文学上为同道、在思想上为同知、在私谊上为至交的龚自珍，倒也不遑多让地上书献策，并有南游之意，这说明中国文人有着天生的政治情结。当然，这其中，有的人的政治是忧国忧民；有的人的政治是谋生手段；有的人的政治，是属于本不想政治，但政治找到了他的头上，不想政治也不行，便一脑袋、一心胸地政治起来，龚自珍大概应该归于这一类。

他的难能可贵之处，就是能够在文章中，痛陈朝政的腐败，官僚的贪渎，直指国家机器的瓦解，封建社会的朽烂，触及水深火热的民众，万马齐喑的局面，揭示整个王朝已经到了矛盾重结的危殆关头，不可救药的圮覆地步。大声疾呼，响天彻地，成为催醒国人的警世钟声。言论之犀利，观点之尖锐，呐喊变革之强烈，呼吁觉醒之迫切，像闪电一样划破封建社会沉重阴森的夜空，对一代知识分子所起到的鼓动、宣传、觉悟、实践的作用，影响巨大，其直接后果，就是他死后五十年所发生的辛亥革命。

而且，他本人也是身体力行的爱国主义者，从他一心一意要与钦差大臣林则徐——他的诗友、他的同道——一起到广州禁烟，就可以看出他确是要为这个国家，这个民族，一心想做些什么的雄心壮志。总之，在中国近代史上，他是一位具有启蒙意识的志士，在中国文学史上，他是一位具有创新精神的文人。

龚自珍诗："黔首本骨肉，天地本比邻。一发不可牵，牵之动全身。""宗周若蠢蠢，嫠纬烧为尘。所以慷慨士，不得不悲辛。"（《自春徂秋……得十五首之二》）这几句诗，可以视作他为谁而文学的座右铭。

文学家，基本可划为两类：关注社会的为大我者，只重个人的为小我者。为大我，想着的是江山安危，社会治乱，百姓祸福，生存难易。为小我，想着的是悲欢离合，情爱波澜，利害得失，命途起伏。从美学观点来看，为大我，不见得好，为小我，未必就坏。各有各的优势，各有各的欠缺。而且，为大我者，并非不可以卿卿我我，缠绵悱恻；为小我者，也并不妨碍黄钟大吕，激昂慷慨。龚自珍固然以为大我的形象，出现在近代文学史上，然而，他的绮丽文字，他的美艳诗篇，在抒发个性、追求自由、表达内心、体现自我方面，也表明他的为小我的艺术成就。

三

据《学人列传》，龚自珍"幼聪明，能读等身书"；"其为学，务博览，喜与人辩驳，虽小屈，必旁征广引，得申乃已"。其外祖父段玉裁，为一代文字音韵大师，由于家学渊源的关系，他穷经搜典，治书为文，颇得真谛，从而饮誉文坛，是一个知名度很高的人物。

这首东南西北老虎吃人，称不上规范，但却极具创新精神的诗，一经传抄，其惊世骇俗的声音，京师上下，为之一震。在文学这个领域里，敢为天下先，说起来是很容易的，做起来却是需要相当的自信。尤其对年资稍浅的文人来讲，他不能不考虑：一、别人会不会认可？二、若不认可，别人会不会笑话？三、仅仅是笑话，倒也罢了，会不会从此落下一个狂妄的名声？这都是要掂掇再三的。然而龚自珍就敢于睨视群伦，屹然独出。

“定盦生平性不羁，善作满洲语，嗜冶游。晚岁学佛。平居无事时，非访伎，即访僧，遇达官贵人，辄加以白眼。……生平所得金，皆随手尽，京师人以怪物目之，夷然不顾也。”（孙静庵《栖霞阁野乘》）

他有两首诗，一为：

欲为平易近人诗，下笔清深不自持。
洗尽狂名消尽想，本无一字是吾师。（《己卯杂诗其十四》）

一为：

河汾房杜有人疑，名位千秋处士卑。
一事平生无齮龁，但开风气不为师。（自注：予生平不蓄门弟子。《己亥杂诗其一〇四》）

这两首诗，可以视作他的文学宣言，也是他的这种“夷然不顾”的“怪物”性格体现。他既然申言：“予生平不蓄门弟子。”那么，下文必然就是，他也不会师从任何人的。因此，前不见古人，后不见来者，他就是他，他就是唯一，他就是这样一个空前绝后的他。

沉沉心事北南东，一睨人材海内空。
壮岁始参周史席，髫年惜堕晋贤风。
功高拜将成仙外，才尽回肠荡气中。
万一禅关砉然破，美人如玉剑如虹。（《夜坐》）

他还有一篇短文，题曰《病梅馆记》，就是一篇提倡个性自由，思想开放，跳出罗网，不受束缚的檄文。他反对将正常生长的梅花，被那些文人画士弄得“以曲为美，直则无姿；以欹为美，正则无景；以疏为美，密则无态”。所以，他辟病梅馆，“购三百盆，皆病者，无一完者。既泣之三日，乃誓疗之，纵之，顺之，毁其盆，悉埋于地，解其棕缚，以五年为期，必复之全之。”

柳亚子誉他为“三百年来第一人”，我认为既是对他文品的肯定，也是对他人品的赞赏。他对龚的惺惺相惜，更看重的是诗人身上少有的自信。一个中国文人，能够像龚自珍这样，不在意别人的首肯，不需要别人的赐准，不师法任何样板，不服从任何规范，对于上上下下的说长道短，置若罔闻，对于老老少少的评头品足，不在话下，这是多么值得提倡的我行我素的文学品格啊！

龚自珍在《己亥杂诗》第一百〇二首诗后的附录中，抄了一段某生的《与友人书》：“某祠部辩若悬河，可抵之隙甚多，勿为所慑。其人新倦仕宦，牢落归，恐非复有罗网文献，搜辑人才之励心也。所至通都大邑杂宾满户，则依然渠二十年前承平公子故态。其客导之出游，不为花月冶游，即访僧耳。不访某辈，某亦断断不继见。某顿首。”

对这封略带讥刺的信件，龚自珍很坦然，因为，按他的出身、家庭、学养、夙慧，按他十二岁习《说文解字》，十四岁考订古今官制，十六岁读《四库全书总目》，十七岁研究金石文字，这种乾嘉朴学的治学方式，绝对应该继承其外祖父段玉裁的“小学”（也就是文字学和考据学）道路，成为学者。

但是，“盛世”的败象，王朝的危势，末日的警钟，终局的命运，使他从故纸堆里走出来，面对现实，着意改革，力挽狂澜，实施自己的政治抱负，同时，也寄托自己的文学理想。

为此，他作诗志之：“网罗文献吾倦矣，选色谈空结习存，江淮狂生知我者，绿笺百字铭其言。”

四

我想，对于这位爱上顶头上司的太太，传遍京师的“丁香花诗案”的男主角，一个不可救药的情人，一个不顾一切的情种，一个为了和那位美丽的满族女诗人顾太清的恋情，而付出生命为代价的浪漫，你若了解到在他暴死前的两年里，公元1839年（道光十九年），公元1840年（道光二十年），竟是他一生创作的高峰期、爆发期，也就不忍苛责他了。不是每个作家，不是每个诗人，在其写作生涯中，都会有幸运遇上这种突然间才华的超佳喷涌期。你得相信，爱情，是最强烈的催化剂；思念，是最有效的助燃剂。在他《已亥六月重过扬州记》中，讲他在这次绮丽之旅中，所遭遇到“凄馨哀艳之气，缭绕于桥亭舰舫间，虽澹定，是夕魂摇摇不自持”的亦虚亦实的情感活动，其实，更反映没有写出来，而在诗人的心胸里、灵魂里，当时有

"满洲词人，男有成容若，女有太清春"之说的女诗人，才是他魂牵梦萦的，并激发起无穷无尽诗情的源泉。

庚子年他给他的友人吴虹生的一封信里这样写道："弟去年出都日，忽破诗戒，每作诗一首，以逆旅鸡毛笔书于账簿纸，投一破簏中。往返九千里，至腊月二十六日抵海西别墅，发簏数之，得纸团三百十五枚，盖作诗三百十五首也。"

爱，是没有罪过的；真爱，乃上帝给予的权利，不是吗？他的这本诗集中，那些"红似相思绿似愁"的"凄馨绮艳"主人公，究竟是谁，是谜，然而，也不是谜。

顾太清（1799—1876后），字梅仙，自署太清春、西林春。工诗词，擅书画、小说，她的文学成就为大家公认，她的花月容貌更为众人心仪，而且还是一个好交际、喜游玩、出风头、擅应对的社交明星。

> 太清好着白衣，尝与贝勒并辔游西山，作内家妆，披红斗篷，于马上拨铁琵琶，手白如玉，琵琶黑如墨，见者咸谓是一幅王嫱出塞图也。（《天游阁集》钝宧按语）

一个女人吸引男人的地方，是她的美丽，而一个男人吸引女人的地方，则是他的魅力。虽然，龚自珍以诗名，以文名，以风流名，以恃才傲物名，其实，他的政治抱负，他的爱国情怀，从他《金缕曲》的诗句"纵使文章惊海内，纸上苍生而已"看，最渴慕的还是力挽狂澜的丰功伟业、声振宇内的不世之名。所以，放浪形骸，不拘形迹，嬉笑怒骂，行止任意的文人雅士，是他外在的表象。忧患国事，激昂慷慨，冀图振作，有所作为的志士仁人，才是他内里的真实。这也是顾太清对龚自珍，情不自禁而心向往之的缘故吧？

我一直相信，龚自珍的那首《减兰》词，应该是十年前与这位江南才女最初见面的记录。这一切，都让那位美丽而多情，天分极高而知音难求的女诗人，不能无动于衷的啊！

人天无据，被侬留得香魂住。
如梦如烟，枝上花开又十年。
十年千里，风痕雨点斓斑里。
莫怪怜他，身世依然是落花。

词前有一小段文字，写得颇暧昧。

偶检丛纸中，得花瓣一包，纸背细书辛幼安“更能消几番风雨”一阕，乃京师悯忠寺海棠花，戊辰暮春所戏为也。泫然得句。

也许那时的她，很可能还是婀娜可人，待字闺中的江南才女。一方面，龚自珍那经国济世之雄心，革新变法之宏图，家学渊源之功底，倚马可待之才华，使她芳心暗许；另一方面，他那狂狷傲慢之放肆，负气自恃之浮名，招蜂惹蝶之非议，蒲博滥赌之恶声，也令她举步踟蹰。但后来，她成了贝勒府里雍容华丽的贵族夫人，他又成为她丈夫的下属，一切都在彬彬有礼、保持分寸、疏密有制、若即若离的状态下，进行着有间距的感情交流。由于无法倾力相恋的遗憾，这包海棠花瓣，能不令我们这位多情的诗人抚今追昔吗？

这位出身自浙中名臣兵部主事许宗彦的义女，又是在满洲贵族环境长成的顾太清，既有南方水乡女子的情深如水，又有北国边疆女人的奔放风韵。在与龚自珍交往以后，迷惑于他的才华，沉溺于他的智慧，钦佩于他的才思，倾心于他的浪漫，可谓情不自禁。曾经集宋词为七言绝句三十五章，而她分明知道这正是龚自珍的强项，分明就是一片爱心的呈献了。

诗如：

肠断魂梦两沉沉，只愿君心似我心。
已被色香撩病思，便愁云雨又难禁。

又如：

歌尽阳关不忍分，更无留影霎时云。
青笺后约无凭据，日日思君不见君。

而龚自珍在1839年（道光十九年）的《己亥杂诗》第二百零九首，即使学究气十足，道统气更十足，竭力否定“丁香花案”的近人孟森，这位明清史权威，这位老夫子，也不能不坐实“非惟明指为太平湖，且明指为朱邸，自是贝勒府之花”。

空山徙倚倦游身，梦见城西阆苑春；
一骑传笺朱邸晚，临风递与缟衣人。（自注：“忆宣武门内太平湖之丁香花。”)

而随后不久，那一阕《桂殿秋》，更是若隐若显，欲盖弥彰。

明月外，净红尘，蓬莱幽窅四无邻；
九霄一派银河水，流过红墙不见人。
惊觉后，月华浓，天风已度五更钟；
此生欲问光明殿，知隔朱扃几万重。

你无论如何也想不到，这首疑窦丛生的诗，会给龚自珍招来杀身之祸。

龚自珍一生自负，一生倒霉，这大概就是性格决定命运的必然了。林则徐南下主持禁烟大局，所以婉谢龚自珍之助力，一方面考虑到此去赴汤蹈火，前景险恶，有回护年轻友人之意；一方面也是担心这位才子的自负，说不定帮了倒忙。林则徐是文学家，更是政治家，他了解龚自珍只是热衷政治，关注政治，本质却是纯粹的文学家，玩不转政治。最后，竟牵扯到这样一个其实更政治的情感局面中，也就只有死之一途了。

五

关于龚自珍和顾太清的这段“丁香花诗案”的爱情故事，因为涉及到诗人最后的暴卒，清末民初，也曾沸沸扬扬地热闹了好一阵。

既有曾朴的《孽海花》、冒鹤亭的《太清遗事诗》，言之凿凿；

也有孟森的《心史丛刊·丁香花》、苏雪林的《丁香花疑案再辩》，矢口否定；更有钱穆的《中国近三百年学术史》认为：“定盦出都，（因主禁鸦片）得罪穆彰阿，外传顾太清事，非实也。”别证其无。

但我宁肯相信王国维的《人间词话》所说到的：“故艳词可作，唯万不可作儇薄语。”龚自珍“其人之凉薄无行，跃然纸墨间”。据此论点，观堂先生对男女情爱的正经、古板、道学、迂腐，姑置勿论。但他认为龚诗所写，并非向壁虚构，这个学者的断言，是值得采信的。

龚自珍在礼部祀祭司行走，主客司主事，官微职闲，备受排挤。后来，能够到奕绘的宗人府，谋得一份俸禄，若无强有力的奥援，是很难获此美差的。顾太清的丈夫，龚自珍当差的宗人府长官，乾隆曾孙贝勒爷奕绘，倒也是个礼贤下士的上司，而且还是一位能够与妻子唱和的诗人。他很爱这个其实有着汉族血统的江南才女，为了能和她结婚，还不得不设法为她改隶旗籍。

而诗人龚自珍终于得以走进太平湖畔的贝勒府，谁能说不是顾太清为其杭州同乡，对丈夫施加影响的结果呢？这位有着满洲和蒙古血统的野性，又得到江南水土润养的女人，有其柔美温雅的一面，也有其奔放热烈的一面，她能毫无顾忌地说项，不怕风险地引荐，除了钟情，除了爱恋，找不到别的什么解释。于是，她对于这位有可能因公因私，从此出入府中的龚自珍，他的浪漫，他的情感，他的文学魅力，以及那种“男人不坏，女人不爱”的放荡色彩，不为所动，也是不可能的。

从太清春的《落花集》《渔歌》等诗词作品来看，她其实是既懂得情，更懂得爱的一个极风流、极妩媚、极冶美、极痴情的女人。

然而，1838年（道光十八年），当贝勒奕绘的官衔被革职，世袭被褫夺，在抑郁中去世以后，作为嫠妇的顾太清，在家庭中便一落千丈，何况奕绘的正室，和继承人合谋起来，要将她和他置之死地，而仍沉迷在姑且认为是柏拉图式爱情中的诗人，竟浑然不觉，还在为她写“落红不是无情物，化作春泥更护花”，表白自己的不渝之情。

即使，龚自珍比离他家不远悯忠寺内的海棠花，还要纯净；顾太清比离贝勒府不远太平湖畔的丁香花，还要明洁。他们这种无瑕的感情，在那个时代，那个社会，他爱上了一个不该爱的非其族类的女人，她恋上了一个绝对被视作异端的叛逆男人，这种近乎十恶不赦的对传统，对体制的挑战，必然是要斩尽杀绝的。

龚自珍一生，其实只做了三件事：

一、赌命运，

二、赌爱情，

三、赌文学。

然而，上帝从来不会给人百分之百的，结果，文学上获得极大成功，命运上遭遇完全败北，爱情上更是交待出去他的生命。

其实，封建社会的专制制度，之所以万世不坠，就在于对待异端分子的高度一致上，如龚自珍，如顾太清，哪怕只是表现出一点点相异的观点，一点点不同的做法，一点点反对的态度，一点点抵抗的念头，等着吧！这部国家机器，上至最高统治者，下至最低的衙役皂隶，刀兵棍徒，保甲里正，巡丁逻卒，倾巢出动，全力以赴，悉心从事，上下一致，除恶务尽，必干净彻底而后止。

关于他在南归途中，于丹阳书院暴卒事，据清人孙静庵《栖霞阁野乘》所述，有两种不同说法：

一、“其殁也，实以暴疾，外间颇有异词。初，定盦官京曹时，常为明善堂主人上客。主人之侧福晋西林太清春，慕其才，颇有暧昧事。人谓定盦集中游仙诸诗，及词中《桂殿秋》《忆瑶姬》《梦玉入引》诸阕，惝惚迷离，实皆为此事发也。后稍为主人（子）所觉，定盦急引疾归，而卒不免。盖主人阴遣客鸩之也。”

二、“定盦晚年所眷（妓）灵箫，实别有所私。定盦一日往灵箫处，适遇其人，因语灵箫与之绝，箫阳诺之，而踪迹则愈密。半岁后，定盦一日又见其人从灵箫家中走出，因怀鸩以往，语灵箫其人倘再至者，即以此药之。药方固出禁中，服之不即死，死亦无伤痕可验也，灵箫受药，即置酒中以进，定盦饮之归，即不快，数日遽卒。”

六

在中国文学史上，还没有比他失败得更惨的文人。

他的喜赌常输，虽输犹赌的恶习，很像沙俄作家陀思妥耶夫斯基；他在诗歌领域的开创意义，不亚于英国的拜伦、雪莱；他与贵妇人的风流韵事，他与风尘女子的狎邪冶游，法国的大仲马、巴尔扎克之辈，根本望尘莫及。至于他那些披肝沥胆、唤醒国士的警世之作，与雨果作品对于法国，与马雅可夫斯基对于俄国，在革命中所起到的作用堪相媲美。甚至他最后不知是鸩酒暴毙，还是枭首而终，与普希金，莱蒙托夫决斗饮弹，不治身亡，虽同属别开生面之死，但他死得更为蹊跷。

1839年至1841年（道光十九年至二十一年），是他创作的高产期，生命之烛燃点到最后，爆发出璀璨的光华，他以几乎日写一首七绝的进度，写成的这部《己亥杂诗》，达到他一生成就的最高峰。

然而，他的人生赌博的命途，终于也到了终点。

他的一生，极其短促，只活了五十一岁，就被他人追杀。按照中国文人越活越缩水、越回旋，越活越糊涂，越颠倒，甚至活到最后，越混账，越万人嫌的常规，我怀疑，龚自珍活到七老八十，还有思如泉涌的才华？还有目空一切的豪迈？还有指斥海内的勇气？还有匡时救世的雄心？

我也不敢揣测。因此，他的短命，固属不幸，但他的形象，却在后人的记忆里留下来完美。

与颜色不那么艳丽，香味却异常浓郁的丁香花相联系的，这场大清王朝文人的最后风流，让我们对于古人那份敢于挣脱束缚的精神，多了一层敬意，对于古人那份涌泉而来恣肆汪洋的才气，多了一层钦服。由此，也禁不住纳闷，为什么，我，我的同行，却显得这样侏儒而蹒跚呢？

能找到答案吗？我想请教。

意志力的化身：曾国藩

张宏杰

曾国藩以他的一生，证明了人的意志力所能达到的极限。梁启超在形容自己时，用了一个很好的比喻：如果把“梁启超”这个人身上所含的“趣味”元素抽出去，那么所剩物质就无几了。借用这比方也可以说：如果把“曾国藩”这个人身上的“意志力”元素抽去，那么剩下的也不过是一些平淡无奇的成分。

一

虽然有巨蟒转世的传说，实际上乡塾教师曾麟书的这个儿子只是个极普通的孩子。老曾家的人里向来缺乏俊秀之才。曾麟书终生苦读，直到四十三岁才勉强补上个秀才资格，在读书人里算是比较笨的了。曾国藩本人从十四岁起参加县试，考了九年，到二十三岁才考上秀才。比较他同时代的名人，便可以看出他天资的平庸。小他一岁的左宗棠，十四岁参加湘阴县试，便名列第一。次年应长沙府试，取中第二。李鸿章也是十七岁即中秀才。比曾、左、李稍晚的康有为幼年颖异，有神童之誉。梁启超更是天资超迈，十一岁中秀才，十六岁中举人，令曾国藩望尘莫及。曾国藩也常说自己“吾生平短于才”“秉质愚柔”“称最钝拙”，这些也并不完全是谦词。

曾国藩的家乡白杨坪，处在离县城一百三十里的群山之中，虽山清水秀，风景不恶，但交通不便，消息闭塞。曾国藩在诗中说这里“世事痴聋百不识，笑置诗书如埃尘”。有史以来，在曾麟书之前，这里连个秀才也没出过。

一点也看不出一个震古烁今的大人物将要从这里走出去的迹象。

二

曾国藩自拔于流俗，得力于他身上那种湖南山民特有的质朴刚健气质。

恶劣的自然条件，压不垮湖南农民艰苦奋斗的精神。封闭的环境里民风朴拙，人们没有别的生计，只知道下死力种田。中国农民的自我克制能力是无与伦比的，艰难的生存磨炼了他们的顽强和坚忍。虽然只有一个小院，数间茅屋，巴掌大的土地，但是一家人还是每天天不亮就起床，春种秋收，喂猪饲鸡，一时一刻也不愿白白放过。院里屋外，永远收拾得干干净净，几亩薄田，侍候得无微不至。虽然艰苦的付出和微薄的收获不成比例，一年到头也吃不上几顿好饭，穿不上几件好衣，可是他们从来不知报怨，一个个乐观知足，全家上下都有一种奋斗向上的心气。曾国藩后来在家书中说，看一个家庭的优劣，不是看是否贫穷，而是看是否有奋发的气象。只要有“兴旺气象”，这个家庭总有出头之日。这便是来自他自身的经验。

和普通农家相比，曾家家风更为严峻。祖父曾玉屏虽然不大识字，但是有主见有魄力，性情刚烈，为人严正，在乡里很有威望，哪里有纠纷总是找他排解。遇上那种不讲理的泼皮无赖，他“厉辞诘责，势若霆催，而理如的破，悍夫往往神沮”。曾国藩继承了他祖父刚直强毅的性格特点，他对自己的祖父有一种崇拜心理。他在家书中，常常谈到祖父的言行，奉为圭臬。“吾家祖父教人，以懦弱无刚四字为大耻，故男儿自立，必须有倔强之气。”

曾国藩就是这个山村里朴实本分的孩子。在严峻的家风督促下，他从小勤奋刻苦，虽然天资不太高，但由于拼命发愤，在连考七次之后，终于考上了秀才。次年中举，再经过三次会试，终于在二十八岁那年考中进士，成功地走完了自己的求学之路。他带着农家子弟的天真拙朴和吃苦耐劳精神走进了人文渊薮——北京。

中进士之前，曾国藩的全部精力都用在八股文上，日夜苦读，只为了能有出头之日，对儒学的大道理，并没有时间去研究。中了进士，进了翰林院，他才发现自己学问修养毫无基础，“生平工夫全未用猛火煮过，虽略有见识，乃是从悟境中得来”。在藏龙卧虎的翰林院，他见到了传统文化熏陶下的大儒们的高美仪范，知道人可以做到“浑然如天地，粹然如和风”的境地。他下定决心要弄通人生大道理，奋发向上，使自己的一生得到最完满、最壮美的实现。

人类最基本的一种心理倾向就是使自己变得完美，儒家的人格设计为这种心理倾向提供了最理想的释放途径。儒家学说认为，每个普通人都可以“超凡入圣”，都可以通过自身的刻苦努力达到圣人的境界。所谓圣人，就是完美的人，他通过自己的勤学苦修体悟了天理，掌握了天下万物运行的规律。这样，他一举一动，无不合宜，就可以经邦治国，造福于民，使整个国家达到大治的状态，而自己也立功立德立言，万世不朽。这是一个何其宏伟、何其诱人的人格理想，在这一人格设计中，人的潜能能得到最大限度的发挥，人的精神能得到最大限度的张扬。

这样一个壮美的人生设计虽然极为诱人，实际上却带有浪漫空想的色彩。“圣人”是一个超自然的概念，“学做圣人”便是个超越自我的过程，由于目标的高远难及，手段便非同寻常，要求人把自然欲望压制到最低限度，每时每刻都严格控制自己的思想，使它不能逸出于儒学规范之外，每一分钟都展开对自然本性的搏杀，那真是针针见血，刀刀剜心。有的人虽然用圣人之言敲开了仕途之门，却从来没有认真对待过所谓圣人之道；有的人曾为这个理想激动过，尝试过，终因这种努力非人性所能堪，不得不最终放弃。曾国藩，这个来自湖南乡下的读书人，一旦被这个理想所征服，便义无反顾，百折不回，用农民的质朴顽强去践履，终于做出了非同寻常的成绩。

曾国藩和普通官僚的不同之处是志不只在封侯，而更在做人，做光明磊落的大丈夫。他在家书中说：“君子之立志也，有民胞物与之量，有内圣外王之业，而后不忝于父母之生，不愧于为天地之完人。”“予自三十岁以来，即以做官发财为可耻，以宦囊积金遗子孙为可羞可恨，故私心立誓，总不靠做官发财，以遗后人。神明鉴临，予不食言。”这就是他为自己立定的“终身大规模”，在这个规模基础上，他开始坚苦卓绝地建设自己的人格理想。

曾国藩学习理学家倭仁的修身办法，坚持写日记，在日记中把一天之内的每件事、每个念头都记下来，有点滴不符合圣贤规范的做法想法，都严格地自我检讨，把“恶”消灭在萌芽状态。到朋友家拜客，见到主妇时，“注视数次，大无礼”。与人交谈时，“有一言谐谑，太不检”。都要深刻检讨。甚至做梦时梦见自己发财，醒来也痛骂自己一番，责备自己贪财之心不死。他还学习静坐之法，每天静思反省，不断和自己的私心杂念搏斗。像所有的年轻人一样，他期望自己十全十美，一言一行都正确恰当；像所有的年轻人一样，他贪多求快，总想一下改掉身上所有的缺点毛病。不过，和大部分年轻人不同，他有着钢浇铁铸般的执着顽强。翻检他的日记，从少时起，直到暮年，几乎每一天都要对自己痛责一番，每一天都有自责、焦虑、悔恨、恐惧的时刻。壮年之时，为了克制自己的生理欲望，他“日日自苦”，以求“不至佚而生淫”，通过每日勤学苦思，把精力耗尽，“如种树，斧斤纵寻之后，牛羊无从而牧之；如燃灯，膏油欲尽之时，无使微风乘之”。作为一个禁欲主义者，他损失了许多做人的乐趣。他真是花岗岩脑袋、混凝土脚踵。在那些常人不能忍受的关口，他都忍受过来了。在家书中，他总结自己的经验教导子侄说：“凡事皆有极困难时，打得通的，便是好汉。”他现身说法：“即经余平生言之，三十岁以前，最好吃烟，片刻不离。至道光壬寅十一月二十一日立志戒烟，至今不再吃。四十六岁以前做事无恒，近五年深以为戒，现在大小事均尚有恒，即此二端，可见无事不可变也。”

实际上，儒家的人格理想是一种风险极大的设计，几乎就不具有可操作性。它使人日日如在悬崖之侧，一不小心就跌入人性弱点的深渊之中。自古至今，大多数人逃离了这条险途，或仅仅以此装点门面，或遁入老庄一路。只有曾国藩走得异常老实坚定，他给自己立了这样一个座右铭："不为圣贤，便为禽兽；莫问收获，但问耕耘。"把自己推入"圣贤"和"禽兽"的两极选择之中，破釜沉舟，不留任何退路。通过这种本质上不合人情的、非人道的方式，他把儒家精神中刚健有为、光明磊落、忠恕待人、至诚慎独等优良品性熔铸到自己身上，涤去人身上常有的自私、虚伪、阴暗、猜忌，走入了道德的化境，达到高尚澄明的境界。这不能不说是一种奇迹。他以圣人之心为心，行动中没有做作气、虚荣心、自得感。他把行动与本心打通了，自有一番大境界大心胸，是一个真性真情的真男子。

事实证明，这就是"天资钝拙"的曾国藩事业成功的基础。

三

成就大事业，仅仅有大心胸、大境界是不够的，还得有大本领。曾国藩的大本领同样是从顽强刚毅中锻炼出来的。

四十二岁那年，曾国藩奔母丧回乡。其时正值太平军兵抵湖南，咸丰皇帝命他在家乡办团练。一介书生从此开始了带兵生涯。

曾国藩正值壮年，已是二品大员，性情刚直，自以为居心正大，又有皇帝钦命，所以办起事来雷厉风行，锋芒毕露。他对那些贪鄙畏葸的地方官吏本来就十分厌恶，所以常常越过他们，直接下达命令。他哪里知道，这些地方官员，虽然办起正事一个个昏愦糊涂，但是坏起事来，却都是行家里手。从巡抚以下，都因为曾国藩侵犯了他们的权力而深怀不满，处处对他下绊子、打冷枪，掣肘使坏，弄得曾国藩事事不顺。

最严重的一次冲突发生在练勇半年之后。曾国藩训练团勇，要求当地绿营兵一道会操。平时懒惰惯了的绿营兵受不了他严酷的训练方式，在军官的挑动下，聚众闹事，攻入曾国藩的公馆，枪伤了他的随员和护兵。曾国藩狼狈逃命，才幸免一死。曾公馆和巡抚衙门仅一墙之隔，事发之时，全城皆知，巡抚却装聋作哑。直到曾国藩仓皇跑来，才假惺惺地出面过问，事后，对肇事者未加任何惩处。

血气方刚的曾国藩受此挫辱，刺激极大。一开始，他想上疏给皇帝，把湖南通省官员弹劾一遍，出出胸中闷气。可是冷静下来一想，这样一做，以后在湖南办事更难。经过几夜不眠的反思，他决定“好汉打脱牙和血吞”，不争这一时闲气，而是从头开始，发愤振作，练成一支能打胜仗的军队，给湖南通省的文武官员看看。

正是这一刺激，极大地激发了他的心理能量。他离开长沙，移驻衡州，在那里招兵买马，一改协助地方官训练团勇的初衷而要建立一支自家的军队，和太平军一决雌雄。事实证明，这是曾国藩一生事业的真正起点。如果没有这次受辱，也许他不会下那么大的心力去建立湘军，也就不会有后来的“中兴名臣”曾国藩了。几十年后，他还在家书中教育儿子说：“天下事无所为而成者极少，有所为有所利而成者居半，有所激有所逼而成者居半。”“百端拂逆之时”，“只有逆来顺受之法”。“所谓好汉打脱牙和血吞，真处逆境之良法也。”这是他从挫折中得到的大智慧。他咬紧牙关，把这一番大挫辱活生生吞下，倒成了滋养自己意志和决心的营养。湘军因此而诞生，曾国藩的“中兴伟业”也即此起步。

曾国藩一生中的第二次大挫折发生在湘军刚刚成军的时候。那是咸丰四年，他耗尽心力，练成了这支一万七千人的队伍。他对这支队伍的组织、训练、装备、后勤，无不殚精竭虑苦心经营，力求万无一失。他非常重视首战的成败，认为这对士气人心将起到极为重要的影响，所以成军之后，耐心等待战机，没有十分把握，决不出战。连咸丰皇帝屡次下诏催他出兵，他都以准备不充分为理由拒绝了。

谁知，精心准备的第一战竟是个彻底的败仗。

咸丰四年四月，湘军探知战略要地靖港和湘潭驻进部分太平军，人少力薄，而且毫无戒备。等待多时的曾国藩闻听大喜，决定拿他们开刀。于是兵分两路，他亲自带兵前往靖港。哪知大军开进靖港，遇到的却是浩浩荡荡的太平军伏兵。湘军上当了。未经战阵的湘军一下乱了阵脚，纷纷溃逃。曾国藩把军旗插在身边，自己持剑立在旗下，大呼“过旗者斩”，可是他砍翻几个，余者仍然绕旗狂奔。兵败如山倒，眼看太平军杀了过来，卫兵把他拉上了座船，仓皇逃命。

曾国藩呆坐在船内，五内俱焚。自己惨淡经营了一年多的湘军，竟然如此不堪一击。想想自己在皇帝面前许下的豪言壮语，想想湖南官员将如何用嘲笑来迎接他，他无地自容，一急之下，投江自杀。幸亏周围人拼命打捞，才免于一死。

曾国藩败走长沙，原本就等着看他笑话的大小官员此刻来了精神。他们下令关闭长沙城门，不让曾国藩及湘军一人入城。正在走投无路之时，一个意外的消息救了曾国藩。原来另一支湘军在湘潭打了个大胜仗，歼敌万余人。这是太平军兴起以来清军取得的一次重大胜利！这个胜仗奠定了湘军的地位，也掩盖了靖港的惨败。

经过这一番大惊大险大喜大惧，曾国藩痛定思痛，开始了著名的“长沙整军”。他认为，靖港初战失利的原因是赏罚不明，良莠不分，没有在军内树立起不怕死的精神。对于在初战中一触即溃的队伍，他无条件裁撤，自己的胞弟曾国葆一军首先被解散。对于那些不怕死的部队，则大量增员，表现勇敢者，大力提拔。此次整军，极大地提高了湘军的战斗力，确立了“扎硬寨，打死仗”的湘军作风，为以后一系列重大战役的胜利打下了坚实的基础。可以说，湘军以后的节节胜利，正是从靖港惨败中来的。

曾氏一生中最大的一次挫辱发生在领兵征战三年之后。如前所述，曾国藩刚正严厉的作风、正人君子的气质和地方官员卑鄙下作的品性相厌相克。与此同时，朝廷认为，一个在籍侍郎，振臂一呼，就集兵数万，非国家之福，对他不敢放手使用。曾国藩带兵三年，一直没有个正式的名分，孤悬客处，用兵用人用饷无处不难。由于他没有明确的职权，又拒绝和地方官同流合污，虽然为保卫疆土辗转各省，却处处受排挤刁难。几万大军的军饷地方上一直拒绝供应，左支右借，常常是有上顿没下顿，几万大军常常饿着肚子打仗。最让他心寒的是有的地方官竟以军饷为诱饵，引诱他的部下到必死之地去打仗。他手下最得力的大将毕金科因此阵亡。他为毕金科写的悼文中有这样的词句：“内畏媢嫉，外逼强寇，进退靡依，忍尤从诟。”正是刻画了那几年湘军的艰难处境。

正在这时，他接到了父亲的讣告。这个噩耗此刻倒好像成了摆脱困境的天赐良机。他立刻上疏要求回家守孝，并且一股脑儿地把自己压抑已久的愁苦愤懑都说了出来。他期望这回皇帝会体谅他的苦衷，授予他职权。

可是咸丰皇帝还是不能相信他。适值太平军的势力日渐消退，没有曾国藩好像也没有大碍。于是顺水推舟，批准他回家守制三年，实际上即解除了他的兵权。

这当头一棒差点把曾国藩打昏。他万没料到苦战数年，功高劳苦竟是这样一个结果。这对于一心建功立业并为此鞠躬尽瘁的曾国藩是一个极大的打击。那些平时和他作对的地方官一个个喜形于色。咸丰七年二月，曾国藩灰溜溜地回到了乡下老家，心情极度恶劣。原本自诩硬汉的他这回有点挺不住了，举动大异常态，整日生闷气，动不动就骂人。他数着江西的一帮文武骂，骂够了就找几个弟弟的碴儿吆喝，语言粗俗，蛮不讲理，理学名家的风度荡然无存。极为好胜的他整日如坐针毡，几年来的种种经历不断缠绕在他心头，在给曾国荃的信中他说自己在家中"回思往事，处处感怀"，"心中纠缠，时忆往事，愧悔憧扰，不能摆脱。""近日天气炎热，余心绪尤劣，愧悔交集，每中夜起立，有怀吾弟而不能见。"失眠症又一次发作。他反复阅读经史及老庄，把自己起兵以来的种种情形在大脑中一遍遍过电影，苦苦思索自己失败的原因。渐渐地，心慢慢静了下来，他像一个闭关的和尚一样把自己关在屋子里，一坐就是一整天。

经过一年多的乡居，再出山时，曾国藩如同变了个人。他斩关夺隘，没有被挫折打垮，反而本领大长。行动做事，由原来的方正，一变而为圆通。咸丰八年，由于战局重又紧张，皇帝不得不重新起用曾国藩。这次，他再不提任何条件，立刻出山。到了长沙，他首先拜遍大小衙门，连小小的长沙县衙他也亲自造访。对那些原来芥蒂颇深的地方官，他极尽拉拢抚慰之能事，"啖之以厚利"。他在家书中说：

“余昔在军营不妄保举，不乱用钱，是以人心不附。近日揣摩风会，一变前志。”他不再锋芒毕露，而是世故圆滑，以他人的私心私利为自己所用，大刚若柔，大智若愚。这套儒道融糅的老练、神鬼莫测的神态，使得曾国藩在官场上如鱼得水，从此他用人备饷比以前大为顺利。

同治六年，他在家书中对曾国荃说：“兄自问近年得力，惟一悔字诀。兄昔年自负本领甚大，可屈可伸，可行可藏，每见得人家不是，自从丁巳戊午年大悔大悟之后，乃知自己全无本领，凡事都见得人家有几分是处。故自戊午至今九载，与四十岁以前迥不相同，大约以能立能达为体，以不怨不尤为用。立者，发愤图强，站得住也；达者，办事圆融，行得通也。”有此经历，曾国藩可以说是开始变得精明洞达，应对世物，如庖丁解牛，游刃有余了。这种世故圆融，不是他本性中所有，是从质朴方刚中升发来的，是靠不屈不挠的精神从一次又一次跌倒中悟出来的。这是曾国藩和别人的不同之处，所以他的圆融是以质朴刚正为基础的圆融，和世俗的油滑机智，境界力量都不可同日而语，这是他的大智慧之处。

梁启超说：“曾文正者，岂惟近代，盖有史以来不一二睹之大人也已；岂惟我国，抑全世界不一二睹之大人也已。然而文正固非有超群绝伦之天才，在并时诸贤杰中，称最钝拙；其所遭值事会，亦终身在拂逆之中。然乃立德、立功、立言三不朽，所成就震古烁今而莫与京者，其一生得力在立志自拔于流俗，而困而知，而勉而行，历百千艰阻而不挫屈；不求近效，铢积寸累，受之以虚，将之以勤，植之以刚，贞之以恒，帅之以诚，勇猛精进，坚苦卓绝。如斯而已，如斯而已。”

四

时值儒家精神传统崩溃的前夜，曾国藩，这个近乎完美的最后一个儒家精神偶像出现了，好像是儒学这位长寿老人临死前的一次回光返照。传统的人格之美集中在曾国藩身上，在风雨飘摇的末世做一次告别演出式的呈现，绚烂而又凄婉。

立功、立德、立言，曾国藩全做到了。就立功而言，他从一介书生起家，创建军队，统率群雄，挽狂澜于既倒，扶大厦之将倾，使清王朝的生命又延续了六十年，于清王朝其功不可谓不大。就立德而言，他时时以圣贤标准要求自己，道德修养近乎纯粹，与他同时代的杰出人物，李鸿章、胡林翼、郭嵩焘等，无不对他推崇备至，甚至五十年后相继主宰了中国的两个大人物，蒋介石和毛泽东，也不约而同地把他当作过自己的精神偶像。说到立言，他作为中国最后一个大儒，对儒学身体力行，登堂入室，造诣很深，留下了洋洋千万言的全集，其精深博大之处，可以让学者终生沉浮其中，其家书语录，更让直到今天的普通人受益不浅。

曾国藩做人的成功，证明了传统文化的强大生命力，可以部分抵消对儒学“空疏无用”的指摘。曾国藩一生功业都是在传统文化的支撑下完成的。以天下为己任的强烈使命感，修身齐家治国平天下的宏大志向，民胞物与的博大胸怀是支撑曾国藩在艰难困苦中奋力挣挫的精神动力。实事求是、经世致用、反身而诚的认知传统又使他能够从前人、从他人、从自身，学到智慧和经验，应对复杂的世事，饶有余裕。至诚待天、忠恕对人的道德准则，使得他能为人磊落，不为“低级趣味”所纠缠，纳人细垢，成己大德，用自己的人格力量去降服人、吸纳人，使英雄为我所用，终成大业。

曾国藩身上的儒学精神，是有活力，有弹性，有容纳力的。和那些愚顽浅薄的官僚不同，他掌握了儒学的真精神。他说：“学于古，则多看书籍；学于今，则多觅榜样。”“不说大话，不务虚名，不行架空之事，不谈过高之理。”所以，在清朝士大夫中，他这个理学名家是第一个对洋人平等相待的人。他主张对洋人的交往中也一样要贯彻诚信原则。他是洋务运动的发起者，他奏派学生出国留学，开西学东渐之先河。在当时的气氛之下，没有大眼光大见识是不可能做到这些的。

曾国藩做官非常成功。他善于进退，在剿灭太平军之后，功名事业如日中天，这时他却能极度冷静，在大盛之时察觉大衰的先机，毅然上疏皇帝辞去节制四省的大权，并采取果断手段，裁撤自己的权力之本——湘军。他一生出将入相，没有大的跌挫，在传统官场上像他这样成功者并不多见。曾国藩事君至忠，事亲至孝，对于兄弟，关爱有加，互见肺腑，毫无芥蒂。夫妻之间，相敬如宾，感情深挚。对于儿女，他既慈爱又严格，能够尊重孩子人格，教育孩子总以鼓励为主，没有一般封建家长那种居高临下的不平等作风。曾氏家族数代以来，直到今天，依然人才辈出，这和他树立的良好家风有着直接的关系。所以，他被誉为“古今完人”，“功比周公孔孟，名垂万世千秋”。

不过，从另一角度看，他的一生也充满苦涩。

苦涩的原因之一便是他那种极度克己的生活方式。他每天清晨即起，所有的时间不是处理事务便是读书作文还有反省自己，几十年如一日。由于用心过甚，得了失眠症。有时候，活得太苦时，日记书信中也偶尔会出现“寸心焦灼，了无生趣”之语。晚年之时，政事纷繁，诸病交集，压力巨大，常常恨不得早死。同治六年，他在给曾国荃的信中说：“诸事棘手焦灼之际，未尝不思遁入眼闭箱子（棺材）之中，昂然甘寝，万事不视，或比今日人世，差觉快乐。乃焦灼愈甚，公事愈烦，而长夜快乐之期杳无音信，且又晋阶端揆，责任愈重，指摘愈多。人以极品为荣，吾今实以为苦恼之境，然时势所处，万不能置身事外，亦唯有做一日和尚撞一日钟而已。”

然而曾国藩的苦恼消沉，决不仅仅是由于政务烦冗，疾病缠身。更重要的，是在垂暮之年，他猛然发现自己一生的奋斗，最后竟然如拔刀斫水，并不能丝毫影响水之东流。他以圣贤自期，然而他遵循圣人之道一丝不苟地苦学苦修，却并没有达到“为天地立心，为生民立命，为往圣继绝学，为万世开太平”的儒家理想。他没有能探悟到拯救旧世界的真理，没能实现自己澄清天下造福万民、创造一个以儒家学说为指针的太平世界。相反，眼看着神州不断陆沉，自己却无能为力。他以一人之力，无法挽回传统社会积千百年形成的强大颓势。他用尽一生精力换来的“同治中兴”不过是一片虚假繁荣，清王朝的命运，无论如何是不能拯救了。他对晚清朝廷上下一如既往的昏愦混乱、对时世沧桑人心难复深感失望，对自己一生灯蛾扑火式的努力极为沮丧。同治十年，他听说自己艰难创办的长江水师在整个社会风气的挟裹下已堕落成了百姓的祸害，不禁良为感慨。他给曾国荃的信中说：“长江水师，外间啧有烦言：或谓遇民间有骨牌者字牌者，则以拿赌论索，得数千或千馀文，乃肯释放；或以查拿私盐、查拿小钱搜索民舟及附近人家，讹钱释放；夜索打更之油钱；民船拉纤，不许在炮艇桅上盖过；干预词讼，至有哨官棍责举人者；甚且包庇私盐、袒护劫盗种种弊端。余设立水师，不能为长江除害，乃反为长江生害。”“而昔年所办之事，又有大不妥如水师者，贻人讥议。”“余向来本多忧郁，自觉平生之事，多可愧者。近因右眼失明，身体衰弱，尤念从前愆咎难再补救，此生学业毫无成就，用是愧郁交乘，有如圣人所谓长戚戚者。”

自诩为“好汉”“平生倔强”的曾国藩在晚年却失去了当年的豪气。悲观和失望成了他晚年生命的主色调。他经常和身边的幕僚赵烈文谈起清朝的前途，他说：“京城水泉皆枯，御河断流，朝无君子，人事偾乱，恐非能久之道。”“吾日夜望死，忧见宗社之陨。”

这不是他个人的失败，而是传统文化中的消极因素，在他身上的显现。

事实证明，传统文化，有它的博大精深、健康有为的一面，但也不可否认，传统文化也有它保守落后的一面。这种保守落后，在明清两代，特别是清中晚期，表现得非常明显和顽固。这是任何坚忍顽强所无法弥补的。这就是曾国藩的悲剧所在，因为时代的原因，他已没有可能跳出传统文化的怀抱。他在一生中最后一篇日记中写道：自己一生“如败叶满山，全无归宿。老大徒伤，不胜悚惶惭赧”。

他是在深深的忧郁失望中离开自己为之付出了一切的世界的。

曾国藩用自己的一生，证明了人的意志力所能达到的高度，同时，也证明了一个人意志力的局限，然而，他为了塑造一个完美自我而不计任何代价的精神让后来者永远钦佩。他无望的努力在人类精神征途上树起了一座令人不得不肃然起敬的丰碑。

近现代

梁启超

『少年中国』的呼唤者

曾纪鑫

一

提及梁启超，时人总是“康梁”并称。

康有为排列在前，并非他的光芒，遮住了梁启超的丰采，而是一种习惯性的师生排序。“长江后浪推前浪”，作为学生的梁启超，显然达到了“青出于蓝而胜于蓝”的境地。如若比较，自然是康有为光灼于先，梁启超闪烁其后。

认识康有为，是梁启超人生的一大关键性转折。

那是光绪十六年八月（1890年9月）的事情。

与梁启超一同在学海堂求学的陈千秋得知康有为敢于上书皇帝请求变法，南归后携眷迁到了广州布政司前惠爱街的云衢书屋，禁不住慕名前往谒见，立时为康有为的渊博学识与新颖思想所倾倒，毅然退出当时名列广州五大书院之首的学海堂，改投康有为门下继续学业。不久，陈千秋又热情洋溢地向同窗挚友梁启超介绍康有为的孔子改制、维新变法、救国救民等主张，梁启超一听，也被这些闻所未闻的崭新思想所吸引。在陈千秋的鼓动下，梁启超决定前往云衢书屋，拜会一下康有为。

此时的梁启超虽然只有十七岁，但他少年得志，十一岁成为秀才，十六岁考中举人。天资过人、聪明绝顶的他，看起来似乎是一位比昔日神童康有为还要神童的人物。于时流推重的训诂辞章学又颇有研习，自以为装了满肚子学问，有意无意间，免不了流露出几分沾沾自喜的味道。就年龄而言，康有为比梁启超大十五岁，但其“职称”却要低他一个档次，只是一个相当于秀才资格的监生。就这监生的名分，也不是康有为自己考来的，而是受祖父因公殉职的荫庇而获得，称荫监生。按照一千多年的科举习惯，梁启超应是康有为的“前辈”。可想而知，身为举人、自命不凡的梁启超前去拜访一名“准秀才”，多多少少肯定会有那么一种枉驾屈尊、不以为然的派头。然而，两人初一见面，稍加交谈，康有为“乃以大海潮音，作狮子吼”，梁启超顿感“冷水浇背，当头一棒”，只觉昔日所习，全是一些无用的旧学，一块应付科举考试的“敲门砖”。

梁启超“且惊且喜，且怨且艾，且疑且惧”，当天晚上，竟然通宵未眠。过去不知花费多少精力与心血才“颇有所知”的训诂、辞章之学，根本不是什么学问，转瞬间在他眼里就成了一堆废而无用的垃圾。凭借与支撑轰然倒塌，自得与自喜荡然无存，一时间，他心头迷惘不已，茫茫然无所归依，又如何能够安然入睡？第二天，梁启超又再次谒见康有为，虚心请教“为学方针”。“先生乃教以陆、王心学，而并及史学西学之梗概”，于是，梁启超“决然舍去旧学”，像陈千秋那样自动退出学海堂，“遂执业为弟子”，成了康有为的第二名学生。

康有为开设的讲学内容——“以孔学、佛学、宋明学（陆王心学）为体，以史学、西学为用”——于梁启超来说，简直就是一场脱胎换骨的彻底改造，他认为自从“请业南海之门，生平知有学自兹始”。

先是陈千秋，然后是梁启超，此后又有翁同龢、光绪帝，以及许许多多的热血青年、朝廷大臣，在康有为的感召下成为维新变法的骨干与生力军。可见康有为身上，的确有着一股强大的磁铁般的吸附力。当然，即使神灵也非万能，康有为也常被那些无法进入其磁场的顽固守旧人士视为“癫狂”，称作“疯子”，骂为“叛逆”，时时受阻，事事受挫。

可以想见的是，如果没有结识康有为，梁启超的人生，不外乎循着千百年来一以贯之的轨道，在旧学的迷宫中兜圈子，经由科举之途捞个一官半职，成为封建官僚机构中的一颗“螺丝钉”。然而，康有为如一道炫目的闪电出现在他的眼前，于闪电所照耀、指示的学问之真谛，梁启超无法回避，也不可能放弃。这既是一种偶然与幸运，也是一种必然与宿命。他不得不听凭心灵的召唤紧急转向，让那神奇的酵母在他的身上不断发酵，催化出矫健生命所必需的丰富养料。

梁启超师从康有为，在万木草堂一学就是四年，度过了一段相当重要、富有意义的青春时光：他每天记下康有为的讲义，“一生学问之得力”皆有赖于此；康有为创作《公理书》《大同书》等著述，常与陈千秋辨析入微地商榷不已，梁启超在一旁默默“听受”，获益匪浅；此后，康有为撰述《新学伪经考》，梁启超帮助校勘；又著《孔子改制考》，他则从事大量的“分纂”工作……

1895年2月，梁启超虽然结束了万木草堂的学习生活，但在此后的几年时间里，他一直是康有为思想上的服膺者与政治上的追随者。作为康有为的得意门生与有力助手，梁启超帮忙做了许多事情，分担了大量工作。比如轰动一时的“公车上书”，康有为于一天两夜匆匆草就的长达一万八千多言的《上清帝第二书》，便主要由梁启超誊抄，然后又帮着联络、组织在京举人签名；他积极参与创办强学会、南学会，先后担任《中外纪闻》《时务报》《知新报》等报主笔，用那支生花妙笔全面而系统地论述维新变法思想，对洋务派的专注练兵与购置机械等不知本源的做法提出尖锐批评，主张从“根本”上进行变法，内容涉及政治、经济、文化、教育等各个领域；1897年10月应湖南巡抚陈宝箴之聘，担任长沙时务学堂总教习，为维新变法培养了一大批中坚和骨干力量，蔡锷、唐才常、林圭等出色人才，全出自时务学堂。十多年后他曾自豪而伤感地回忆道：“当时学生四十人，日日读吾所出体裁怪特之报章，精神几与之俱化。此四十人者，十余年来强半死于国事，今存五六人而已。”百日维新期间，他以六品衔专办译书局事务，虽未担任重要职务，但许多重要的变法奏折大多出自他之手，被康有为倚为左右臂膀……

自“公车上书”起，梁启超的天才与勤奋、踏实与能干、宣传与主张不仅赢得了康有为的赏识与器重，也开始崭露头角、脱颖而出。特别是《时务报》上连载的政论文章《变法通议》，更使他声誉鹊起，“名重一时，士大夫爱其言语之妙，争礼下之。自通都大邑，下至僻壤穷陬，无不知有新会梁氏者”。作为戊戌变法的纲领性文集，

《变法通议》不仅达到了开发民智、启迪民众之功效，在维新变法过程中，也起到了一定的指导作用。1898年7月3日，光绪召见梁启超，命他呈上《变法通议》，此后光绪皇帝颁布的一百多道变法条令，便时时闪现着《变法通议》的“影子”。

二

尽管成名作《变法通议》给梁启超带来了极大影响，声誉直逼乃师，渐被人们称为“康梁一体”，但他宣传与论述、阐释与发挥的，不过是康有为的政见与思想，尚未形成自己的思想理论体系，几乎完全笼罩在康有为的光芒之中。

戊戌变法失败，年仅二十五岁的梁启超仓皇出逃，侥幸得脱。抵达日本东京后，为安全与方便起见，给自己取了个日本名字——吉田晋。不久，康有为经香港辗转而至，经过一番戏剧般的逃亡历程，师生俩在异国他乡重逢，不禁热泪盈眶、感慨万端。康有为告知梁启超，他在广东新会的老家被抄，一乡人奔走逃难，宗亲中一孕妇突遭惊吓竟至堕胎而死，所幸其父、其妻已携全家逃至澳门。师生俩惨遭劫难，不仅没有心灰意冷，反而坚定了君主立宪的政治目标。有家难归，有国难回，便将目光与行动放在海外，与世界各地华人联系，尽可能地争取广大华侨与国际友人的支持。

日本自明治维新三十年来，资本主义蓬勃发展，已由一个不甚起眼的蕞尔岛国跻身西方列强行列。梁启超置身其间，目睹并感受着日本的先进与发达，深受刺激，更加坚定了奋发图强的意志与信心。经过近半年的学习与努力，他终于攻克了日文这道“难关”，开始阅读大量翻译成日文的西方著作。中文译著偏重于西方兵学与工艺，而日本则“广求智识于寰宇”，政治、哲学、宗教、经济、文化等，几乎无所不译，无所不备。梁启超发现了一个在国内无法想象的西学宝库：“其所译所著之书，不下数千种”，“皆开民智、强国基之急务也”。他像一个饥饿之人，开始忘乎所以地大嚼大咽，正如他自己所说的那样：“自居东以来，广搜日本书而读之，若行山阴道上，应接不暇，脑质为之改易，思想言论与前者若出两人。”

坏事变成了好事，逃亡反让梁启超眼界大开。以日文作“拐杖”，他漫步于人类先进文明绵绵不绝的知识山峰。日文译著、西学宝典，成为继康有为之后又一新的“酵母”，引导他开始一番新的探索与转型。于是，过去无数受阻的路径、未通的道理突然间变得畅达与显豁，由此引发了一场思想观念的巨变：由过去的今文经学，转向西方资产阶级的学说精髓，以天赋人权、自由平等塑造新的国民，建设新的国家。

自1899年12月20日始，梁启超乘船由日本横滨起航，先后访问、游览了檀香山、澳大利亚及美国本土。出行的主要目的，欲在世界各地发展康有为创立的保皇组织，尽力促进维新变法。每到一地，梁启超的活动范围，主要集中在海外华人圈，不外乎交游、集会、演讲、筹款、组织，宣传救国的改良主张，考察当地的风土民情。日本仿行西法而获成功，已令梁启超眼界大开、感触深刻，一旦踏上西方资本主义民主的原创国家，梁启超在不断的比较中更是叹服不已：“从内地来者，至香港、上海，眼界辄一变，内地陋矣，不足道矣。至日本，眼界又一变，香港、上海陋矣，不足道矣。渡海至太平洋沿岸，眼界又一变，日本陋矣，不足道矣。更横大陆至美国东方，眼界又一变，太平洋沿岸诸都会陋矣，不足道矣。”真是“不比不知道，一比吓一跳”！梁启超在“吓”与“跳”中，详细考察美国的社会状况，旁及经济、文化等诸多方面，探究美国民主自由、繁荣富强的内在缘由。“成功自是人权贵，创业终由道力强。”他得出的结论，是因为美国有十分完备的宪法、运行良好的国会、切实可行的制度以及震慑人心的精神指导。

以美国民主现状反观中国，自是不可同日而语，仅就生活在当地的华侨而言，以梁启超有限的了解，不禁窥见了华人勤劳节俭、进取不息的背后，实有着令人叹息的短绌与缺陷：无政治能力（有族民资格而无市民资格），有村落思想而无国家思想，保守心太重，只能受专制不能享自由，无高尚之目的，等等。“余不忍道，又不忍不道。”他发现旧金山的华侨社区环境肮脏，团体松散，打架斗殴屡见不鲜，每逢会馆选举，更有凶案发生，远不如美国白人社区。关于华人在美国的群体形象，他在《新大陆游记》中形象地描绘道：“试集百数十以上之华人于一会场，虽极肃穆毋哗，而有四种声音：最多者为咳嗽，为欠伸声，次为嚏声，次为拭鼻涕声。吾尝于演说时默听之，此四声者如连珠然，未尝断绝。又于西人演说场剧场静听之，虽数千人不闻一声。”“西人行路，身无不直者，头无不昂者。吾中国则一命而伛，再命而偻，三命而俯。相对之下，真自惭形秽。”“西人行路，脚步无不急者，一望而知为满市皆有业之民也，若繁忙者然。中国人则雅步雍容，鸣琚佩玉，真乃可厌……西人数人同行者如雁群，中国人数人同行者如散鸭。”对此，他借用一位友人的话一针见血地指出：“中国人未曾会行路，未曾会讲话。真非过言。斯事虽小，可以喻大也。”又借一位法国学者之口予以评述：“国民之心理，无论置诸何地，皆为同一之发现，演同一之式。”

一番比较，梁启超不禁由美国华人的生活方式及生存现状，对中国国民性展开了深层的思索与探究。置身美国这样的民主发达国家，华侨华人尚且如此，而在有着几千年封建专制统治的中国本土，就国民的教育程度与人格素质而言，民主共和恐更难实行。由此得出的结论，差不多影响了梁启超后半生的思想与实践：“觉我同胞匪唯不能自治其国而已，乃实不能自治其乡，自治其家，自治其身。”因此，中国不能行革命，不能实行美国、法国的民主共和制，只宜于英国、日本的君主立宪制，甚或是稍逊一等的开明专制。正因为国民素质低下，实有必要作振聋发聩之语，唤醒国民内心深处那潜藏已久的激情与活力，刷新旧貌，以新民风、振民力、造新人。

梁启超精力旺盛，是一个名副其实的社会活动家、实践家，但以其兴趣及所长，更是一个宣传家、教育家与启蒙家。他以报刊与出版、文章与思想，作为鼓动“新民”、启蒙“新民”的主要手段，“人群之进化，莫要于思想自由、言论自由、出版自由”，于约翰·穆勒的这一名言，梁启超可谓情有独钟。

流亡日本不到三个月，梁启超就在华侨的支持下以“主持清议，开发民智”为宗旨，创办了《清议报》（旬刊）。他连续创作《爱国论》《自由书》《少年中国说》等文章在《清议报》发表，不仅开创了短评、时评等体裁，就连创用的“记者”“党报”“机关报”等新闻专有名词也一直沿用至今。《清议报》以“广民智振民气”深受读者喜爱，发行量很快达四千多份，遍及世界各地，尽管清廷严禁《清议报》入境，但还是有一部分通过秘密渠道偷偷运回国内。1901年12月22日，就在《清议报》出满一百期的第二天，报馆不幸毁于一场大火。一个半月后，梁启超又以百折不回的意志创办了《新民丛报》（半月刊），几乎同时，又创办了中国第一份专门刊登小说的杂志《新小说报》，此后还创办过《政论》《国风报》等报刊。

《新民丛报》创办不到一年，就由最初的发行量升至常销量万份左右，最多时达一万四千余份，在国内外设有九十七个销售点，盛极一时。《新民丛报》“采合中西道德、广罗政学理论”，注重国民精神气质、心理素质的改造，以塑造近代社会的理想人格形象。传统中国欲实行近代化，首先应当实现国民的近代化。为此，梁启超在《新民丛报》上撰文抨击君主专制制度，批判封建伦理纲常，剖析民族劣根性，大力传播西学，倡导自由、自尊、进取、冒险、独立、合群的思想，热切呼唤“新民”的诞生。他心中的“新民”，不仅有着强健的体魄，更应积极上进，热爱自由民主，善于求强致富，遵守法律秩序。他为“新民”定下十二条标准：公德、国家思想、进取冒险精神、权利思想、自由思想、自治思想、自尊、合群、毅力、义务思想、尚武思想、自我修养。他犀利地指出几千年封建文化积淀在民族心灵深处的劣根性，主要在于中国人只讲私德，不讲公德；只知有家，不知有国，只顾一身一家荣华富贵，不顾国家兴亡盛衰；柔弱尚静不善竞争，依赖成性没有独立人格，浑浑噩噩缺少责任与担当。他分析造成国民劣根性的内在根由在于数千年之专制与腐败，并站在救亡图存的高度，提出造就一代“新民”的途径，主要在于推翻专制主义政体，实行民主立宪；学习其他民族长处，培养国民的团体意识、竞争意识、法律意识、公德意识以及义务观念、自治思想、合群思想、国家思想等“近代精神”；继承优秀的传统文化遗产，从儒家伦理学说中提炼“新民”所应遵循的品格，如正本、慎独、谨小等。培养“新民”应为“今日中国第一急务”，一旦“新民”横空出世，那么新制度、新政府、新国家也将随之而来。

从早期的《时务报》到《清议报》《新民丛报》，梁启梁不仅是创办人，还是杂志的主笔。随着年龄的增长、经验的丰富、时局的发展，梁启超所办杂志越来越好，文章更具影响力。对此，著名诗人、文学家黄遵宪热情洋溢地赞道：“《清议报》胜《时务报》远矣，今之《新民丛报》又胜《清议报》百倍矣。惊心动魄，一字千金，人人笔下所无，却为人人意中所有，虽铁石人亦应感动，从古至今文字之力之大，无过于此者矣。”又说梁启超“一言兴邦，一言丧邦，茫茫禹域，唯公是赖”。事实也正是如此，《新民丛报》至1907年8月停刊，历时五年半之久，是梁启超一生创办刊物中时间最长、影响最大、最为成功的一本，被誉为“丛报界之魁首”。而由他亲笔撰写，发表在《新民丛报》上的文章，更使得20世纪初几乎所有青年学子为之倾倒折服。“得渠一言，贤于十万毛瑟也。”作为“天纵之文豪”，当时中国舆论界的“骄子”与“执牛耳者”，梁启超“一言”，胜过十万支毛瑟枪的威力。此说虽不无夸张，但也道出了梁启超的确具有一股神奇的魔力。他的文字，常以其饱满的情感、流畅的行文、新颖的观点、丰富的知识、雄奇的辩论、严谨的逻辑、深刻的述评，令读者痴迷不已：“读时则摄魂忘疲，读竟或怒发冲冠，或热泪湿纸，此非阿谀，唯有梁启超之文如此耳！”胡适、鲁迅、毛泽东、郭沫若、邹韬奋、王芸生等人，无一不受过梁启超文字的洗礼与思想的启蒙。

可以毫不夸张地说，梁启超开启了中国近代以来言论史上一个极其重要的时代——梁启超时代。

三

以“帝师”自居的康有为逃至日本，思想不仅没有发生转化，反而变得越来越僵化，越来越保守，总在保皇救主、复辟勤王、尊孔保教之类的老套中兜圈子、打转转。而年轻的梁启超在“欧风美雨”的冲击下，思想观念、知识结构、学术风格、精神面貌较之戊戌变法时期，已发生了实质性的变化，可谓焕然一新矣。他在《新民丛报》上连载的一系列文章，后汇编成册，是为《新民说》。作为中国最早的启蒙杰作，《新民说》充分说明梁启超已突破乃师康有为的藩篱与羁绊，形成了自己独特的思想与风格，其影响也由“康梁并称”逐渐超越其上。

认识不一，分歧日现，师生之间不免出现裂痕。梁启超再也不谈“伪经”与“改制”，对康有为倡设的孔教会“屡起而驳之”，他认为“孔学不适于新世界者多矣，而更提倡保之，是南行北辕也”。梁启超倾慕西方的民权与自由学说，与康有为的文化保守形成鲜明对照，俨然形成两个不同的思想派别。在政治上，梁启超也与康有为的保皇主张针锋相对，倡导“破坏主义”“扑满思想”，不仅倾向革命，还一度与孙中山、陈少白等革命党人频繁交往，有过与革命派合并组党之意，“拟推中山为会长，而梁副之”。后又联合韩文举、欧渠甲、唐才常等所谓的“康门十三太保”，联名致书康有为，劝他主张共和，退出政坛：“吾师春秋已高，大可息影林泉，自娱晚景。启超等自当继往开来，以报师恩。”

面对梁启超的思想转变及一系列言行举止，可以想见的是，一贯自尊自负的康有为会采取怎样激烈的态度与回应——由强烈不满到责备训斥，又严加督促，勒令梁启超即刻远离革命派，由日本前往美洲办理保皇会事务，不许稽延！

鉴于多种因素，比如康有为作为导师的威严以及改良派同党中的领袖地位对梁启超长期形成的敬意与恐惧、支配与影响，比如梁启超对革命派的一些思想尚存一定的保留态度，等等，因此，他对曾不无谦虚地说过“启超之学，实无一字不出于南海”的恩师没有违逆，而是即刻打点行囊，忍气吞声地遵命而行。

于是，梁启超似乎又回到了康有为的麾下，开始像过去那样“卖命”效力。加之游历美洲，梁启超经过一番耳闻目睹、实地考察、对照比较与思考探索，由共和政体的诸多弊病，得出民主共和不如君主立宪的结论；又由在美华侨生发开来的一番中美对比，认为中国国民素质低下，民智未开，“共和国民应有之资格，我同胞虽一不具”，“只可以受专制，不可以享自由”。如此一来，梁启超的思想便开始转向了，由靠近、认同乃至联合革命党人转而反对革命与共和，由倾向共和政体一退而拥护君主立宪，再退而倾向开明专制。1906年，梁启超在《开明专制论》一文中写道：“与其共和，不如君主立宪；与其君主立宪，不如开明专制。”最终与孙中山为首的革命派分道扬镳，展开激烈论战，并争夺华侨和会党群众，在华人中募集资金，将孙中山好不容易建立起来的一些革命团体变成保皇会组织，两人也因此而反目为仇。

与革命派决裂之后，梁启超又通过和平请愿、武装暴动等方式，以实现君主立宪的思想主张。此时，他已成为改良派的实际领导人，联络、组织、策划、活动等一切事宜均由他主持，康有为已逐渐成为一尊架空了的精神偶像与名义领袖。

1911年10月10日，武昌首义爆发。康有为惊惧万分，担心清廷被革命党人推翻，君主立宪成为一张画饼。于是，赶紧撰文抨击国会政党，斥责自由平等，抛出所谓的“虚君共和”政治理想。梁启超紧跟乃师步伐，也将“虚君共和”作为海外立宪党人的政治方针加以贯彻。但为了适应国内迅速发展变化的政治形势，他又提出了“和袁、慰革、逼满、服汉”的八字方针。

1912年2月12日，清帝逊位，延续了两千多年的封建帝制就此结束。君主立宪派已是无皇可保，无君可立，面对民主共和的汹涌大潮，梁启超很快默认了这一新的现实，与顽固坚持“虚君共和”的老师告别，再次提请康有为退出政坛，不再过问政治。梁启超此举可谓一箭双雕，既表明了自己的政治追求，也为海外立宪党人回国接近权力中心作了一个有力的铺垫。但也遭到了康有为另外两名弟子——徐勤与麦孟华的不满，他们反对康、梁两派公开分手。于是，康有为与梁启超虽然政见不一，异途而趋，但在此后的几年时间里，仍维护着表面的师徒情谊，保持着藕断丝连的关系与往来。

1912年10月8日，梁启超终于结束海外流亡生涯，乘船抵达天津，回到阔别十五年之久的祖国。面对达官名流络绎不绝的拜谒，以及社会各界人士的热忱欢迎，梁启超感到了从未有过的温暖与补偿；于喧闹的宴请与轰动的演说中，更是得到了一种浮华的虚荣与满足。对此，他在一封书信中写道：“盖上自总统府、国务院诸人，趋跄唯恐不及，下则全社会，举国若狂。此十二日间，吾一身实为北京之中心，各人皆环绕吾旁，如众星之拱北辰……”得意之情溢于言表，但其所叙也确为当时各界欢迎之盛况。

此后的事实表明，梁启超并没有辜负国人对他的殷殷期盼与热切瞩望。特别是在袁世凯逆历史潮流而动，公然帝制自为期间，无论是作为反对帝制的精神领袖，还是作为护国战争的实际主帅，梁启超对推翻洪宪帝制，都起到了无可更替的关键性作用。

归国后的梁启超很快就投身到政治旋涡中心。为将民国纳入他所欣赏并为之追求的两党政治格局，一段时间，他对政党政治乐此不疲。1913年2月24日，梁启超正式加入共和党。为与国民党抗衡，又组织策划将共和党、民主党、统一党三党合一，力促进步党成立。宋教仁被刺案发生之初，就连梁启超也受到怀疑，被列为“刺宋之人”的“第二候补者”。其实，梁启超与宋教仁虽然所持政见不同，但他们惺惺相惜，都十分推崇英美式的两党制，一上台执政，一在野监督，互为一体，两者不可分割。宋教仁曾专程密访梁启超，对即将到来的国会大选，两人相互勉励。宋教仁说，你若上台执政，我愿在野相助；否则我当政，也请你善意监督。梁启超当即表示，一旦国民党执政，进步党愿以在野党身份在议会内进行监督。因此，被梁启超视为“我国现代第一流政治家”的宋教仁被刺，他不禁哀愤不已，对卑鄙无耻的暗杀行径撰文予以猛烈抨击：“歼此良人，实殆国家以不可复之损失。匪直为宋君哀，实为国家前途哀也。”梁启超的目光与视野显然高人一着，已明确预见到宋教仁被刺，将对国家与民族造成无可挽回的伤害与损失。

随着兴师讨袁的“二次革命”失败，袁世凯乘机扩大势力，扩张权力。梁启超环顾国内，觉得无人能与袁世凯相匹敌，为实现自己的政治理想，他决定抛却前嫌，与“中国第一强人”袁世凯合作，拥护袁氏的开明专制统治。正如他在《护国之役回顾谈》中所言：“想带着袁世凯上政治轨道，替国家做些建设事业。”梁启超的目的，欲通过自己的意志与努力，感化、影响袁世凯，促使他由开明专制走上立宪政体的轨道。他一再强调说：“开明专制者，实立宪之过渡也，立宪之预备也。”于是，进步党与袁系力量联手组建政权，成立了以熊希龄为国务总理的内阁。因司法部长梁启超、教育总长汪大燮、农商总长张謇以及熊希龄本人都是全国闻名的社会名流，所以熊希龄内阁又被称为“第一流人才内阁”。梁启超以其声望、经验与才干，成为这一内阁的骨干乃至灵魂。

然而，梁启超的希望很快就被无情的事实击成碎片，化为泡影。袁世凯以军警为工具，胁迫国会选举自己为正式大总统，此后，又在专制独裁的道路上越走越远：公然下令解散国会，踢开“第一流人才内阁”，废除曾经指天发誓遵守的《临时约法》，取消责任内阁制，下令撤销国务院，恢复清廷的大部分官场仪式，恢复文武官员的封建称谓，恢复祀天祭典，以复古运动为先导，将总统终身制引向帝制复辟的不归路。

由满怀期待到彻底失望，一旦袁世凯的称帝企图日渐显露，梁启超担心深陷其中不能自拔，赶紧背袁而去。鉴于梁启超的特殊地位及影响，袁世凯自然是百般劝慰、极力挽留，希望继续为他装点门面、迷惑他人。辞职不准，梁启超只有改请长假，但袁世凯只准假半月。无奈之下，便以“专事著述”为名，坚请辞职。袁世凯见梁启超去意已决，强留无益，只好准辞。

1915年初，袁世凯的帝制活动日益频繁，梁启超成为拉拢的重点对象，希望他在变更国体上投赞成票。梁启超“知祸将作，乃移家天津，旋即南下，来往于广东上海间”。在离津南下之前，为了民族与国家的未来，也为他们曾经有过的私人情谊，梁启超给袁世凯写了一封长信，劝其赶紧回头，不要称帝自为。他在信中写道："启超诚愿我大总统以一身开中国将来新英雄之纪元，不愿我大总统以一身作中国过去旧奸雄之结局；愿我大总统之荣誉与中国以俱长，不愿中国之历数随我大总统而斩。"言辞之真诚恳切，真可谓"临书恻怆，墨与泪俱"。而袁世凯的回报，则是派出凶手，"各挟爆弹"，欲暗杀除掉之而后快。为阻止袁世凯的倒行逆施，梁启超不顾个人安顾，又与袁世凯的心腹爱将冯国璋一同北上力劝。当袁世凯一意孤行，复辟活动公开化之后，梁启超不得不发挥自己的特长，舞动一支生花妙笔，亮出"利剑"，写下传诵一时的名文《异哉所谓国体问题者》，批驳杨度等筹安会成员及美国人古德诺鼓吹帝制的观点，向全国人民鲜明地表达自己反对帝制的坚决态度。还在文章发表之前，袁世凯已有所闻，派人送上二十万元巨款，请求文章不要发表。梁启超自然不会为金钱所动。袁世凯又派人威胁不已，只因他深居天津租界，才免遭毒手。《异哉所谓国体问题者》在《大中华》杂志率先发表，道出了"全国人人所欲言，全国人人所不敢言"之语，很快就被京津各报相继转载，举国震动，成为护国讨袁战争的一首亮丽序曲。

袁世凯的称帝行为一旦暴露、公开，自然引起国内外仁人志士的强烈反对。孙中山领导的革命党更是紧锣密鼓地开展武力讨袁，1915年12月5日，革命党人在上海发动"肇和之役"，结果以轰轰烈烈为开始，以彻底失败而告终。就连实力雄厚的革命党人也惨遭失败，其他各反对派更是无力阻袁、反袁。于是，袁世凯加快了称帝的步伐，准备于1916年元旦举行皇位登极大典。

然而，袁世凯怎么也没有想到的是，另一支潜在而强大的反对力量正在密谋中形成。梁启超与蔡锷、汤睿等四人在天津商议对策，觉得旧国民党人逃亡海外，国内的许多军人、文人又被袁世凯收买，如果不将讨袁的责任背在身上，恐怕中华民国从此就要完了。蔡锷更是怒不可遏地说道："袁世凯便安然登其大宝，叫世界看着中国人是什么东西呢？国内怀着义愤的人，虽然很多，但没有凭借，或者地位不宜，也难发手。我们明知力量有限，未必抗他得过，但为四万万人争人格起见，非拼命去干这一回不可！"

梁启超由"联袁拥袁"，到"离袁劝袁"，最后不得不"反袁讨袁"，他一生中最为辉煌的政治时期也由此而拉开帷幕。

于是，就有了蔡锷在梁启超的精心安排下，由北京秘密逃至天津，又经上海东渡日本，转道台湾、香港、越南海防，然后乘滇越火车进入云南。梁启超则由天津入住上海租界，一方面遥控云南局势，一方面获取北京信息，同时争取南京冯国璋的支持。

1915年12月25日，蔡锷、唐继尧、李烈钧等人向全国通电，宣布云南独立，反对帝制，武力讨袁，一场声势浩大的反袁护国战争开始了。在此期间，梁启超先后寄达蔡锷书信五封，于政治斗争、军事方略、财政收入等方面提出了切实可行的指导方案，对护国战争的顺利进行发挥了重要作用。

就在护国军进行艰苦的浴血苦战之时，原来答应举义响应的广西都督陆荣廷坐视观望，迟迟不肯行动。广西不独立起兵反袁，护国军就无法按照原定的计划，通过广西进取湖南、江西，会师武昌，同时也难下广东，打开海外援助的必经之道。梁启超急得不行，赶紧给并不认识的陆荣廷写了一封三千字的长信，分析形势，晓以大义，并默许他可出偏师东下广东扩大地盘。梁启超的书信无疑发挥了关键作用，陆荣廷派代表到上海与梁启超相商，并说只要梁启超动身前往广西，他将马上举兵反袁。梁启超闻言，毫不犹豫地决定冒险赴桂，助陆独立。他在给女儿的书信中写道："此行乃关系滇黔生死，且全国国命所托，虽冒万险万难不容辞也。"他取道香港，偷渡越南，忍着病痛，又由越南海防、河内、谅山，经镇南关进入广西，抵达南宁。令梁启超感到快慰的是，还在赴桂途中，陆荣廷就已于1916年3月15日宣布广西独立，困窘的反袁局势立时扭转，实为护国战争取得最后胜利的一大关键与转折。

四

面对全国日益高涨的反袁护国形势，袁世凯于军事失利、外交失败、内部失和的无奈中，不得不于1916年3月23日下令取消帝制。他的目的，只想缓和局势，摆脱危机，并不想就此退出历史舞台，所以仍居大总统高位不肯下台。

为团结南方各派反袁力量，1916年5月8日，作为南方统一政府的护国军军务院在广东肇庆成立，梁启超出任抚军兼政务委员长，总理一切政务。按最初设想，"盖袁氏既已叛国，失去大总统资格，依约法当由黎公（黎元洪）继任也"。因此，护国军政府连续发布宣言、布告、电报，非去袁不可。梁启超更明确指出："袁氏一日在位，中国一日不宁。袁氏朝退，兵祸夕解。"

护国军军务院作为南方各派势力的联合体，可谓兼容并蓄，既包括了革命党人、进步党人，也容纳了唐继尧、陆荣廷、龙济光等地方实力派人物。各派表面统一，但实际上仍我行我素，都在为本派利益明争暗斗不已。梁启超不得不在各派势力间苦力周旋，尽可能地将他们撮合成一个相对紧密的团体，在以武力迫袁退位的同时，准备与北方代表进行和谈。5月20日，梁启超抵达上海，为探知冯国璋在袁世凯去留问题上的态度及寻求外援。5月30日，当他得知父亲已于3月14日逝世的消息后，当即向护国军军政府提出辞呈。梁启超一去，南北和谈受到影响，也给此后张勋复辟造成了一定的可乘之机。

1916年6月6日袁世凯病逝，消息传出，在上海居丧的梁启超于次日连发数电，分致黎元洪、段祺瑞、冯国璋及各独立省都督总司令，促请黎元洪就任民国大总统。黎元洪在众人的一致拥戴下就任大总统后，梁启超又致电黎元洪，希望他委任段祺瑞组织新内阁。6月29日，段祺瑞出任国务总理组织新内阁后，采取了一些肃清帝制影响的举措，如惩办祸首，裁撤帝制机关，废止将军、巡按等旧称谓，解除报禁等。不久，护国军军务院也在梁启超的力主下解散，国会召开，旧国会恢复。

从上我们看出，在护国讨袁战争中，梁启超起到了统领各方的核心作用。如果说创建民国为革命党首功，那么再造共和之首功，则非梁启超莫属。一介书生，竟担负起左右捭阖、纵横驰骋的重任，且出色地完成了历史赋予的不朽使命，功勋永难磨灭。

也正是在护国讨袁战争中，梁启超终于与老师康有为撕破脸皮，双方站在相互反对的立场上，公开决裂断交。

梁启超反袁，康有为也反袁，但师生俩反袁的立足点不一。梁启超反袁是为了恢复共和，而康有为之所以反袁，则是因为袁世凯悖逆了大清正统，其目的还是维护封建帝制，只不过帝制下的对象不同而已。

1916年3月，梁启超应陆荣廷之邀偷偷潜入广西之前，出于礼节，派同为康有为门生的汤睿辞行。康有为对梁启超的反袁行为表示赞许，却“正色大声疾呼”，提出复辟清室的要求。声言如果不从，便成敌人与对手。袁世凯于3月23日被迫取消帝制，康有为则于4月4日在《上海周报》发表《为国家筹安定策者》一文，公开为清廷复辟摇旗呐喊，真是一波未平，一波又起。梁启超忍无可忍，终于拿起笔来打破沉默，在《时事新报》上发表《辟复辟论》，以含讥带讽的笔调，对康有为的复辟主张予以严厉抨击：“吾既惊其颜之厚，而转不测其居心之何等也！”又起草反复辟通电：“如有再为复辟之说者……罪状与袁贼同，讨之与袁贼等！”

1917年6月14日，张勋率五千名辫子军进入北京，密谋清室复辟。康有为在其电召下化装成一名老农，兴冲冲地登上火车来到北京参与策划，帮着草拟一道道所谓的谕旨。

本想脱离政治，读书做学问的梁启超再也坐不住了，不觉拍案而起，再次卷入政治旋涡。他一面撰文发表反复辟通电，一面进入段祺瑞军组织的讨逆军中赞画戎机、出谋划策。

没想到辫子军实在不堪一击，仅仅四天时间，就在段军的攻击下土崩瓦解。一场上演了十二天的复辟闹剧就此匆匆收场，溥仪不得不再次宣布退位，张勋逃往荷兰使馆，康有为只好又将自己装扮成一名老农逃往美国使馆。

梁启超在《反对复辟电》中半点不留情面，将康有为批驳得体无完肤：“此次首造逆谋之人，非贪黩无厌之武夫，即大言不惭之书生，于政局毫无所知。”“武夫”指张勋，“书生”自然是康有为了。有人说他半点不给老师面子，不留丝毫余地，梁启超道：“师弟自师弟，政治主张则不妨各异，吾不能与吾师共为国家罪人也。”康有为哪里受得了“大言不惭之书生”这样的指斥？加之他因附逆遭通缉之日，正是梁启超被任命为段祺瑞内阁财政总长兼盐务署督办之时。因此，于复辟之失败，康有为不仅不反省，反将一肚子怨气全部发泄在梁启超身上，捶胸顿足，伤心落泪，写诗大骂不已：“鸱鸮食母獍食父，刑天舞戚虎守关。逢蒙弯弓专射羿，坐看日落泪潸潸。”他说梁启超忘恩负义，违背伦常，连禽兽都不如。从此以后，康有为对梁启超简直恨之入骨，凡梁启超赞成的，他必反对；凡梁启超反对的，他则极力赞同；康梁一体被撕成隔离的两半，大有势不两立、水火不容之势。

但梁启超对康有为仍执弟子礼，正如他所说的那样，师弟自师弟，政治归政治，是不同的两码事。经刘海粟等人一番积极斡旋，师徒俩紧张的交恶关系多少有所缓解。日后梁启超专程赴上海看望，向老师连叩几个响头以示赔理谢罪，而缺少气量、固执己见的康有为却难以释怀，将他晾在一边不愿理睬。梁启超备感尴尬，交谈不到一分钟，便匆匆告辞而出。1922年，康有为原配夫人去世，梁启超又亲往吊唁。

尽管如此，梁启超还是念念不忘他们之间曾经有过的亲密无间的师生情谊。1927年3月8日，康有为在上海隆重庆贺七十寿诞，梁启超因事不能前往，便写了寿文、寿联托人送去。他将《南海先生七十寿言》亲手书于八幅寿屏之上，对康有为颂扬备至，认为“戊戌以后之新中国，惟先生实手辟之”。寿联则对康有为的成就予以充分肯定：“述先圣之玄意，整百家之不齐，入此岁来已七十矣；奉觞豆于国叟，致欣忻于春酒，亲授业者盖三千焉。”联中暗将康师比作孔子，深合常以“圣人”自居的康有为之心。于是，对这个常跟自己过不去而被他称作“梁贼启超”的忤逆弟子，康有为脸上终于露出了几分满意的微笑。

就在举行寿诞庆典半个多月之后，康有为竟于青岛突然逝世。身在北京的梁启超闻讯，痛哭不已。因康家生计困难，赶紧电汇数百元，以作棺材之资。又与其他康氏受业弟子在北京宣武城南畿辅先哲祠设灵位举行公祭，声泪俱下地宣读祭文。还率同学们在法源寺开吊三天，披麻戴孝地身穿孝子服，站在孝子位上执礼甚恭。梁启超生平最喜麻将，康有为逝世后一个月，他连麻将摸都没有摸过一次。

梁启超忘不了自己的学术、政治之基，实始于老师康有为，他要报答他的恩情。然而，正如他在《保教非所以尊孔论》一文中所说的那样："吾爱孔子，吾尤爱真理；吾爱先辈，吾尤爱国家；吾爱故人，吾尤爱自由！"

五

梁启超素以善于吸收、因时而变著称，这既是他的长处，也最为人所诟病。他自己也承认是一个"流质善变"的人，并说自己"太无成见"。颇有意味的是，作为老师的康有为却又"太有成见"，总是以不变应万变，所以故步自封、顽冥不化。梁启超常"不惜以今日之我与昨日之我战"，"所谓我操我矛以难我者也，今是昨非，不敢自默"。他的不断变化，既有前进，也有退步，呈出一条略带回环的曲线。总的来说，是以上升的趋势顺应潮流、趁势而变、因时而行。最令人称道与难能可贵的是，梁启超之变，不是见风使舵趋炎附势，不是为了一己私利与个人好恶的变色龙似的小人之变，而是基于民族的进步、大众的福祉，站在时代前沿，凭着个人的赤诚与良心，以一种强烈的忧患意识与使命感的内在召唤，承担一个本真意义上的知识分子所应具有的道义、责任与担当，追求真理与正义，推动社会的发展与进步。所以梁启超只有公仇，没有私仇；只有公敌，没有私敌；他既不盲从，也不谄媚，更不屈服；他是近代史上最无私心之人，既不追名逐利，也不擅权渔色，一辈子活得光明磊落、坦荡无畏。

在中国近代重量级人物中，我心中最为服膺敬佩者，当数梁启超。原因就在于他的多变与善变，为了真理与进步不惜解剖自己、否定自己，于天真中透出成熟，激情中蕴含深刻，超脱中见出执着，永远保持着一份独有的冷静与清醒，吸收世界先进文明营养，站在时代潮流前列，与历史同步。

有人做过统计，梁启超一生约有十变（也有七变、八变、十二变之说）。舍科举旧学，倡导变法维新，为第一变；由改良渐趋革命，为第二变；游新大陆后，由赞同民主共和一退为拥护君主立宪，再退为倡导“开明专制”，此其第三变；面对清廷“皇族内阁”假立宪的行径，为革命派前赴后继的起义暴动所感染，认为革命比改良更能解决中国的出路问题，是其第四变；从倒袁转向附袁，又由附袁起而反袁，为第六变、第七变；而第八变，则与乃师康有为彻底反目，参与荡平张勋的拥清复辟；第九变，弃政从学，孜孜于著述与教育；最后一变，与严复、康有为、章太炎等近代启蒙思想家殊途同归，由传播倡导西学，复归儒家哲学，鼓吹“东方文明”。

梁启超参与平叛张勋的第二次挽救共和成功，1917年出任段祺瑞内阁财政总长，以实现改革中国财政积弊的宏伟夙愿。然而，时值各派军阀混战，段祺瑞扩军不已，军费开支直线上升，全国财政陷入困境。虽经多方运力，无奈积重难返，不到三个月，梁启超就在焦头烂额的疲于应付中心灰意冷，向段祺瑞提出辞呈。自此以后，他才真正“金盆洗手”，彻底脱离政界。当他回忆自己的从政经历时，不由得表明心迹道：“因为我从前始终脱不掉‘贤人政治’的旧观念，始终想凭借一种固有的旧势力来改良这国家，所以和那些不该共事或不愿共事的人，也共过几回事。虽然我自信没有做坏事，但多少总不免被人利用我做坏事。我良心上无限痛苦，觉得简直是我间接的罪恶。”

光阴荏苒，岁月蹉跎，梁启超为之奋斗的民主、自由、富强迟迟没有出现。于军阀混战的满目疮痍中，他仍苦苦地思考着、探求着。为寻求未来中国的光明发展之路，1918年底，梁启超与蒋百里、丁文江、张君劢等七人，以“欧洲考察团”名义赴欧游历。在一年的时间里，梁启超等人先后考察了美国、法国、比利时、荷兰、瑞士、意大利、德国。时值第一次世界大战刚刚结束，“输家不用说是绞尽脂膏，便赢家也自变成枯腊”。面对元气大伤的欧洲，梁启超觉得西方的物质文明，“我们人类不惟没有得着幸福，倒反带来许多灾难”，“科学万能”的梦幻破灭了。于深沉的反思中，梁启超感到建立在物质文明基础上的自由民主、代议政治等西方精神文明，大有摇摇欲坠之势。于是，孔孟之学在他心中开始慢慢复活。欧游归来，梁启超创作了《欧游心影录》，认为诞生于西方文明中的许多学问、方法、途径并不适于中国，比如社会主义就是。当然，他也不是一味地妄自尊大、否定西学，而是提出了“化合”新文明、重建“新文化体系”的构想，具体分四步操作进行：“第一步，要人人存一个尊重爱护本国文化的诚意；第二步，要用那西洋人研究学问的方法去研究他，得他的真相；第三步，把自己的文化综合起来，还拿别人的来补助他，叫他起一种化合作用，成了一个新文化系统；第四步，把这新系统往外扩充，叫人类全体都得着他好处。”这种构想，与康有为面对西方文明的挑战做出回应而创作《大同书》颇多类似，只是梁启超未能向深处开掘，撰写理论性、系统性的著述。

梁启超息影政治后的十多年时间里，主要时间与精力，放在了学术研究与教育事业方面，留下了《中国历史研究法》《清代学术概论》《中国近三百年学术史》等极具价值的学术专著，他也因此而被公认为中国近代学术研究的开拓者与奠基人。教育方面，他在南开大学、清华大学长期讲学，还在全国各地巡回演说，仅1922年4月1日至1923年1月13日的大半年时间里，就为全国各地学校、团体先后公开演讲五十余次。其次数之多，听众之广，题材之博，在中国近代学术演讲史上首屈一指。

作为一代产生巨大影响、著作等身的国学宗师，梁启超的学问欲远甚于政治欲，哪怕涉足政坛，也没有中断学术研究，停止发表学术论文。他一生几乎每天都在做学问、写文章，且才思敏捷，下笔成章，一气呵成，不必修改，留下了一千四百余万字的皇皇巨著，内容涉及史学、文学、哲学、法学、政治学、经济学、社会学、新闻学、宗教学、金融学、科技史、国际关系、图书文献学、中外文化交流等诸多学科，上括古今，兼及中外，特别是在构建近代史学理论体系及全面总结有清一代学术发展史方面，成就最为突出。他不仅参与了中国近代后期的几乎所有政治活动，并且从戊戌变法到1928年国民党武力统一中国这三十年间所发生的一切重大事件，在他的著述中都得到了全面反映。他的著作，即使撇开中西汇通、古今纵横、影响深巨不论，仅就数量而言，也远远超过了朱熹、王船山等人，成为中国自古以来著述最多的伟大学者。这些文字，实属中华民族的宝贵精神财富，但因数量过多，涉猎太广，较为深厚，至今仍未能展开深入、系统的研究。既然研究不够，遑论吸收消化？

梁启超兴趣广泛、能力超群、求通求达、求新求异，在革命与专制、中学与西学、开明与保守、民主与封建之间变化、矛盾、徘徊不已。但是，他一生也有诸多不变之处——对社会、对人生始终抱有强烈的改造欲望，时刻葆有刚强的毅力与旺盛的激情，其爱国之心、立宪之志、新民之道更是持久不变！正如郑振铎在《梁任公先生》一文中所言："他的宗旨他的目的是并未变动的，他所变者不过方法而已。"

精力充沛、正当盛年的梁启超本可为这个世界做出更多贡献，留下更多财富，然而，平素不善保养的他积劳成疾，小便带血，身患肾病。本非不治之症，结果碰上了一场偶然而倒霉的医疗事故，1929年1月19日，梁启超与世长辞，年仅五十六岁。

梁启超的壮年早逝在当时就引起了社会各界的诸多猜测，直到1970年，梁启超之子梁思成因病入住父亲病逝的协和医院，才从自己的主治医生那里获知父亲病逝真相：1926年3月，梁启超便血腰疼前往协和医院求医。医院以最好的医生、最先进的设备为其查验，经X光透视表明，左肾有一处黑斑，患有肾结核，需切除治疗。结果在手术时，值班护士用碘在梁启超的肚皮上标错了地方，而主刀医生却没有仔细核对挂在一旁的X光片，竟将好端端的右肾给割除了。手术后，梁启超的病肾仍留体内，便血不止；而好肾又已割除，因此身体逐渐衰弱，病情恶化日甚一日，终至一病不起，自称可活八十岁的他就此溘然长逝。协和医院出现如此重大医疗事故，自然难辞其咎。他们虽然很快就发现了这一悲剧性的错误，但梁启超作为一代影响巨大的思想文化巨擘，内情一旦公布，协和医院的声誉极有可能一落千丈，遂将事实真相作为“最高机密”归档，长期隐瞒。后来医学教学讲授如何通过X片辨别左右肾脏，举出梁启超这一病例，遮蔽了几十年的“最高机密”才大白于天下。而此前有关梁启超的资料、传记等，在述及此次手术时，因割除的是右肾，大多记述，也是说右肾长了一个瘤子，经手术割除，而病情却未好转云云。

与梁启超的情形相反，康有为在中医无效平静等死的日子里，仅凭研读几本西医书籍，自己为自己诊断疗治，竟然“妙手回春”、死里逃生。梁启超贻误于西医，当时就有著名文人陈西滢撰文质疑协和医院，质疑西医：“腹部剖开之后，医生们在右肾上并没有发现肿物或何种病……他们还是把右肾割下了！可是梁先生的尿血症并没有好。他们忽然又发现毛病在牙内了，因此一连拔去了七颗牙。可是尿血症仍没有好。他们又说毛病在饮食，又把病人一连饿了好几天。可是他的尿血症还是没有好！”陈西滢据此认为“西医就是拿病人当试验品”。此文一出，徐志摩等人撰文大力支持，社会舆论顿时哗然，西医一时成了众矢之的。尽管梁启超私下里也认为“手术的确可以不必用”，但他是西医科学的坚定支持者，面对一片反对西医的声音，躺在病床的他从维护科学与西学的角度出发，当即写下《我的病与协和医院》一文，既为西医辩护，也是为科学辩护，希望人们不要因为个别病例的误诊而打倒西医，全盘否定西医的科学性。

借西方文明之火，以传统文化为薪，锻铸新型国民，像一根红线那样贯穿着梁启超人生之始终。他的毕生成就，既在学术、事功，更在迎接新世运，开出新潮流，呼唤新国民。他认为中国乃“少年中国”，他自己也是“少年中国之少年”。他历来主张欲革新国家，必先革新国民的精神和思想。开展国民运动，最重要的就是塑造“现代青年"："养足你的根本智慧，体验出你的人格人生观，保护你的自由意志。"他至死都在进行着启蒙广大民众的努力，号召国民关心国家、关心社会、关心政治，开辟新中国，建设新世界。梁漱溟曾在《纪念梁任公先生》一文中写道："当任公（梁启超之号）先生全盛时代，广大社会俱感受到他的启发，接受他的领导。其势力之普通，为其前后同时任何人物——如康有为、严几道、章太炎、章行严、陈独秀、胡适之等等——所赶不及。我们简直没有看见过一个人可以发生像他那样广泛而有力的影响。"这种影响，不仅惠及当时一代人，而是长期持续着，施及今天乃至未来。

记得笔者十八岁那年读师范时，初见梁启超的《少年中国说》，一下子就被他那汪洋恣肆、辽阔奔放、一泻千里的激情与生动形象、诗意盎然、绚烂多姿的文字所吸引，不知不觉地深陷其中，直至花了几个早晨的工夫将全文背下，才觉得完成了一桩重大任务似的心有所安。尽管篇幅有限，我还是忍不住将《少年中国说》的最后一段抄录下来，作为本文结尾，与读者诸君共享："中国而为牛为马为奴为隶，则烹脔鞭棰之惨酷，唯我少年当之；中国如称霸宇内，主盟地球，则指挥顾盼之尊荣，唯我少年享之……故今日之责任，不在他人，而全在我少年。少年智则国智，少年富则国富，少年强则国强，少年独立则国独立，少年自由则国自由，少年进步则国进步，少年胜于欧洲，则国胜于欧洲，少年雄于地球，则国雄于地球。红日初升，其道大光；河出伏流，一泻汪洋；潜龙腾渊，鳞爪飞扬；乳虎啸谷，百兽震惶；鹰隼试翼，风尘吸张；奇花初胎，矞矞皇皇；干将发硎，有作其芒；天戴其苍，地履其黄；纵有千古，横有八荒；前途似海，来日方长。美哉我少年中国，与天不老；壮哉我中国少年，与国无疆！"

在喧嚣的世界里，
坚持以匠人心态认认真真打磨每一本书，
坚持为读者提供
有用、有趣、有品位、有价值的阅读。
愿我们在阅读中相知相遇，在阅读中成长蜕变！

好读，只为优质阅读。

万古风流：中国人的精神世界

策划出品：好读文化　　监　　制：姚常伟
责任编辑：牛炜征　　产品经理：牛　雪
封面设计：山川制本 @Cincel　　内文制作：尚春苓

图书在版编目（CIP）数据

万古风流：中国人的精神世界 / 鲍鹏山等著. —
北京：北京联合出版公司，2022.5
ISBN 978-7-5596-6024-4

Ⅰ. ①万… Ⅱ. ①鲍… Ⅲ. ①散文集—中国—当代
Ⅳ. ①I267

中国版本图书馆CIP数据核字（2022）第040030号

万古风流：中国人的精神世界

作　　者：鲍鹏山　周月亮　莫砺锋　等
出 品 人：赵红仕
责任编辑：牛炜征
封面设计：山川制本@Cincel

北京联合出版公司出版
（北京市西城区德外大街83号楼9层　100088）
嘉业印刷（天津）有限公司　新华书店经销
字数352千字　880毫米×1230毫米　1/32　15.25印张
2022年5月第1版　2022年5月第1次印刷
ISBN 978-7-5596-6024-4
定价：55.00元
